Le destin des fées

L'auteur

Dès son plus jeune âge, **Herbie Brennan** se passionne pour la psychologie, le paranormal et la physique quantique, autant de thèmes qu'on retrouve aujourd'hui dans *La Guerre des fées*. À vingt-quatre ans, il devient le plus jeune rédacteur en chef d'Irlande. À trente ans, il décide de se consacrer exclusivement à l'écriture. Plus de soixante romans suivront, ainsi que des pièces radiophoniques, des livres interactifs à succès et des jeux vidéo. Auteur de best-sellers internationaux, Herbie Brennan vit aujourd'hui dans un ancien presbytère, en compagnie de son épouse, adepte comme lui de sciences ésotériques... et d'écriture.

Du même auteur, chez Pocket Jeunesse :

La Guerre des fées
(Tome I)

L'Empereur pourpre
(Tome II)

Le Seigneur du Royaume
(Tome III)

Herbie Brennan

Le destin des fées

Traduit de l'anglais par Frédérique Fraisse

Titre original :
Faerie Lord

Publié pour la première fois en 2007
par Bloomsbury Publishing Plc, Londres.

Loi n° 49 956 du 16 juillet 1949 sur les publications
destinées à la jeunesse : janvier 2010.

Faerie Lord, copyright © Herbie Brennan, 2007.
© 2008, éditions Pocket Jeunesse, département d'Univers Poche.
Pour la présente édition : Pocket Jeunesse,
département d'Univers Poche, Paris, 2010.

ISBN 978-2-266-19813-4

« Amants, au lit ! voici presque l'heure des fées. »

Le songe d'une nuit d'été
WILLIAM SHAKESPEARE
Traduction de François-Victor Hugo

PERSONNAGES PRINCIPAUX

FDL : *Fée de la Lumière*
FDN : *Fée de la Nuit*
HMN : *Humain (homme ou femme)*

Anaïs : maîtresse de la mère de Henry.

Apatura Iris, FDL : père du Prince Pyrgus et de la Reine Holly Bleu. Empereur pourpre pendant plus de vingt ans.

Asmodeus : un démon qui sent très mauvais.

Atherton, Alicia, HMN : sœur de Henry. Plus pénible qu'elle, tu meurs.

Atherton, Henry, HMN : jeune habitant des comtés d'Angleterre. A découvert le Royaume des Fées en portant secours à Pyrgus Malvae, attaqué par un chat.

Atherton, Martha, HMN : directrice d'une école de filles dans le sud de l'Angleterre. Épouse de Tim Atherton. Mère de Henry et d'Alicia.

Atherton, Tim, HMN : cadre dynamique. Époux de Martha Atherton, père de Henry et d'Alicia.

Beleth, alias le Prince Infernal, alias le Prince

des Ténèbres : Prince de Hael, dimension alternative de la réalité peuplée par des démons.

Black John : démon.

Blafardos, Jasper, FDN : associé de Silas Sulfurique et ancien chef du service d'espionnage de Lord Noctifer.

Cardui, Madame Cynthia, alias la Femme peinte, FDL : vieille dame excentrique. Son réseau personnel d'informateurs en a fait un contact privilégié de Bleu.

Cléopâtre, FDF : Reine des Fées de la Forêt.

Comma, Prince, FDN et FDL : demi-frère de Pyrgus et de la Reine Holly Bleu. (Même père, mères différentes.)

Cossus Cossus, FDN : ancien Gardien de Lord Noctifer.

Fogarty, Alan, HMN : physicien paranoïaque. Ex-braqueur de banques. Supérieurement doué pour inventer des gadgets. Nommé Gardien de la Maison d'Iris en reconnaissance de l'aide apportée au Prince Pyrgus, même si son chat a préalablement failli ingurgiter l'héritier de l'Empereur pourpre.

Hodge : gros matou de M. Fogarty.

Holly Bleu, Reine, FDL : sœur cadette du Prince Pyrgus Malvae et fille de feu l'Empereur pourpre Apatura Iris.

Innatus : Shaman des Trinians nomades.

Kitterick : Trinian orange au service de Mme Cardui.

Lanceline : chat translucide de Mme Cardui.

Laura Croft : nouvelle copine du père de Henry.

Malvae, Prince Pyrgus, FDL : frère de la Reine Holly Bleu. Pyrgus préfère sauver les animaux en danger plutôt que de manipuler ses interlocuteurs afin d'assurer la pérennité de sa Maison. A quitté le Palais pourpre à une époque, à la suite de désaccords de fond avec son père.

McKenna, Paul : hypnotiseur à la télévision.

Memnon : Maître des Épices. (Voir dans le glossaire p. 475.)

Mouchard : espion démoniaque.

Nagel : chef des Trinians nomades.

Noctifer, Lord Black, FDN : noble à la tête de la Maison Noctifer. Chef des Fées de la Nuit.

Nyman : leprechaun au service de Mme Cardui.

Oculis : caméra espionne.

Ogyris, Gela : fille de Zosine Ogyris.

Ogyris, Genoveva : épouse de Zosine Ogyris et ancienne maîtresse de Kitterick.

Ogyris, Zosine Typha : riche marchand issu de Haleklind, installé à Yammeth Cretch. Proche allié de Lord Noctifer.

Orion : Ange des Communications.

Pelidne : dernier Gardien de la Maison Noctifer, vampire.

Procles, Graphium : un des Généraux de Noctifer.

Quercusia, FDL : mère de Comma.

Severs, Charlotte, alias Charlie, HMN : meilleure amie de Henry dans le Monde analogue.

Soie, maîtresses de la, FDL : membres (exclusivement féminins) de la Guilde. Leurs créations vestimentaires sont les plus recherchées du Royaume.

Sulfurique, Silas, FDN : spécialiste de l'invocation des démons et ex-propriétaire d'une usine de colle.

Svengali, l'Illustre : hypnotiseur sur scène.

Woodfordi : Canal de Communication militaire.

Yidam : un des Anciens Dieux qui régnaient sur le Royaume avant la venue de la Lumière.

Prologue

– Si je restais ? s'exclama Henry.

Il savait que cela ne menait à rien de répéter les paroles des autres avec un air d'idiot du village, mais il ne pouvait s'en empêcher.

– Oui, affirma Bleu. Qu'est-ce qui t'en empêche ?

Ils se trouvaient dans les jardins du Palais pourpre, et Bleu resplendissait de beauté. Les giroflées embaumaient le crépuscule, la lumière des torches se reflétait sur le fleuve. Ils vivaient là un instant romantique comme il en existait peu et Henry ne tarderait pas à le briser, il n'en doutait pas.

– Ce qui m'en empêche ?

– Oh ! Henry. J'aimerais tant que tu restes, chuchota Bleu.

Elle lui prit la main et, ensemble, ils longèrent la rive.

– Tu n'as pas envie de rentrer chez toi, poursuivit-elle. Je n'ai pas envie non plus que tu t'en ailles, Pyrgus encore moins. Pourquoi ne pas rester parmi nous ?

– Pyrgus ne veut pas que je reparte ? s'étonna Henry.

Soudain, il réalisa à quel point sa question était stupide et parvint à dire quelque chose de plus stupide encore :

– Ma mère me tuerait... si je ne rentrais pas, ajouta-t-il dans le vain espoir qu'elle comprenne.

Bleu ignora sa remarque.

– Que feras-tu une fois de retour chez toi ?

– J'ai mes examens et d'autres trucs à envisager.

On ne pouvait pas fournir réponse plus vague. Il passerait ses examens, et s'il réussissait – ce qui était fort probable –, il se lancerait dans un cursus qui le conduirait à l'université. Bien sûr, il ne s'attendait pas à intégrer l'une des meilleures, comme Oxford ou Cambridge. Il verrait... Il décrocherait sans aucun doute une licence et deviendrait professeur, selon le désir de sa mère. Elle-même dirigeait une école de filles. Elle ne cessait de le lui répéter : rien de tel que l'enseignement pour avoir des vacances prolongées – comme si un bon métier se mesurait au temps passé à ne pas l'exercer...

– Tu ne supportes plus ta maison, continua Bleu, maintenant que ton père est parti. Tu n'apprécies pas ta mère...

– Oui, mais je l'aime, grommela Henry.

Il était là, le problème : sa mère faisait tout pour le contrarier mais il ne pouvait s'empêcher de l'aimer. Était-on obligé de vivre avec la culpabilité rivée au fond de son cœur ?

– Elle t'oblige à agir contre ton gré, insista Bleu, comme s'il n'avait pas répondu. Et elle ne te demande pas ton avis quand elle prend une décision.

Bleu le regarda droit dans les yeux.

Emménager avec Anaïs, par exemple, pensa Henry.

— Emménager avec Anaïs, par exemple, enchaîna Bleu, et ils reprirent leur marche. Tu n'es plus heureux dans le Monde analogue. Je le sais. Chaque fois que tu reviens ici, tu as l'air si triste ! Rien ne t'attend là-bas, rien… d'important. Juste quelques… trucs, comme l'école et tes examens. Ici tu as ta place, tu es respecté…

Une minute ! Cette conversation tournait au cauchemar : tout ce que Bleu disait était vrai. Ou presque. Seule Charlie le respectait. En vérité, il était à peu près sûr qu'il lui plaisait. Sinon, la vie dans le Monde analogue n'avait rien de réjouissant.

— Par contre, si tu restais ici, poursuivit Bleu, tu aurais un poste important. Tu es déjà un héros…

Faux. Il n'avait rien d'un héros après ce qu'il avait essayé d'infliger à Bleu. D'accord, il n'était pas lui-même pendant cette période, mais le jour où tout le monde serait au courant…

— … Parce que tu as sauvé Pyrgus de Hael quand il était Prince Héritier. Et si tu n'aimes pas tes appartements, je t'en trouverai de plus confortables au Palais et…

— Non, cela n'a rien à voir, l'interrompit Henry. J'adore mes appartements au Palais.

Ils étaient un milliard de fois plus agréables que sa chambre et sa mère ne frappait pas sans arrêt à sa porte. Et puis il avait des domestiques ! Oui, des domestiques !

Bleu s'arrêta, ce qui obligea Henry à l'imiter puisqu'elle lui tenait la main. Les clapotis étaient occultés par les bruits distants de la capitale : le grondement des carrioles, l'appel occasionnel des marchands ambulants. La nuit, la ville s'animait d'une façon particulière.

– Je suis Reine de Hael à présent, même si je demeure Impératrice des Fées. J'ai besoin que quelqu'un m'aide à... tu sais, gouverner... Inutile de demander à Pyrgus – seules ses aventures rocambolesques et la protection des animaux l'intéressent. Quant à Comma, il est trop jeune.

Elle le dévisagea avant de baisser les yeux.

Il fallut quelques instants avant que Henry ne comprenne ce qui se tramait. Et là, il fut comme percuté par une avalanche. Il cligna plusieurs fois des yeux.

– Attends ! Une minute ! Tu ne me demandes pas de prendre l'Enfer en charge, hein ?

Sans le regarder, Bleu secoua la tête.

– Non, Henry. Je te demande de m'épouser.

1

Deux ans plus tard...

— Que se passe-t-il ? demanda Henry.

Hodge le foudroyait du regard derrière la grille de sa cage de transport. L'air scandalisé, Alicia frottait sa main ensanglantée.

— Ton chat m'a mordue ! s'exclama-t-elle. Il faut faire piquer cette sale bête.

— Je t'avais dit de le laisser tranquille, la sermonna Henry qui se tourna vers leur mère. Pourquoi est-il dans cette cage ?

— Henry, il a mordu ta sœur. Et il l'a griffée, à la main heureusement. S'il avait visé son visage, elle aurait pu être défigurée ou perdre un œil.

— Elle n'aurait pas dû l'embêter, déclara Henry. Pourquoi est-il dans cette cage ?

— Je ne me suis pas approchée de ton chat ! s'écria Alicia.

— Menteuse ! lui asséna Henry. Depuis que je l'ai ramené à la maison, tu n'arrêtes pas de le prendre dans tes bras, de le pincer, de lui enlever ses croquettes. Pas étonnant qu'il t'ait mordue ! C'est un

15

chat indépendant, pas une peluche. Il veut juste qu'on lui foute la paix.

— Surveille ton langage ! intervint sa mère. Henry, il a attaqué ta sœur et l'a mordue jusqu'au sang. Elle risque d'attraper le tétanos ou la maladie des griffes du chat. Nous ne pouvons pas en rester là. Et d'abord, je n'ai jamais été d'accord pour garder ce chat à la maison.

Henry regarda sa mère droit dans les yeux.

— Pourquoi est-il dans cette cage ? répéta-t-il encore.

Martha détourna le regard.

— Non, nous n'allons pas le faire piquer, si c'est ce que tu crois. Anaïs sort la voiture. Nous l'emmenons chez le vétérinaire pour être castré.

Pendant un instant, Henry fut incapable de réagir.

— Il va être castré parce qu'il a griffé Alicia ? C'est sa punition ?

— Non, bien sûr que non, s'impatienta Martha. Il sera simplement plus calme après. Il attaquera moins les gens… (Martha renifla avant d'ajouter :) Et il sera plus propre.

— Maman, Alicia est la seule personne que Hodge ait attaquée durant toute sa vie. Pourquoi ? Parce qu'elle n'arrête pas de l'embêter. Vingt-quatre heures sur vingt-quatre. Qu'entends-tu par plus propre ?

— Les chats mâles marquent leur territoire par un jet d'urine. Tu veux que notre maison sente mauvais ?

— Mais il ne s'est jamais lâché dans la maison ! Il a peut-être aspergé le jardin, mais c'est différent.

— Les chats ne peuvent pas s'en empêcher, le raisonna sa mère. Ils délimitent leur territoire ainsi et Hodge ne tardera pas à s'approprier la maison, crois-moi. Nous avons donc décidé qu'il valait mieux prévenir que guérir.

– Nous ? s'emporta Henry. Tu veux dire, Anaïs, Alicia et toi. Personne ne me demande mon avis ! C'est quand même mon chat !

Au sens strict, Hodge appartenait à M. Fogarty, mais celui-ci ne l'avait pas vu depuis deux ans, alors Henry s'occupait de son animal de compagnie.

– Tu ne t'adresses pas à moi sur ce ton ! le réprimanda Martha qui se tut quelques instants, comme pour laisser à son fils le temps de digérer la nouvelle. (Puis elle reprit sur un ton doucereux :) Nous pensions que ce serait beaucoup plus facile pour toi si nous prenions les devants. Je sais à quel point tu aimes ce vieux chat. Nous avons choisi de ne pas t'en parler pour éviter que tu t'inquiètes des conséquences de l'anesthésie et de l'opération. D'ailleurs, je croyais que tu étais sorti.

Rien de nouveau sous le soleil. À chaque fois qu'elle lui jouait un mauvais tour, elle prétendait agir pour son bien. Et c'était pire depuis qu'Anaïs avait emménagé. La compagne de sa mère ne représentait pas une gêne pour Henry. Au contraire, il l'aimait bien et elle ne s'était pas opposée à la présence de Hodge chez eux. Mais quand les choses lui tenaient à cœur – ainsi cette stupide égratignure sur la main d'Alicia –, la mère de Henry convainquait toujours Anaïs de se ranger à ses côtés. Comme en ce cas. Anaïs sortait la voiture pour emmener Hodge chez le vétérinaire. Il ne serait pas castré pour avoir uriné sur les rideaux ou s'y être essayé un jour, mais pour s'être défendu. Martha comptait lui donner une bonne leçon.

Voilà à quoi Henry était confronté depuis sa plus tendre enfance. Après le départ de son père, il avait vécu dans un milieu de femmes et l'atmosphère était devenue peu à peu invivable. Henry n'était plus un petit garçon et il était hors de question qu'elles s'en prennent à Hodge.

Henry s'approcha donc de la cage de transport et ouvrit le verrou.

— Pas cette fois-ci, Maman.

Hodge jaillit de sa prison telle une fusée.

2

– Tu as fait quoi ? s'exclama Charlie, un grand sourire aux lèvres.

– Je l'ai libéré, répéta Henry. Il s'est enfui par la fenêtre de la cuisine et nous ne l'avons pas revu depuis. Si tu veux mon avis, il savait quel sort elles lui réservaient.

Ils étaient assis l'un à côté de l'autre sur un banc dans le parc. Charlie triturait en vain la semelle de sa basket gauche qui bâillait. Henry lui trouvait beaucoup de charme avec ses quelques kilos en plus. Charlie abandonna soudain sa chaussure pour lui demander :

– Pourquoi ne veux-tu pas faire castrer Hodge ?

– Parce que ! s'écria Henry. Primo, ce n'est pas vraiment mon chat.

– Exact, il appartient à M. Fogarty. Au fait, tu n'as toujours pas de nouvelles ?

– De M. Fogarty ? Non, non.

– Voilà au moins dix-huit mois, continua Charlie.

En vérité, il était parti depuis plus de deux ans, mais Henry devait se montrer prudent. Selon la version officielle, M. Fogarty s'était rendu auprès de sa fille en Nouvelle-Zélande et Henry devait s'occuper de sa maison et de son chat. Charlie n'avait jamais abordé le sujet auparavant, contrairement à sa mère qui ne cessait de parler de leur arrangement. Seuls les chèques réguliers empêchaient Martha de poser trop de questions. Ils étaient juste signés « A. Fogarty ». A. pour Alan, présumait-elle.

– Tu sais comment sont les anciens, esquiva Henry.

Charlie fixa le lac artificiel sur lequel deux cygnes glissaient avec grâce.

– Dis-moi, comment comptes-tu t'organiser l'année prochaine, une fois à l'université ?

– Qui te dit que je serai reçu ? Et si je ratais mes examens ?

– Oh ! Je ne m'inquiète pas pour toi ! répliqua Charlie. Il faudra que tu partes. Où comptes-tu postuler ? Oxford ? Cambridge ?

– Aucune chance qu'ils me prennent. Je ne suis pas assez brillant.

Charlie haussa les épaules.

– Peu importe laquelle tu choisiras, il faudra que tu partes loin d'ici, vu qu'il n'y a pas de fac dans le coin. Et si tu déménages, il ne restera plus personne pour s'occuper de la maison de M. Fogarty ou sauver Hodge d'un destin pire que la mort, ou me voir, ou...

Henry comprit alors ce qui préoccupait son amie.

– Oh, mais on se verra souvent. Je reviendrai tous les week-ends.

– Peut-être pas tous.

– Non, peut-être pas. Un sur deux.

– Un sur deux ?

– Un sur trois.

– Tu savais que les cygnes s'unissent pour la vie ? lui demanda-t-elle soudain.

– Je crois l'avoir lu quelque part.

– Si l'un meurt, l'autre reste seul à jamais, continua-t-elle avant de tourner la tête pour mieux le regarder. (Elle s'humecta les lèvres, puis reprit la parole :) Henry, je crois que nous devrions arrêter.

– Arrêter quoi ? s'enquit-il bêtement.

– De nous voir.

Pour une fois, Henry avait la maison à son entière disposition quand il rentra. Il prit un yaourt dans le frigo puis monta dans sa chambre pour écrire une lettre.

Chère Madame Barenbohm, commença-t-il avant de s'interrompre.

Voilà qui se compliquait déjà. Angela Fogarty, la fille de M. Fogarty, avait épousé un industriel américain nommé Walter Barenbohm, avant d'émigrer en Nouvelle-Zélande avec l'argent obtenu lors de son divorce. Angela semblait tout aussi bizarre que son père car elle insistait pour utiliser le nom de Barenbohm alors que Walter filait à présent le parfait amour avec une strip-teaseuse à Las Vegas. Cependant, dès qu'il s'agissait de transactions financières, elle revenait à son nom de jeune fille.

Le stylo de Henry fila à nouveau sur la feuille.

Je vous écris pour vous apprendre que je passe le bac à la fin de l'année et qu'à la rentrée, j'espère intégrer une université. Je ne sais pas où elle sera (l'université).

Il s'interrompit. Il n'était même pas sûr d'aller à la fac. Malgré ce qu'il avait affirmé à Charlie, il savait qu'il aurait ses examens haut la main. Par contre, quand il avait essayé de discuter de son avenir avec sa mère, elle était devenue évasive, ce qui était mauvais signe. Était-ce une question d'argent ? Martha éludait le sujet. Anaïs, elle, prétendait ne pas être au courant.

Il haussa les épaules. Cela n'avait pas d'importance. Qu'il aille ou non à la fac, il ne traînerait pas dans les parages une minute de plus.

Comme il n'y a pas d'établissement supérieur dans la région, cela signifie que, tôt ou tard, je ne pourrai plus m'occuper de la maison de votre père ni du chat (Hodge), ainsi que je le fais depuis plusieurs années maintenant.

J'apprécie l'argent que vous avez envoyé – Henry barra *avez envoyé* et inscrivit *envoyez* à la place, puis il examina sa lettre en se demandant s'il ne devait pas la recommencer. Au bout d'un moment, il décréta qu'il ne s'agissait pas d'une dissertation et continua : *mais je regrette beaucoup de ne pas pouvoir poursuivre notre arrangement actuel. Je vous préviens dès maintenant, comme ça vous pourrez vous organiser autrement, vendre la maison...* (Angela pensait que son père était mort et qu'il lui avait légué sa maison ; seul Henry savait la vérité.) *C'est vous qui voyez. Veuillez marquer « Personnel » sur l'enveloppe contenant votre réponse. Faites-moi savoir avant Noël quelle est votre décision et dites-moi aussi si je peux vous aider de quelque manière que ce soit.*

Il signa Henry Atherton et s'empressa d'ajouter un P.-S.

P.-S. Des gamins ont cassé une fenêtre du bas. Je me suis servi du fonds de prévoyance pour la faire réparer. Il savait qu'il devait s'en tenir là mais il ne put empêcher sa main d'écrire : *P.P.-S. Même si je ne m'occupe plus de la maison, je pourrai peut-être prendre soin de Hodge (le chat) quand je serai à l'université. Pas question de le faire piquer ou de le donner.*

Il fixa les mots un long moment. Mieux valait ne pas mentionner le petit incident avec Hodge et son absence prolongée. Il ne tarderait pas à revenir – le pauvre était trop gros, vieux et paresseux pour courir le monde désormais. Le tout était de s'assurer que Martha ne mette pas la main sur lui la première.

... quand je serai à l'université. Comment pourrait-il prendre soin d'un chat tout en suivant des cours à la fac, hein ? Il trouverait une solution. Il le devait bien à M. Fogarty. Et à Hodge. Ses mains tremblaient légèrement quand il ferma l'enveloppe.

Puisque personne n'était encore rentré, il vola un timbre et un autocollant PAR AVION dans le bureau de sa mère puis il enfila son manteau. Plus tôt cette lettre serait postée, mieux ce serait. Il ouvrit la porte... Hodge l'attendait sur le perron.

– Ah ! Te voilà ! s'exclama Henry.

Malgré les feulements de protestation de Hodge, Henry l'enferma dans sa cage de transport.

– C'est pour ton bien, marmonna-t-il tout en suçant le pouce que le félin impulsif avait mordu. Crois-moi, il vaut mieux ne pas traîner dans les parages.

Il devrait courir pour nourrir Hodge chez M. Fogarty entre deux examens, mais il ne voyait pas d'autre solution. Il connaissait sa mère.

Tandis qu'il attendait le bus, Henry repensa à Charlie. Elle ne souhaitait plus qu'ils sortent ensemble. À sa grande surprise, il n'en était pas plus contrarié que cela. Ils entretenaient une amitié de très longue date et leur romance durait depuis une petite année. Pour parler franc, Charlie s'était montrée plus enthousiaste que lui.

Le voyage en bus fut un cauchemar. Hodge miaula tout le long du trajet et plusieurs passagers dévisagèrent Henry, tel un meurtrier en puissance. Le chat se calma une fois descendu du bus et tandis que Henry le transportait jusqu'à l'impasse de M. Fogarty, le chat examinait les alentours derrière le grillage, comme s'il reconnaissait le chemin.

La maison de M. Fogarty, la dernière de la rue, avait vraiment l'air décrépi malgré toute la bonne volonté de Henry. La plupart des dégâts remontaient à l'époque où M. Fogarty vivait encore là. Le vieil homme avait collé du papier kraft sur les carreaux inférieurs des fenêtres du rez-de-chaussée pour décourager les curieux. Il ne se souciait guère des réparations mineures et avait l'habitude de laisser pourrir des moitiés de hamburgers près du sofa. Maintenant que la maison était inhabitée, le processus de dégradation s'accélérait à vue d'œil. Même si Henry n'avait pas prévu de s'en aller, il aurait été plus raisonnable de vendre la demeure avant qu'elle ne s'écroule.

Il porta la cage jusqu'à la maison et entra – il possédait les clefs de la porte d'entrée depuis deux ans environ. Puis il se rendit dans la cuisine, posa la cage par terre avant de l'ouvrir. Hodge s'étira, jeta des regards méfiants autour de lui puis sortit à pas lents.

– Tu veux du Whiskas ou tu préfères aller dans le jardin pour tuer tout ce qui bouge ? lui demanda Henry.

Hodge s'approcha de la porte de derrière, s'assit et attendit patiemment. Le chasseur a parlé, en conclut Henry qui lui déverrouilla la porte.

Deux inconnus se tenaient sur la pelouse, dehors.

Henry fronça les sourcils. Même s'il n'était pas aussi paranoïaque que M. Fogarty, le jardin était une propriété privée et ces deux-là n'avaient rien à y faire.

Âgé d'une cinquantaine d'années, les épaules carrées, l'homme arborait une masse de cheveux roux qui grisonnaient prématurément. Il portait un costume vert vif et des chaussures en daim. La femme semblait beaucoup plus jeune. Sa fille peut-être, sauf qu'elle était vêtue d'un chemisier, d'une jupe et d'un manteau qui semblaient sortir de l'Armée du Salut.

– Puis-je vous aider ? demanda Henry sur un ton badin.

Il se serait cru dans un de ces films où le temps s'écoule au ralenti, où chaque geste semble laisser une traînée blanchâtre. L'homme se tourna lentement vers lui.

– Henry ?

La fille se tourna tout aussi lentement.

– Henry ! s'exclama-t-elle.

Son sourire illumina son visage telle une coulée de miel. Elle était d'une beauté à couper le souffle.

Tous deux étaient suspendus à ses lèvres, tandis que Henry sentait un drôle de vide dans son estomac. Il les dévisagea un long moment sans les reconnaître.

– Nymphe ? finit-il par bafouiller.

– Henry ! répéta l'homme, tout sourires.

Henry reconnut aussitôt cette expression. C'était impossible…

La bouche entrouverte, Henry le fixa de longues secondes quand, enfin, il parvint à articuler un nom. Ses yeux lui jouaient des tours, il y avait forcément erreur sur la personne.

– Pyrgus ?

3

– **M**ais tu es vieux ! bafouilla Henry.

Sa remarque était stupide, mais rien d'autre ne lui vint à l'esprit. Ils entrèrent et s'assirent autour de la table de cuisine de M. Fogarty. Blotti sur les genoux de Nymphe, Hodge ronronnait pendant qu'elle lui gratouillait les oreilles. Près d'elle, Pyrgus semblait avoir une bonne trentaine d'années. Lui avait-on jeté un sort ? se demanda Henry. S'agissait-il d'un déguisement ?

– Je n'utiliserais pas ces mots, déclara Pyrgus, mais je comprends ce que tu veux dire.

– Que faites-vous ici ? s'enquit Henry.

En vérité, il voulait savoir pourquoi ils portaient des vêtements ordinaires, Pyrgus en particulier. Son costume paraissait de piètre qualité, comparé à ses tenues habituelles. Dans le Royaume, on arborait un style plutôt médiéval, tandis que les Fées de la Forêt comme Nymphe étaient vêtues d'un genre de tunique grecque, en général de couleur verte.

– Pourquoi portez-vous… (Henry ressortit une expression vieille de deux ans)… des vêtements analogues ?

27

– Je viens vivre ici, affirma Pyrgus, comme si cette réponse répondait à toutes ses questions.

Croisant le regard perplexe de Henry, il fit une petite grimace et ajouta :

– Nymphe m'accompagne parce que nous nous sommes mariés.

Pendant un long moment, Henry resta muet de stupéfaction. Son regard se porta sur Nymphe.

– Mariés ? explosa-t-il. Vous êtes mariés ?

– Oui, répondit Nymphe. Peu de temps après ton départ, en vérité.

– Impossible. Vous ne pouvez pas être mariés en vrai ! s'exclama Henry qui souriait à pleines dents.

Il aimait beaucoup Nymphe qui était parfaite pour Pyrgus. Il devait son apparence à un sortilège. Henry dévisagea Nymphe et lui demanda :

– La forêt ne te manque pas ?

– Il y a de nombreuses forêts dans ce monde. Et puis une épouse doit être auprès de son mari.

Charlie ne serait pas d'accord avec toi, pensa Henry. Depuis les six derniers mois, elle versait dans le féminisme, parlait sans arrêt d'indépendance, d'égalité, dénonçait les valeurs traditionnelles qui opprimaient les femmes, etc. Henry approuvait dans l'ensemble ces propos, même si, pour être honnête, il avait d'autres problèmes en tête.

– Cette histoire de vieillissement... a une origine magique ? demanda-t-il soudain.

Aussitôt, le visage de Pyrgus s'assombrit.

– Je suis malade, Henry, chuchota-t-il. Voilà la raison de notre venue.

4

Blafardos portait un pantalon de golf et une chemise en soie rose fluo, des bottes en daim bleu électrique du dernier cri et un tablier vert citron très seyant en peau de slith. Sulfurique le regarda d'un air dégoûté.

– Tu as été suivi ?

– Bien sûr que non. J'ai pris mes précautions, répliqua Blafardos dont les dents enduites d'un sortilège brillaient, jetaient des étincelles et jouaient un air guilleret. N'est-ce pas cocasse ? Nous deux, réunis comme au bon vieux temps ? Vraiment, Silas, je suis si excité que j'en danserais.

– Tu as l'argent ? demanda sèchement Sulfurique.

– Il est dans mon slip, répondit-il. (Quand il croisa le regard interloqué de Sulfurique, il ajouta :) Au cas où quelqu'un essaierait de me le voler.

Ils se tenaient sur le perron d'un manoir isolé enfoui sous les arbres en limite du Cretch. Selon la légende, il avait appartenu au Maître Vampire Krantas. Vrai ou faux ? L'atmosphère était certes lugubre : des tours gothiques et des flèches perçaient le ciel tels des doigts grêles. Dans les profondeurs de la maison, une cloche sonnait creux.

— Je croyais que tu avais arrêté ces idioties, marmonna Sulfurique.

— Quelles idioties ?

— Tes cabotinages. Tes airs efféminés étaient peut-être utiles quand tu espionnais pour le compte de Lord Noctifer, mais aujourd'hui, tout le monde sait que tu joues la comédie.

— Peut-être, soupira Blafardos, mais cela fait partie de moi maintenant. (Tel un philosophe, il scruta le lointain.) La vie n'est-elle pas une grande actrice qui chercherait des rôles à jouer ? Et si…

— Ne t'amuse pas à ça avec la Confrérie.

Des pas lents se firent entendre depuis les entrailles du manoir. Au bout d'une éternité, la lourde porte en chêne s'ouvrit. Une Fée de la Nuit cadavérique en tenue de soirée les toisa.

— Ah ! Sulfurique, s'exclama-t-il avant de dévisager Blafardos avec un air de dégoût flagrant. Et lui, ce doit être le Candidat.

Sulfurique fit un petit oui de la tête. Inutile d'expliquer. Tout le monde savait pourquoi Blafardos se trouvait là en réalité : fournir de l'argent. Beaucoup d'argent, pour l'instant bien au chaud dans son slip.

— Par ici.

Ils suivirent la créature dans un dédale de couloirs sinueux avant d'émerger dans une immense cuisine dallée. L'odeur interdite du café analogue émanait d'un chaudron sur le fourneau. Sulfurique se demanda brièvement s'ils s'en servaient de substance hallucinogène.

Leur guide regarda autour de lui et fronça les sourcils.

– Erreur d'aiguillage, marmonna-t-il avant de tourner les talons. Par là.

Ils passèrent devant un escalier en colimaçon.

– D'Urville ! gronda une voix en colère.

D'Urville s'arrêta et leva les yeux.

– Ah ! Vous voilà, monsieur.

Sulfurique reconnut aussitôt la Fée de la Nuit qui se tenait en haut des marches. Weiskei, Sentinelle de la Confrérie, était un enquiquineur de première qui avait l'habitude de fourrer son nez partout. Il portait une toge rouge ornée du symbole magique officiel sur sa poitrine et une épée cérémonielle ridicule. Il dévisagea Blafardos avec encore plus de dégoût que D'Urville ne l'avait fait.

– Je présume qu'il s'agit du Candidat.

Sulfurique fit oui de la tête.

– Pourquoi est-il vêtu comme un clown ?

Blafardos ouvrait la bouche quand Sulfurique lui fit signe de se taire.

– Où devons-nous nous préparer ? s'enquit ce dernier.

– Tu es le Sponsor, n'est-ce pas, Frère… Frère… Euh, Frère…

– Sulfurique, grommela-t-il.

Cet homme qui le connaissait depuis un quart de siècle l'irritait. Ils ne se fréquentaient pas beaucoup, d'accord, mais suffisamment pour qu'il se souvienne

31

de son nom. À moins que Weiskei ne cherchât à l'humilier, ce sale petit faiseur de tort.

– Sulfurique, répéta Weiskei. (L'absence momentanée dans son regard fut quelque peu perturbante, mais il se reprit vite :) Suivez-moi.

Il les précéda dans l'antichambre de la Loge, un cagibi dont les lourds rideaux noirs empêchaient la lumière du jour d'entrer. La seule lueur provenait d'une desserte où brûlait un morceau de bougie collé sur un crâne. Elle était censée rappeler son immortalité au Candidat. Sulfurique ne semblait pas impressionné.

L'air pompeux, Weiskei se mit au garde-à-vous, le dos contre la porte de la Loge, son épée de cérémonie levée. Sulfurique jeta son châle de démonologue sur ses épaules.

– On enlève chaussures et chaussettes ! Et aussi ce stupide accoutrement.

Lorsqu'un signe d'irritabilité apparut sur le visage empâté de Blafardos, il ajouta patiemment :

– C'est symbolique, Jasper. Preuve de ton humilité.

– Ah, d'accord ! s'exclama Blafardos.

L'homme s'était verni les ongles d'orteils ! Sa soif de théâtre était-elle donc sans limites ? Avec une expression fatiguée, Sulfurique détourna le regard. Ce type ne pouvait-il rien faire comme les autres ? Il s'abstint de tout commentaire car la Confrérie avait trop besoin de l'argent de Blafardos.

Ils patientèrent un long moment. La bougie menaçait de tomber lorsque la porte de la Loge s'ouvrit enfin.

Une créature vêtue d'un pagne et d'une tête de chacal apparut.

— Oh, mon Dieu ! s'exclama Blafardos, les yeux rivés sur le pagne.

— Encapuchonne le Candidat, Frère Sentinelle, ordonna la créature à la voix étouffée par le masque.

— Tout de suite, Frère Praemonstrator ! s'écria Weiskei.

Il sortit des plis de sa toge une capuche qu'il mit sur la tête de Blafardos. Sulfurique s'agenouilla aussitôt pour rouler la jambe gauche du pantalon de Blafardos au-dessus du genou. Ce dernier poussa des gloussements.

Cet homme était vraiment infernal. Mais aussi d'une richesse indécente, se rappela Sulfurique pour la millième fois. Et la Confrérie n'avait jamais eu autant besoin de cet argent qu'aujourd'hui.

Et s'ils voulaient regagner leur gloire passée...

5

Le champ de bataille avait le même aspect que le jour où la guerre civile s'était achevée. Les traces de violence étaient partout. Les explosifs propulsés par sortilège avaient creusé de grands cratères dans les blocs de pierre. Au milieu des prairies flétries et brûlées, quelques arbres survivants affichaient leur nudité. Des corps mutilés et ensanglantés gisaient de toutes parts, parfois immobiles et muets, parfois exhalant un soupir de douleur, et pour certains rampant sur leurs moignons dans une tentative de s'éloigner.

L'illusion était parfaite. On pouvait sentir le sang et la magie militaire à la puanteur notoire. Impassible, Bleu se fraya un chemin parmi les débris. Elle avait ordonné la construction de ce mémorial – sa pénitence.

Ces corps n'étaient que des fantômes, mais ses entrailles se serraient devant tant d'horreur (horreur qu'elle avait engendrée). Elle n'avait parlé à personne de ce projet, pas même à Mme Cardui. Si elle avait arrêté des décisions différentes lors de son accession au trône, ces braves soldats immortalisés dans ce spectacle macabre ne seraient pas morts. Le Royaume ne se serait pas déchiré. Les Fées ne se seraient pas combattues entre elles. Le sentiment de culpabilité la prit à la gorge. Un jour par mois, Bleu s'obligeait à marcher en ces lieux, à regarder, sentir et se souvenir.

Elle avait pour gardes deux démons trapus. Les affreuses brutes trottinaient de rocher en rocher à quelques mètres derrière elle, mais d'après son expérience elle savait que leurs ailes courtaudes les transporteraient à ses côtés en cas de danger. Elle ne venait qu'accompagnée de démons, par choix politique. Après tout, n'était-elle pas Reine de Hael ? En vérité, elle ne pouvait pas se résoudre à afficher la conscience de sa faute devant ses gardes habituels. Même la pénitence a ses limites.

Un des pseudo-corps était un officier qu'elle connaissait de vue, un ancien Capitaine de la Garde du Palais. Il serait major ou colonel à présent, si les choses avaient eu un cours différent. Aujourd'hui, il était mort. Son vrai corps était enterré dans le carré militaire de l'Île Impériale. Une petite tragédie dans la grande. Pourtant, ce fut son souvenir qui lui fit monter les larmes aux yeux. Elle s'interrogea pour la énième fois : aurait-il fait bon vivre au Royaume si elle avait suivi l'exemple de son frère et refusé le trône qu'on lui offrait ?

À la pensée de Pyrgus, elle revint au temps présent et à la crise plus grave que la guerre civile qui menaçait le Royaume. Que pouvait-elle accomplir encore ? Elle passa en revue les différents recours dans sa tête et constata son impuissance. Ni elle ni personne ne pouvait résoudre le problème.

35

Certaines choses demeuraient hors de contrôle, même pour une Reine. Au moins, Pyrgus avait sa chance désormais. Elle avait tant insisté pour qu'il aille vivre dans le Monde analogue… Il n'avait peut-être pas aimé sa décision, mais elle était pleine de bon sens. Dieu merci, la situation ne s'aggravait que lentement. Tant que cela durait, il y avait de l'espoir.

Si seulement Henry la soutenait…

Même à cet instant, si longtemps après son refus, Bleu en rougissait encore. Non mais quelle idiote ! D'accord, à l'époque elle n'était qu'une enfant d'à peine quinze ans, mais elle aurait dû s'en douter. Les hommes n'aiment pas se sentir traqués, les garçons encore moins. Elle avait été folle de demander Henry en mariage. Quiconque doté d'une moitié de cerveau aurait prédit sa réaction. À vrai dire, Mme Cynthia lui avait décrit la scène seconde après seconde, mais forcément, Bleu avait ignoré ses conseils. Elle soupira. Où se trouvait Henry à présent ? Chez lui dans le Monde analogue, bien sûr, mais sortait-il avec quelqu'un ? Y avait-il dans sa vie une jeune fille qui lui tenait la main, lui caressait les cheveux, le réconfortait ?

C'était idiot, mais elle était submergée par une telle tristesse qu'elle en oublia la guerre civile et sa culpabilité.

Les démons l'avaient rejointe. Bleu sursauta, par réflexe. Jamais elle ne s'habituerait à la vitesse à laquelle ces êtres se déplaçaient. Ils lui inspiraient une si forte répulsion… alors qu'ils ne lui voulaient aucun mal, bien entendu. En position de défense, les yeux rouges, ils fixaient un point au loin. Ils étaient ses sujets désormais, qu'elle le veuille ou non, et ils la protégeraient au péril de leur vie.

Bleu suivit leur regard afin de savoir ce qui avait éveillé leur attention. L'horrible champ de bataille offrait son spectacle macabre tout autour d'eux, quand une silhouette apparut sur une colline lointaine. Sa position verticale indiquait qu'il ne s'agissait pas d'une illusion. Les yeux rivés sur l'intrus, les démons communiquaient à voix basse dans leur langage qui faisait penser aux claquements des pinces de crabe et qu'ils utilisaient dans les lieux où la télépathie ne passait pas.

– Doucement, chuchota Bleu.

Sa remarque eut peu d'effet. Ses deux gardes frémissants ressemblaient à des chats prêts à bondir sur un oiseau. Elle appréhendait le jour où ils éventreraient un innocent, un pauvre sujet venu lui adresser une requête, par exemple. Rien d'aussi grave ne s'était produit pour l'instant. Leur extraordinaire discipline continuait néanmoins à la tourmenter.

Bleu devina à la démarche étrangement sautillante que l'inconnu était un messager, un coureur de transe, pour être exact, identifiable à l'insigne de sa Guilde. Ses yeux fixaient un point dans le ciel, tandis que sa main droite agrippait une belle dague de cérémonie qu'il brandissait tel un guerrier. C'était bizarre, mais il parvenait à éviter tous les obstacles.

– Ne bougez pas ! ordonna Bleu, de peur que les démons ne ripostent à la vue de la dague.

Ils lui obéiraient tant qu'elle ne serait pas menacée.

Bien qu'il fût impossible que le coureur l'ait aperçue, il s'arrêta à quelques mètres de Bleu. La Lumière seule savait combien de kilomètres il avait parcourus, même s'il n'avait pas le souffle court. Ses yeux se baissèrent lentement et retrouvèrent leur vivacité. Soudain, il s'agenouilla.

– Votre Majesté, déclara-t-il en lui tendant la garde de sa dague.

Bleu s'empara de l'arme. Par son geste, l'Homme de la Guilde lui signifiait qu'il venait en paix. Mais ce n'était pas tout. D'un mouvement vif, Bleu dévissa le haut de la dague et sortit un parchemin de la garde creuse. Pendant un instant, les sortilèges de sécurité répandirent leur fragrance puis le parchemin se transforma en un message usuel du Palais.

Au bout de quelques lignes, Bleu écarquilla les yeux, frappée d'inquiétude.

6

Comme le café avait des effets psychédéliques sur les Fées, Henry leur prépara un thé. Nymphe examina sa tasse d'un air perplexe. Pyrgus, qui connaissait le breuvage, en but de grandes gorgées tout en lui fournissant des explications.

– ... Parce qu'il était dans le Cretch. Les Fées de la Nuit organisent leur propre système de santé et j'ai peur que le nôtre et le leur ne communiquent pas plus qu'avant. Il n'y aurait eu aucune différence, de toute façon. Je ne vois pas pourquoi notre peuple aurait remarqué quelque chose qui aille de travers. Le premier cas, du moins le premier à notre connaissance, était une fillette prénommée Jalindra. Chacun a cru qu'elle avait attrapé le rhume des chevaux. Tous les enfants du Cretch l'attrapent un jour ou l'autre et les premiers symptômes sont similaires.

Quand il habitait encore là, M. Fogarty avait accumulé un assortiment hétéroclite de tasses. Sur celle que Henry avait donnée à Pyrgus figuraient des volailles écoutant, attentives, l'une d'elles qui chantait *L'Œuf fantôme de l'opéra*. Pyrgus examina le dessin avant de poursuivre avec sérieux :

– Jalindra avait quatre ans quand elle a attrapé le virus. Un an plus tard, elle ressemblait à une cinquantenaire. Six mois après, elle était morte... De vieillesse, ajouta-t-il, les yeux baissés.

– On a une maladie similaire ici, intervint Henry. Un vieillissement prématuré qu'on appelle... (Il fouilla dans sa mémoire et fut surpris de se souvenir du nom :) Syndrome de Werner. Ils en ont parlé à la télé il y a une quinzaine de jours. C'est génétique, apparemment. Les enfants ne grandissent pas beaucoup, ils grisonnent, se rident et ont des maladies de personnes âgées comme des infarctus, des cataractes, et ils meurent jeunes.

Henry posa sa tasse sur la table. Un poisson était dessiné au-dessus de la phrase suivante : *Les voies du lieu sont impénétrables.*

Pyrgus secoua la tête.

– Là, c'est différent. Ce virus se propage dans la population. Les Fées de la Nuit ne sont pas les seules concernées. Les Fées de la Lumière tombent malades, elles aussi.

– Et Pyrgus, ajouta Nymphe.

Henry sentit son estomac se nouer, comme s'il avait peur. Non, il ne voulait pas que Pyrgus souffre d'une horrible maladie qui réduirait sa vie à dix-huit mois au plus. Il regarda son ami qui ressemblait davantage à son père, l'ancien Empereur pourpre. Cette impression lui donna la chair de poule.

– Tu n'as pas... bafouilla Henry. Ils ont trouvé un remède, un vaccin. Tu ne vas pas... (Henry éclata d'un rire artificiel.) Tu ne vas pas mourir, dis ?

– Non, répondit Nymphe avec fermeté.

Henry se tourna vers elle. Il ne goûtait guère qu'elle lui réponde. Mais avant qu'il n'intervienne, Pyrgus prit la parole :

– Laisse-moi te raconter toute l'histoire, Henry. C'est un peu compliqué, mais j'aimerais que tu comprennes.

Que je comprenne quoi ? s'interrogea Henry qui attendit patiemment la suite de son histoire.

– Nous n'avons jamais eu une telle maladie dans le Royaume. Il n'y en a nulle trace dans nos archives médicales ou notre histoire. Elle s'est déclarée dans le Cretch avec la pauvre Jalindra et s'est répandue, lentement d'abord. Croyant qu'il s'agissait de cas isolés, les guérisseurs n'y ont pas prêté attention. En vérité…

Pyrgus s'interrompit et s'humecta les lèvres, l'air embarrassé.

– Quoi ? s'exclama Henry.

– Pour être honnête, les premiers jours, tout le monde a cru à une maladie spécifique des Fées de la Nuit – elles seules pouvaient la contracter. Cela semblait évident, ajouta-t-il tout en remuant sur sa chaise. Les préjugés ont la vie dure. Bleu fait de son mieux, mais on ne peut pas changer la manière de penser des gens avec des lois. Et puis, comment en vouloir aux Fées de la Lumière, après ce que Noctifer leur a infligé ?

– À qui le dis-tu ? répondit Henry qui avait lui-même quelques a priori.

– Enfin… soupira Pyrgus. Le temps qu'on prenne l'affaire au sérieux, le temps que les Fées de la Lumière tombent à leur tour malades, la maladie s'était propagée au point que nous ne pouvions plus l'isoler pour la traiter. Les sorciers guérisseurs ont dû l'étudier en profondeur et là, ils ont découvert quelque chose de bizarre.

— De vraiment bizarre, renchérit Nymphe.

— En fait, Henry, avec cette maladie tu n'as pas seulement l'air vieux, ton corps ne se ride pas et ne grisonne pas peu à peu. Les guérisseurs l'ont surnommée FT – fièvre temporelle – car elle interfère avec le temps. Tu vis plus vite que tu ne le devrais.

— Je ne suis pas sûr de comprendre, l'interrompit Henry en clignant des yeux.

— Imagine, poursuivit Pyrgus, que je te la transmette… (Voyant Henry blêmir, Pyrgus se dépêcha d'ajouter :) Ce qui est impossible. Je t'expliquerai pourquoi dans une minute. Mais imagine que tu sois malade. De temps à autre, tu souffres de poussées de fièvre, puis tu plonges dans le coma. Nous t'alitons et attendons que tu en sortes. Si ton coma dure plus d'une journée, nous te regardons vieillir. Voilà ce qu'il se passe à l'extérieur. Quant à l'intérieur… ce que tu expérimentes est complètement différent. Tu ignores que tu es allongé dans un lit. Dès que le coma débute, tout s'accélère autour de toi. Tu penses et agis à la vitesse grand V. Si tu avais prévu de partir en vacances demain, tu pars, mais au lieu de prendre des semaines, elles durent quelques secondes. Tu comprends ?

— Oui… bafouilla Henry. Euh… Non.

— Tu vis à toute allure. Puis, au bout d'un moment, ça s'arrête et tu reviens au présent. Tu es en convalescence et tu vis à nouveau à vitesse normale. Sauf que tu as vieilli de plusieurs années. La fièvre a consumé ton avenir.

– Tu te souviens de ton futur à ton retour ? demanda Henry au bout d'un moment. Tu sais ce qu'il va t'arriver ?

Pyrgus se mordilla les lèvres.

– Oui et non. C'est un peu flou – même quand cela se déroule. En tout cas, l'avenir dont tu te souviens est évanoui. Tu ne le vivras pas, parce que tu l'as déjà vécu. Tu me suis ?

Henry cligna des yeux sans rien dire.

– Voilà ce qui peut arriver, poursuivit Pyrgus, si tu as de la chance. Tu peux glaner un détail ou deux sur la vie d'un proche ou du Royaume en général. Ton avenir personnel ? Les souvenirs sont vraiment infimes, crois-moi. Tu ne t'apercevrais pas qu'il y a eu une guerre si tu n'y participais pas. La plupart des malades ne se souviennent de rien d'utile. La plupart…

Une étrange expression assombrit le visage de Pyrgus. Tous trois demeurèrent muets.

– Voilà l'épreuve que tu traverses ? finit par demander Henry.

– Que je traversais, rectifia Pyrgus. Les effets s'interrompent dans le Monde analogue. Cela explique que tu ne puisses pas attraper ma maladie. Elle est inactive ici. Tu n'as pas les symptômes et tu ne peux pas les transmettre.

– Et c'est pour cette raison que vous êtes venus dans mon monde ?

– Oui, répondit Nymphe. Bleu souhaitait que nous nous éloignions jusqu'à ce qu'un traitement soit trouvé.

– Et donc vous êtes venus me voir, continua Henry avec le sourire.

Le visage de Pyrgus demeura accablé. Il secoua la tête.

– Non, Henry. Nous sommes venus te voir parce que M. Fogarty est mourant.

7

Sa peur fut multipliée par cent.

– Impossible ! cria Henry.

Il se doutait, certes, que cela pouvait arriver. M. Fogarty semblait solide comme un roc, il devait bien avoir quatre-vingt-dix ans. Beaucoup avaient cassé leur pipe longtemps avant. Cette réalité n'empêcha pas Henry de nier les faits.

– Impossible, répéta-t-il. Et ses traitements ?

Les sorciers du Palais administraient à M. Fogarty des sortilèges de rajeunissement censés reconstruire les organes vitaux. Au début, Henry n'avait pas remarqué de changement dans son apparence, contrairement à Mme Cardui qui le trouvait plus « fringant ».

Pyrgus ignora sa question.

– Il a attrapé la maladie, Henry. Il a la FT.

– Je croyais que les humains y échappaient ! lança Henry sur un ton accusateur.

Il recula sa chaise et se mit à arpenter la cuisine d'un pas nerveux, les yeux soudain humides.

– J'ai dit que la maladie était inactive dans le Monde analogue. Apparemment, elle n'existe pas ici, expliqua Pyrgus avec patience. Ce n'est pas pareil.

— Écoute, intervint Nymphe. La FT consomme ton futur. Les plus jeunes ont l'avenir devant eux. Pas M. Fogarty. Il ne lui reste plus que quelques années, même avec les traitements rajeunissants. Pyrgus t'a parlé de poussées de fièvre qui consument le temps qu'il te reste. Quand tu es jeune, tu peux supporter plusieurs poussées. Quand tu as quatre-vingt-sept ans comme M. Fogarty...

— Combien en a-t-il subies ? s'enquit Henry.

— Une seule, répondit Nymphe. Ce qui l'a laissé très vieux et très affaibli. Il ne sort plus de son lit.

— Mais il peut guérir... C'est vrai, il est robuste. À l'aide de sortilèges et de...

— Une autre poussée de fièvre le tuera, Henry, l'interrompit Pyrgus. S'il survit jusque-là.

Henry les dévisagea. Il n'avait pas vu M. Fogarty depuis deux ans, mais cela importait peu. Comme il importait peu que M. Fogarty fût un vieillard difficile, farfelu, paranoïaque et maladroit. Henry l'aimait et il venait juste de réaliser à quel point.

— Il faut le ramener ici, alors ! s'écria Henry.

Pyrgus, son ami vieilli, mature et grisonnant, lui lança un regard plein de tristesse.

— C'est évident ! s'enthousiasma Henry. Vous le rapatriez ici, dans le Monde analogue, et il n'aura plus de poussées de fièvre. Il suivra ton exemple et attendra un traitement.

Soudain, son enthousiasme retomba. C'était trop évident. Ils avaient déjà dû envisager cette solution.

— Il ne veut pas venir, déclara Nymphe.

46

– Forcez-le ! hurla Henry. Quel est le problème ? Obligez-le !

– As-tu déjà essayé de contraindre M. Fogarty à agir quand il n'en avait pas envie ? demanda Pyrgus.

Henry tira sa chaise à lui et s'assit. Il se pencha sur la table.

– Une minute ! Pourquoi ne veut-il pas revenir ? Sa maison est toujours là. Son chat aussi. Je m'occuperai de lui.

Et au diable l'université !

– On n'en sait rien, marmonna Pyrgus. Ce n'est pas une question de lieu. Même s'il ne voulait pas revenir ici… (Pyrgus examina la sinistre cuisine.) Il pourrait vivre avec Nymphe et moi. Nous pourrions lui acheter un manoir s'il le désirait. L'or ouvre bien des portes dans ton monde, Henry. Non, il ne veut pas s'en aller et nous ignorons ce qui se passe dans sa tête.

– Avez-vous essayé de le découvrir ?

Pour la première fois, Pyrgus montra des signes d'impatience.

– Bien sûr ! lâcha-t-il. Crois-tu que je me fiche de sa santé ? Sans lui, il y a plusieurs années que je serais mort.

– Pyrgus a repoussé son départ du Royaume afin de persuader M. Fogarty de nous accompagner, argumenta Nymphe. Pyrgus a consumé cinq années au passage.

Henry s'avachit sur sa chaise.

– Pardon, Pyrgus, pardon. Ce n'est pas ce que je voulais dire… Bien sûr, tu as fait de ton mieux.

– Nous avons fait notre possible, continua Pyrgus.

Maintenant, peut-être t'accordera-t-il plus d'attention.

Ce serait bien la première fois ! se dit Henry avant de reprendre à voix haute :

– Vous voulez que je retourne au Royaume ?

– Oui, répondit Pyrgus. Je ne peux pas t'accompagner – la maladie se réactivera dès que je serai rentré. Nymphe se chargera de ta sécurité.

Il jeta un regard plein d'espoir à Henry.

Les cartes étaient entre ses mains. Retourner au Royaume ? Il en avait beaucoup rêvé ces deux dernières années. Mais comment ? Il devrait faire face à Bleu. Il sentait déjà l'affreux embarras s'insinuer en lui et priait pour que son visage ne soit pas cramoisi. Pyrgus savait-il que sa sœur l'avait demandé en mariage ? Que ressentait Bleu aujourd'hui ? Non mais quel idiot, quel lâche de s'être enfui de la sorte ! Il ne pouvait pas remettre les pieds au Royaume, car sans aucun doute il y croiserait Bleu. Il était hors de question d'y retourner.

– Autre chose, ajouta Pyrgus. Il veut te parler.

– M. Fogarty, compléta Nymphe, comme si les mots de Pyrgus devaient être clarifiés. Il t'a demandé à ses côtés.

– Vraiment ? s'étonna béatement Henry.

Tout à coup, il réalisa que M. Fogarty souhaitait peut-être mettre en ordre ses papiers. Écrire son testament, léguer la maison... Sauf que tout était réglé. Et puis, il n'était pas question que M. Fogarty meure maintenant, alors qu'il pouvait regagner le Monde analogue et attendre un traitement, comme Pyrgus. M. Fogarty n'était pas fantasque au point de risquer sa vie.

– Les heures sont comptées, affirma Pyrgus. Peux-tu partir sur-le-champ ?

Non. Cent fois non. Il y avait le lycée, ses examens, sa mère, Charlie (même si elle et lui n'étaient plus ensemble). Et il était hors de question qu'il revoie Bleu, pas après ce qui s'était passé.

Henry ferma très fort les yeux.

– Oui.

8

Elle vit l'éclat de bleu sur les marches du Palais avant même d'atterrir. Danaus, le Chirurgien Sorcier Guérisseur en Chef, l'attendait, arborant toutes ses prérogatives royales. Sa tenue lui confirma que le message était authentique – elle n'en avait pas douté un seul instant. La situation avait dû empirer.

Bleu glissa hors de l'aéro et traversa la pelouse en courant. Ses gardiens démoniaques durent utiliser leurs ailes pour la rattraper. De son côté, Danaus dévala les marches afin de l'accueillir. Bien que très lourd, le grand homme au crâne rasé se déplaçait avec agilité et rapidité si bien qu'ils se rejoignirent sous la tonnelle couverte de roses. Un peu essoufflé, Danaus fit une grande révérence. Quand il se redressa, il lança un regard dégoûté aux démons qui la flanquaient. Ces derniers l'examinèrent, impassibles. Leurs yeux rouges ne cillaient pas.

— Est-il… ? s'inquiéta Bleu.

— Une autre poussée de fièvre temporelle, Votre Majesté.

Personnage de la vieille école, Danaus avait pour habitude de ne jamais regarder une personne de la

50

famille royale dans les yeux, si bien qu'il fixait un point au-dessus de l'oreille droite de Bleu. Alors que cela lui donnait un air évasif, Bleu se fiait sans réserve à son jugement, surtout en matière de médecine.

– Il n'est pas… murmura-t-elle.

– Non. Il vit encore, Votre Majesté. Mais j'ai peur…

– Plus pour longtemps ?

– Oui, Votre Majesté.

– Souffre-t-il ?

– Non, Votre Majesté.

– Pouvez-vous faire quelque chose pour lui ?

– Nous avons introduit des fondamentaux de soutien dans son sang. Ils ont élevé quelque peu ses niveaux d'énergie. Il continue de refuser les stases. Mis à part un contrôle de la douleur, nous ne pouvons rien tenter d'autre. J'ai peur qu'un remède ne nous échappe. Et même si nous en découvrions un demain…

– Il sera trop tard ?

– Oui, Votre Majesté.

– Je veux le voir, exigea Bleu.

Une expression désolée passa sur le visage empâté de Danaus.

– Votre Majesté, son état s'est détérioré de manière considérable depuis sa seconde poussée de FT. Je crains que Votre Majesté ne soit trop ébranlée par son apparence…

– Je suis sûre que vous avez raison, monsieur le Chirurgien Guérisseur en Chef, coupa Bleu, mais je veux tout de même le voir.

Avant qu'il ne s'y oppose à nouveau, elle gravit quatre à quatre les marches du Palais.

Tandis qu'ils la suivaient, un des gardiens démoniaques, sentant peut-être le dégoût de la reine pour la solennité du médecin, mordit le postérieur de ce dernier.

Malgré les fleurs, la chambre du malade sentait la vieillesse et le déclin. Assis dans son lit, M. Fogarty était calé par des coussins. Sur la chaise à côté de lui, Mme Cardui, apparemment endormie, lui tenait la main. En dépit des mises en garde du Chirurgien Guérisseur, Bleu éprouva un choc en le voyant. M. Fogarty avait toujours été maigre, là il était cadavérique. Sa peau ressemblait à du parchemin très fin tendu sur son crâne, ses lèvres se rétractaient sur des dents décolorées et ses yeux paraissaient énormes bien qu'enfoncés dans leurs orbites. Les créatures nageaient dans des tubes transparents et entraient chacune à son tour dans son corps au niveau des cervicales. Bleu pensa qu'elles seules le maintenaient en vie à présent.

Pourtant, la voix du vieil homme lui parut forte quand il secoua la main de Mme Cardui et dit :

– Réveille-toi, mon cœur. La Reine Bleu est là.

Mme Cardui ouvrit tout à coup les yeux. Elle fut désorientée quelques instants avant de vite bondir sur ses pieds.

– Oh ! Pardonne-moi, très chèèère, j'ai dû m'assoupir.

Elle lui fit signe de prendre le siège vacant. Son regard pétillait à nouveau.

— Assieds-toi, je t'en prie, poursuivit-elle. Peut-être pourras-tu ramener ce vieux fou à la raison !

— Non, asseyez-vous, madame Cynthia.

Bien que son espionne en chef n'eût pas contracté la fièvre temporelle, elle semblait aussi vieille que le Gardien. Elle devait avoir une peur panique de le perdre.

— Comment allez-vous, Gardien ? demanda Bleu à M. Fogarty.

— Remarquablement bien pour quelqu'un qui va mourir, répondit le Gardien dont la voix s'apparentait au craquement des feuilles mortes.

— Bleu, très chèèère, dis-lui qu'il doit retourner dans le Monde analogue. Ordonne-le-lui s'il le faut.

M. Fogarty tourna la tête pour regarder tendrement Mme Cardui.

— Tu sais bien qu'elle ne le fera pas, Cynthia. Et, sinon, je n'obéirai pas. Jamais elle n'osera jeter un vieux malade par le portail !

Mme Cardui le foudroya du regard.

— Ta dernière poussée de fièvre a manqué te tuer. Tu aurais pu y rester dès la première, d'ailleurs. Tu sais bien que tu ne survivras pas à la prochaine. Alan, nous tenons à toi. Personne ne veut que tu meures. Aussitôt que tu seras transféré, la maladie sera suspendue. Nos guérisseurs travaillent dur pour trouver un remède. Quand ils le découvriront, tu pourras revenir.

— Je connais vos arguments par cœur, Cynthia, déclara M. Fogarty sur un ton qui les désarçonna tous.

– Elle a raison, Gardien, insista Bleu. Vous le savez comme nous. Je n'arrive pas à comprendre pourquoi vous ne l'écoutez pas, elle.

– Je ne peux pas vous le dire.

Le visage tel du granit, il regarda au loin.

– Pouvez-vous m'expliquer pourquoi vous ne pouvez rien me dire ?

M. Fogarty lui lança un regard en biais. Un minuscule sourire se forma sur ses lèvres.

– Tu n'abandonnes jamais, Bleu ! Encore quelques années d'expérience et tu feras une Reine mémorable. Ils chanteront tes exploits le millénaire prochain. Mais non, je ne peux pas t'expliquer pourquoi je ne te dis rien. Il est important que je reste ici. Sans être placé en stase, j'insiste au cas où tu remettrais ça sur le tapis. Et, crois-moi, je suis conscient du danger. Je suis très malade, je vais bientôt mourir. Oui, Cynthia, je sais qu'une autre poussée de fièvre me tuera. Et avant que tu ne me le répètes, je sais qu'elle peut survenir d'une minute à l'autre.

– Alors pourquoi... ? commença Mme Cardui.

– Cela n'a plus d'importance, l'interrompit M. Fogarty. Je ne retournerai pas chez moi dans le Monde analogue. Point.

– Qu'est-ce qui vous ferait plaisir, Gardien ? s'enquit Bleu.

– Amenez-moi Henry. Je n'ai plus beaucoup de temps.

9

– Tu vois quelque chose ? demanda Sulfurique.
– Rien, déclara Blafardos. Que goutte.
– Mets les mains dans le dos.
– Pourquoi ? s'enquit aussitôt Blafardos.
– Attache-les ! psalmodia le Frère Praemonstrator.

En dehors de la Confrérie, Avis de son vrai nom louait des ouklos. Le masque de chacal lui donnait une certaine prestance.

– Oooh ! s'exclama Blafardos qui croisa aussitôt les poignets dans son dos.

D'une main experte, Avis les attacha à l'aide d'une douce corde en soie.

– Que l'Initiation commence, tonna-t-il.

Sulfurique prit Blafardos par le coude et le conduisit vers la porte de la Loge. Dans l'encadrement, Blafardos s'arrêta pour murmurer à l'oreille de son compère :

– Silas, il n'a pas serré le lien. Je peux m'échapper si je le veux.

– C'est symbolique ! siffla Sulfurique entre ses dents. Je te l'ai déjà dit. Tout est symbolique. La mort et la résurrection. Si cela ne l'était pas, nous devrions te tuer.

– Ça ne me plairait pas, s'exclama Blafardos, guilleret. Et maintenant ?

– Maintenant, tu la fermes et tu me laisses faire, lui asséna Sulfurique qui ajouta néanmoins : Je te présente aux Frères réunis et je propose ta candidature. Tu n'es pas autorisé à voir leurs visages avant d'être accepté. Voilà pourquoi tu portes une capuche et Avis un masque.

– Callophrys Avis ? Celui qui a une femme rigolote ?

Lors de sa propre initiation, Sulfurique avait juré de ne jamais révéler le nom d'un Frère sous peine d'avoir la langue tranchée, les yeux arrachés, la poitrine ouverte en deux, le cœur arrêté à l'aide d'un courant magique qui ponctionnerait le pouvoir fondamental de l'univers.

– Oui.

– Vous êtes prêts tous les deux ? demanda Weiskei dans leur dos.

– Prêts, répliqua Sulfurique.

– Frappe trois fois à la porte, Frère Sponsor, l'informa Callophrys Avis. À ton rythme.

– Allez, chuchota Sulfurique à l'oreille de Blafardos. Fais ce qu'on te demande, ne l'ouvre pas à moins que l'on te parle et, je t'en prie, pas de cabotinage.

– Qu'est-ce que tu crois ? répliqua Blafardos sur le ton d'une personne accusée à tort. Je sais me tenir.

Sulfurique frappa trois fois à la lourde porte en chêne. Le son résonna à l'infini.

La capuche le handicapait. Au bout d'une longue seconde, Blafardos entendit la porte s'ouvrir, et une bouffée d'encens capiteux lui assaillit les narines. Elle était accompagnée du parfum typique de la magie. L'obscurité seule savait quels sortilèges opéraient dans la Loge, même s'il allait le découvrir sans tarder.

– Qui frappe ? tonitrua une voix étrange.

– Un homme qui attend à l'extérieur, chuchota Sulfurique à l'oreille de Blafardos.

Celui-ci fronça les sourcils sous sa capuche.

– À l'extérieur ?

– Contente-toi de répéter, grommela Sulfurique. *Un homme qui attend à l'extérieur...*

– Un homme qui attend à l'extérieur... répéta Blafardos à voix haute.

Il se dit soudain qu'il ne devait pas paraître à son avantage avec ce sac sur la tête, mais il était trop tard pour y remédier.

– *Qu'on l'admette à l'intérieur*, souffla Sulfurique.

– Qu'on l'admette à l'intérieur.

Blafardos se demanda comment un échange aussi banal pouvait faire partie du cérémonial de la Confrérie la plus redoutée du Royaume. *Autrefois* la plus redoutée. Restait à voir si ses nouveaux amis pouvaient encore prétendre à ce statut.

– Fils de la Terre, lève-toi et foule le Chemin des Ténèbres, continua l'étrange voix. Très Honorable Hiérophante, l'admission de ce Candidat t'est-elle agréable ?

Une nouvelle voix, déformée mais étonnamment familière, retentit.

– Elle l'est. Admettons Jasper Blafardos en bonne et due forme. Frères Stolistes et Dadouchos, aidez le Praemonstrator Avis à le recevoir.

Bruit de pas. Soudain, la voix du Praemonstrator Avis lui sembla toute proche.

– Enfant de la Terre, impur et impie qui ne peux pénétrer dans notre salle sacrée !

Bon, tu me consacres, pensa Blafardos. *Et qu'on en finisse !*

Deux nouvelles voix intervinrent.

– Enfant de la Terre, clama la première, je te purifie avec cette eau.

Quelque chose frappa la capuche sur son visage. Au bout d'un moment, le tissu devint humide.

– Enfant de la Terre, chantonna le second à la voix grinçante, je te consacre avec ce feu !

Blafardos entendit une sorte de « whoosh » ; on agita une torche allumée devant son torse.

– Nous en avons fini, Honorable Hiérophante, entonnèrent les deux voix en chœur.

– Conduisez le Candidat au pied de l'autel, ordonna le Hiérophante.

Sulfurique prit Blafardos par le bras et l'entraîna en avant. Ce dernier essaya de rester digne – comment fanfaronner quand on ne voit pas où on met les pieds ? Que se passerait-il s'il trébuchait sur l'encensoir ? Ou fonçait dans un pilier ?

Tout à coup, Sulfurique l'obligea à s'arrêter. Devant l'autel, pensa-t-il. Et en effet, la voix du Hiérophante était plus proche quand il lui demanda :

– Enfant de la Terre, pourquoi souhaites-tu être admis dans cet Ordre ?

Et là, Blafardos s'aperçut que son imagination s'enflammait. Il visualisait la Loge à la perfection – le hall au plafond soutenu par des colonnes en marbre poli rehaussé d'or, les Frères majestueux dans leur toge, mages si puissants ! Elle était là, la raison du capuchon. Une initiation réussie dépendait beaucoup de l'état d'esprit du candidat. Ils pouvaient l'impressionner avec une vraie salle en marbre, cela coûtait moins cher de laisser son imagination opérer.

– *Mon âme sillonne le Royaume à la recherche des Ténèbres du Savoir Occulte*, lui chuchota Sulfurique à l'oreille. *Et je crois qu'en cet Ordre, la connaissance de cette Obscurité me sera donnée.*

– Mon âme sillonne le Royaume à la recherche des Ténèbres du Savoir Occulte et je crois qu'en cet Ordre, la connaissance de cette Obscurité me sera donnée, répéta Blafardos, docile.

– Bien parlé, Âme errante, s'exclama le Hiérophante. Enlève-lui sa capuche !

Blafardos cligna des yeux pendant l'opération et il lui fallut un moment pour s'adapter à la lumière. Une fois que la salle en marbre eut disparu de son imagination pour faire place à une minuscule pièce carrée décorée d'un grand tapis, avec un encensoir qui brûlait sur un autel cubique et deux petits piliers, un noir, un argenté, Blafardos eut une vision d'horreur.

Entre les deux colonnes, assis sur un trône en obsidienne, le dévisageait Black Noctifer.

10

Blafardos eut soudain besoin d'aller aux toilettes. Plusieurs années auparavant, il avait travaillé pour Noctifer et ce bâtard était capable de lui garder rancune jusqu'à sa mort. Son ingéniosité dans l'art de la vengeance était légendaire et… douloureuse.

Noctifer dut lire ses tourments intérieurs sur son visage car ses lèvres se plissèrent un tantinet.

– Tu ne t'attendais pas à me voir là, Jasper ?

Celui-ci ouvrit la bouche, avant de la refermer, comme un poisson. Il fit une seconde tentative sans grand succès avant de couiner un « non ». Puisque cela ne lui avait jamais réussi de se montrer insolent avec un troufion comme Noctifer, il déglutit très fort et ajouta : « Monseigneur ». Qu'est-ce que Black fabriquait là ? Jamais, au grand jamais, il n'avait marqué un intérêt pour les Arts Obscurs et, à première vue, il n'était pas un simple membre de la Confrérie magique, il la dirigeait ! Les implications méritaient qu'on s'attarde sur la question.

– Bien, continua Noctifer comme si de rien n'était, je suis content d'apprendre que mes Frères sont fidèles à leur serment. (Son regard transperça

Blafardos telle une dague.) Seras-tu fidèle au tien, Jasper ?

– Moi ? Oui. Bien sûr. Évidemment. Vous me connaissez, monseigneur. La discrétion incarnée. Tact ? Obéissance ? Fidélité ? Bien entendu. Loyauté ? Sans l'ombre d'un doute. Envers la Confrérie. S'ils veulent de moi. Si vous voulez de moi, messire. Il va de soi que oui. Ma parole, mon serment. Tout ce que vous voudrez, Seigneur Noct… Seigneur Noct… Seigneur Noct…

Ces mots se répétaient à l'infini comme s'il ne parvenait pas à exprimer le fond de sa pensée.

Noctifer poussa un soupir d'impatience.

– Oui, oui, j'ai compris le message, Jasper. Tu ne nous causeras aucun tort, ni aujourd'hui ni demain. C'est bien ça ?

– Évidemment ! confirma Blafardos.

Il se demanda un instant s'il oserait mettre un contrat sur la tête de Noctifer. La Guilde des Assassins se révélait d'une grande fiabilité et tout le monde savait que les temps étaient difficiles pour Black depuis la guerre civile. Sa sécurité ne devait plus être aussi bien garantie.

– Excellent, lui lança Noctifer dont le sourire le pétrifia. Apportez le cercueil ! ordonna-t-il ensuite à un larbin en toge noire à sa droite.

– Un cercueil ? couina Blafardos.

Porté par six croque-morts, le cercueil arrivait déjà. Plutôt beau, en chêne, avec des poignées en cuivre poli, il comportait des taches de sang brunes çà et là, à la grande inquiétude de Blafardos. Les croque-morts le posèrent juste devant l'autel.

– Allonge-toi ! exigea Noctifer avec une joie apparente.

Des sortilèges devaient bloquer la porte, si bien qu'il ne lui restait plus que la fenêtre pour s'échapper. Sauf... qu'il n'y en avait pas. Il était piégé, le cercueil était dépourvu de toilettes et ses pensées partaient dans tous les sens sans en faire aucun (sens).

– Pourquoi tu ne m'as pas prévenu ? s'exclama Blafardos, furieux contre Sulfurique.

– De quoi ? répliqua Silas.

Sulfurique n'était semble-t-il pas perturbé par Noctifer, mais il avait toujours été ainsi : un dur à cuire squelettique, laid, ridé et peu compatissant. On racontait qu'il avait gagné une bataille contre Beleth avant que la Reine Bleu ne tue le roi des démons. Cet exploit n'impressionnait plus trop, maintenant que Hael était contrôlé par le Royaume.

– Pour Noctifer ! Et que j'allais être assassiné.

– C'est symbolique, je te le répète, s'impatienta Sulfurique. Maintenant, arrête de chicaner et grimpe dans ce cercueil ! Attends... Donne-moi l'argent avant.

– Pas question !

Une petite voix lui disait que cet argent était peut-être la seule chose qui le maintenait en vie.

– Quand vous aurez fini, tous les deux... rugit Noctifer.

Comme il n'avait pas le choix, Blafardos repoussa violemment Sulfurique et monta dans le cercueil tout en gardant un œil prudent sur Noctifer. Un bruit se répandit parmi les Frères assemblés, entre

le soupir de satisfaction et le chuintement de crocodile.

– Allonge-toi ! lui ordonna Noctifer. Et croise les
bras sur la poitrine.

Tel un macchabée, se dit Blafardos. L'ennui ? Il
avait pris l'habitude d'obéir aux ordres de Noctifer
sans poser de questions et il ne pouvait que continuer. Il s'allongea donc et croisa les bras. Le cercueil
était bien rembourré, même s'il sentait le vieux et
le sang coagulé. *Agneau sacrificiel*, se répétait-il.
Mort, destruction, carnage.

Les croque-morts fermèrent le couvercle.

Blafardos commença à paniquer. Avec la capuche,
il parvenait à entrevoir un peu de lumière. Là, l'obscurité la plus complète régnait, presque palpable.
Plus l'air s'épaississait à l'intérieur, plus il suffo-
quait. Il avait chaud. Allait-on l'incinérer ? Il se mit
à suer à grosses gouttes. Une musique funèbre
résonna dans ses oreilles. D'après l'odeur, quelqu'un
avait dû craquer un stupide cône de sortilège.
Décomposition, corruption, putréfaction. Se sentirait-il
mieux s'il éclatait en sanglots ?

Le couvercle s'ouvrit à nouveau. Pénétrèrent
quelques rayons lumineux et des bouffées d'air
bénies. Avis était penché au-dessus de lui. Il n'avait
pas posé son imbécile de masque ni quitté son pagne
étriqué. Il brandissait une dague. *Ça y est !* pensa
Blafardos, mais seul un gémissement passa ses
lèvres.

– Tu es censé te lever maintenant, l'enjoignit
Avis, la voix étouffée par son masque.

Aussitôt, Blafardos bondit du cercueil et prit une
étrange pose de combat, jambes pliées, une main

tendue, paume à plat, prêt à les découper en rondelles. Sans se troubler, Avis appuya un peu la pointe de la dague contre son torse.

— Jures-tu et attestes-tu solennellement que tu respecteras à la lettre, fidèlement, honnêtement et diligemment les principes de notre Ordre Profane, que tu préserveras ses secrets même si on te tranchait la langue, on t'arrachait les yeux, on t'ouvrait la poitrine en deux et on arrêtait ton cœur à l'aide d'un courant magique qui ponctionnerait le pouvoir fondamental de l'univers ? marmonna en hâte Avis. Souffre, atteste, jure et promets que tu feras don à cette Confrérie sacrée de tous les biens matériels que tu as accumulés et que tu accumuleras, dans les limites de la somme convenue auparavant avec ton Sponsor pour aider les Ténèbres ?

Blafardos le regarda.

— Dis oui, l'exhorta Sulfurique.

— Oui, répéta Blafardos.

Quelques applaudissements s'élevèrent parmi les Frères assemblés.

— Bienvenue dans notre Ordre, déclara Noctifer sur un ton formel avant d'ajouter d'une voix lasse : As-tu des questions, Frater Blafardos ?

— Quand pourrai-je parler au Dieu ? s'empressa de demander ce dernier.

11

La ville avait vraiment changé depuis sa dernière visite. Les foules grouillantes de Bon-Marché avaient disparu des rues, laissant un calme sinistre derrière elles. Grand-Bosquet n'était pas plus accueillant. Même les commerces animés sur le pont Loman s'étaient réduits à une peau de chagrin. Malgré des températures agréables, Henry remarqua que Nymphe gardait les fenêtres du carrosse fermées. Un doute soudain le gagna.

– Ils ne sont pas tous morts, dis ? bafouilla-t-il.

– Qui ? lui demanda Nymphe, surprise.

Henry repensait à un cours d'histoire qu'il avait relu pour ses examens, en particulier un récit sur la peste noire en Europe. Ce fléau s'était répandu comme une traînée de poudre au XIVe siècle et avait tué un tiers de la population. Un voyageur de l'époque avait dépeint avec force les rues désertes où régnait une odeur fétide de mort.

– Les gens ?

Nymphe le fixa quelques instants avant de soudain se détendre. Elle secoua la tête.

– Non. Le taux de mortalité n'est pas très élevé,

mais la population a peur et n'ose plus sortir de chez elle. (Elle jeta un œil par la fenêtre et ajouta sur un ton badin :) La maladie n'a pas encore atteint la forêt.

– Comment... hésita Henry qui ne voulait pas passer pour une lavette, mais mourait d'envie de savoir. À quel point est-ce contagieux ? Euh... Est-il facile de l'attraper ?

– Eh bien, nous ignorons encore de quelle manière la maladie se propage, mais inutile de tenter le diable !

Henry n'était guère avancé par sa réponse. Il se demandait comment relancer le sujet quand, soudain, Nymphe lui posa une question qui le prit au dépourvu.

– Que s'est-il passé entre Bleu et toi, Henry ?

L'interrogation chassa ses idées noires. *Que s'est-il passé entre Bleu et toi, Henry ?* Il se doutait qu'on le questionnerait un jour ; Nymphe s'était toujours montrée directe avec lui. Son esprit élabora très vite des parades classiques : *Bleu et moi ? Tu pensais qu'il y avait quelque chose entre nous deux ?* Après réflexion, il décida de prendre sur lui : il était temps de briser les vieilles habitudes. Il ne survivrait pas aux prochaines heures (aux retrouvailles avec Bleu, qui ne manqueraient pas d'arriver) s'il ne se prenait pas en main. En outre, il aimait beaucoup Nymphe à qui il pouvait ouvrir son cœur facilement. Elle ne s'était jamais moquée de lui, elle ne lui avait pas joué de mauvais tours et elle n'avait en aucun cas d'arrière-pensées. Il prit une profonde inspiration, scruta la rue et avoua :

– J'ai tout gâché.

– Comment ? demanda doucement Nymphe au bout de quelques instants.

Henry la regarda droit dans les yeux.

– Promets-moi de ne rien dire à personne. Je n'aimerais pas… Cela pourrait être gênant pour… (Comme Nymphe se taisait et le regardait sobrement, Henry poursuivit :) Bien sûr, tu ne diras rien. Et puis c'est de l'histoire ancienne, maintenant. Je suppose que tout le monde s'en fiche.

Il regarda par la fenêtre et poussa un soupir.

– Bleu m'a demandé de l'épouser.

– Vraiment ? s'étonna Nymphe.

– Oui. J'ignore pourquoi. C'était peu de temps après l'histoire avec Beleth, le kidnapping et tout le reste. Je suppose qu'elle était ébranlée et…

– Pourquoi ? Parce qu'elle t'aimait, l'interrompit Nymphe.

Henry se referma comme une huître. Le carrosse – un moyen de transport de surface – vrombissait sur le grand pont en bois. La large rivière serpentait paresseusement entre les docks d'un côté et les vieilles résidences de Grand-Bosquet en surplomb de l'autre.

– Je ne pouvais pas… marmonna-t-il.

– Pour quelle raison ?

Pour quelle raison ? Il y en avait tant ! Nymphe en comprendrait-elle une seule ? Cette fille ne se compliquait pas l'existence : elle était tombée amoureuse de Pyrgus et l'avait épousé. Simple comme bonjour. Du moins le présumait-il.

– Tout d'abord, elle était trop jeune.

– Au Royaume, certaines se marient à treize ans. Voire plus jeunes dans la forêt. J'aurais pu me marier à douze, si j'avais voulu. Bleu était plus âgée que cela il y a deux ans.

– Oui, elle devait avoir quinze ans. À peine seize. Dans mon monde, on ne se marie pas si jeune. Point.

En réalité, il y avait des exceptions dans certains pays, mais il préféra ne pas le mentionner.

– L'âge était-il la seule raison ? demanda Nymphe, sans que sa voix n'exprime le moindre jugement.

Pendant une seconde, Henry faillit éclater en sanglots. Ce serait horrible s'il pleurait devant Nymphe, horrible et très embarrassant. Cet instant de faiblesse passa, une digue céda et il admit brutalement :

– J'avais peur.

Nymphe attendit qu'il poursuive.

– J'ai paniqué. Tu as vécu au Royaume toute ta vie. Tu ne sais pas ce que je peux ressentir. Aucun de vous ne le peut. Je ne suis pas à ma place ici. Je ne suis ni un héros, ni un prince, ni le garçon que mérite Bleu. Je suis juste un étudiant. J'ai une mère atroce, un père adorable mais mou. Tout le monde s'attend à ce que j'accomplisse des choses… normales. Comme passer des examens, devenir professeur. Si j'épousais Bleu, je deviendrais Prince Consort, Roi… Je devrais régner sur le Royaume avec elle, au moins l'aider. Je ne sais pas comment on s'y prend, moi ! Je sais à peine comment fonctionnent les choses ici. Je ne pourrai jamais m'adapter.

– M. Fogarty y est parvenu, lui.

M. Fogarty se mourait, pensa Henry. Le carrosse s'arrêta. Ils venaient d'atteindre le ferry qui les emmènerait sur l'Île Impériale.

12

Bien que l'Île Impériale n'eût pas changé d'un iota, le cœur de Henry se mit à battre à la seconde où le ferry accosta. Il avait affreusement peur – de rencontrer Bleu, de ce qu'elle lui dirait, de ce qu'il lui dirait, de l'apparence de M. Fogarty maintenant qu'il avait épuisé le peu d'avenir qui lui restait. Chose étrange, il était persuadé qu'il convaincrait M. Fogarty de rentrer chez lui, dans le Monde analogue. Au plus profond de lui, il savait que son vieil ami n'était pas à l'agonie. Henry avait la manière avec le Gardien. Il avait toujours su lui parler, même quand il se montrait aussi borné qu'une mule. Henry le ramènerait à la maison, la fièvre s'interromprait et il pourrait revenir au Royaume dès que les sorciers auraient trouvé un antidote.

Les soldats à la sortie du ferry portaient tous un masque chirurgical. Beaucoup l'avaient laissé autour du cou comme si l'infection ne les préoccupait pas trop. Nymphe fut traitée avec une grande déférence, remarqua Henry qui se demanda pourquoi. Tout à coup, il se rappela qu'elle était l'épouse de l'ancien Empereur. Pyrgus n'avait gardé ce titre que quelques minutes, mais il demeurait Prince du Royaume et cela impliquait que Nymphe était Princesse de la cité désormais, tout en restant Princesse de la Forêt. Bien que reçu avec politesse, Henry se figura que plus personne ne se souvenait de lui à présent. Tant mieux : son titre de Chevalier de la Dague Grise le mettait mal à l'aise, parce que au fond de lui, il se disait qu'il ne méritait pas tant d'honneur.

Nymphe interrompit soudain ses pensées.

– On marche ou tu veux que j'appelle un carrosse ?

– On marche. Ce n'est pas très loin.

Et puis cela lui donnerait le temps de rassembler ses idées, de réfléchir à ce qu'il dirait à Bleu ou à M. Fogarty, tâche beaucoup plus importante.

Très vite il regretta sa décision. En effet, ils empruntèrent le même chemin que le fameux soir avec Bleu. Les souvenirs toujours vivaces en lui le submergèrent avec d'autant plus de force. Son malaise dut se lire sur son visage car Nymphe intervint :

– Ça va, Henry ? (Quand il secoua la tête, elle ajouta gentiment :) Ne t'inquiète pas. Tout le monde comprend.

Dans son esprit, Bleu l'attendrait en haut des marches du Palais pourpre, peut-être entourée de gardes qui l'arrêteraient pour avoir... avoir... insulté la Reine, par exemple. Mais c'était idiot et il le savait. Il ne fut donc pas surpris de constater que personne ne l'attendait sur le perron. Nymphe le fit entrer par une porte latérale ; ils longèrent des couloirs familiers avant d'arriver soudain devant la chambre de M. Fogarty.

– Je vous laisse seuls, murmura Nymphe dans un souffle qu'il entendit à peine.

M. Fogarty avait une mine affreuse. Pour être honnête, il paraissait mort. Allongé sur un lit, il fermait les yeux. Sa peau était d'un gris cadavérique. Il ne donnait pas l'impression de respirer. Cependant, les tubes qui couraient entre son corps et une étagère au-dessus du lit laissèrent un peu d'espoir à Henry. S'il était décédé, quelqu'un l'aurait débranché. À moins qu'il n'ait trépassé à l'instant. Ils étaient seuls dans la chambre.

– Monsieur Fogarty, chuchota Henry, un soupçon de panique dans la voix.

M. Fogarty ouvrit aussitôt les yeux. Il fixa Henry un long moment sans bouger la tête puis il déclara sur un ton aigre :

– Juste à temps.

Henry s'installa au bord du lit en prenant soin de ne pas s'asseoir sur les jambes de M. Fogarty. À peine visibles sous les couvertures, elles étaient si fluettes qu'elles se seraient brisées telles des brindilles sous les fesses de Henry. Il y avait des petits… trucs qui nageaient le long des tubes et qui pénétraient dans la colonne vertébrale de M. Fogarty. Henry avait du mal à détourner son regard de ces bestioles répugnantes. Il se serait cru dans un film d'horreur.

Pour couronner le tout, la conversation ne se déroulait pas comme prévu.

– Pourquoi ne voulez-vous pas rentrer avec moi ? demanda-t-il pour la troisième ou la quatrième fois. (Il était conscient de parler d'une voix geignarde, voire un peu désespérée, pourtant il était incapable de se contrôler, parce que en vérité il se sentait geignard… voire un peu désespéré.) Votre vieille maison est formidable. (Mensonge, mais vu l'état dans lequel M. Fogarty l'avait laissée…) J'ai parlé à Pyrgus et nous pouvons vous transporter ailleurs où l'on prendra grand soin de vous jusqu'à ce que les sorciers trouvent un antidote…

– Les sorciers ne trouveront pas d'antidote, répliqua M. Fogarty.

– Bien sûr que si ! s'exclama Henry avec une conviction qui versait malgré lui dans la condescendance, à la manière d'une personne qui s'adresserait à un vieillard un peu sourd et gâteux. (Il était très dangereux de se montrer condescendant avec M. Fogarty. Henry s'humecta les lèvres et poursuivit :) Ils ont la magie et tout le reste.

– La magie ! s'esclaffa M. Fogarty qui, à la grande surprise de Henry, se souleva dans son lit. Soudain, sa fougue passée remonta à la surface. Il fixa Henry.

– Ces clowns ne connaissent rien à la magie ! As-tu déjà vu une chenille ?

– Une chenille ? répéta Henry qui clignait des yeux.

– Une sorte de petit ver poilu avec des pattes, grommela M. Fogarty.

– Je sais à quoi ressemble une chenille ! Qu'est-ce que cela a à voir avec… ?

– Les deux premières semaines de son existence, un mois tout au plus, ta chenille mange des plantes par-ci, par-là, continua M. Fogarty comme si Henry n'avait pas parlé. Par rapport au jour de sa naissance, elle multiplie sa taille par trente mille, peut-être. Quelle petite bestiole évoluée ! Elle a des yeux, des papilles et des antennes qui l'aident à sentir. De grandes mâchoires. Elle utilise ses pattes anté-rieures pour s'accrocher à sa nourriture. À l'inté-rieur, elle a des intestins et toutes sortes d'organes utiles.

– Monsieur Fogarty, où… ?

– Tais-toi, Henry. Un jour, la chenille – qui a passé son temps à manger, souviens-toi – commence à tisser de la soie. Cette larve qui a évité sa vie durant les oiseaux et les guêpes, qui survit depuis sa nais-sance, Henry, elle tisse de la soie et s'enroule dedans telle une momie jusqu'à ce qu'elle ne puisse plus respirer. Elle se suicide.

– C'est…

– Oui, c'est le mot exact. La chenille se tue. Puis dans ce cocon de soie accroché à une feuille, une branche, que sais-je ? la chenille pourrit, elle se liquéfie. Au final, il ne reste plus rien. Disparues les mâchoires, disparus les six yeux, les intestins. Disparue la bestiole. Henry, il ne reste plus rien de la chenille !

Cela avait-il un rapport avec sa maladie ? Avec son âge canonique ? À l'évidence, M. Fogarty per-dait la boule. Un autre accès de fièvre engloutirait ce qui lui restait d'avenir. Henry réalisa qu'il serait mort cinq minutes plus tard. Sa seule chance, oui, sa seule chance était de retourner dans le Monde analogue et voilà qu'il lui donnait un cours de sciences naturelles.

– Monsieur Fogarty ? tenta de l'interrompre Henry.

– Donc le sac de liquide est suspendu là, s'enthousiasma M. Fogarty. Quand soudain il devient transparent, se fend en deux et en sort...

– Un papillon, compléta Henry. Monsieur Fogarty, nous n'avons vraiment pas le temps de...

– Un papillon ! s'exclama le vieil homme. Un insecte avec des ailes, un cœur, du sang, un système nerveux, des ovaires, des testicules, et même un organe spécial qui lui permet de garder l'équilibre quand il vole. Ce qui en sort est exactement l'opposé d'une chenille. Et personne sur cette planète ne sait expliquer ce prodige !

Il approcha son visage de Henry jusqu'à ce qu'ils soient à quelques centimètres l'un de l'autre avant de conclure :

– Ça, c'est de la magie !

Henry ouvrit la bouche puis la referma. M. Fogarty s'effondra dans son lit.

– Il faut que tu trouves la magie, chuchota-t-il. Tu es la chenille, Henry. Tu es le seul à pouvoir y arriver.

13

– **C**omment est-il au courant ? vitupéra Noctifer.
– Je n'ai rien dit, répliqua Sulfurique, furieux.
– Alors qui ? s'enquit Noctifer.
– Comment le saurais-je ?

Sulfurique se sentait mal à l'aise auprès de Noctifer, mais pas tant que cela. Les temps étaient durs pour Sa Seigneurie depuis la guerre civile. Ses manoirs ne lui appartenaient plus et ils se rencontraient dans de misérables appartements en ville. Noctifer avait besoin de la Confrérie plus que la Confrérie n'avait besoin de lui. Et la Confrérie avait besoin de Sulfurique. Lui seul pouvait reconstruire leur fortune.

Noctifer, lui, n'était pas prêt à céder du terrain.

– Tu es son Sponsor, aboya-t-il.
– Une formalité, rétorqua Sulfurique. (Il remua le couteau dans la plaie :) Effectuée à votre demande.

Sa repartie eut l'effet désiré. Noctifer sembla pris au dépourvu – Sulfurique le lut dans ses yeux. Lentement, il examina la pièce ; ce regard était destiné à maintenir Noctifer à sa place. Le logement ne se trouvait même pas dans un quartier prisé de la ville.

Autrefois, un artisan vivait là puis, au début du siècle, un marchand qui souhaitait y cacher ses maîtresses. Aujourd'hui, on pouvait le qualifier de miteux. Quant à Noctifer, pour dire la vérité, son costume en velours avait connu des jours meilleurs et ses bottes étaient usées et éraflées.

Attention ! Ne jamais sous-estimer son adversaire. Noctifer était peut-être dans une mauvaise passe, il demeurait un Seigneur, un Seigneur avec des relations. Il dirigeait encore la Confrérie, une donnée que devait assimiler Sulfurique. Essayant de détendre l'atmosphère, il ajouta :

– Je ne crois pas qu'il ait découvert grand-chose, en fait.

– Il a demandé s'il pouvait parler au Dieu ! lui rappela Noctifer. Tu considères que ce n'est pas grand-chose ?

– Les gens jacassent, expliqua Sulfurique tout en le fixant avec des yeux de lynx. Vous le savez bien. Voilà pourquoi il s'est intéressé à la Confrérie. À cause de rumeurs, de cancans, rien de précis, rien d'important. Tel un perroquet, il répète ce qu'il a entendu dans une taverne. Il nous teste. S'il n'avait pas perçu des rumeurs, jamais il n'aurait rejoint la Confrérie.

Noctifer se leva d'un bond et ouvrit un placard dissimulé dans un panneau du mur.

– Soif ? Il y a du gin, du simbala, du café analogue.

Quand Sulfurique fit non de la tête, il se versa un verre et revint à sa place.

– Tu as l'argent ?

Une moue aux lèvres, Sulfurique secoua la tête une deuxième fois.

– Et pourquoi ?

– Je n'ai pas l'intention de mettre mon nez dans le slip de Blafardos. Ne me regardez pas comme ça ! Il le garde dans ses sous-vêtements ; enfin, c'est ce qu'il prétend.

– Il garde son argent où ?

– Allez ! Vous connaissez Jasper aussi bien que moi ; il a travaillé assez longtemps pour vous, non ? Cet homme est un pervers.

– Oui, mais un pervers riche… Va-t-il allonger ses billets ?

– Bien sûr ! J'ai préparé un ordre de virement bancaire.

Le chèque serait libellé à l'ordre de Sulfurique, mais ce dernier n'était pas pressé de le mentionner. Ensuite, il aurait tout loisir de le dépenser.

– Quand ?

– Quand suis-je passé à la banque ?

– Quand paiera-t-il ?

– Il y a un battement de soixante-douze heures. On ne peut pas demander moins avec une somme pareille.

– Trois jours… marmonna Noctifer.

– Un problème ? demanda Sulfurique, les sourcils froncés.

– Je repensais aux rumeurs qu'aurait entendues Blafardos. Sur le Dieu. Il ne sera pas satisfait tant qu'il ne saura pas le fin mot de l'histoire.

– Exact, confirma Sulfurique.

Il n'y avait pas plus curieux que Blafardos. En outre, il se séparait d'une somme indécente. Aucun être sensé ne le ferait juste pour rejoindre une Loge de sorciers fauchés et désormais incapables d'évoquer un démon. Blafardos se doutait bien que quelque chose se tramait. Avant de devenir membre de la Confrérie, il n'avait pas un besoin vital de connaître les détails, mais une fois séparé de son or, il voudrait certainement savoir la vérité.

– Tu lui fais confiance ? l'interrogea Noctifer.

Bonne question, à laquelle Sulfurique n'avait pas pensé. Il était si focalisé sur les moyens de l'appâter qu'il en avait négligé les conséquences.

– Et vous ?

– Pas tant que ça, admit Noctifer. C'était un assez bon espion qui avait le tort de faire passer ses intérêts en premier. Quand je l'employais, il avait trop peur de moi pour franchir les limites. En outre, j'avais un effectif suffisant pour garder un œil sur lui. Hélas, tel n'est plus le cas.

– Il avait pourtant l'air terrifié quand il vous a vu dans la Loge, commenta Sulfurique.

Un sourire machiavélique barra le visage de Noctifer.

– Pas comme avant. Pas comme il aurait dû. Pas dans le tréfonds de son âme.

Noctifer roula les yeux avant de fixer Sulfurique quand soudain son sourire se glaça.

– Beaucoup font la même erreur ces temps-ci, ajouta Noctifer. Puisque j'ai misé sur le mauvais cheval lors de la guerre civile, ils croient que je ne suis plus une force sur laquelle on peut compter.

– Vraiment ? remarqua Sulfurique sur un ton sec.

Noctifer but d'un trait et posa son verre.

– Quand l'argent sera rentré, je veux que tu le liquides.

Sulfurique écarquilla les yeux. Jasper et lui se connaissaient depuis l'enfance. Ils avaient vécu des « aventures » ensemble, comme cette affaire qu'ils avaient montée – l'usine de Colle Miraculeuse Blafardos et Sulfurique. Grâce à elle, Sulfurique avait fait fortune et l'entreprise n'aurait jamais été aussi florissante sans l'aide de Blafardos. Malgré ses manières exaspérantes, il avait été un soutien loyal pendant un nombre incalculable d'années. Assassiner Blafardos ?

– O.K. D'accord.

14

– Qu'a-t-il voulu dire ? s'enquit Nymphe.

Elle s'était matérialisée dans le couloir à la minute où il était sorti de la chambre de M. Fogarty. À présent, ils étaient assis côte à côte dans une antichambre et buvaient une boisson lui rappelant le jus de tamarin.

– Je l'ignore, avoua Henry. Pour être honnête, je crois qu'il est un peu...

Henry voulait dire atteint de la maladie d'Alzheimer, mais ne sachant pas si Nymphe connaissait le terme, il se tapota la tempe avec l'index. Alors qu'il effectuait ce geste, il n'était plus sûr de rien. Son discours sur les chenilles n'avait ni queue ni tête, contrairement à la fin de leur échange.

– Rassure-moi, il va repartir avec toi ? s'inquiéta Nymphe. Dans le Monde analogue ?

– Oui ! s'exclama Henry, qui n'en revenait toujours pas.

Dès l'instant où il avait répété sa suggestion, M. Fogarty avait accepté tel un doux agneau. Aussitôt, Nymphe avait organisé son départ et à présent, Henry et elle revenaient sur la conversation en détail. Seule difficulté : rien n'avait de sens. Pourquoi M. Fogarty avait-il insisté pour voir Henry avant de rentrer ? S'il avait décidé d'attendre un remède sagement chez lui, il n'avait pas besoin que Henry vienne lui tenir la main. Il aurait été plus facile et plus raisonnable d'utiliser le portail dès qu'il était tombé malade. Ensuite, s'il avait voulu absolument voir Henry, il ne lui restait plus qu'à lui téléphoner !

— Qu'a-t-il ajouté ? Après l'histoire du papillon et l'épisode sur la magie ?

— Pas grand-chose, lui apprit Henry. D'après lui, je suis le seul à pouvoir y arriver. Je lui ai répété qu'il devait retourner dans le Monde analogue avant qu'il n'ait une autre poussée de fièvre qui le tue à coup sûr et là, il m'a répondu : « Oui, d'accord. » Je me suis dit qu'il valait mieux tout organiser avant qu'il ne change d'avis.

Assez content de lui, Henry sourit à Nymphe dont le visage s'illumina.

— Nous savions que tu le ramènerais à la raison, Henry. Pyrgus croyait en toi et moi aussi. Tout va bien se passer maintenant.

— Oui, affirma Henry. Tout va bien se passer.

Henry écarquillait les yeux. C'était la première fois qu'il voyait le portail du Palais et il était très impressionné. Tout d'abord, l'équipement se trouvait dans un temple. Un brasier bleu flamboyait entre deux piliers devant un autel. Les techniciens portaient des habits de prêtre. Henry se rappelait vaguement les mots de Pyrgus selon qui, au Royaume, l'idée d'un voyage entre les mondes était d'abord une expérience religieuse. Encore aujourd'hui, semblait-il.

– D'habitude, j'utilise un petit translateur portatif, expliqua Henry à Pavane, Ingénieur en Chef du portail, qui les avait escortés jusqu'au temple.

Comble de l'ironie, les mécanismes avaient été inventés par M. Fogarty.

– Oui, il paraît que c'est un accessoire à la mode, ces derniers temps. Moi, je ne leur ai jamais fait confiance, enchaîna Pavane sur un ton si méprisant qu'il ne laissait aucune place au doute.

Cependant, son visage changea d'expression quand il vit le regard de Henry se porter sur la flamme bleue.

– Elle brûle depuis des siècles, remarqua-t-il, une

main posée avec délicatesse sur le revêtement en obsidienne du panneau de contrôle.

– Que devons-nous faire ? demanda Henry. Marcher dans le feu ?

Il était à peu près sûr de devoir traverser les flammes, ce qui ne l'enchantait guère.

– L'un après l'autre. Vous en premier, puisque vous connaissez le Monde analogue. Puis le Gardien Fogarty dès qu'il arrivera. Ensuite la Princesse Nymphe fermera la marche. Ainsi, nous serons sûrs que la traversée du Gardien s'effectuera dans la sécurité la plus complète. Le Prince Pyrgus doit s'impatienter. Cela ne prendra qu'une seconde ou deux.

Une durée infime et c'est fini, pensa Henry, tiraillé par des sentiments contradictoires. Lui qui avait appréhendé de rencontrer Bleu lors de ce voyage, il repartait sans l'avoir même entraperçue. Le soulagement se mêlait au regret, voire au ressentiment. Même s'il ne souhaitait pas la croiser, il ne voulait pas non plus qu'elle l'ignorât. Oui, être ignoré, voilà le pire traitement qui fût.

– Je me demande ce qui retient M. Fogarty, remarqua Henry sans s'adresser à personne en particulier.

– Ils sont obligés de le transporter, intervint Nymphe. Il est si affaibli.

– Il aurait dû rentrer plus tôt, lança Henry sans grande compassion, préférant s'apitoyer sur son sort à lui.

Pour se distraire, il se tourna vers l'Ingénieur en Chef Pavane et le pria de lui expliquer comment le portail fonctionnait. Un grand sourire barra le visage de l'ingénieur.

– Eh bien, monsieur...

Il s'interrompit. L'atmosphère changea soudain dans le temple, un silence de plomb s'abattit sur eux. Pavane regardait quelque chose par-dessus l'épaule de Henry qui se retourna.

Sur le seuil de la porte, Bleu se tenait aux côtés d'un jeune homme grand, mince et très beau.

Henry ne pouvait détacher son regard de Bleu. Elle était... elle était... Il prit une profonde inspiration. Bleu avait un rien grandi, à moins que ce ne fût son imagination. Elle avait peut-être perdu un peu de poids et ses cheveux avaient poussé. Maintenant qu'ils tombaient en cascade sur ses épaules, elle n'avait plus l'air d'un garçon manqué. Non, en vérité, elle était magnifiquement belle ! À en couper le souffle.

Mais qui l'accompagnait ?

Elle n'avait plus la même démarche. Son pas n'était pas affecté, mais assuré, droit... royal. Tandis qu'elle avançait, les prêtres s'inclinaient bien bas devant elle, on aurait dit une vague. La bouche entrouverte, il la regarda s'approcher. Fallait-il qu'il s'incline lui aussi ? Il aurait aimé la regarder toute sa vie, car jamais aussi belle vision ne lui avait été offerte.

Bien qu'elle l'ait vu, elle ne souriait pas.

– Bonjour, Bleu, fit Henry, le cœur battant à toute allure.

– Oh ! Henry ! Comme je suis désolée !

Et elle se jeta à son cou.

16

Elle sentait le musc et le jasmin. Pendant un instant, plus rien n'importait que l'odeur de sa peau et le parfum de ses cheveux. Le cœur de Henry battait avec une telle force qu'elle devait l'entendre. Il voulait la serrer dans ses bras, l'embrasser. Il voulait…

Elle pleurait ! Il sentait ses larmes sur sa joue. Soudain, le monde se rappela à son souvenir. Il recula d'un pas, leva le menton et regarda droit dans les yeux le beau jeune homme qui le fixait froidement.

Le cerveau de Henry se remit au travail. *Comme je suis désolée.* À quel sujet ? Pourquoi Bleu était-elle désolée ? C'était lui qui…

Les yeux du jeune homme lui apprirent alors que Bleu et lui avaient une liaison. Cela ne faisait aucun doute. *Oh ! Henry ! Comme je suis désolée !* Désolée de t'avoir pris au mot. Désolée de ne pas t'avoir attendu. Désolée d'avoir rencontré quelqu'un. Désolée parce que lui et moi, nous allons nous marier.

– Bleu, coassa Henry avant de s'interrompre.

Que dire ? « Tu n'aurais pas dû me croire quand je t'ai repoussée » ?

85

– Je savais que tu viendrais le plus tôt possible.

– Tu ignores qui je suis, n'est-ce pas ? demanda le jeune homme sans préambule.

– Oui, marmonna Henry.

Le garçon lui sourit imperceptiblement.

– Comma.

– Comma, répéta Henry. *Comma ? Le petit frère bizarre, sournois et joufflu de Bleu ?* Comma ?

Impossible. Personne ne pouvait changer à ce point en deux ans. Pourtant, aussitôt qu'il eut prononcé son nom, Henry réalisa que le jeune homme avait les yeux de Comma, la mâchoire de Comma. Incroyable !

Comma hocha la tête sobrement. Il avait une voix harmonieuse, un air raffiné que Henry ne pouvait égaler.

– Je suis désolé que nous nous rencontrions à nouveau dans des circonstances aussi pénibles, ajouta-t-il.

Henry ne pouvait quitter Bleu des yeux. Pourquoi l'avait-il laissée partir ? Rien dans la vie ne pouvait approcher une telle… Il la fixait avec adoration, vaguement conscient de ressembler à un chiot. Une excitation croissante surgit de nulle part. *Il n'était peut-être pas trop tard !*

– Que vas-tu faire maintenant ? s'enquit Bleu.

Henry ne savait pas bien de quoi elle parlait, mais il s'en fichait. Il se permit un léger sourire.

– Pardon ?

Sous ses yeux, le mélodrame se déroula au ralenti. Bleu sécha ses larmes, un air horrifié passa sur son visage, elle écarquilla les yeux.

– Tu n'es pas au courant ?

Tremblant de colère, elle fusilla l'assemblée du regard. Face à elle, les visages semblaient aussi perplexes que celui de Henry.

– Tu n'es pas au courant ? répéta-t-elle.

Il n'y avait plus de colère dans sa voix, juste un sanglot étouffé. Aussi statique qu'un masque en bois, elle regarda Henry droit dans les yeux.

– Henry, M. Fogarty est mort.

17

– **J**e mettrais ma main au feu qu'ils vous tueront une fois qu'ils auront l'argent, déclara calmement Mme Cardui.

Ils se trouvaient dans la Salle d'Ultrasécurité, où une confusion délibérée de tentures et de miroirs en pied reflétait à l'infini la silhouette masquée et encapuchonnée de Mme Cardui. Blafardos frémit. Peut-être avait-elle raison ? En tout cas, il n'avait pas envie de faire face à une telle situation.

– Je suis sûr que mon vieux partenaire me protégera, répliqua-t-il sans grande conviction.

Dans le cas contraire, tu as intérêt à m'aider, vieille bique ! C'est ta faute si j'en suis là.

– Silas Sulfurique ? renifla Mme Cardui. Il vendrait sa mère pour six sous. Non, j'ai bien peur que vous ne deviez dénoncer la Fraternité avant qu'ils ne s'attaquent à vous.

Le problème avec la Salle d'Ultrasécurité ? On ne savait jamais où regarder. Ce qui était le but, bien entendu. Les reflets dupliquaient son interlocutrice et les rideaux déviaient sa voix, si bien qu'il ne pouvait même pas suivre le son. En résumé, les assassins en puissance ne savaient pas quelle cible attaquer et il était impossible de tenir une conversation correcte. Il choisit un reflet de Mme Cardui au hasard et lui cria :

– Il ne me reste plus que la fin de la semaine !

– Demandez à la banque de ralentir le transfert…

– Je l'ai déjà fait. Le délai normal est de soixante-douze heures. Ils m'ont donné six jours, soit une semaine de travail. Ils n'iront pas plus loin. Un délai supplémentaire ruinerait leur réputation, selon eux.

– Quel dommage ! soupira Mme Cardui.

Bien que son épaisse capuche lui cachât le visage, elle souriait, Blafardos en était si sûr qu'il en frissonna. Son histoire semblait si plausible quand elle la lui avait racontée et sa proposition l'avait beaucoup tenté. Mais à ce moment-là, personne n'avait parlé de meurtre et encore moins du sien. La vieille sorcière manigançait quelque chose, c'était impossible autrement.

– Vous ne pouvez rien faire ? hasarda-t-il.

– Trèèès cher, je n'hésiterais pas si je pouvais – vous le savez bien. Mais je suis pieds et poings liés. Nous sommes tous censés être amis avec ces horribles Fées de la Nuit ces temps-ci.

Bien que lui-même horrible Fée de la Nuit, Blafardos ne releva pas l'allusion. Pour le meilleur ou pour le pire, Mme Cardui était désormais sa trésorière. Rusée ou non, elle ne pouvait pas être plus dangereuse que Noctifer dont il avait été l'espion en chef pendant des années. Quoi qu'elle en dise, elle ne laisserait personne l'assassiner tant qu'il demeurait un atout de valeur – le seul qu'elle possédât, entre parenthèses. En effet, nul autre n'était parvenu à infiltrer la Confrérie avant lui.

Il décida que ce discours sinistre était destiné à lui mettre la pression, à le bousculer quelque peu, comme s'il n'était pas déjà assez motivé. Par les feux de l'enfer, Noctifer lui avait seriné le même refrain assez souvent. Pour accélérer les choses ou peut-être prendre le contrôle de la situation, il lui posa une question :

– De nouvelles informations ?

Une centaine de têtes encapuchonnées lui répondirent par la négative.

– Simplement la confirmation de ce que nous savons déjà. La Confrérie nous prépare un mauvais tour. (Mme Cardui hésita un centième de seconde avant de poursuivre :) Auriez-vous découvert autre chose, monsieur Blafardos ?

Pendant un instant, il tergiversa avant de se décider. Étant en début de partie, il devait s'insinuer dans les bonnes grâces de Mme Cardui, l'assurer de sa loyauté. En outre, ces renseignements avaient sûrement une importance minime.

– Noctifer a été pris au dépourvu quand j'ai demandé à parler au Dieu.

– Ah ! s'exclama Mme Cardui, comme s'il s'agissait là d'une information intéressante. Qu'a-t-il répondu ?

– Il l'a pris pour une plaisanterie. Il m'a rétorqué : « Je suis le seul dieu que tu trouveras ici. » Je l'ai décontenancé, c'est certain.

– Votre analyse ?

Blafardos ouvrit la bouche avant de la refermer aussi sec. À la grande époque, Noctifer ne lui avait jamais demandé d'analyser quoi que ce fût. Apparemment, Mme Cardui était une chef du contre-espionnage d'une tout autre envergure. Il examina les reflets tour à tour. En vérité, il n'avait aucune analyse à lui soumettre. Depuis le départ, chacun de ses actes était motivé par la cupidité et une sorte d'instinct animal. Et des conversations de comptoir. Et certes, ces arguments n'impressionneraient pas la Femme peinte.

— Ce serait un nom de code...

— Bien sûr ! s'impatienta Mme Cardui. Pour qui ? Pour quoi ? Un allié important ? Un autre pays, peut-être ? À moins que ce nom ne représente leur machination, leur projet actuel ?

Et comment le saurais-je, vieille truie ?

— Je ne pense pas que cela soit important, préféra-t-il dire. Je...

— C'est important, monsieur Blafardos, le coupa à nouveau Mme Cardui. D'après mon expérience, les gens sont souvent assez stupides pour choisir des noms de code apparentés à ce qu'ils essaient de dissimuler. Par exemple, si « Dieu » se réfère à une personne, il peut s'agir d'une autorité, d'un individu puissant. Si « Dieu » est un projet, il y a de fortes chances que ce soit un plan grandiose, d'une grande portée, dévorant. Comme un complot destiné à renverser le souverain légitime du Royaume.

Blafardos sursauta comme s'il avait été piqué. Pensant à peu près la même chose, il était curieux de savoir ce que Sulfurique tramait. En jouant dans les deux camps, il espérait s'assurer une position élevée dans le nouvel ordre si le complot fomenté par la Confrérie réussissait, ou bien il gagnerait les faveurs de l'ancien ordre si la Confrérie échouait. Malheureusement, il ignorait le jeu de Sulfurique. Pour tout dire, il ignorait même où son comparse vivait – problème auquel il remédierait bientôt.

– Oh ! Je suis sûr que cela n'a rien à voir avec la Reine, madame Cardui, s'exclama-t-il sur un ton flagorneur.

Vrai ou faux, il devrait le découvrir le premier, et vite ! D'un naturel méfiant, Mme Cardui devait enquêter de son côté.

– Et pourquoi ? Lord Noctifer n'en est pas à son coup d'essai. Ne connaissez-vous pas l'expression analogue qui parle d'un léopard et de ses taches ?

Blafardos ne connaissait pas beaucoup d'expressions du Monde analogue, mais il comprit sans peine l'allusion.

– Oui, Femme peinte, mais à l'époque Lord Noctifer agissait pour son compte, sur un plan politique si je puis dire. Aujourd'hui, nous avons affaire à la Confrérie, qui est, je suppose qu'on peut l'appeler ainsi, une organisation religieuse. Et il se trouve qu'en ce moment, Lord Noctifer en a pris la tête. Les temps ont changé, comme vous l'avez mentionné tout à l'heure, et l'un peut servir de frein à l'autre.

Son discours n'avait ni queue ni tête, mais tant pis : il espérait qu'il troublerait un peu plus les eaux déjà bourbeuses et calmerait la paranoïa de Mme Cardui.

Peine perdue.

– Vous définiriez la Confrérie comme une organisation religieuse ? demanda Mme Cardui, incrédule.

– Pas vous ? répliqua-t-il sur un ton innocent.

– Pas vraiment. Je la verrais plutôt…

Elle s'interrompit quand une tache orange apparut dans les miroirs.

Blafardos recula, poussé par un dégoût instinctif. Chaque miroir lui montrait un nain penché à l'oreille de la Femme peinte. Blafardos n'eut aucune peine à reconnaître cette créature répugnante, ce Kitterick aux dents toxiques. Il frissonna.

Mme Cardui se leva d'un bond.

– Je suis demandée autre part, annonça-t-elle sans préambule. Revenez vers moi dès que vous aurez des informations, monsieur Blafardos.

Et elle disparut.

Grâce à un système de machinerie cachée, les miroirs changèrent de position, laissant Blafardos à son reflet impassible.

18

Sulfurique portait son châle de démonologue quand le temps le permettait. Le symbole orné de cornes maintenait les gens à distance – à moins que ce ne fût son odeur corporelle – même si les démons étaient domestiqués à présent. Son apparence suggérait, pensait-il souvent avec philosophie, qu'une fois les gens conditionnés pour répondre à un stimulus, la plupart étaient trop paresseux pour s'en débarrasser quand la nécessité ne se faisait plus sentir.

Aujourd'hui, il portait le châle. Ainsi, il pouvait se déplacer sans encombre au cœur des docks – son stratagème favori pour semer les curieux. Les voyous le laissaient tranquille ; quant à ceux qui osaient le suivre, ils risquaient leur or, leurs membres, voire leur vie. D'ailleurs, il n'y avait plus beaucoup de voyous dans les parages. Ils avaient autant peur de la fièvre que les autres. En tout cas, il ne pensait pas être suivi.

Persuadé d'être seul, Sulfurique longea donc la rivière et héla un taxi fluvial. Le chauffeur s'approcha avec précaution.

– Tu vas où, Gouv ?

– Mont Plaisance, clama Sulfurique qui ne souhaitait pas se rendre là-bas.

Il aurait tout le temps de changer de destination une fois à bord. Les curieux iraient dans la mauvaise direction. On n'était jamais trop prudent, même si les rues étaient à moitié désertes. Il mit un pied sur le bateau.

– Certificat ? demanda le chauffeur.

Sulfurique le foudroya du regard.

– Certificat ?

– Ton rapport médical, Gouv. Signé par un guérisseur. Certifiant que tu n'as pas la maladie.

Un instant, Sulfurique n'en crut pas ses oreilles. Il le fixa plus intensément.

– De quoi tu parles, crétin ?

– On ne monte pas dans un véhicule public sans certificat, expliqua le chauffeur d'un ton patient. Nouvelles lois. Proposées par le maire, ratifiées par la Reine, que Dieu la bénisse.

– Et depuis quand ? demanda Sulfurique, sidéré.

Il tournait à peine le dos que cette catin royale passait une loi qui vous ôtait encore un peu de liberté. Plus de combats d'ours ou de coqs, plus de duels. Il était même interdit d'empoisonner quelqu'un lors d'une vendetta. Maintenant, elle s'attaquait à la liberté de se déplacer.

– Une heure.

– Une heure ? répéta Sulfurique. Sans annonce publique ?

– Si, Gouv. Ils ont placardé une annonce sur la porte de la cathédrale.

– Et si on est une Fée de la Nuit qui n'a pas le droit d'entrer dans la cathédrale des Lumières, demanda-t-il sur un ton sarcastique, comment est-on censé se procurer un certificat signé par un guérisseur, hein ?

– Je compatis, mais la loi, c'est la loi. Je ne la fais pas, je ne la change pas, comme dit le proverbe. J'obéis simplement aux ordres. Ici, je ne suis pas payé pour réfléchir.

– Je double le tarif, proposa Sulfurique.

– Monte, Gouv !

Sulfurique grimpa dans le bateau. Quelle satisfaction de voir que certaines choses n'avaient pas changé…

Il s'installa à l'arrière du taxi et baissa le store en lambeaux pour se protéger non du soleil, mais des regards inquisiteurs. Le chauffeur craqua un cône de sortilège qui crépita un instant avant de s'allumer.

– Mont Plaisance ? Côté bourgeois, je suppose, Gouv ?

– Puyblanc, rectifia Sulfurique. Juste après la Porte du Boiteux.

– J'aurais juré que tu avais dit Mont Plaisance, marmonna le chauffeur. Je dois vieillir.

Sulfurique ferma les yeux pendant que le bateau prenait de la vitesse. La dernière loi de la Reine Bleu était aussi contrariante qu'inopportune. N'importe quel imbécile la qualifierait d'impopulaire, surtout parmi ceux qui n'avaient pas les moyens de donner des pots-de-vin. La Reine n'avait de comptes à rendre à personne. Le maire, lui, pensait bien être réélu l'année d'après. Le fait qu'il ait proposé cette loi prouvait que la fièvre temporelle avait pris de l'ampleur.

S'il ne se montrait pas prudent, il en perdrait le contrôle avant d'avoir pu l'exploiter correctement.

Sulfurique rouvrit les yeux et se pencha en avant.

— Sept florins en plus si tu ignores les limitations de vitesse.

19

Henry poussa un soupir de soulagement. C'était une erreur (une erreur stupide commise par une infirmière stupide). Il examina la pièce et le lit sur lequel dormait M. Fogarty, dans la position même où Henry l'avait laissé. Quelqu'un lui avait enlevé cet horrible tube dans le dos, ce qui devait signifier qu'il n'en avait plus besoin. Encore une bonne nouvelle.

– Il dort, expliqua Henry à Bleu.

– Henry...

– Je te jure ! Il se repose toujours ainsi, sur le dos. Il n'a pas bougé d'un pouce depuis que je suis parti. On ne le voit pas respirer, c'est tout. Les gens font souvent cette erreur : il respire superficiellement quand il dort.

– Henry...

– Mais si ! répéta Henry avec un grand sourire avant de traverser la pièce à grands pas. Regarde ! Monsieur Fogarty ! Réveillez-vous !

Son vieil ami lui en voudrait de le réveiller comme la Belle au bois dormant, mais c'était mieux que d'écouter ces balivernes sur sa mort. Depuis l'annonce du décès, tout le monde courait ici et là, comme des canards à la tête coupée.

M. Fogarty ne bougea pas.

– Henry...

Le jeune homme secoua l'épaule de M. Fogarty. Sa tête roula doucement sur le côté et ses yeux demeurèrent fermés. Bleu s'approcha de Henry et le prit par le bras.

– Il est mort, Henry, chuchota-t-elle.

– Impossible, remarqua Henry, l'air désolé. Nous discutions encore il y a quelques minutes à peine.

Il s'empara du poignet de M. Fogarty pour lui tâter le pouls. Rien.

– Je crois que nous devrions le laisser, maintenant, intervint Bleu. Les prêtres vont s'occuper de lui.

– Les prêtres ?

– Ils ont jeté un sortilège qui lui ouvrira la bouche.

– Dans quel but ?

– Pour libérer son âme. Allez, viens, Henry. Laissons-les travailler.

Alors qu'il ne les avait pas vus entrer, la pièce fourmillait de sorciers en robe de cérémonie. Certains étaient flanqués de serviteurs trinians qui portaient des chapelets, des encensoirs et autres articles religieux.

– Il n'est pas de votre monde, déclara Henry.

Il n'avait peut-être pas les idées très claires, mais au fond de lui, il savait qu'aucun sortilège ne devait ouvrir la bouche de M. Fogarty. Ne lui fallait-il pas un cercueil normal qui serait enfoui dans une tombe normale ? Soudain, Henry réalisa qu'il ne connaissait pas la religion de M. Fogarty. D'ailleurs, en avait-il une ? Les morts ne devaient-ils pas être transportés à l'église la plus proche où le curé donnerait une messe et prononcerait un beau discours sur eux ?

Alan cambriolait les banques, mais tout le monde l'aimait beaucoup, déclamait un prêtre imaginaire dans sa tête.

Une fois que tous ses proches lui auraient rendu un dernier hommage, ils l'accompagneraient au cimetière et...

Henry s'aperçut que des larmes coulaient sur son visage alors qu'il ne se sentait pas triste. En vérité, il n'éprouvait rien, excepté une sorte d'engourdissement.

– Il avait choisi nos rites funéraires, indiqua Bleu. Nous en avons discuté l'autre jour.

Avant que je ne vienne, pensa Henry. *Avant même que je ne sois mis au courant.*

Comme la pièce nageait derrière un voile de larmes, il permit à Bleu de le conduire dans le couloir. Ensemble, ils descendirent les marches du Palais.

20

Il se souvint de sa première visite au Royaume quand il avait atterri dans les cuisines du Palais et que des matrones s'étaient affairées autour de lui. C'était à Bleu maintenant de l'emmener là et de l'asseoir à la table en pin parmi les casseroles et les odeurs de soupe. Une femme rondelette qui portait un tablier leur donna des tasses fumantes contenant... du thé ! Gentille pensée, car le thé était une denrée onéreuse au Royaume. Ils espéraient le mettre à l'aise.

Henry fixa le liquide ambré (ils n'ajoutaient pas de lait ici) et regarda les ondulations rider sa surface quand une larme s'écrasa en son centre. Il ne pouvait s'empêcher de pleurer, même si c'était embarrassant et indigne d'un homme.

Bleu s'assit sur le banc à côté de lui, si près que sa cuisse toucha la sienne. Elle serra la tasse dans ses mains, comme pour se réchauffer. Elle avait des doigts longs et fins. Il adorait ses doigts. Elle lui paraissait plus féminine qu'autrefois, à cause de sa robe peut-être. Il adorait sa robe.

– Que comptes-tu faire ? murmura Bleu.

Le regard de Henry se perdit dans le vague. Il devrait prévenir la fille de M. Fogarty que son père était mort, à ceci près qu'elle le croyait déjà mort parce que Henry ne lui avait pas transmis correctement les instructions de M. Fogarty. Il ne pouvait pas lui écrire tout de suite, mais il devrait rentrer et annoncer la nouvelle à Hodge. Hodge aimerait savoir.

Le corps de Henry tremblait malgré lui. Bleu passa un bras sur ses épaules.

– Chut, lui chuchota-t-elle à l'oreille. Ça va, Henry. Ça va.

Faux ! Tout avait changé. Tout s'était… arrêté.

– Je ferais mieux de rentrer, lança Henry.

– Tu n'assisteras pas à ses funérailles ?

Il tourna lentement la tête et scruta son visage.

– Si… Oui… Je suis obligé de rester, pas vrai ?

– Cela lui aurait fait plaisir.

Les yeux rivés au fond de leur tasse, ni l'un ni l'autre ne buvait.

– Ce seront de vraies funérailles. Nationales, avec les honneurs qui lui sont dus. Il était notre Gardien.

Cela ne faisait aucune différence. M. Fogarty ne supportait pas les cérémonials et maintenant qu'il était mort, il devait s'en ficher qu'on lui rende hommage ou non.

– Bien, très bien, répliqua-t-il pour ne pas contrarier Bleu.

– J'ai demandé à ce qu'on prépare ton ancienne chambre.

Pyrgus n'était pas au courant. Il fallait qu'il rentre le lui dire.

– Il faut que je retourne l'annoncer à Pyrgus.

— Ne t'inquiète pas. J'ai déjà envoyé quelqu'un.

Bien sûr qu'ils avaient envoyé un émissaire. Il le fallait. Pyrgus n'avait-il pas nommé M. Fogarty Gardien ?

— Ce quelqu'un ne serait pas Nymphe, par hasard ?

— Exactement.

Ils avaient bien fait. Nymphe était l'épouse de Pyrgus, à présent. Reviendrait-il pour les funérailles au risque de subir une nouvelle poussée de fièvre ?

— Quand auront-elles lieu ?

— Les funérailles ? Dans trois jours.

Comme chez nous.

— Henry... ? Après les obsèques... Rentreras-tu directement chez toi ?

Tout avait changé mais rien n'avait changé. Il ne voulait pas repartir chez lui. Il ne s'y sentait pas bien. Deux ans que cela durait. Il ne voulait plus vivre avec sa mère, il ne voulait plus aller à l'université pour ensuite enseigner dans une école pourrie jusqu'à la fin de ses jours. Avait-il le choix ? Non. Il regarda Bleu et secoua la tête.

— Oui, ce sera mieux. Je rentrerai aussitôt chez moi.

— J'ai peur que cela ne soit pas possible, trèèès cher ! s'exclama une voix familière derrière lui.

21

Le petit manoir entouré d'un grand parc arboré était d'époque Tudor. L'agent immobilier prétendait qu'il avait appartenu à la reine Élisabeth Ire, même si elle n'y avait jamais vécu. (Pyrgus chercha son nom dans le dictionnaire après avoir acheté la maison et découvrit qu'il s'agissait d'un célèbre monarque du Monde analogue.) L'endroit était intime, confortable, un peu sinistre et équipé d'un nombre incroyable de miroirs. Chaque fois qu'il apercevait son reflet, il croyait voir son père. Étrange sensation.

Il fit un effort pour se concentrer.

– Cela a fini par arriver.

– Oui, répondit Nymphe.

Elle avait changé depuis que lui-même avait vieilli. De manière subtile, mais tangible. Elle se montrait plus posée quand ils étaient ensemble. Elle ne le taquinait presque plus. Comme si elle le traitait avec… déférence. Évidemment, il savait d'où cela venait. Quand elle le regardait, elle voyait la même personne que lui dans le miroir – un homme d'une cinquantaine d'années, le sosie d'Apatura Iris. Quelle que fût la force de son amour, cette épreuve ne devait pas être facile pour elle. Il fallait mettre un terme à cette fièvre temporelle ; l'avenir du Royaume n'était pas seul en jeu. S'ils ne l'enrayaient pas bientôt, leur mariage serait en péril.

– Henry était présent ? demanda-t-il.

– Oui.

– Dans la chambre ?

– Oui. Il ne s'est pas rendu compte que M. Fogarty était mort. Il pensait qu'il s'était endormi.

– Ce qui explique pourquoi il n'a annoncé la nouvelle à personne dans la Chapelle du Portail.

– Et pourquoi il était si choqué quand Bleu le lui a appris.

– Il se préparait à ramener M. Fogarty ?

– Il attendait près du portail du Palais, conformément à la prophétie.

– Il pensait ramener un Gardien vivant ! s'exclama Pyrgus dans un éclair de génie. Et non un simple corps, comme nous le présumions.

– Voilà.

La fenêtre de leur salon donnait sur une bande de gazon bordée par une haie. Un paon se pavanait dans l'herbe. Ces magnifiques oiseaux du Monde analogue n'existaient plus au Royaume. Celui-ci avait été vendu avec la maison car l'ancien propriétaire n'avait pas eu le courage de l'arracher à sa demeure de toujours. Au crépuscule, il poussait des cris sinistres, comme s'il appelait sa compagne, morte peu avant que Pyrgus et Nymphe n'emménagent.

– Bleu n'est toujours pas au courant ? demanda-t-il.

– Non.

– Tu crois qu'elle se doute de quelque chose ?

Pyrgus connaissait bien sa sœur. Le moindre soupçon et tous ses sens étaient aux aguets.

— Je ne crois pas. Comment serait-elle au courant ? Maintenant que M. Fogarty est décédé, les seuls à connaître le secret sont Mme Cardui, toi et moi.

— Bleu est maligne. Nous ne devrions jamais la sous-estimer, ajouta Pyrgus, un peu rassuré. Henry est bouleversé ?

— Ce n'est rien de le dire. Il fait tellement de peine à voir ! Je me retenais de le lui annoncer.

— Tu as gardé le silence ? s'inquiéta Pyrgus.

— Évidemment.

— Bien.

Au bout d'un moment, Nymphe se leva et le rejoignit près de la fenêtre par laquelle il n'avait cessé de contempler le paon.

— À quoi penses-tu ? s'enquit Nymphe.

— Sa compagne doit lui manquer.

— Tu retournes au Royaume ?

— Oui, répondit Pyrgus, l'air triste.

— Tu n'es pas obligé, tu sais.

— Il le faut.

Nymphe s'humecta les lèvres.

— C'est dangereux. Très dangereux.

— Je sais.

— Pour tout le monde.

— Je sais.

— Je t'accompagne.

— D'accord.

22

Quelle étrange atmosphère : les gens évitaient les rues et se rassemblaient dans les tavernes, comme si une panse remplie de bière pouvait les protéger de la fièvre. L'homme au ventre rebondi assis en face de Blafardos avait bu plus que de raison, au point que son haleine sentait aussi fort qu'une brasserie entière.

– Tu es sûr que c'était lui ? s'enquit Blafardos.

– Un nabot maigrichon âgé d'au moins mille ans qui porte un châle de démonologue ? Si ce n'est lui, c'est son jumeau, monsieur Blafardos.

Le quartier était aussi inamical que la taverne. Blafardos voyait bien que ses vêtements de luxe lui donnaient l'allure d'un bouffon à un enterrement. Seulement personne ne prenait votre argent au sérieux si les apparences ne suivaient pas. En outre, il était armé jusqu'aux dents.

– Où est-il allé ? demanda-t-il à son informateur.

Le colosse se contenta de le fixer.

– O.K. D'accord ! s'exclama Blafardos.

Puisqu'il avait repris ses cabotinages et ses

manières efféminées, il poussa un énorme soupir et ajouta sur un ton boudeur :

– La confiance règne !

Il sortit une petite bourse qu'il jeta devant l'homme. Les conversations aux tables voisines s'interrompirent aussitôt.

La lourde main du gros homme s'empara de l'argent et les discussions reprirent de plus belle.

– Mont Plaisance.

– Mont Plaisance ? s'étonna Blafardos.

Il s'agissait de l'un des quartiers les plus huppés de la ville. Autrefois, Sulfurique n'aurait jamais mis les pieds là-bas.

– C'est ce qu'il a dit, confirma l'homme d'un ton sec qui indiquait qu'il ne rendrait pas l'argent.

Silas fréquentait-il le beau monde ? Noctifer le finançait-il ? Sa Saleté touchait peut-être le fond, mais Noctifer ne serait pas Noctifer s'il n'avait pas gardé quelques réserves. À moins que la Confrérie n'ait accepté un don ? Ou Sulfurique allait-il voir un riche parent ?

Et puis quelle importance ? Si Sulfurique se rendait à Mont Plaisance, soit. La vieille sorcière voulait des résultats et elle n'était pas réputée pour sa patience. De toute façon, il ne comptait pas rester dans les parages plus longtemps.

Blafardos se sentait plus en danger sur les quais que dans la taverne. Alors que la nervosité le gagnait, trois taxis fluviaux ignorèrent ses cris et ses signes de la main. Par bonheur, le quatrième s'arrêta.

– Mont Plaisance, s'exclama-t-il d'un ton mondain, quand il pénétra à bord.

— Double tarif, tu arrêtes de jouer les chochottes et surtout tu la boucles, annonça le chauffeur.

Blafardos ignorait de quoi il parlait. Comme il avait l'habitude des escrocs, il sortit un stimulus de son arsenal caché et l'appuya contre la tempe de l'homme.

— À bien y réfléchir... marmonna le chauffeur qui prit un cône de sortilège dans son sac et le craqua. Tu es sûr que tu veux aller à Mont Plaisance, Gouv ?

Blafardos abaissa son stimulus.

— Bien sûr que oui. Ai-je l'air de... d'une personne qui... qui ne sait pas ce qu'elle veut ?

— Pas le moins du monde, m'sieur. Y a juste un vieux gars tout à l'heure qui a demandé à aller à Mont Plaisance et une fois à l'intérieur, il voulait plus s'y rendre.

— Quel âge ? demanda Blafardos, curieux.

— Quel âge quoi ? Le vieux gars ? Très âgé. Entre nous, il avait l'air d'un démonologue à la retraite... avec son châle... du genre qui vieillit mal, comme je dis toujours.

— Et où voulait-il aller, en fait ?

— Puyblanc. Je m'en souviens bien parce que ça n'a rien à voir avec Mont Plaisance.

— Quel Puyblanc ? Il y en a deux en ville, un au nord et l'autre à l'ouest.

— Celui qui se trouve après la Porte du Boiteux. Bon, m'sieur... (Le chauffeur s'efforça de sourire.) Toi, tu veux aller à Mont Plaisance, hein ? C'est bien ce que tu veux ?

— Puyblanc ! grommela Blafardos. Celui qui se trouve après la Porte du Boiteux.

23

Après un instant de confusion, Henry ouvrit les yeux dans le noir. Il ne se rappelait pas l'endroit où il se trouvait, comment il y était arrivé, ni même d'où il venait. Il se souvenait vaguement d'avoir accompagné Nymphe au Royaume des Fées, puis... puis...

Non, rien. Il avait fait quelque chose dans le Royaume, mais quoi ? Il avait beau se creuser les méninges, c'était comme si son cerveau était en compote ; un brouillard blanc enveloppait tous ses souvenirs.

L'obscurité était totale.

Il se trouvait à genoux, sur un sol dur. Pourquoi était-il à genoux ? D'ailleurs, ils lui faisaient un mal de chien. Il aurait dû être debout. Il devait être debout... ou assis, mais pas à genoux ! Avant de... avant de... Bon Dieu, mais où était-il ?

Étrange que règne une obscurité aussi complète. Au cœur de la nuit, il y avait toujours la lune ou des étoiles qui brillaient, des réverbères allumés. Dans une chambre aux rideaux fermés, la lumière parvenait toujours à filtrer. Là, il n'y avait aucune lueur. Était-il sous terre ?

Une odeur de pourri flottait dans les airs.

Encore à genoux, Henry commença à avoir peur.

– Hé ho... chuchota-t-il.

Il tâtonna le sol d'une main. Dur comme de la pierre, plat, un peu granuleux. Froid, non... frais et poussiéreux. La poussière lui chatouilla le gosier et il se mit à tousser. D'instinct, il essaya de contenir sa toux, de faire le moins de bruit possible. Sa toux se transforma en toussotement, un petit raclement de gorge. Il n'aurait pas dû dire *Hé ho*, il n'aurait pas dû chuchoter, car il ignorait où il se trouvait et qui montait la garde à proximité. Il n'avait pas quitté le Royaume qui était très différent de son propre monde. Le Royaume était beaucoup plus dangereux.

Henry se releva à tâtons, tandis que son cœur résonnait dans ses oreilles. Il déglutit pour se débarrasser de la poussière et, sans bouger le reste du corps, il tendit prudemment le bras devant lui. Ses mains touchèrent... le vide. Même résultat derrière lui.

L'air était assez confiné, comme s'il était enfermé dans un lieu clos. Il allongea un pied. Le sol devant lui semblait solide, mais il n'avait aucune envie d'avancer dans le noir. Et si une falaise, un gouffre, une crevasse s'ouvrait, tout près ?

Ah ! Que n'avait-il une lumière !

Il n'avait pas quitté les vêtements qu'il portait quand Pyrgus et Nymphe s'étaient présentés chez M. Fogarty. (Pyrgus lui avait paru vieux, se souvint Henry, mais pourquoi ?) Henry plongea la main dans la poche de son pantalon. Presque aussitôt, avec un soulagement extrême, ses doigts se refermèrent sur un briquet.

Qui lui échappa.

Il entendit le petit accessoire heurter le sol et ricocher. Henry s'agenouilla à nouveau. *A priori*, son briquet n'avait pas basculé dans un gouffre, mais mieux valait se montrer prudent. Maintenant, le seul moyen de le retrouver était de balayer le sol du plat de la main. Ce qu'il fit si bien qu'il souleva encore plus de poussière. Il rampa lentement, à genoux, tâtonnant avec soin, prudence et sang-froid.

Quelque chose remua. Vite, il ôta sa main et se figea. Au bout d'un moment, les battements de son cœur se calmèrent. Ce devait être un cafard, voilà tout. Henry n'aimait pas trop les cafards, mais au moins ils ne lui voulaient pas de mal. Et si la petite bête, plutôt qu'un cafard, était un animal dangereux, toxique, un scorpion, un... Il s'obligea à contenir son imagination. Son briquet représentait sa seule chance. Il ne pouvait pas se permettre d'abandonner les recherches maintenant.

Il se pencha en avant et reprit son balayage.

Sa main gauche heurta quelque chose de dur. Il palpa avec précaution et en conclut qu'il s'agissait d'un mur, mais était-ce une paroi naturelle ou érigée par l'homme ? Peut-être se trouvait-il dans une grotte, une sorte de pièce close... Mais comment avait-il atterri là ?

Quelque chose se mit à bruire devant lui et à sa droite.

Henry se figea, retint sa respiration. Chaque son était amplifié par l'obscurité, se rappela-t-il. Ce devait être une souris. Au fond de lui, cependant, il doutait que ce fût une souris. Il lui fallait de la lumière !

Il trouva son briquet !

Incroyable ! Sa main droite, la plus proche du mur, se referma sur le briquet avec une telle force qu'il se demanda pourquoi le plastique ne craqua pas. Il se releva péniblement et tourna vite la molette. Une petite flamme apparut et mourut aussitôt. Le fichu briquet ne marchait plus ! Oh non ! Il avait oublié d'en racheter un !

Il y avait une silhouette blanche et nue tapie à trois ou quatre mètres de lui.

Le cerveau de Henry réfléchit à la vitesse de la lumière. Non, il n'y avait rien du tout là-bas. Son imagination lui jouait un sale tour de plus. Normal, dans le noir ! Et puis s'il se trouvait vraiment quelque chose près de lui, ce n'était pas vivant – une statue, une gargouille, un truc laid – parce que la forme qu'il avait vue ou entraperçue était trop laide pour être vraie. À coup sûr, pas de quoi s'inquiéter. Juste une statue, une gargouille, rien du tout, un gros rocher, que son imagination avait pris pour…

Pendant que ses neurones s'activaient, son pouce avait pris vie et ne cessait de faire tourner la molette. Il ne restait plus de gaz dans le briquet qui jetait bravement des étincelles, encore et encore. L'obscurité était telle que cette pauvre petite lueur, celle des étincelles, lui permit de voir la « chose » au moment où elle se précipitait sur lui.

24

Dès qu'il découvrit les lieux, Blafardos sut qu'il avait décroché le jackpot. En général, Sulfurique préférait les logements ternes et discrets, à l'opposé de cette maison de Puyblanc. Vue de l'extérieur, cette immense et vieille propriété aux balcons en encorbellement, d'un style datant de cinq cents ans, semblait délabrée mais Blafardos n'était pas tombé de la dernière pluie. Il flottait une légère odeur de sortilège, un enduit masqué avec soin mais abondamment appliqué, qui transformait la demeure en forteresse. Ce genre de précaution coûtait une fortune et Sulfurique était célèbre pour sa pingrerie. Quelque chose d'important devait être caché là.

Puyblanc était l'un de ces quartiers qui avaient connu des jours meilleurs. Pour la plupart, les anciennes demeures bourgeoises étaient devenues des immeubles de rapport. L'un d'eux, presque à l'arrière de la nouvelle maison de Sulfurique, donnait sur la rivière et sur la rue. La vieille sorcière édentée qui vivait là s'empressa d'accepter la pièce de Blafardos, lui proposa même des services qui ne l'intéressaient en rien puis quitta les lieux avec

114

l'assurance qu'elle ne reviendrait pas de la taverne avant minuit.

Blafardos approcha une chaise de la fenêtre crasseuse, chassa avec la main une odeur persistante de flatulence et s'assit à son poste d'observation.

Sulfurique apparut à la tombée de la nuit.

Blafardos s'écarta un peu de la fenêtre, même s'il était peu probable que Sulfurique levât la tête. Le vieillard trottina dans la rue étroite et disparut au coin. Blafardos attendit cinq bonnes minutes qu'il revienne puis décida qu'il était parti manger dans un café ou une taverne. Bien qu'il fût aussi frugal que radin, il pouvait très bien mettre une heure, voire deux pour dîner. Blafardos attendit encore un peu pour la forme et quitta le bâtiment.

Il y avait trop de monde pour inspecter à loisir la porte d'entrée mais, par chance, une allée voûtée et étroite menait à la rivière, derrière la maison, et là, il ne croisa personne. Il risquait d'être vu depuis les balcons des maisons voisines, mais il tenta le tout pour le tout, profitant de ce que la nuit tombait.

De plus près, la présence d'enduits magiques se confirma. Cependant, il fut stupéfait par leur subtilité. La majorité des sorciers en sécurité recommandaient des sortilèges flagrants qui dissuadaient illico. Dieu seul savait à quoi servaient les enduits quasiment invisibles de Sulfurique.

Blafardos se demanda un moment s'il aurait le cran de tester le sortilège. S'il avait été mortel, des dizaines d'oiseaux et de rongeurs morts s'entasseraient au pied du mur et révéleraient sa présence. Connaissant Sulfurique, l'enchantement devait être vicieux. Qu'il ait peur ou non, il devrait contourner les systèmes de sécurité de Sulfurique pour entrer dans la maison.

Il réfléchit là un long moment. Les systèmes les plus populaires et non mortels étaient les cônes d'oubli et les tord-cervelles. Tout cambrioleur frappé par un cône d'oubli délaissait ses projets séance tenante et errait pendant des heures dans les rues. Les tord-cervelles étaient moins précis. Certains vous réexpédiaient en enfance, si bien que vous mouilliez votre froc ; d'autres vous obligeaient à chanter à tue-tête en attendant l'arrivée d'un Garde Impérial ou vous mettaient K.-O. jusqu'à ce que vous soyez découvert, incarcéré, jugé et pendu. Aucun n'était agréable mais si on retrouvait Blafardos inconscient, le pantalon trempé d'urine, il prétendrait être venu rendre visite à un vieil ami et avoir actionné le sortilège accidentellement. Même Sulfurique le croirait.

Blafardos traversa donc l'enduit magique pour essayer la poignée de la fenêtre la plus proche.

Il marchait un peu plus loin dans la rue quand il recouvra ses esprits. La maison de Sulfurique qu'il avait cherchée si longtemps lui paraissait morne et inintéressante. Certes pas le genre d'endroit que l'on voudrait cambrioler, visiter ou contempler longuement. Quelle maison sans intérêt, quelle maison ennuyeuse, quelle…

Un tord-cervelle, et pas n'importe lequel ! Si subtil qu'on ne se rendait pas compte d'avoir été manipulé. Rien de spectaculaire, rien d'embarrassant, juste la conviction absolue de devoir s'éloigner de la maison de Sulfurique et de passer son chemin. Ce tord-cervelle n'était ni standard ni prêt à l'emploi. Il avait été fait sur mesure par un artisan. Un frisson d'excitation parcourut Blafardos. Personne ne se payait un sorcier artisan à moins de vouloir cacher quelque chose de vraiment important.

Il pivota et s'aperçut qu'il était encore captif. Chaque pas qui le ramenait chez Sulfurique transformait son esprit en bouillie. Au bout de vingt mètres, il ne réfléchissait plus du tout. Il prit une profonde inspiration et recula jusqu'à ce qu'il ait les idées claires.

Et maintenant ? Le sortilège s'estomperait, bien sûr, mais d'ici là, Sulfurique serait peut-être de retour chez lui et une autre occasion ne se représenterait certainement pas de sitôt. Il possédait un antidote comme tout bon espion qui se respecte, mais il répugnait à l'utiliser. Et s'il abordait la maison sous un autre angle ?

Blafardos contourna la rue et s'approcha de la bâtisse depuis une direction différente. Son plan fonctionna jusqu'à ce qu'il aperçoive la maison et que son cerveau soit à nouveau réduit en compote. Il s'offrait une dernière option : la rivière et l'embarcadère de Sulfurique, mais il y avait toutes les chances que le sortilège soit omnidirectionnel. Seul un idiot installerait une protection partielle et malgré tous ses défauts, Sulfurique était loin d'être idiot.

Il ne lui restait plus que l'antidote. Mais où y recourir ? Pas dans la rue, en tout cas. Même si la fièvre avait vidé les trottoirs, un passant égaré risquait de le surprendre. Pas question de s'approcher de la rivière non plus, le contrecoup était tel qu'il serait fichu de se noyer. Il finit par choisir une ruelle sombre, faute de mieux.

La ruelle qui sentait la pisse était le lieu idéal pour se faire agresser. Toutefois, la peur de la fièvre avait chassé tous les sans-abri et son seul compagnon était un chat squelettique qui le dévisagea brièvement avant de retourner dans sa poubelle.

Blafardos sortit son kit d'espionnage de sa poche et attrapa la fiole en or. Il s'agissait d'un des derniers sortilèges en spray à effet immédiat. Il appuya contre son pouls l'extrémité serrée dans son poignet avant de changer d'avis. Inquiet, le chat se retourna quand la fiole siffla.

– Hiiiiii – ahhhhhhh ! hurla Blafardos lorsque sa boîte crânienne implosa.

Il se jeta contre un mur de la ruelle, rebondit violemment et ricocha contre une porte. Celle-ci ne céda pas de sorte qu'il tomba en avant sur les pavés et renversa la poubelle. Le chat énervé lui cracha au visage et fila. Blafardos se releva tant bien que mal, son nez pissait le sang. Il patienta un long moment, le temps de reprendre son souffle.

– Oooooohhhhhhh !

Deuxième vague. Blafardos pivota sur lui-même, battit des bras et percuta une fenêtre à petits carreaux.

– Dégage, espèce d'ivrogne ! hurla une voix excédée.

Blafardos partit en arrière et envoya valser la poubelle. Le bruit métallique n'eut rien de réel. Le long de la ruelle, des lumières apparurent aux fenêtres. Fièvre ou pas fièvre, quelqu'un ne tarderait pas à descendre. Peut-être n'était-ce pas une bonne idée, après tout…

– Ooouuuuuaaaaahhhhhh !

Vague numéro trois.

– Yabba dabba dabba dabba dabba.

Des étincelles dansaient devant ses yeux. Le monde tourbillonnait autour de lui. Il voyait des serpents roses. Attiré par son désespoir, un gros rat sortit de son trou et lui rongea la cheville. Poussé par un soudain instinct suicidaire, il se jeta tête la première contre le mur le plus proche.

Fin de la crise. Dieu merci, Blafardos n'avait qu'effleuré le mur. Le corps meurtri, haletant, il se redressa tandis que les hallucinations s'estompaient. Il était couvert d'ecchymoses, il saignait et le rat lui avait arraché une partie du mollet.

Il espéra simplement que cela en valait la peine.

25

Oui, cela en valait la peine ! Il sentait presque la membrane du sortilège se briser sous sa main, terminé le tord-cervelle. En vérité, il expérimentait une clarté exceptionnelle et une énergie accrue malgré ses douleurs lancinantes. Il manipula la gâchette, la serrure céda sous ses doigts agiles et la fenêtre s'ouvrit en silence. La maison de Sulfurique n'attendait plus que lui.

Blafardos se hissa sur le rebord, jurant de se mettre bientôt au régime. Il referma la fenêtre avec soin derrière lui, enclencha les sortilèges qui la rendaient opaque de l'extérieur et cassa un cône de lumière.

Il se trouvait dans une salle aux jolies proportions – ces vieilles maisons avaient toutes de belles proportions – mais elle ne possédait ni meubles ni décoration. Sulfurique n'occupait pas la maison dans son entier, semblait-il. Ce qui n'était pas surprenant. Il avait toujours vécu chichement. Il habitait peut-être trois ou quatre pièces au maximum. Mais alors, pourquoi avait-il besoin d'une si grande maison pour lui tout seul ?

Blafardos avança à pas de loup de peur que le plancher ne craque puis il se souvint qu'il était seul dans cette vieille maison délabrée et continua à grandes enjambées.

Il se trouvait près de la porte d'entrée dans le vestibule dépourvu de meubles, lui aussi, mais agrémenté de nombreuses portes. Blafardos en choisit deux au hasard ; elles ouvraient sur des pièces vides. Deux de plus, encore vides. En quelques minutes, il avait inspecté le rez-de-chaussée. Un vrai désert : la cuisine ne possédait aucun équipement (casseroles, poêles...). Elle sentait la poussière et ne semblait pas avoir été utilisée depuis plus d'un siècle. Bizarre...

Sulfurique devait vivre au premier. Peut-être s'était-il aménagé un studio et utilisait-il des sortilèges pour cuisiner – certains hommes peu regardants sur le goût n'hésitaient pas à y recourir... À moins qu'il ne dînât dehors tous les jours, comme ce soir apparemment.

Blafardos grimpa les marches, ses pas résonnaient sur les planches nues. Il atteignit le premier palier où, par une porte mi-close, il devina une salle de bains qui semblait autant servir que la cuisine en bas. Une autre volée de marches menait aux chambres qui, constata-t-il, étaient elles aussi désespérément vides : pas même un matelas au sol ou une couverture en lambeaux dans un placard. La demeure était vide avec un grand V. Qu'est-ce que cela cachait ?

Comme son sortilège de lumière faiblissait, il en craqua un autre et s'adossa au mur pour réfléchir. Le chauffeur de taxi lui avait juré avoir déposé

Sulfurique devant cette maison. Par ailleurs, il avait vu, de ses yeux vu, Silas sortir de cette même bâtisse à la tombée de la nuit. Il vivait là et pourtant, Jasper ne discernait aucune trace de présence humaine entre ces quatre murs.

Blafardos en conclut qu'un détail lui avait échappé.

Il redescendit et vérifia à nouveau chaque pièce. Aussi vides que cette stupide cuisine qu'il inspectait une nouvelle fois quand un petit bruit derrière lui le fit sursauter. Le cœur battant à cent à l'heure, il se retourna. Une silhouette familière le regardait sur le seuil de la porte.

– Tu as mis le temps ! remarqua Sulfurique sur un ton aigrelet.

26

Pour la première fois de sa longue vie, Cynthia Cardui se sentait vieille. Cette impression n'avait rien à voir avec ses articulations un peu raides ou ces petites douleurs qui sont le lot de chacun. Non, ses émotions paraissaient ankylosées : elle se trouvait plus calme, plus cohérente qu'elle ne l'avait jamais été. Et par contrecoup, la vie lui paraissait plus froide.

Elle regarda le corps de son compagnon. Alan avait toujours été mince, voire maigrelet, mais depuis qu'il avait exhalé son dernier souffle, il semblait ratatiné, telle une coque de noix desséchée. Étrange de le voir ainsi et de… ne rien ressentir.

Les embaumeuses la contournaient tels des spectres. Avec leurs mains très fines et leurs longs doigts, ces femmes au visage impassible inséraient des tubes dans les artères principales de ses cuisses et les reliaient à des machines horribles. L'une aspirait la moindre goutte de sang qui lui restait, l'autre injectait le *gravistat* magique pour le remplacer. Ce liquide permettait de dissoudre les organes internes tout en accélérant le processus de pétrification.

Ils ôtaient le cerveau à présent. (Pour une raison

inconnue, le cerveau résistait au gravistat.) Comme il était important de préserver l'intégrité du crâne, aucune incision n'était autorisée, si bien que les embaumeuses inséraient un crochet en fer dans les narines et l'extrayaient avec précaution.

Sous les yeux de Cynthia, la masse grise et lui-sante fut déposée dans un bocal. Dire qu'elle avait contenu tant d'idées, de sagesse… et d'amour. Selon les coutumes des Fées, le cerveau n'était guère traité avec déférence. Peu après son départ, Cynthia savait qu'il serait haché puis posé sur une dalle derrière le Palais où les oiseaux le dévoreraient.

Le gravistat s'écoulait à son tour. Les embaumeuses étaient habituées à l'odeur, contrairement à Cynthia qui recula d'un pas. Le liquide lui-même était inodore, mais une fois mélangé aux intestins liquéfiés, la puanteur était abominable. Dans son dos, un sorcier prêtre entama un chant sonore.

Alan et elle avaient-ils pris la bonne décision ? La question ne se posait même pas vu qu'ils n'avaient pas eu le choix. Cette tragédie avait déjà coûté une vie. Il fallait voir avec quelle bravoure il avait affronté cette épreuve ! Alan s'était toujours montré plus déterminé qu'elle, il se préoccupait moins des conséquences personnelles.

Et quelles conséquences…

Jamais plus elle ne tomberait amoureuse, pas à son âge. Elle n'avait pas d'enfants ; à cause de son métier, elle avait peu d'amis (bientôt, selon toute probabilité, elle allait perdre le plus précieux d'entre eux). Vu les circonstances, elle mourrait seule. Alan, lui, était mort entouré. Elle l'avait accompagné tout au long de sa maladie et le pauvre Henry lui avait tenu la main durant ses dernières heures. Exactement comme prévu.

Soudain, elle s'aperçut que quelqu'un lui parlait. Quand elle se retourna, l'Embaumeuse en Chef se trouvait à ses côtés.

– Je suis désolée… je pensais à autre chose.

– Quelle pose, Femme peinte ? lui demanda la femme.

Elle arborait une expression de sympathie professionnelle vendue avec le diplôme d'embaumeuse.

– Pardon ?

– Pour le mémorial. J'ai cru comprendre que vous souhaitiez sélectionner la pose.

Oh ! Le mémorial ! Un instant, elle se dit qu'Alan aurait trouvé cet aspect de sa mort assez divertissant. Quelle pose sélectionner ? Devait-il frapper un coup avec une épée resplendissante, comme tant de héros militaires ? Devait-il serrer contre lui un livre ou un rouleau pour symboliser sa sagesse ? Elle l'entendait presque se moquer de ces postures classiques.

Il fallait quoi qu'il en soit choisir une attitude ; il était Gardien du Royaume, après tout, et un socle avait déjà été préparé en son honneur dans le Jardin Mémorial du Palais. Son Alan rejoindrait une longue lignée de Gardiens par-delà les siècles. Un tribut adéquat à une grande âme.

– La Femme peinte désire-t-elle examiner quelques croquis ? lui demanda poliment l'Embaumeuse.

Cynthia toisa la femme qui portait un grand volume relié en cuir ouvert sur une peinture du Jardin Mémorial. Des sortilèges lui montraient détail après détail les silhouettes commémoratives des anciens Gardiens, y compris, remarqua-t-elle, surprise, Tithonus, le Gardien qui avait trahi son Empereur.

– Il doit porter sa tenue de Gardien, commença Cynthia.

– Bien entendu, Femme peinte.

L'Embaumeuse jeta un coup d'œil discret en direction du lit. Cynthia suivit son regard et découvrit que les embaumeuses habillaient déjà le corps.

Comment Alan aurait-il souhaité que l'on se souvienne de lui ? Si seulement elle en avait discuté avec lui avant sa mort... Tant de questions plus pressantes s'étaient posées qu'ils n'en avaient pas eu le temps.

– Il y a une certaine urgence, Femme peinte. Le gravistat...

Cynthia comprenait. Une fois introduit, le gravistat agissait vite. Le corps devait être placé dans la bonne position avant que les tissus ne se pétrifient.

Après quelques secondes d'hésitation, elle sut soudain ce qu'Alan aurait apprécié. Il aimait manipuler des gadgets et bricoler des mécanismes – voilà le souvenir que l'on garderait de lui.

Elle prit le livre des mains de la femme et le referma d'un coup sec.

– Allez chercher son établi dans sa Loge et apportez-le au Jardin Mémorial, commanda-t-elle. Placez-le à côté, un peu penché, un portail portatif à la main. Et qu'il n'ait pas l'air idiot, ajouta-t-elle sobrement.

– Bien sûr, Femme peinte ! s'exclama l'Embaumeuse.

Ce dernier devoir accompli, Mme Cardui sortit de la chambre, prête à affronter la colère de sa Reine.

27

Son agresseur n'était ni lourd ni fort, mais il le frappait avec une furie tellement incontrôlée que le visage lacéré de Henry saignait abondamment. Il n'avait même pas le temps de lever la main pour se protéger. Le briquet inutile lui échappa des mains tandis qu'il battait des bras comme un beau diable.

La créature faisait à peu près la taille d'un chien. Lors du bref éclat de lumière, Henry avait entraperçu une forme vaguement humaine, décharnée et lépreuse. Un humain pourvu de crocs et de griffes.

La bête le frappa à nouveau tout en sifflant et crachant. Cette fois-ci, elle déchira la manche de son manteau d'un coup de griffe et lui taillada le bras. La douleur était insupportable, pire que les griffures sur son visage. Henry basculait en arrière quand soudain il y eut de la lumière.

La créature hurla à la mort.

Henry soutint son bras blessé. Malgré la clarté aveuglante, ses yeux s'ajustèrent. Paniqué, il examina les alentours – un sarcophage délabré à côté de lui, des os éparpillés sur le sol... Il se trouvait dans un tombeau en ruine. Les rayons du soleil pénétraient par une paroi renversée. Accroupi dans un coin, son assaillant aux grands yeux noirs se cachait de la lumière.

Tout à coup, Henry réalisa qu'il venait d'arracher un rideau occultant cousu tant bien que mal à partir de peaux et de laines animales – œuvre de la créature qui l'avait attaqué ?

À l'évidence, la bestiole n'aimait pas la lumière. Elle grognait et sifflait dans son coin sombre sans vouloir reprendre les hostilités. À présent, toute similitude qu'il avait pu imaginer entre cette créature et un homme disparut. Oui, la créature offrait une forme humanoïde, mais la ressemblance s'arrêtait là. Elle n'avait rien d'humain et elle ne ressemblait pas à un animal non plus. Jamais Henry n'avait croisé semblable spécimen. Elle lui faisait penser à un film de science-fiction, où une bête féroce surgirait de l'espace.

La vache, il avait le bras en feu.

Il fallait qu'il s'en aille de là.

De toute façon, rien ne l'en empêchait. Le mur était cassé, à lui la sortie ! Toutefois, s'il voulait atteindre l'ouverture, il devait s'approcher d'un pas ou deux de la créature. Puis pour s'échapper, il lui fallait grimper sur un tas de décombres, le dos tourné à son ennemi…

Henry esquissa un pas en avant. La créature siffla de plus belle et allongea un coup. Malgré son allure humanoïde, elle lui fit penser à un chat. Henry recula, loin de la bestiole et de l'ouverture par la même occasion.

Sans bouger et malgré la douleur fulgurante, Henry essaya de réfléchir. S'il avançait, la bestiole croirait à une attaque et riposterait. S'il restait... Eh bien, il n'avait pas franchement le choix. S'il restait, il se viderait de son sang, mourrait de faim ou serait à nouveau agressé par cette chose à la nuit tombée.

Henry courut jusqu'aux gravats. La créature hurla avant de se jeter sur lui. Il feinta et courut à toute vitesse mais la bête s'agrippa à sa jambe qu'elle mordit et égratigna. D'un violent coup de pied, Henry la délogea puis escalada les décombres. La créature devenait folle, s'égosillait, mugissait, bondissait tout en évitant le flot de lumière.

Henry atteignait la brèche dans le mur quand les gravats s'effondrèrent sous ses pieds et le firent glisser. Son dérapage attisa la furie de la bestiole qui fuyait encore la lumière. Sans s'arrêter pour réfléchir, Henry grimpa à toute allure et parvint jusqu'à l'ouverture. Il trébucha au moment de sortir et tomba lourdement sur son bras blessé. La douleur fut indescriptible.

Il resta allongé un moment, abasourdi par le feu dans son bras et sa jambe. Vu la gravité de ses deux blessures, il se demanda si la créature n'était pas venimeuse. À moins qu'elle ne fût porteuse d'une dangereuse bactérie, tel un varan de Komodo. En tout cas, cela faisait un mal de chien. La seule bonne nouvelle : son ennemi ne l'avait pas suivi hors du tombeau.

Au bout de quelques minutes, il se leva et examina les alentours. Le tombeau, une ruine en grès, semblait dater de plusieurs siècles.

Un désert de pierres s'étendait jusqu'à l'horizon.

28

– **Qu**'est-ce que tu fiches ici ? demanda Bleu
d'un ton sec.

– Moi aussi, je suis content de te voir, répliqua
Pyrgus, un grand sourire aux lèvres.

Bleu n'était pas bien disposée. Elle ne pouvait
pas croire que Mme Cardui ait agi ainsi. Elle ne
comprenait tout simplement pas son geste. Henry
courait peut-être un millier de dangers… Et s'il était
blessé, ou mort ? Que faire ? Et Pyrgus qui choisissait mal son moment pour réapparaître, malgré
toutes ses recommandations, malgré tous ses ordres,
bon sang ! Dieu, comme il ressemblait à leur père !
Non, Pyrgus n'était pas l'ancien Empereur pourpre,
mais Bleu avait du mal à être ferme avec lui. Elle
grinça des dents.

– Tu ne devrais pas être là ! lui asséna-t-elle. Tu
es malade ! Tu risques ta vie en quittant le Monde
analogue.

Il se frotta l'oreille, comme leur père le faisait
souvent.

– La situation a changé, Bleu, lui annonça-t-il
calmement.

Ils se disputaient dans la Chapelle du Portail. Bleu n'allait nulle part, elle avait juste besoin de parler à Pavane, le Sorcier Ingénieur en Chef du portail. Et ce dernier n'était pas là, incroyable ! Et qui avait émergé du feu bleu, suivi de Nymphe ?

– Changé ? répéta Bleu.

Son cœur bondit dans sa poitrine. Quelqu'un avait trouvé un remède ?

– Henry a besoin de moi, lui apprit Pyrgus.

Bleu cligna des yeux.

– Henry ? bredouilla la jeune fille qui perdait ses repères. Henry n'est pas ici.

– Je sais.

Soudain, elle s'aperçut que son frère ignorait tout du décès du Gardien. Elle posa la main sur son épaule.

– Pyrgus, M. Fogarty est mort.

– Je sais.

La coupe était pleine.

– Comment le saurais-tu ? Cela vient juste d'arriver ! Tu n'étais pas là, s'exclama Bleu.

Elle examina Nymphe qui patientait en silence derrière Pyrgus.

– Que se passe-t-il, Nymphe ? s'enquit Bleu.

Comme celle-ci ne répondait pas, Bleu se concentra sur son frère.

– Comme tu as l'air vieux ! Tu ne peux pas risquer un autre accès de fièvre.

– Je ne me sens pas différent, répondit-il. Je suis resté le même à l'intérieur.

Des prêtres préposés au portail formaient non loin un petit groupe tendu qui faisait semblant de ne pas écouter.

131

– Allez me chercher l'Ingénieur Pavane ! leur cria Bleu. Trouvez-le et escortez-le jusqu'ici. Maintenant !

Les prêtres se dispersèrent aux quatre vents.

– Pyrgus ! tempêta Bleu. Je me fiche que tu sois resté le même ou pas. Nous avons déjà eu cette conversation et je t'ai donné l'ordre de ne pas bouger du Monde analogue. Je…

– Tu es la Reine, je sais, je sais, l'interrompit Pyrgus en la prenant par les épaules (comme son père, merde !). Je ne suis pas là pour te contrarier, je suis venu pour Henry.

Bleu se pencha vers lui.

– Henry n'est pas ici, répéta-t-elle, énervée. Mme Cardui a utilisé un sortilège de transport sur lui !

– Je sais, répéta Pyrgus pour la énième fois.

29

Ils se réunirent dans la petite serre à l'arrière de la salle du trône où leur père cultivait des orchidées et où ils aimaient discuter l'un avec l'autre, enfants. L'odeur de magie l'emportait presque sur le parfum des fleurs. Il n'y avait aucun lieu aussi privé et aussi sûr que cet endroit dans tout le Palais.

– Elle a utilisé un transport ! maugréa Bleu. Elle l'a expédié dans la nature. Dieu seul sait où et à quelle distance ! Il peut être n'importe où, je dis bien n'importe où ! À l'autre bout de la planète, dévoré par un haniel... Elle ne veut pas me dire pourquoi. J'ai exigé une explication, elle reste muette comme une tombe. Elle lui a juste jeté un sort, là, sous mes yeux. Je n'y crois toujours pas. Pourquoi, Pyrgus ? Pourquoi ? Deviendrait-elle sénile ?

Sa question était sérieuse. Mme Cardui était très âgée maintenant. Bien qu'elle ait toujours été vive d'esprit, elle vieillissait. Soudain, Bleu se dit que la mort du Gardien l'avait un peu trop ébranlée.

– Qu'as-tu fait d'elle ?

Bleu le dévisagea avant de répondre à contre-cœur.

– Je l'ai mise en détention.

Bleu se demandait encore comment elle avait pu incarcérer son amie et conseillère la plus précieuse, celle qui dirigeait les Services Secrets Impériaux. Il s'agissait de Henry ! Utiliser un tel sortilège équivalait à l'assassiner ! Combien trouvaient le chemin du retour ?

– Je vois, marmonna Pyrgus qui lui tourna le dos et effleura une orchidée.

L'endroit, l'apparence de Pyrgus, les manières qu'il empruntait à leur père calmaient Bleu. Du moins ils permettaient à sa colère de se dissiper quelque peu et lui éclaircissaient les idées.

– Pyrgus, quelles sont les raisons de ta venue ?

– Je te l'ai dit, Bleu. Je suis là pour Henry.

– J'ai compris, mais cela n'a aucun sens. Tu ne serais pas au courant de quelque chose, par hasard ?

– Quelque chose…

– Arrête ce petit jeu, Pyrgus. Tu sais pourquoi Mme Cardui lui a jeté ce sortilège, pas vrai ?

– Oui, admit Pyrgus sans se retourner.

– Voilà pourquoi tu répètes sans arrêt *Je sais*. Je croyais que tu voulais m'énerver, te montrer compatissant ou…

– Oui.

Bleu attendit. Comme il ne disait mot, elle explosa.

– Oui, quoi ? Que se passe-t-il, à la fin ?

– Je ne peux rien te dire, murmura Pyrgus.

Et vu le ton qu'il employa, il le regrettait fort.

On frappa à la porte qui était protégée par des sortilèges de discrétion.

– Par la Lumière ! s'exclama Bleu, exaspérée.

Elle se rua sur la porte qu'elle ouvrit en grand.

– Quoi ? Quoi ? N'ai-je pas explicitement demandé qu'on ne…

Le Sorcier Ingénieur en Chef Pavane se tenait sur le seuil.

– Je suis désolé, Votre Majesté. On m'a dit de venir sur-le-champ.

Bleu l'attrapa par la manche de sa toge et le fit entrer puis elle claqua la porte.

– Est-il possible de pister un sortilège de transport ?

– Eh bien… commença Pavane, les sourcils froncés.

– C'est la même technologie que celle des portails, n'est-ce pas ?

– Pour l'essentiel, Votre Majesté, bégaya Pavane, mal à l'aise. Pas tout à fait.

Bleu le foudroya du regard.

– Oui ou non ? Pouvez-vous savoir où le sortilège a expédié quelqu'un ? Même vaguement.

– Il faudrait que je sache où le sortilège a été jeté…

– Dans les cuisines… s'impatienta Bleu. Celles du Palais.

– J'aurais besoin de l'emballage du cône de sortilège.

– Le cône craqué ?

Qu'est-ce que Mme Cardui avait bien pu en faire ? Sur le moment, la petite coquille était le cadet de ses soucis. L'avait-elle laissée tomber par terre ? Elle pouvait ordonner qu'on fouille les cuisines. Ainsi que Mme Cardui.

– Parfois, il est possible d'analyser les résidus, continua Pavane, l'air grave, mais…

— Mais ?

— Pas chaque fois, Votre Majesté.

— Quoi ? s'exclama Bleu que le visage de l'Ingénieur inquiétait. Quoi encore ?

— Votre Majesté, une analyse complète prend plusieurs mois, expliqua-t-il dans un haussement d'épaules.

Après le départ de l'Ingénieur en Chef, Bleu s'intéressa à nouveau à son frère.

— Tu ne veux pas me dire ce qu'il se passe ici ?

— Écoute, Bleu. Ce n'est pas que je ne veux pas, je ne peux pas.

— Et pour quelle raison ?

— Je ne peux pas te le dire non plus, chuchota Pyrgus qui semblait vraiment mal à l'aise.

Il cessa de triturer les fleurs pour s'approcher d'elle et prit ses deux mains dans les siennes.

— Bleu, je te raconterais tout si je pouvais, je te le jure. Je sais que Henry compte beaucoup pour toi. Pour moi aussi. Je ne risquerais pas un autre accès de fièvre s'il ne signifiait rien. Mais je ne peux pas te dire de quoi il retourne, pas maintenant en tout cas. Je peux simplement t'affirmer que nous allons faire notre possible pour nous assurer que Henry va bien.

— Nous ? Qui, nous ?

— Eh bien… moi. Nymphe et moi, même si elle…

Pyrgus s'interrompit comme s'il en avait déjà trop dit.

— Écoute, Bleu, reprit-il, je peux te promettre une chose : je vais partir à la recherche de Henry. Maintenant. Sans plus tarder. J'ai…

Il hésita à poursuivre. Il savait que Bleu allait le lui interdire, lui faire un sermon sur les dangers d'un trop long séjour dans le Royaume alors que la FT sévissait encore.

— Tu as une idée de l'endroit où il se trouve.

Il s'agissait plus d'une affirmation que d'une question. Pyrgus ne put soutenir son regard.

— Oui.

— Je t'accompagne, décida-t-elle.

30

La porte était astucieusement cachée derrière un panneau coulissant et un morceau de papier peint décollé servait de déclencheur. Blafardos ne l'aurait jamais trouvée tout seul, eût-il fallu mille ans. Il jeta un coup d'œil inquiet à l'escalier raide qui descendait.

— Après toi.

— Allez, avance ! s'impatienta Sulfurique. Tu crois quoi ? Que je vais te pousser ? Te briser le cou ? (Silas éclata d'un petit rire sec.) Tu penses que je me suis donné toute cette peine pour te faire venir et t'assassiner comme ça ? J'aurais pu te tuer dans la loge si j'avais voulu.

— Quelle peine t'es-tu donnée ? Hein, quelle peine ?

— Qu'est-ce que tu crois ? rétorqua Sulfurique. J'ai laissé plus d'indices derrière moi que pour un jeu de piste. Je savais que tu me suivrais.

— Comment ?

— Avec un peu de chance, ceux qui te filent les rateront.

— Pourquoi me filerait-on ? s'enquit Blafardos.

Il connaissait Sulfurique depuis un million d'années, mais ce type le rendait paranoïaque. Il sentait trop le... soufre.

– Tu ignores à quel point l'enjeu est immense, lança Sulfurique. Mme Cardui n'est pas la seule à être impliquée.

– Comment sais-tu pour Mme Cardui ? lâcha Blafardos qui se mordit aussitôt la langue.

Si Sulfurique n'était pas sûr de son information, Blafardos venait de la lui confirmer. Erreur de débutant. Méchant, méchant Jasper.

– D'accord, je passe le premier, trancha Sulfurique.

Il agrippa la rampe et négocia les marches tel un crabe quinquagénaire. Aussitôt, des sortilèges de lumière jaillirent des murs.

Au bout d'un moment, Blafardos suivit.

– Ce sont des caves ?

– Des catacombes, répondit Sulfurique par-dessus son épaule osseuse. Sur trois bons kilomètres, un vrai labyrinthe.

– Des catacombes ? Tu as construit des catacombes ?

– Ne sois pas idiot, rétorqua Sulfurique qui s'arrêta soudain.

Accroché à la rampe, il ahanait. Hors d'haleine, il reprit :

– Elles datent de la Grande Persécution. Des prêtres rouges de la Faction Ocre dissimulaient leurs cadavres ici afin qu'ils ne soient pas dévorés. Ils se cachaient là eux aussi pour ne pas être transformés en cadavres. L'ingénierie est élémentaire mais bien camouflée. Le propriétaire de cette maison ignore que des catacombes courent sous ses pieds. Je m'en suis assuré quand je l'ai louée. Je m'en doutais un peu. J'ai moi-même appris leur existence dans un vieux manuscrit très rare.

Ils reprirent leur descente quand une pensée traversa l'esprit de Blafardos.

– Tu vis en bas, Silas ?

– Un peu, mon neveu. Tu crois que je laisserais un truc aussi important hors de ma vue plus longtemps que je ne le devrais ?

– Quel truc important, Silas ?

– Tu verras.

Une fois qu'il eut atteint les dernières marches, Sulfurique s'arrêta à nouveau, le souffle court. Dieu seul savait comment ce vieux fou parvenait à remonter chaque fois.

– Ça va, Silas ? demanda Blafardos, pour la forme.

– Tu as dû drôlement énerver Noctifer, déclara Sulfurique. Il veut que je te trucide.

L'escalier donnait sur un couloir voûté taillé à même la roche. Tous les cinq mètres, il y avait des niches creusées dans les parois qui abritaient des tibias et des crânes. L'ingénierie était élémentaire, en effet, mais efficace. Ils devaient se trouver sous le fleuve à présent et pourtant tout était desséché. Blafardos hésita entre poursuivre et gravir les marches quatre à quatre – les chances que Silas le rattrape avoisinaient zéro.

– Tu comptes me tuer ? préféra-t-il savoir.

– Peu probable, renifla Sulfurique. Pour cette affaire, j'ai plus confiance en toi qu'en lui.

– Euh… Quelle affaire ?

– Attends, je vais te montrer.

Silas reprit enfin sa respiration et longea le couloir. Il avait dû installer pas mal de sortilèges de lumière car ils y voyaient comme en plein jour.

– Ne traîne pas ! Cet endroit est traître quand on n'est pas habitué.

Blafardos hésita une seconde avant de lui emboîter le pas.

En effet, l'endroit était périlleux. Le couloir voûté se transforma vite en un labyrinthe composé d'étroits tunnels donnant de temps en temps sur des salles minuscules et à l'occasion sur des galeries remplies d'ossements et de crânes. L'odeur de moisi prenait à la gorge.

Loin de l'escalier, Sulfurique avait retrouvé son vieux pas alerte et trottinait comme si de rien n'était.

– On y est presque, lança-t-il par-dessus son épaule.

Ils atteignirent une salle récemment modifiée qui comportait une lourde porte métallique. Sulfurique sortit une énorme clef.

– Mets tes verres, conseilla-t-il à Blafardos.

Puis il extirpa une énorme paire de lunettes de plongée noires de sa poche et les ajusta avec soin sur ses oreilles.

Comme Sulfurique, Blafardos était une Fée de la Nuit. Il obéit et sortit ses propres lunettes – montures en or moulu, design baroque – mais ne les chaussa pas.

– La lumière n'est pas aveuglante à ce point, Silas.

– Mets-les !

Sulfurique enfonça la clef dans la serrure et la tourna avec une certaine difficulté. Puis il saisit la poignée et tira vers lui l'immense porte.

Blafardos demeura bouche bée quand il aperçut l'intérieur de la salle.

31

Bleu hésita dans l'encadrement de la porte. Durant son enfance, Comma s'était montré odieux, sournois, prétentieux et fourbe. Elle l'aimait, bien entendu, il n'était pas son demi-frère pour rien, mais elle ne parvenait pas à l'apprécier. C'était comme si son changement de tempérament et d'apparence s'était produit en un claquement de doigts. Il avait perdu du poids, grandi et du jour au lendemain, il était devenu un jeune homme charmant, courtois, sensible et compréhensif. L'odieux enfant d'autrefois était aujourd'hui… aujourd'hui…

Comma lévitait avec style près du plafond de la salle d'entraînement. Sa combinaison moulante mettait en valeur son corps superbement musclé tandis qu'il descendait en piqué, remontait en flèche, effectuait des figures aussi complexes que gracieuses. Il ne tarderait pas à faire chavirer des cœurs, celui-là. Bleu secoua la tête. Comma ne l'avait pas attendue. Huit filles l'admiraient déjà dans la salle d'entraînement. Membres du Ballet Royal, elles le dévoraient des yeux.

L'une d'elles prit son envol avec adresse et le rejoignit. Elle avait de longs cheveux bruns coiffés en chignon et un corps sculpté par des années de pratique. La concentration se lisait dans ses yeux tandis qu'elle s'élevait en lévitation.

Comma lui prit la main et, sous le regard captivé de Bleu, ils flottèrent ensemble, aussi légers que le duvet des chardons, et esquissèrent le classique pas de deux. Lentement pour commencer, puis plus vite, mais toujours avec grâce, ils se séparaient, s'élevaient, se rejoignaient, s'enlaçaient un bref instant et poursuivaient leur ascension vers les cieux. Bleu reconnut un mouvement de *Heliconius* par Februa, un de ses ballets préférés. Elle se demanda si les danseurs termineraient par le baiser. Quand ils s'embrassèrent, Bleu remarqua les regards envieux des autres danseuses.

La brunette redescendit d'un mouvement léger, incapable de prolonger sa transe. Comma, quant à lui, demeurait tranquillement dans les airs. À l'évidence, il possédait un don qui le mènerait loin. Dès que Bleu pénétra dans la salle, les ballerines coururent la saluer par d'élégantes révérences. Bleu rendit aux danseuses leur sourire avant de les prier de sortir. Les jeunes femmes s'éparpillèrent telles des colombes et se retirèrent à petits pas agiles. Comma plongea aussitôt dans sa direction.

– Sécurités ? s'enquit-elle sans préambule quand il atterrit.

Malgré les efforts requis par la lévitation, il transpirait à peine.

Autrefois, il aurait piqué une crise en exigeant de connaître les raisons de sa visite pour accuser ensuite sa sœur d'interrompre son entraînement, et la Lumière savait quoi d'autre. Aujourd'hui, le nouveau Comma courait, tout sourires, fermer la porte à double battant dotée de sortilèges qui s'actionnaient d'eux-mêmes.

– En place, Bleu. Y aurait-il une crise ? Autre que celles dont je suis informé.

Tellement de crises. Au moins, maintenant, elle pouvait lui faire confiance. Soudain, elle réalisa qu'elle pouvait lui accorder une confiance absolue. Jeune encore, Comma était intelligent, posé et, le plus surprenant, il s'intéressait – discrètement – aux affaires politiques du Royaume. Et vu ce qu'elle s'apprêtait à lui demander, cette curiosité arrangeait bien Bleu. Elle lui décocha un sourire rempli de chaleur et de tendresse.

– Dans ce cas, tu devras la gérer.

Les sourcils froncés, il ne tarda pas à comprendre.

– Tu quittes le Palais…

– Oui, il est possible que je m'éclipse un long moment.

Les yeux rivés sur sa demi-sœur, Comma attendit qu'elle parle.

– Je te nomme Empereur Intérimaire en mon absence.

32

Pyrgus attendit.

Un vieux dicton du Royaume qui disait *Le Palais pourpre ne dort jamais* lui vint à l'esprit. Il s'agissait d'un commentaire politique : ceux qui vous gouvernent travaillent sans relâche pour votre bien. Désormais, il comprenait le sens littéral de cette phrase. Il pouvait sortir de ses quartiers à n'importe quelle heure du jour et de la nuit, les couloirs grouillaient de vie – domestiques, gardes, messagers… Il les observait à l'ombre d'un porche. Contrairement aux rues de la ville, la fièvre ne ralentissait pas le trafic dans les couloirs du Palais. Le flux était presque constant.

Presque. À force de patience, des opportunités se présentaient. Enfant, il avait si souvent défié l'autorité paternelle et échappé ainsi à de multiples punitions. Il suffisait d'attendre, de calculer le bon moment et de foncer. Avec un peu de chance, personne ne vous remarquait immédiatement. Avec beaucoup de chance, personne ne vous remarquait du tout.

Il aurait dû prévoir que Bleu voudrait l'accompagner. Il était tellement préoccupé que cette pensée ne lui avait pas traversé l'esprit. Dans ce cas, il n'aurait rien dit, bien sûr. Trop tard. Il ne lui restait plus qu'à partir sans elle. Bleu serait furieuse quand elle l'apprendrait mais mieux valait qu'elle ne gâche pas tout.

Il était sincèrement désolé pour sa sœur. Elle aimait Henry – Pyrgus le savait depuis des années – et Henry n'avait jamais couru un tel danger de toute sa vie. Rester dans l'ignorance devait la miner. Voir refuser son assistance devait être pire encore.

Le couloir se vida soudain. Sans hésiter une seule seconde, Pyrgus sortit de sous le porche, courut une centaine de mètres vers le sud puis se glissa dans un passage réservé aux domestiques mais peu utilisé. Aux aguets, il le longea au pas de course. Aucun serviteur ne l'intercepterait, certes – il demeurait Prince du Royaume, souffrant de la fièvre temporelle qui plus est –, mais mieux valait qu'on ne le voie pas. Les gens avaient tendance à parler. Ce serait un désastre si son geste remontait jusqu'à Bleu.

À mi-chemin, il se faufila dans une salle vide et attendit, la porte entrouverte. Bleu n'était pas tombée de la dernière pluie, elle le connaissait par cœur. Cela lui ressemblait de coller aux fesses de Pyrgus un de ses misérables petits agents, au cas où il quitterait ses appartements.

Les secondes se transformèrent en minutes tandis qu'il patientait, le souffle court. Il finit par se détendre. Peut-être l'avait-il mal jugée ? Peut-être avait-elle appris à faire confiance à son grand frère ?

Il s'apprêtait à retourner dans le passage quand il entendit un bruit. Pyrgus se figea. Dans l'entrebâillement de la porte, son champ de vision était limité, le couloir était mal éclairé mais au bout de quelques instants, une silhouette sombre passa en silence – un Trinian, à en juger par sa taille. Pyrgus sourit. Sa petite sœur ne lui faisait décidément pas confiance.

Il attendit que l'agent soit assez loin puis sortit de la chambre à pas de loup et fit demi-tour. Au lieu de retourner dans le couloir principal où l'agitation avait repris, il décida de passer sous une arche et de traverser une galerie vide qui le conduisit à un autre passage parallèle au premier.

Il hésita. Quelqu'un approchait. Il entendit une respiration haletante, des pas lourds, un drôle de cliquetis métallique. Impossible que ce soit un autre agent ! Il risqua un rapide coup d'œil dans le couloir. Une vieille femme de ménage approchait avec son seau vide et son balai. Pyrgus se réfugia dans l'ombre et la femme passa sans lui accorder un regard.

Avec agilité, il fonça jusqu'à ce qu'il trouve un second escalier qui le conduisit à une partie désaffectée des cuisines du Palais. Pyrgus ne se laissa pas troubler par l'ambiance spectrale des lieux et poussa une lourde porte donnant sur le passage qu'il cherchait. À son extrémité, une porte verrouillée ouvrait sur l'extérieur. Avec un sourire, Pyrgus inséra son passe. (Il y avait certains avantages à avoir été Prince Héritier !) Les vieux sortilèges résistants le reconnurent aussitôt et tirèrent les verrous. Peu après,

Pyrgus était dehors et respirait l'air limpide et rafraîchi par le fleuve qui entourait l'Île Impériale.

Bien que les agents de Bleu ne pussent plus le traquer désormais, il avança néanmoins avec précaution. Nymphe avait promis de lui préparer un aéro personnel. Chargé à bloc, prêt à décoller, il serait caché dans les bosquets près de la Loge du Gardien. Il était absolument impossible que quelqu'un vienne là pendant la période de deuil suivant le décès de M. Fogarty. Une fois qu'il l'aurait atteint, Pyrgus serait libre et tranquille.

Enfin, pas encore. Des Vigiles Volontaires étaient postés dans le périmètre délimitant la propriété du Gardien. Ces gars-là n'étaient pas des plus attentifs – leur fonction était purement cérémonielle – mais Pyrgus ne pouvait pas prendre le risque d'être vu. Il fit donc un détour par les massifs d'arbustes, traversa la petite rivière ornementale en sautant sur les dalles puis il escalada un muret avant de retomber sur les terres du Gardien.

Soudain, il pensa à Nymphe. Si lui avait eu du mal à arriver jusqu'ici, comment s'était-elle organisée pour faire venir un aéro en secret ? Il lui faisait tellement confiance, il avait tellement l'habitude de son efficacité à toute épreuve qu'il ne fut pas surpris le moins du monde quand il aperçut les couches de sortilèges qui se reflétaient sur la carrosserie de son véhicule.

Il courut entre les arbres telle une furie, ouvrit en grand la porte de l'aéro et grimpa allègrement à l'intérieur.

– Tu as mis le temps, remarqua Bleu sur un ton aigrelet.

33

Il y avait de la moquette en fils d'or sur le sol, des tentures en velours aux murs, une petite antichambre pour Kitterick. En comparaison, ses appartements du Palais paraissaient bien spartiates. Malgré cet étalage de luxe, une prison demeurait une prison.

Mme Cardui s'habilla avec soin. Elle était trop âgée pour se rendre sur le terrain, mais vu la conjoncture, elle était bien obligée de se lancer. Si son cher Alan avait raison, ils avaient tous un rôle à jouer dans l'aventure. En conséquence, elle abandonna ses habituelles soieries vaporeuses pour une tenue noire et moulante d'assassin, traitée aux sortilèges pour en faire une véritable armure. L'effet était saisissant : quel plaisir d'avoir gardé la ligne et surtout quel dommage qu'Alan ne fût pas là pour voir !

Elle éteignit toutes les lumières, s'approcha de la fenêtre et tira les rideaux. Les premières lueurs du jour éclairaient l'horizon, loin au sud. Elle contempla le ciel quelques instants.

Pauvre Bleu. Mme Cardui ne lui en voulait absolument pas de l'avoir incarcérée. Étant donné les circonstances, quel choix avait eu la pauvre enfant ? Un autre Empereur l'aurait condamnée à mort ou torturée jusqu'à ce qu'elle donnât une explication. Bleu s'était montrée patiente, généreuse et attentionnée. Comme Mme Cardui lui avait promis de ne pas s'évader, elle avait réduit les gardes au minimum. Et voilà qu'elle la remerciait par une autre trahison !

Quelle situation incongrue ! Les vieilles certitudes n'avaient plus lieu d'être. Cela lui rappela tout à coup sa jeunesse, quand elle assistait le Grand Méphisto. Sa beauté n'avait pas d'égale à l'époque et le public la dévorait des yeux – surtout les hommes. Et pendant qu'ils la regardaient, Méphisto préparait ses tours de passe-passe. *Miracles sans magie*, avaient-ils nommé le spectacle. Garanti sans sortilèges !

Elle se concentra sur le présent. Il le fallait – les impondérables étaient tellement nombreux, il y avait tant à perdre si les choses tournaient mal.

Elle tourna le dos à la fenêtre et fit tinter une bague à son doigt. Aussitôt, Kitterick apparut. Avec son efficacité habituelle, il avait anticipé la prochaine action de sa maîtresse, revêtant une combinaison noire, protégée par des sortilèges à n'en pas douter, et une capuche pointue qui lui donnait des airs de lutin fou. Il s'était aussi teint la peau, ce qui était un rien excessif, même si sa couleur orange naturelle eût été un peu voyante au lever du soleil.

– Je présume que nous partons, madame.

– Tu présumes juste.

Patient, il attendit les instructions. Kitterick était à son service depuis ses plus lointains souvenirs et il n'avait pas changé depuis le jour où elle l'avait engagé. Quel était le secret des Trinians ? Ils ne semblaient pas vieillir, bien qu'on leur prêtât la réputation de mourir subitement. Aurait-elle échangé une mort soudaine contre la jeunesse et l'énergie éternelles ? Aujourd'hui, il était trop tard pour un tel marché. Non seulement elle avait perdu son éclat (pas sa silhouette, il fallait le dire), mais elle courait le risque d'avancer l'heure de sa mort.

Mme Cardui cligna les yeux. La perte d'Alan lui donnait des idées morbides. Elle ne cessait de penser à la mort sous toutes ses formes et cette perte d'énergie mettait à mal sa concentration. Elle devait absolument se ressaisir.

— Nous n'avons pas de temps à perdre, commença-t-elle.

— Bien, madame.

— Il est important que nous quittions le Palais et la ville à la première occasion.

— Oui, madame.

Elle prit une profonde inspiration.

— Il est également très important que notre départ soit découvert le plus tard possible.

— Pour nous donner une bonne longueur d'avance, madame ?

— Précisément, Kitterick. En prévision, j'ai informé nos geôliers que nous ne prendrions pas le petit déjeuner.

— Grand sacrifice, madame.

— Bien entendu, ils tenteront de nous servir le déjeuner et, si tout va bien, je serai déjà loin à ce moment-là.

Aucun détail n'échappait à Kitterick.

– Nous serons loin, madame.

– Non, Kitterick, je pars seule. Je veux que tu restes ici. Embrouille nos geôliers et, si nécessaire, crée une diversion.

– Bien, madame, répondit Kitterick qui lui lança un regard plein de tendresse. Souhaitez-vous que je les assassine, madame ?

– Pas question ! s'exclama-t-elle.

Elle manquait déjà à sa promesse à la Reine, elle n'allait pas ajouter un massacre à ses péchés. Elle poussa un long soupir.

– Tu trouveras un dopplegänger dans mon matelas, lui apprit-elle.

Kitterick ne cacha pas son admiration. Il s'approcha du matelas, produisit une griffe pour l'inciser et le fouilla jusqu'à ce qu'il découvre un paquet déshydraté de la taille d'une brique.

– Il est lyophilisé, expliqua Mme Cardui. Il suffit d'ajouter de l'eau.

– Après votre départ, madame ?

– Non, je pense que nous pouvons l'activer maintenant, pour plus de sûreté. Va chercher la carafe sur la table de chevet, je te prie.

– Bien, madame.

Kitterick posa la brique sur le couvre-pieds et l'arrosa. Quelques grésillements plus tard, le paquet se mit à grossir.

Kitterick recula dès que les bras et les jambes apparurent. D'abord mous, ils se déroulèrent et surgirent en trois dimensions. Au bout d'un moment, ils discernèrent un corps qui ondulait et frémissait. Pour finir, une réplique vivante de Mme Cardui était allongée sur le lit. Mme Cardui examina la créature qui respirait sur le lit. Elle lui avait coûté une fortune, mais elle devait admettre que cela en valait la peine. La ressemblance était frappante, jusqu'à cet affreux grain de beauté sur la fesse.

– Quels vêtements lui avez-vous choisis ? demanda Kitterick, que la nudité de la créature ne perturbait pas.

– Une simple chemise de nuit. Après l'avoir habillée, tu la coinces bien sous les couvertures. Quand les domestiques arriveront avec le déjeuner, dis-leur que je suis indisposée… souffrante. Laisse-leur entendre qu'il s'agit peut-être de la FT.

– La Reine Bleu ordonnera qu'on vous examine sur-le-champ.

– Le dopplegänger pourra subir les examens, tant qu'on ne lui demande pas de parler. Tous les organes et les systèmes internes sont dupliqués à la perfection. Avec un peu de chance, ils penseront que son silence est dû à la maladie. Ils finiront par découvrir la vérité, bien entendu, mais d'ici là, j'aurai filé depuis longtemps. Je dois y aller, Kitterick. Occupe-les tant que tu peux, puis regagne mes quartiers en ville. Comme tu n'es pas prisonnier, tu ne rencontreras aucun problème. Je compte sur ta discrétion, assure-toi que tu n'es pas suivi, etc.

– Bien, madame, murmura Kitterick. Vous cacherez-vous là-bas ?

– Oh non ! J'ai quelques affaires urgentes dont je dois m'occuper, mieux vaut que tu n'en saches rien. J'espère en avoir terminé assez vite. Pendant ce temps, je compte sur toi pour les écarter de mon chemin et prendre soin de Lanceline. Au revoir, Kitterick.

Elle ouvrit la fenêtre en grand.

– Au revoir, madame, répliqua Kitterick.

Elle sortit une bobine de fil de la poche de son armure et, d'une main experte, elle en attacha une extrémité au rebord de la fenêtre. Elle fixa l'autre extrémité à sa ceinture et sauta dans le vide. Elle descendit en rappel le long du mur, telle une araignée au bout de son fil de soie.

Kitterick attendit qu'elle soit en sécurité sur la terre ferme avant de détacher le fil et de fermer la fenêtre.

34

Il faisait très chaud. Sous ce soleil de plomb, il n'y avait aucune ombre, excepté celle du tombeau en ruine. Il fallait absolument que Henry s'en éloigne : la créature ne le suivrait pas en plein jour, mais comment en être sûr ? Et puis, le soleil finirait par se coucher et, à la nuit tombée, son ennemi émergerait.

Quelle direction prendre ?

La panique l'envahit. Autour de lui, le désert s'étendait à perte de vue – un rocher ici, une pierre plate là, une mer de sable miroitant sans autre point de repère que cette ruine. Dans un tel paysage lunaire, toute direction était bonne à prendre.

Néanmoins, il hésita. Il ruisselait de sueur, ses yeux le piquaient, ses aisselles étaient trempées. Il aurait bientôt besoin d'eau et il n'en avait pas. Combien de temps survivait-on dans le désert sans eau ? Quelques heures ? Quelques jours ? Un jour ou deux, avec un peu de chance. Moins d'une semaine en tout cas. Par conséquent, s'il choisissait la mauvaise direction, s'enfonçait dans le désert au lieu d'en sortir, la mort l'attendrait au tournant.

Quelle direction prendre ?

Henry frémit. Son bras et sa jambe le brûlaient ; ce frisson lui fit penser à une poussée de fièvre.

Un bruit retentit dans le tombeau, un rongeur qui courait. La créature remuait en contrebas. Elle ne s'aventurerait pas sous le soleil, mais le bruit contraria Henry au point qu'il en oublia ses douleurs et s'éloigna à cloche-pied de la ruine. Sans point de repère, sans boussole ni rien pour le guider, il partit au hasard.

Il prit cependant la décision de marcher jusqu'à ce qu'il perde de vue le tombeau. Ainsi, si elle émergeait, la créature ne le trouverait pas. Une fois hors de portée, il s'assiérait, examinerait ses blessures et tenterait de réfléchir, de faire le point sur sa position. Oui, c'était le mieux.

Beaucoup de rochers entouraient la ruine, avec la section à moitié cachée d'une espèce de dallage. Cette chaussée menait à une étendue de sable qui se changeait en dune au bout d'une centaine de mètres. Henry vivait un enfer. Le sable lui collait aux pieds et lui pompait le peu d'énergie qui lui restait dans les jambes. Il dut se reposer à proximité du tombeau. Il s'accroupit sur le sable et se retourna, nerveux. La ruine miroitait dans une brume de chaleur, comme si elle était plongée sous l'eau. Au bout d'un moment, il se releva avec difficulté et reprit la route. Il se sentirait mieux quand le tombeau aurait disparu de son champ de vision.

Si seulement il pouvait se repérer !

Henry se rassit. Son bras ne saignait plus, la blessure s'était refermée mais elle était entourée d'un cercle verdâtre et elle l'élançait à chaque battement de son cœur. La douleur était néanmoins supportable et, par chance, son bras n'était pas trop enflé.

La blessure de sa jambe était une tout autre affaire. Son pantalon déchiré était imprégné de sang séché, si bien que le tissu lui collait à la chair. Les dents serrées, il essaya de l'arracher mais la peau semblait se décoller en même temps et la douleur était intenable. Finalement, en désespoir de cause, il défit sa ceinture et baissa son pantalon pour examiner la plaie.

Il regretta vite son geste. S'il n'avait qu'une simple griffure au bras, sa jambe portait des traces de morsure. En très peu de temps, elle avait doublé de volume, la peau était tendue et décolorée tandis qu'à l'endroit de la morsure suintait un pus jaune et nauséabond. Il avait besoin de soins médicaux, et sans tarder. Il tapota sa jambe et fut récompensé par une douleur telle qu'il faillit vomir.

Henry remonta son pantalon et boucla sa ceinture. Comme il ne pouvait pas soigner ses blessures, autant les ignorer et se concentrer sur...

Sa survie.

Comment restait-on en vie en plein désert ?

Henry ferma les yeux et essaya de se rappeler un livre qu'il avait lu ou un documentaire à la télé sur la survie. Qu'est-ce que James Bond ferait en pareille situation ? Bizarrement, des bribes de solutions jaillirent des recoins brumeux de sa mémoire. S'abriter du soleil... économiser son énergie... voyager la nuit... boire son urine si on n'a pas d'eau...

Il rouvrit les yeux. Le désert s'étendait aux quatre points cardinaux, aride et nu. Ni arbre, ni rocher, ni abri en vue. Comment trouver un abri quand il n'y en avait pas, hein ? Voyager de nuit ? Bonne idée, il ferait moins chaud, il dépenserait moins d'énergie, il transpirerait moins et aurait moins besoin d'eau.

Il lui en fallait quand même. Sans eau, il mourrait en très peu de temps.

Quant à l'urine... L'idée semblait extravagante, mais pourquoi pas ? Le problème... Le problème était...

Le problème était : comment ?

Il ne pouvait pas uriner dans une bouteille et boire puisqu'il n'avait tout simplement pas de bouteille. Dans un rocher creux ? Il n'y avait plus de rochers. Par terre ? Le sable épongerait le précieux liquide en une seconde...

Henry s'accroupit et étudia tous les angles. Il aurait l'air idiot mais il y parviendrait. Seulement s'il envoyait un grand jet – un filet gâcherait tout. Il se leva et décida de remettre le problème à plus tard. Il n'avait pas si soif que cela pour l'instant.

Et maintenant ? Il allait se reposer jusqu'à la nuit avant de repartir ? C'était le plus raisonnable mais quelque chose l'en dissuadait. La nuit tomberait dans plusieurs heures, le soleil était plus ardent que jamais. S'il restait assis là en pleine canicule, il ressemblerait à un beignet frit avant le crépuscule. Et Dieu savait quel aspect aurait sa blessure à la jambe à ce moment-là ! Il valait peut-être mieux continuer, tant qu'il lui restait un peu de force, et faire confiance à la chance – oui, il partait dans la bonne direction. Oui, quelqu'un lui viendrait en aide avant qu'il ne soit trop tard.

Non, il ne mourrait pas.

Il lui fallut un effort surhumain pour se lever.

35

Lord Noctifer examina son bureau miteux et se demanda où sa vie était passée.

La gangrène s'était installée peu après la brève guerre civile. Pourquoi ? Trop de mauvaises décisions, trop de paris perdus et surtout l'effondrement du marché. Les serviteurs démoniaques appartenaient au passé, maintenant que sa nièce était Reine de Hael. Difficile de croire que quelqu'un fût assez stupide pour libérer des esclaves. Bleu l'avait fait. Elle s'était privée d'une source de revenus presque inimaginable d'un coup de crayon. Pire, Noctifer avait perdu son pourcentage.

Il ferma brièvement les yeux. Oh, quel doux marché tant que Beleth vivait ! Cinq pour cent sur chaque démon en esclavage. Cinq pour cent ! Il n'avait jamais manqué d'argent et quand Bleu avait tué Beleth, pas un instant il n'aurait pensé que la source se tarirait. Il croyait que leur vieil accord persisterait, seul le nom allait changer en bas du contrat. Au pire, elle essaierait de baisser son pourcentage. Un peu. Bleu avait autant besoin de lui que Beleth ; après tout, il commandait les Fées de la Nuit et seules les FDN utilisaient des serviteurs démoniaques. Jamais il n'aurait imaginé que Bleu cesserait ce commerce. Encore aujourd'hui, il ne comprenait pas sa décision. Si lui avait perdu des millions lors de la disparition de ses cinq pour cent, combien Bleu avait-elle gâché ? En tant que Reine de Hael, elle aurait engrangé les quatre-vingt-quinze pour cent jusqu'au dernier sou.

Inutile de ruminer le passé. Ainsi en allait-il, on ne pouvait pas revenir en arrière. Maintenant, il s'agissait de remplacer cette source de revenus. Et grâce à cette vieille chèvre de Sulfurique, une opportunité se présentait.

Seul problème : il n'avait pas confiance en Sulfurique.

Noctifer rouvrit les yeux. Le cumulodanseur faisait semblant de s'asseoir sur une chaise, mais il s'était trompé dans ses calculs et flottait un peu au-dessus. Cela importait peu vu que le danseur venait d'une autre dimension. À présent, la pression exercée sur le tissu de la réalité donnait la nausée à Noctifer qui décida qu'il était temps de conclure cette affaire aussi vite que possible.

– En êtes-vous capable ?

Sa question était évidemment rhétorique, car les cumulodanseurs pistaient les gens n'importe où. Grâce à leur accès unique au cerveau des Fées, ils extrayaient des informations avec plus d'efficacité qu'une salle de torture. Les secrets de Sulfurique ne lui résisteraient pas longtemps.

– Honoraires habituels, lui apprit le cumulodanseur.

Sa voix était aussi bizarre que sa personne elle-même. Elle résonnait dans les airs et dans l'esprit de Noctifer. Mal synchronisée, elle provoquait un drôle d'écho mental.

– Oui, oui, s'impatienta Noctifer.

O.K. pour les honoraires habituels. Tout le monde connaissait le tarif des cumulodanseurs. Cet aspect de la transaction ne l'enchantait pas le moins du monde mais, au moins, ils ne lui réclamaient pas d'argent. Ses finances étaient au plus bas.

– Je m'en charge, confirma le cumulodanseur.

Affaire conclue, donc.

– Allez, qu'on en finisse ! grommela Noctifer.

– Les honoraires sont payables à l'avance.

Silence dans la pièce. L'être en suspension au-dessus de la chaise regardait patiemment son hôte.

– Très bien, d'accord !

Noctifer remonta la manche gauche de son pourpoint.

Le cumulodanseur flotta jusqu'à lui et, avec sensualité, se mit en position fœtale.

36

— **Q**u'est-ce que c'est ? haleta Blafardos.

— Tu le sais très bien, lui rétorqua Sulfurique.

Peut-être, mais il n'en avait jamais vu auparavant ni imaginé qu'il en rencontrerait un. Aucune méprise n'était possible. Blafardos eut le souffle court.

— Comment te l'es-tu procuré ?

— Ce ne sont pas tes oignons, répliqua Silas avant d'entrer.

La pièce était tapissée de plomb et le sol incrusté de quartz étincelait. Des bols remplis d'abats pourrissaient aux quatre points cardinaux. Blafardos hésita néanmoins.

— Sulfurique ? On ne risque rien ?

Cet homme était stupide, pensa Silas. Stupide mais indispensable.

— Rien de rien, lança-t-il.

Jusqu'à preuve du contraire. Auquel cas, ils seraient bientôt morts ainsi que la moitié du pays.

Blafardos s'approcha lentement, tel un crabe. Pas une seule fois il ne quitta la cage des yeux.

– Tu es sûr ?

– Les barreaux sont en titane renforcé. Rien ne peut les briser.

– Mais… mais… ses pouvoirs ?

– Le plomb empêche tout acte irréfléchi de sa part. Et puis il est estropié.

– Je lui trouvais un air bizarre, aussi, déclara Blafardos qui recouvrait son sang-froid, puisqu'il esquissa un pas de plus vers la cage. Quels sont tes projets ?

– Le sortir de là pour commencer. C'est une question d'heures avant que Noctifer ne me retrouve. Hé ! Arrête !

Blafardos remuait son parapluie entre les barreaux.

– Je pensais que Noctifer et toi étiez de vieux copains. Frères de la Confrérie, et j'en passe.

– Sa Seigneurie a rejoint la Confrérie pour installer un nouveau camp de base, renifla-t-il. Depuis quand Noctifer s'intéresse-t-il au savoir des arcanes ? Six mois après son initiation, il prenait la tête du show. Ça aide de posséder un titre.

La nervosité de Blafardos fondait comme neige au soleil. Il contourna la cage, l'examina sous toutes les coutures.

– Où comptes-tu l'emmener ? Dans un coin en ville ?

– Non, il ne sera en sécurité nulle part. Ni en ville ni dans le Royaume. Je le sors du pays.

Blafardos replongea dans son cabotinage habituel, prit une allure efféminée, plissa les lèvres et s'écria avec un sourire immense :

– Wouuuuuu ! Quelle dangereuse entreprise !

Sans Noctifer à tes trousses, ce serait problématique, mais là, oooouuuuuuh ! Je me demande comment tu vas parvenir à tes fins !

— Avec ton aide !

Ces trois mots lui ôtèrent le sourire des lèvres.

37

— Tu ne peux pas venir avec moi ! siffla Pyrgus. C'est impossible.

— Où vas-tu ? répliqua Bleu.

— Je ne peux pas te le dire, gémit Pyrgus.

— Et pourquoi, monsieur ?

— Parce que cela risque de ne pas marcher si je te le dis.

Bleu lui faisait penser à un moustique. Elle se contenta de fixer Pyrgus.

— Qu'est-ce qui risque de ne pas marcher ? demanda-t-elle, et avant qu'il ne trouve le temps de répondre, elle ajouta : Écoute, Pyrgus, tu ne crois pas que l'heure est venue de me dire ce qu'il se passe ? Je m'en moque si tu préfères te taire. Je m'en moque si une raison stupide t'empêche de me parler. Parce que je vais te dire une chose : si tu ne me craches pas le morceau maintenant, si tu refuses de me révéler où se trouve Henry, pourquoi Mme Cardui a agi ainsi, ce que tu magouilles, pourquoi je suis la seule ici qui ignore ce qui se trame… (Bleu reprit son souffle.) Si tu ne me racontes pas tout maintenant, Pyrgus, tu n'iras nulle part !

Elle n'était que sa petite sœur.

– Comme si tu pouvais m'arrêter ! rétorqua-t-il avant de comprendre son erreur.

– Oh ! Je peux t'empêcher de t'enfuir, répondit-elle sur un ton doucereux. Tu oublies tout le temps que tu m'as couronnée Reine parce que tu avais la trouille de devenir Empereur.

– Je n'avais pas la… hurla Pyrgus, vexé.

Bleu n'en avait pas terminé.

– Et en tant que Reine, je claque des doigts et aussitôt, des gardes te jettent en prison. Ou j'active les sécurités du Palais si bien que le premier aéro qui décolle sera pulvérisé en plein ciel.

– À quoi bon ? s'énerva Pyrgus. J'aurai décollé avant que les gardes n'arrivent et les sécurités du Palais ne pulvériseront pas cet aéro parce que tu seras à bord… (Sarcastique, Pyrgus imita une voix haut perchée :) Et tu es la Reine.

Bleu leva le menton et poursuivit calmement :

– Tu veux une raison ? La vraie raison pour laquelle cet aéro ne décollera pas ? La voilà, ta raison !

Elle ouvrit sa main fine. Dans sa paume, un disque en obsidienne de la taille d'une pièce de sept florins frémissait et étincelait sous l'effet des sortilèges.

Pyrgus demeura bouche bée.

– Le bloc batterie de l'aéro ! Comment l'as-tu récupéré ?

Bleu le foudroya du regard.

– Je suis venue avec une clef !

– Donne-le-moi, s'écria Pyrgus.

– Non ! cria-t-elle à son tour, le menton en avant.

Il se jeta sur elle et ils se battirent sur le sol. Malgré sa force, Pyrgus ne parvenait pas à la plaquer par terre, car elle remuait telle une anguille. Dès qu'elle put libérer une main, elle le chatouilla si bien qu'il dut lui tenir les bras pour qu'elle arrête. Tout en riant, ils roulèrent sur le gazon.

– Ça faisait longtemps ! remarqua Bleu tandis qu'il relâchait son étreinte.

– Tu l'as dit ! s'exclama Pyrgus, le souffle court.

– J'avais l'impression de me bagarrer avec papa. Tu lui ressembles tellement !

Cette remarque fit tomber les tensions. Ils se relevèrent.

– Je suis désolée que tu aies la fièvre temporelle.

– Je sais, affirma Pyrgus qui s'épousseta. Ce n'est pas juste. Écoute, si je te confie ce que je sais, c'est-à-dire pas grand-chose, tu me rendras le bloc batterie ?

– Oui.

– Et tu me laisseras continuer sans interférer de quelque manière que ce soit ?

– Cela dépend de ce que tu m'apprendras, déclara Bleu sans rien lui promettre.

– O.K. Je vois. Quand tu sauras ce qu'il se passe, tu comprendras à quel point il est important que l'on agisse à ma façon.

Pyrgus se mit à table.

38

– **M.** Fogarty a vu l'avenir, expliqua Pyrgus.
Bleu ne releva pas.

– Enfin, il s'en est souvenu, se corrigea Pyrgus.

– Nous parlons bien de sa fièvre, s'enquit Bleu,
les sourcils froncés.

– Oui, oui ! s'enthousiasma Pyrgus. Exactement !

Depuis qu'il avait décidé de lui parler – du moins
de lui raconter une partie de l'histoire –, il ressentait
un énorme soulagement. Il n'avait jamais apprécié
que Bleu soit exclue de leurs plans – il avait surtout
peur de sa colère, le jour où elle les apprendrait. En
outre, elle pouvait leur apporter un regard nouveau
et sensé. Malgré les nombreuses informations
fournies par M. Fogarty, ils avaient besoin de toute
l'aide disponible.

– Toi, tu ne te souviens pas de l'avenir ?

– Non, je...

– Pourtant, tu as la fièvre ?

– Oui, mais...

– Comment le Gardien connaissait-il l'avenir,
alors ?

– Si tu me laisses en placer une, je te raconterai ! grogna Pyrgus qui se demanda si la vie aurait été différente avec un frère. (Puis il se souvint qu'il en avait un, du moins un demi-frère, mais c'était Comma et cela ne comptait pas. Quand il s'aperçut que Bleu se taisait, pour une fois, il enchaîna :) Ce n'est pas pareil avec les humains. Moi, enfin nous, les Fées, on perçoit quelques bribes floues de notre futur. M. Fogarty, lui, voyait d'autres choses, des événements qui se passaient ailleurs dans le Royaume. Tel un prophète. Et après son accès de fièvre, il se les rappelait.

Il y eut un long silence dans la cabine de l'aéro.

– Oh… lâcha Bleu.

– Il s'est souvenu que Henry trouvait un remède à la fièvre.

– Henry ?

– Oui.

– Un remède ?

– Oui, oui !

– C'est une bonne nouvelle, non ? s'enquit Bleu, estomaquée.

– En quelque sorte. Le problème vient de l'autre souvenir de M. Fogarty : Henry ne trouvait pas de remède.

– Absurde ! tonitrua Bleu. Tu inventes au fur et à mesure pour que je…

– Non, je te jure !

En toute hâte, Pyrgus s'assit à côté de sa sœur sur le banc de l'aéro.

– Pendant son premier accès de fièvre, poursuivit-il, le Gardien a eu ce flash : Henry trouvait un antidote. Puis il a eu ce second accès de fièvre peu après et il est revenu avec un souvenir différent. Henry ne découvrait pas d'antidote, la maladie progressait et tuait des milliers de Fées, Bleu, des centaines de milliers de Fées. La FT rayait le Royaume de la carte.

– Mais…

– Il ne s'est confié qu'à Mme Cardui. Elle a cru que sa maladie lui donnait des hallucinations, qu'il ne connaissait absolument pas l'avenir. M. Fogarty en a conclu que l'avenir n'était pas encore écrit, qu'il voyait juste deux scénarios possibles. Dans l'un, Henry sauvait le Royaume, dans l'autre non.

– Pourquoi M. Fogarty n'a-t-il pas… ?

Bleu s'interrompit, la réponse à sa question étant venue d'elle-même.

– M. Fogarty voulait supporter d'autres accès de fièvre au cas où il se souviendrait de détails supplémentaires sur un avenir ou l'autre. Voilà pourquoi il ne voulait pas retourner dans le Monde analogue. Cela aurait stoppé ses crises mais nous risquions de nous engager dans une voie tragique pour le Royaume.

– Tu veux dire qu'il s'est sacrifié pour sauver le Royaume ? s'exclama Bleu, les yeux écarquillés.

– Je ne pense pas qu'il en avait l'intention. Il pensait survivre à plusieurs accès de fièvre et non à un seul. Mais oui, on peut dire qu'il s'est sacrifié pour le Royaume.

Soudain, Bleu s'aperçut qu'elle entendait la trotteuse de la petite horloge insérée dans le tableau de bord. Elle s'humecta les lèvres.

– Est-ce qu'il… ?

– A-t-il récolté assez de souvenirs confirmant la découverte d'un antidote ? Euh… Oui et non.

– Oui et non ? s'énerva Bleu. Sommes-nous dans l'avenir favorable ou défavorable ?

– Ça dépend.

Bleu ferma les yeux, à la manière de leur mère quand elle était exaspérée outre mesure.

– Et de quoi ? s'empressa-t-elle de demander.

– De nous. M. Fogarty ne voyait pas tout d'un seul bloc. Il obtenait un détail par-ci, un détail par-là sans savoir comment nous orienter vers le bon avenir. Il a simplement remarqué que certains événements se produisaient dans un futur et pas dans l'autre. Selon lui, si nous agissions aujourd'hui comme dans l'avenir positif, il se produirait, même si nos actes n'avaient rien à voir avec la découverte d'un antidote, Henry, etc.

– Voilà pourquoi Mme Cardui a utilisé un sortilège de transport !

– Oui. Nous ignorions si cela ferait une différence ou pas, mais M. Fogarty l'avait vu dans l'avenir favorable, alors Mme Cardui s'est exécutée.

– Même si pour cela elle mettait la vie de Henry en danger.

– Bleu, nous devions…

– Je sais, je sais, l'interrompit Bleu. Je ne vous blâme pas. Je… Je… Tu sais ! ajouta-t-elle dans un haussement d'épaules.

– Bleu, nous en avons discuté nuit et jour. Nous aimons tous Henry.

Bleu le fixa d'un air pensif, le visage clos.

– Je résume : Mme Cardui l'a transporté à cause des souvenirs de M. Fogarty.

— Oui.

— Et tu pars à sa recherche à cause des souvenirs de M. Fogarty ?

— Oui.

— Pendant que chacun court dans tous les sens et suit les instructions du Gardien, je suis censée faire quoi, moi ?

Gêné, Pyrgus s'humecta les lèvres.

— En fait, tu n'es apparue aucune fois dans ses souvenirs. Attends, il n'a pas dit que tu restais au Palais les bras croisés, il ne le pensait pas. Comme je te l'ai expliqué, il ne s'est pas souvenu de tout, sinon, nous saurions ce qu'il se trame. Je pense que tu faisais ton devoir, que tu contribuais à l'avancement des choses, mais rien n'est apparu à ton sujet. Pourquoi ? Je l'ignore.

Bleu ouvrait la bouche pour protester quand Pyrgus retrouva toute son énergie.

— On en a discuté pendant des heures et des heures. Fallait-il te mettre au courant ou non ? La question était d'une très grande importance, vu que tu es Reine et tout ça. Pour finir, on a pensé que ce serait mieux que tu n'en saches rien.

Quand Pyrgus vit sa mine se défaire, son enthousiasme retomba.

— Au cas où tu ferais quelque chose… que… tu ne devrais pas…

Bleu plaqua le bloc batterie dans la main de son frère.

— Démarre l'aéro, lui ordonna-t-elle, vexée.

39

Rêvait-il ? Henry avait les yeux ouverts mais ce qu'il voyait était insensé. Le visage au-dessus de lui était bleu ! Peau bleue, cheveux bleus, yeux bleus. En arrière-plan, le ciel bleuté était décoloré par le soleil implacable.

Quand il ferma les yeux, Henry découvrit de l'eau sur ses lèvres. Quelle merveilleuse révélation, aussi fantastique que revigorante ! Béat, il souriait encore quand il plongea dans une obscurité sans rêves.

Il se réveilla en sursaut. Quoique allongé sur le sable, il se sentait un peu mieux. Son bras ne lui faisait presque plus mal, tandis que sa jambe engourdie l'inquiétait. Le principal était qu'il éprouvait un bien-être au fond de lui, comme s'il avait un sursaut d'énergie. À présent que la nuit était tombée, les températures étaient plus fraîches. Si fraîches qu'il en frissonnait. Il leva la tête et s'aperçut qu'on avait allumé un feu.

Son pic d'énergie s'effondra tout à coup (parce qu'il avait remué la tête, peut-être). Il demeura immobile, le souffle court, les yeux rivés sur les flammes.

Il était calé contre un énorme rocher bien qu'il ne fût pas tombé là. Quelqu'un avait dû le déplacer ou apporter le rocher, ce qui était peu probable.

Henry grommela sans être sûr que son grommellement ait atteint ses lèvres.

À la lumière des flammes, il constata qu'il se trouvait dans une grande cavité naturelle, protégée sur trois côtés par des rochers. Nul signe de végétation, rien qui expliquât d'où venait le bois qui brûlait.

Une silhouette passa entre le feu et lui.

– Nnnnyyyhhh, marmonna Henry.

La silhouette réapparut dans son champ de vision et trottina jusqu'à lui. Henry cligna des yeux pour finalement distinguer un garçon nu. Sa peau semblait noir de jais.

– Tu es réveillé ? s'inquiéta le garçon qui s'accroupit à côté de Henry.

Qui es-tu ? pensa Henry. Quand il découvrit que sa bouche n'émettait aucun son, il demanda :

– I ééé u ?

Le garçon parvint à le comprendre.

– Je m'appelle Lorquinianus – Lorquin, de la tribu des Luchti.

Il plaça une petite bourse renflée en cuir sous le nez de Henry.

– Ne parle pas et, pour l'amour de Charax, ne bouge pas ! Allez, bois.

Il approcha le sac de ses lèvres.

Alors que Henry pensait boire de l'eau, le liquide était acidulé et un peu visqueux. Il lui rafraîchit la bouche, tel un bonbon au menthol, avant de se transformer en torrent froid le long de sa gorge. Ce devait être un stimulant, puissant d'ailleurs, car il sentit ses forces revenir d'un coup. Sa respiration s'apaisa, sa vision se stabilisa. Lorquin devait avoir douze ans au plus. Petit pour son âge, il ne semblait pas costaud. Il était impossible que ce gamin ait transporté Henry tout seul.

Malgré les mises en garde, Henry fit un gros effort et dit :

— Bonjour, Lorquin. Moi, c'est Henry.

Puis il but encore un peu de liquide. Lorquin sentait de façon bizarre, une odeur corporelle qui n'était pas déplaisante, une odeur de… fumée.

— Tu as trop chaud ? demanda Lorquin.

Henry secoua la tête avant de réfléchir et de simplement dire non.

— Trop froid ?

— Un peu…

Henry lui sourit. Peu importait qui l'avait transporté ici, il était reconnaissant envers ce garçon.

— Je vais chercher quelque chose pour te couvrir. Je ne veux pas que tu t'approches du feu. Je préfère ne pas te déplacer davantage.

— Merci, murmura Henry.

Même s'il se sentait plus en forme, il n'avait pas envie lui-même de bouger.

— Le mieux, continua Lorquin, davantage adulte qu'il n'y paraissait, serait que tu dormes. Toute la nuit, si tu peux. Sinon, contente-toi de rester allongé et de te reposer. Il faut que tu retrouves des forces – tu en auras besoin.

— Pourquoi ?

— Demain, j'ampute ta jambe.

40

Henry se rongeait les sangs, sans être capable de se rappeler pourquoi. Au petit matin, le feu se résumait à un tas de braises rougeoyantes et l'air était encore frisquet, même si le soleil régnait déjà sur un ciel sans nuages, promettant une nouvelle journée caniculaire.

Il était toujours couché contre son rocher et quelqu'un l'avait couvert d'une membrane très fine, tannée, telle l'aile d'une chauve-souris géante. *Lorquin.* Ce garçon lui avait sauvé la vie. Henry batailla pour s'asseoir.

Assis à quelques mètres de lui, Lorquin l'observait avec ses grosses billes rondes. Henry cligna des yeux. Le garçon n'était pas noir du tout, mais bleu de la tête aux pieds, comme la créature qu'il avait vue en rêve. Sauf qu'il ne s'agissait ni d'un rêve ni d'une créature. Lorquin n'était pas nu non plus : il portait un petit étui sur la hanche, attaché à sa taille avec une lanière en cuir.

– Ça va ? demanda Lorquin. Je ne pensais pas que tu passerais la nuit.

Henry s'adossa au rocher.

– Ça va, répondit-il par automatisme avant d'ajouter : Merci. Un peu tremblotant et faible. Mais je crois que je vais bien. Qui m'a emmené ici ?

– Moi.

En plein jour, le garçon paraissait plus petit et maigrichon que jamais.

– Comment ? s'enquit Henry.

– Je t'ai porté.

Prudent, Lorquin ne cessait de jeter des coups d'œil aux alentours.

O.K., pensa Henry. Soit Lorquin se vantait, soit il était plus fort qu'il ne le laissait paraître. Peu importait. Au moins, lui, Henry, était là (où que cela fût) et vivant.

– Et ta jambe ? demanda Lorquin.

La mémoire lui revint d'un coup. *Demain, j'ampute ta jambe*. Avait-il rêvé ?

– Elle me fait mal, répondit-il avec précaution.

– Elle est engourdie ?

– Euh… oui, confirma Henry.

– Tu as rencontré un vaettir ? (Comme Henry ne répondait pas, il expliqua sa pensée :) On dirait une morsure de vaettir.

– Je ne sais pas. J'ai été attaqué par une bestiole dans un tombeau.

– Pâle, maigre et rapide ? De sales dents ?

– Oui.

– C'est un vaettir. Ils ne sont pas venimeux, mais quand ils te mordent, la blessure ne guérit jamais. Elle s'infecte et finit par te tuer. Laisse-moi regarder ça de plus près. Enlève ton pantalon.

Après un instant d'hésitation, Henry décida de ne pas jouer les pudiques devant un garçon qui se

178

promenait à poil dans le désert. Il défit sa ceinture pendant que Lorquin se levait et s'approchait en faisant de drôles de bonds. Tandis qu'il baissait non sans peine son pantalon, Henry vit la vérité en face. Il avait le genou et la cuisse enflés. Sa jambe était affreusement décolorée.

Lorquin se pencha en avant et renifla.

— La plaie ne sent pas bon, déclara-t-il. Je crois que j'avais raison.

— Raison ? répéta Henry au bout d'un moment, comme s'il connaissait déjà la réponse.

Lorquin se redressa.

— La jambe est bien atteinte. Si l'infection se propage au reste du corps, elle bloquera tes boyaux. Quand elle gagnera le cœur, tu mourras. Bien sûr, à ce moment-là, tu t'en ficheras pas mal. Henry, le seul remède efficace consiste à couper la jambe.

— Me couper la jambe ?

— Tu n'es pas obligé de le faire toi-même. Je peux t'aider si tu veux. J'ai un couteau très bien aiguisé et une sorte de scie pour l'os.

— Personne ne me coupe la jambe !

— Je travaille vite et bien.

— Quel âge as-tu ?

Lorquin cligna des yeux.

— Dix ans. Onze ans. Je n'en sais rien. Pourquoi tu demandes ça ?

Henry avait vraiment du mal à prendre ce gamin au sérieux. Et Lorquin était certes un drôle de petit bonhomme. Henry voulait lui demander pourquoi il était bleu, si c'était sa couleur naturelle ou une teinture, pourquoi il était tout seul dans le désert sans son père ou sa mère, s'il l'avait réellement

179

transporté jusque-là, comment il connaissait les vaettirs, pourquoi il ne portait pas de vêtements, comment…

Bien loin de se tourmenter, Lorquin était le garçon le plus sûr de lui qu'il eût jamais vu – Henry n'avait pas une telle assurance à son âge ! Et son comportement, sa peau bleue et nue dans le sable… on aurait dit qu'il appartenait au désert. Ce qui était probablement vrai. Toute personne errant nue dans le désert sans mourir devait y habiter. Dans ce cas-là, il connaissait bien son environnement. Bien sûr ! Il savait reconnaître un vaettir, allumer un feu quand il n'y avait rien à brûler, trouver une couverture en peau de chauve-souris pour réchauffer les inconnus. Mais savait-il guérir les morsures ?

Soudain, la jambe de Henry l'élança avec une telle violence qu'il étouffa un cri.

– Ça va ? s'écria Lorquin.

Quand son cœur battit moins vite, Henry prit la parole.

– Tu disais que l'amputation était le seul remède efficace. En existe-t-il qui le soient moins ?

Lorquin réfléchit quelques secondes.

– Un jour, j'ai vu un sage inciser l'infection. Parfois ça marche. Quand la plaie n'est pas aussi avancée que la tienne, par contre.

– On essaie !

Lorquin sortit un morceau de silex taillé de sa bourse. Henry aurait juré avoir vu cette pointe de flèche dans un musée et il lui fallut un moment pour comprendre qu'il s'agissait de son couteau. Il avala sa salive.

– Et maintenant ?

– On entaille le cœur de la blessure et on laisse le mal sortir. Parfois, il faut comprimer la jambe.

– Je m'en charge ! (Henry s'humecta les lèvres.) Chauffe ton couteau dans le feu, ça le stérilisera.

Lorquin le fixa comme s'il était soudain devenu fou.

– Le feu va faire éclater le couteau !

Probablement. De toute façon, à quoi bon le chauffer ? Il devait avoir tant de bactéries et de microbes dans sa jambe, alors un peu plus, un peu moins...

– Donne-le-moi ! exigea Henry, la main tendue.

– Ne mets pas mon couteau dans le feu !

– Non, promis.

Henry s'empara du silex et fut soulagé de constater que les bords étaient aussi tranchants qu'un couteau.

– Lorquin ? Comment reconnais-tu le cœur de la blessure ? Entre les marques de dents ?

– Non... Cherche un endroit où la boursouflure est verte avec un point noir au milieu. Tiens, là ! Tu vois ?

Autour de cette zone, la peau tendue faisait un mal de chien quand il appuyait avec son doigt.

– Là ?

– Oui. Pratique une entaille profonde.

Henry s'humecta de nouveau les lèvres, serra fort le silex dans sa main. Le gamin avait sûrement raison. Il avait l'impression d'inciser un abcès. Au début, il aurait mal puis le pus sortirait, la douleur et le gonflement disparaîtraient. O.K., il aurait peut-être très mal, mais cela en valait la peine. Il fixa la peau tendue et repensa à la douleur qu'il avait ressentie en effleurant juste sa jambe. Il l'avait à peine tapotée. Du bout d'un doigt « émoussé ». Il n'imaginait même pas la souffrance infligée par un couteau pointu en pierre.

— Et large.

— Pardon ?

— Une entaille profonde et large. Tout le mal doit sortir.

— Tu le fais ! exigea Henry qui lui rendit son couteau.

Lorquin donna un coup sur la peau tendue et coupa le point noir en deux. Puis, au moment où il faisait quelques entailles à angle droit, du sang mêlé de pus gicla sur sa peau bleue. Une boue verdâtre et du sang coulèrent en abondance le long de la jambe de Henry. Lorquin lâcha son couteau puis il comprima fermement la jambe avec ses deux mains.

— Aaaahhhhh !!!!! hurla Henry.

La douleur était indescriptible. Un instant, il crut s'évanouir. Puis il se dit qu'il allait mourir et la douleur s'estompa.

Lorquin se pencha en avant pour mieux voir.

— Je ne serai peut-être pas obligé d'amputer, en fin de compte !

41

— Je croyais que nous allions à Haleklind, lança Blafardos.

— Non, répliqua Sulfurique.

— La Nouvelle-Altrane ?

— Non.

— Le Croissant de Belfeutrine ?

— Noctifer a des cousins au Croissant de Belfeutrine.

— On va où, alors ?

— Buthalicol.

— Non ? Le désert paumé ? Le Cimetière des Fées ?

— Oui.

— Mais il n'y a rien là-bas, gémit Blafardos. La région est peuplée de sauvages et la moitié de la population est nomade. Ils mangent les gens à Buthalicol !

— C'est une légende urbaine.

— Depuis quand existe-t-il des légendes urbaines ailleurs que dans les villes, hein ? (Parce que Sulfurique ne répondait pas, Blafardos insista :) Pourquoi un trou comme Buthalicol ?

– Tu vois un meilleur endroit où cacher quelque chose ?

Il marquait un point. Blafardos regarda par la fenêtre de la carriole, regrettant que ce ne soit pas un ouklo. Alors qu'ils approchaient de la frontière sud d'Altrane, les températures extérieures étaient cuisantes. Dieu seul savait combien il ferait quand ils atteindraient Buthalicol ! Et pourquoi n'étaient-ils pas accompagnés de gardes du corps ? Ils auraient besoin de quelqu'un pour les protéger des sauvages.

Le cocher roula sur un nid-de-poule et ébranla la colonne vertébrale de Blafardos.

– On aurait pu prendre la voie des airs... Un ouklo aurait été dix fois plus rapide et un million de fois plus confortable !

– Noctifer doit surveiller les aéroports.

– Il n'en a plus les moyens ! Comment pourrait-il payer des vigiles ? Avec mon argent, peut-être, ajouta-t-il, amer.

– Tu n'as qu'à faire opposition au chèque ! lui lança Sulfurique, comme s'il venait soudain de se rappeler une broutille.

– Tu es sérieux ?

– Le plus sérieux du monde. Je n'ai plus besoin de la Confrérie à présent. Tu pourras empêcher le paiement à la frontière – il y a quelques établissements bancaires.

Ce vieux crétin le mit dans une rage monstre. Pourquoi ne l'avait-il pas dit plus tôt ? Il était peut-être trop tard, maintenant, même si Blafardos remuait ciel et terre pour qu'aucune pièce d'or ne soit transférée.

– Si tu me l'avais dit avant, ajouta-t-il, très en colère, j'aurais pu utiliser l'argent liquide pour louer un aéro personnel. Quasiment indétectable.

– Il ne veut pas voler, déclara Sulfurique qui fouillait dans un petit sac sur ses genoux.

– Qui ne veut pas voler ?

Sulfurique fit un signe de tête en direction de la remorque qui transportait leur prisonnier.

– Évidemment qu'il vole ! s'exclama Blafardos. Un adulte…

– La ferme ! Si le cocher découvre ce que nous convoyons, nous sommes cuits. Ces véhicules ont des toits très minces.

– O.K. Je ne mentionnerai pas son nom. Mais tu vois ce que je veux dire.

– Bien sûr que je vois ce que tu veux dire ! tempêta Sulfurique, puis il baissa d'un ton : Il vole par ses propres moyens, mais il panique dès que tu essaies de le mettre dans un véhicule alimenté par un sortilège. Hael sait que j'ai essayé. Tu comprends comment il s'est blessé maintenant.

– Quelle ironie ! lâcha Blafardos. Je parie…

Sulfurique lui fit signe de se taire.

– Nous arrivons à la douane. C'est le moment le plus délicat. Alors tu la fermes et tu me laisses parler.

– Avec plaisir ! Tu fais ce que tu veux de ta vie.

Seul souci : si les douaniers découvraient ce qu'ils dissimulaient dans la remorque, ils auraient tous les deux la tête coupée quand bien même il clamerait son innocence et son ignorance.

La frontière était délimitée par une pauvre barrière rustique qui ne stopperait même pas un slith

185

migrateur. Seuls les sortilèges les protégeaient d'une invasion, de grande envergure ou non. Les monumentaux Bâtiments des Douanes, construits sous le règne de Scotilandes le Gringalet, étaient flanqués d'entrepôts contenant les biens confisqués. Les temps étaient moins perturbés, les formalités moins excessives, mais les officiers des Douanes gardaient l'œil ouvert et quiconque se livrait à de la contrebande disparaissait de la circulation un bon moment. S'il n'était pas pendu.

Blafardos frémit quand Sulfurique descendit de la carriole.

Aussi fier qu'un paon, l'officier croulait sous les galons. Ignorant Sulfurique et le cocher, il parada autour de la carriole et s'arrêta devant la remorque bâchée.

— Y a quoi là-dedans ?

— Des nantses en caisses pour l'export, déclara Sulfurique avant de sortir des documents en trois exemplaires et de les lui tendre. Vous trouverez tous les papiers en ordre.

— Peut-être que oui, peut-être que non...

L'officier les examina avec soin.

— Il fait doux pour cette période de l'année, tenta Sulfurique.

Des carrioles qui quittaient le pays avançaient sous un passage voûté un peu plus loin et pénétraient dans un court tunnel. Quand elles ressortaient, elles se trouvaient en terre étrangère.

L'officier l'ignora et au bout d'un moment, son attention se porta sur la remorque.

— Ces trucs sont vivants ?

— Morts, ils ne seraient pas très utiles.

– Je veux les voir.

– Ils sont dans des caisses.

– Je sais qu'ils sont dans des caisses. Je veux les voir.

– Pour ça, il faut que j'enlève la bâche. Elle est très bien scellée.

– Le plus tôt sera le mieux.

Sulfurique soupira et fit un signe de la tête au cocher qui descendit de son siège et enleva la bâche de sa remorque. De son côté, Blafardos s'était levé, prêt à partir en courant.

– Remonte, lança Sulfurique entre ses dents.

Sentant l'ordre plutôt que le conseil, Blafardos obtempéra et retourna s'asseoir.

– Vous voyez ? s'exclama Sulfurique quand apparut une immense caisse.

– Oui, répondit l'officier. Maintenant je veux voir ce qu'elle contient.

Sulfurique fit à nouveau signe au cocher qui sortit un levier de sa boîte à outils et commença à soulever un côté de la caisse en bois. Au bout de quelques instants, le panneau tomba et révéla le contenu de la cage. Les lourds barreaux en titane étaient renforcés par un fin grillage métallique. Derrière grouillaient plusieurs centaines de milliers de nantses dont les ailes courtaudes battaient furieusement. Sulfurique attendit. L'officier des Douanes se pencha en avant pour mieux voir à travers le grillage. Aussitôt, les nantses entamèrent leur complainte grinçante et aiguë. L'homme recula.

– Souhaitez-vous entrer, officier ? demanda Sulfurique, l'air innocent. Il y a une double porte pour les empêcher de s'échapper.

– Non, merci, répondit l'officier d'un ton sec.

Il jeta un nouveau coup d'œil aux certificats et adressa un signe au cocher.

– Remettez le panneau. Vous êtes libres de traverser.

– Merci, officier, ronronna Sulfurique.

Le cocher ajusta soigneusement la paroi en bois sur la caisse avant de la recouvrir avec la bâche. Dans l'obscurité, les nantses se calmèrent et leurs gémissements aigus faiblirent. L'officier des Douanes se poussa et leur signala d'avancer en faisant de grands arcs de cercle avec le bras, comme s'il était soudain pressé de se débarrasser d'eux. Le cocher grimpa sur son siège pendant que Sulfurique rejoignait Blafardos dans la carriole.

Des profondeurs de la caisse bâchée s'éleva tout à coup une voix :

– Au secours !

La scène se figea ; l'officier tourna lentement la tête vers la remorque.

– Juste une petite blague, ironisa Sulfurique. Je suis ventriloque.

– Je ne pense pas. Ouvrez-moi ça à l'instant !

42

– **F**once ! hurla Sulfurique au cocher.

Sans perdre une seconde, le conducteur fouetta les chevaux et la carriole partit en avant, si bien que Blafardos tomba lourdement sur le siège prétendument rembourré.

– Arrrggghhh, s'étrangla-t-il.

Tandis qu'un flux constant d'hommes armés jaillissait des Bâtiments des Douanes, Sulfurique se pencha par la fenêtre et leur jeta une balle multicolore. En heurtant le sol, elle produisit des volutes de fumée arc-en-ciel.

– Attention ! s'exclama l'un des soldats. Un brailleur !

Au signal, la balle émit un hurlement à glacer le sang. Aussitôt, Blafardos se boucha les oreilles. Le flot de soldats se sépara en deux, telle une rivière heurtant un rocher. Le brailleur rebondit entre eux, prit de la vitesse et se précipita vers la porte ouverte des Bâtiments des Douanes. Gênés par la fumée, les soldats se mirent à leur tour à hurler. Paniqués, plusieurs rompirent les rangs, abandonnèrent leurs armes et prirent leurs jambes à leur cou.

Sulfurique se hâta de fermer la vitre de la carriole qui se ruait vers le passage voûté. Derrière lui, le brouhaha avait à nouveau dérangé les nantses qui entamaient une plainte discordante en écho au brailleur.

Celui-ci émit un cliquetis sonore avant de se métamorphoser en une bonne vingtaine de petites sphères multicolores qui rebondirent, s'éparpillèrent et finirent par se diriger droit vers les fenêtres des Bâtiments des Douanes.

– Évacuation immédiate ! s'écria quelqu'un.

À présent, chaque sphère poussait des hurlements terrifiants qui embrouillaient l'esprit et laissaient effaré. Les chevaux bondirent en avant, comme piqués, puis s'élancèrent sous le passage voûté en direction du tunnel. Grâce à la fenêtre fermée, le bruit à l'intérieur était presque tolérable. Blafardos entendit tout de même les vitres se briser au moment où les sphères pénétraient dans les Bâtiments.

Pendant que la carriole s'enfonçait dans le tunnel obscur, les explosions régulières retentissaient en arrière. Puis le véhicule ressortit au grand jour. Blafardos se redressa et ouvrit la fenêtre. Il sortit la tête et les épaules pour mieux admirer le spectacle. Les imposantes structures des Bâtiments des Douanes s'effondraient les unes après les autres au milieu de nuages de fumée et de poussière. Les hurlements du brailleur étaient remplacés par les mugissements d'une sirène. Des flammes léchaient le ciel tandis que des vagues de fumée noire roulaient sur le sol. Des hommes couraient de toutes parts, le visage marqué par la peur.

La carriole s'éloigna de la scène du crime au grand galop.

– Voilà une bonne chose de faite, remarqua Sulfurique.

43

– **O**ù allons-nous ? s'enquit Bleu alors que l'aéro s'élevait au-dessus des arbres.

– Je ne sais pas.

Assis devant le tableau de bord, Pyrgus préférait batailler avec les mystérieux instruments plutôt qu'utiliser les commandes vocales gérées par sortilège comme tout bon pilote. Bleu se demanda pourquoi il aimait se compliquer la vie de la sorte.

– Pardon ? Pourquoi pilotes-tu cet appareil, alors ?

– Je ne connais pas notre destination finale, soupira-t-il. Je t'ai dit que j'ignorais où trouver Henry.

Une seconde, il leva les yeux des commandes pour examiner sa sœur.

– Oui, en effet, mais tu m'as raconté tellement de mensonges ces derniers temps… Comment suis-je censée repérer la seule fois où tu daignes me dire la vérité ?

Comme l'aéro perdait de l'altitude, Pyrgus retourna vite à ses manettes.

– Bleu, je ne sais absolument pas où est Henry, marmonna-t-il.

Il voulait qu'elle le laisse tranquille parce qu'il lui cachait encore quelque chose. Des signes connus depuis leur enfance l'indiquèrent à Bleu.

— Si nous n'allons pas chercher Henry, où nous rendons-nous ? Ne me dis pas que tu as décidé de faire la tournée des grands ducs en pleine nuit ?

— Ne sois pas sarcastique ! Ce n'est pas digne d'une dame et d'une reine. Ce n'est pas digne de toi.

— Réponds à ma question, Pyrgus.

— Va ouar mam adui, bredouilla-t-il, la tête baissée.

— Hein ?

Pyrgus appuya de toutes ses forces sur un bouton de la console.

— On va voir Mme Cardui. Elle sait où est Henry.

— Mme Cardui est en prison, affirma Bleu, les sourcils froncés. Du moins, elle est en état d'arrestation au Palais, comme je l'ai ordonné.

— Elle s'est évadée.

Bleu fixa la nuque de son frère.

— Comment le sais-tu ?

— Tel était son plan. Je pense qu'elle n'est plus au Palais à cette heure-ci.

— Elle m'avait promis ! s'exclama Bleu. Elle m'avait promis qu'elle ne s'échapperait pas.

— Elle a menti, déclara simplement Pyrgus qui manœuvra un interrupteur.

L'aéro se mit en pilotage automatique.

— Bleu, ne te fâche pas. Ni elle, ni moi, ni personne n'y sommes pour rien. Nous essayons tous d'agir pour le mieux. Si on se trompe, l'avenir du Royaume est en jeu. Et le nôtre, par la même occasion. Si nous sommes dans le mauvais futur, Mme Cardui attrape la fièvre temporelle et meurt. Ainsi que Comma et Nymphe. Je l'ai déjà et je ne m'en remettrai pas. Et toi aussi, tu seras atteinte.

— M. Fogarty a vu tout ceci.

— Par petits bouts, oui. Si nous nous trouvons dans le mauvais futur.

— Je contracte la fièvre et je meurs ?

— Non, M. Fogarty n'a pas vu ta maladie, ni ta mort, en fait. Tu deviens une vieille femme, très affaiblie, chétive et percluse d'arthrose ; tu essaies de diriger un Royaume dont le peuple se meurt. La maladie s'étend aux animaux et la situation ne fait qu'empirer. Bleu, nous ne pouvons pas rester les bras croisés. Peut-être avons-nous eu tort de ne pas te mettre dans la confidence, mais M. Fogarty n'a pas vu à quel moment tu intervenais. Nous avons préféré ne pas prendre de risques.

— Je comprends, répliqua Bleu au bout de longues secondes. Vous avez eu tort de m'exclure, mais je comprends.

Ses yeux pétillaient. Elle posa la main sur l'épaule de son frère.

— O.K. Où retrouvons-nous Mme Cardui ?

Pyrgus hésita une milliseconde.

— Au manoir de Méphisto.

— Impossible ! s'exclama Bleu.

44

Au sommet de sa popularité, l'ancien mari de Mme Cardui, le Grand Méphisto, accumula assez d'or pour se construire une retraite à la campagne, dans l'un des quartiers les plus prisés de la Lande. Conformément à sa nature, il n'utilisa aucun sortilège lors de sa construction. Néanmoins, la prudence recommandait de ne pas se fier aux apparences.

Vu de l'extérieur, le coquet manoir trônait sur un domaine boisé agrémenté d'une rivière. En vérité, les bois n'étaient qu'un décor de théâtre, une toile de fond peinte avec ruse et combinée à plusieurs rangées d'arbres artificiels. Malgré ses babillages, le ruisseau, un dispositif mécanique composé de papier aluminium, ne contenait pas une seule goutte d'eau.

Ses élucubrations ne s'arrêtaient pas là. Les visiteurs de Méphisto racontaient que l'imposante porte d'entrée était peinte sur un mur nu. Si vous regardiez par l'une des portes-fenêtres, vous voyiez des pièces qui n'existaient pas. Le fantôme qui hantait la longue galerie du manoir avait pour origine un calcul compliqué de l'emplacement des miroirs et des vitres. Certains fauteuils de la salle des banquets poussaient d'horribles gémissements dès qu'un invité s'asseyait dessus. Un escalier en colimaçon menait les étourdis à un étage différent chaque fois qu'ils l'utilisaient. Un immense oiseau, chef-d'œuvre de papier mâché, descendait en piqué depuis les chevrons à l'aide de fils invisibles. La Salle de Musique était dotée d'un orchestre mécanique. Dans l'entrée, une cabine contenait la moitié supérieure d'un automate en turban qui jouait aux échecs.

Vus du ciel, les jardins étaient agencés de manière à représenter le visage grimaçant d'un clown aux yeux en dahlia.

— Comptes-tu atterrir là ? s'enquit Bleu, quelque peu inquiète.

— Tu n'es pas folle ? Nous aurons déjà assez de mal à traverser le parc à pied.

Il amorça la descente (avec une surprenante dextérité) et se posa sur une allée qui longeait la propriété. Ils suivirent le mur jusqu'à atteindre le portail d'entrée.

— Attention, chuchota Bleu.

— Il faut que j'essaie, remarqua Pyrgus. Ses illusions se répètent de manière aléatoire. Parfois, ce que tu vois est la réalité.

Il poussa le portail qui s'ouvrit aussitôt.

— Continuons ! s'exclama Bleu.

Pyrgus fit un pas en avant et disparut. Le portail se referma derrière lui. Bleu patienta. Au bout d'un moment, Pyrgus s'avança dans l'allée, perplexe.

— Que s'est-il passé ? demanda Bleu.

— Je n'en sais rien, déclara Pyrgus, les sourcils froncés. J'ai dû être happé par des bras mécaniques qui m'ont jeté par une sorte de porte latérale. Tout est survenu très vite. Qu'est-ce que tu en penses ?

— On aurait dit un sortilège d'invisibilité, sans les miroitements.

— Eh bien… répliqua Pyrgus sans grand enthousiasme, la bonne nouvelle est que je suis sorti par une porte dans le mur que nous pouvons utiliser pour entrer ! Je l'ai examinée avec soin et elle ne semble pas trafiquée.

Pyrgus avait raison à propos de la porte mais une fois sur la propriété, ils ne virent aucune maison. D'abord, ils errèrent dans une forêt artificielle traversée de sentiers qui changeaient de direction chaque fois qu'ils rebroussaient chemin. Quand ils finirent par sortir de ce labyrinthe, ils émergèrent dans un champ où les perspectives étaient faussées. Ils voyaient la maison, mais plus ils avançaient, plus elle reculait. Il leur fallut un bon quart d'heure avant de comprendre qu'ils avaient affaire à une série de reflets. Et là, ils auraient sûrement perdu une heure si un majordome en uniforme n'était pas sorti des sous-bois afin de leur indiquer la bonne voie.

— On lui donne un pourboire ? demanda Pyrgus à sa sœur qui lui lança un regard dédaigneux.

— Ne sois pas idiot, ce n'est qu'une machine. Le Grand Méphisto en a fait fabriquer des dizaines.

Quand ils entrèrent dans le manoir, Mme Cardui était penchée au-dessus d'une immense carte géographique étendue sur la table de la salle à manger. Elle se tourna à moitié pour accueillir Pyrgus.

— Pyrgus, trèèès cher, juste à… (Pause.) Ah ! (Longue pause.) Votre Majesté !

– Il n'y a pas de Majesté qui tienne, madame Cynthia ! s'exclama Bleu. Vous m'aviez promis que vous ne vous évaderiez pas !

– En effet, très chèèère. Et je recommencerais si je pensais que cela pouvait aider le Royaume.

Mme Cardui fixa Pyrgus.

– Pourquoi ta sœur t'accompagne-t-elle ? lui demanda-t-elle.

– Je n'avais guère le choix, marmonna Pyrgus.

Mme Cardui s'adressa ensuite à Bleu.

– Très chèèère, je dois te présenter mes excuses, pour ce qu'elles valent. Je présume que Pyrgus t'a expliqué pourquoi nous ne t'avions pas mise dans la confidence.

– Il m'a fourni une explication, acquiesça Bleu, un peu sévère. Et je ne suis pas sûre de l'accepter.

Voire de la comprendre, mais elle décida de ne pas compliquer les choses.

– Cette affaire est complexe, continua la bien-veillante Mme Cardui. Et peut-être avions-nous tort. Le pauvre Alan ne t'a pas vue dans l'avenir que nous nous efforçons de créer, mais cela ne signi-fie pas nécessairement que tu ne participes pas. En fait, je suis sûre que tu fais partie du projet, mais nous avons choisi ce que nous pensions être la voie de la sécurité. Si cela se trouve, cela n'est ni la bonne ni la seule. En tout cas, nous le saurons vite.

Le trémolo dans sa voix alarma Bleu.

– Pourquoi dites-vous cela, madame Cardui ?

– Alan a vu cette réunion, dans cette pièce. Elle avait lieu entre Pyrgus et moi. Tu n'étais pas pré-sente, au contraire d'aujourd'hui. L'avenir a déjà été modifié.

– Oh ! lâcha Bleu. (Elle examina Pyrgus qui étudiait de manière ostentatoire un canari mécanique dans une cage dorée avant de regarder à nouveau Mme Cardui.) Pour le pire ?

– Cela dépend des raisons pour lesquelles tu n'es pas apparue dans les visions d'Alan. Quoi qu'il en soit, cela se révélera vite, répéta Mme Cardui qui reporta son attention sur la carte. Puisque tu es là et que le futur a été modifié, aucune raison n'interdit ta participation. Franchement, cette situation me mettait mal à l'aise, mais comme je te l'ai dit, nous pensions agir pour le mieux. J'espère que tu nous pardonneras.

– Bien sûr que oui ! répondit Bleu dont la voix ne trahissait pas les sentiments.

Elle fit un pas en avant et son ancienne assurance reprit soudain le dessus.

– Même si l'avenir a changé, nous ne devons pas oublier les visions de M. Fogarty, déclara Bleu. Certaines demeurent peut-être utiles.

– Je le pense aussi, renchérit Mme Cardui.

– Pyrgus dit qu'il ignore où se trouve Henry en ce moment. Mais vous, vous le savez, pas vrai ?

– Oui. Alan me l'a confié.

Mme Cardui lui indiqua une section de la carte. Bleu se pencha en avant.

– Buthner ?

– J'en ai peur, très chèèère.

– Pyrgus et vous aviez donc prévu de vous rendre à Buthner ?

– Oui.

– Avec combien d'hommes ?

– Combien de soldats ? Aucun.

– Comment pensiez-vous survivre ? demanda Bleu sans la moindre ironie ou angoisse. Buthner est l'une des régions les plus dangereuses au monde.

– Je me fie simplement aux visions d'Alan, expliqua Mme Cardui dans un haussement d'épaules. Dans l'avenir positif qu'il a vu, nous partions seuls.

– Vous êtes encore convaincus que vous devez vous y rendre sans gardes du corps ? Sans soutien ?

– Oui. Y verrais-tu un problème, très chèèère ?

– Non, répliqua Bleu sans hésiter. Pas si cela ramène Henry... pas si cela sauve le Royaume, se reprit-elle. Voie aérienne ou voie terrestre ?

– Nous ne pouvons pas nous rendre par les airs à Buthner. Les autochtones ne connaissent rien de rien à la technologie moderne des sortilèges. Ils pensent que nos aéros sont des oiseaux géants qui ont avalé des gens. Tout passager qui débarque est maudit, si bien qu'ils le tuent sans préambule. Le Buthneri typique est un être simple et primitif, j'en ai peur, et très vicieux. Toutefois, le Royaume entretient des relations amicales avec le gouvernement de Hass-Verbim qui borde Buthner au nord. Nous pouvons voler jusque-là puis traverser la frontière à pied.

– Savez-vous où se trouve Henry exactement ? insista Bleu.

– Non... Nous devrons le chercher.

– Madame Cynthia ? Que me cachez-vous ?

La Femme peinte sourit.

– Tu me connais par cœur, très chèèère. Oui, il y a autre chose. Enfin, peut-être. Dans les deux avenirs qu'a vus Alan – le bon et le mauvais –, Henry se trouvait à Buthner. Ton apparition implique que nous sommes entrés dans un troisième avenir possible, différent des deux premiers.

Mme Cardui poussa un long soupir.

— J'ai peur que dans cet avenir-ci, trèèès chère, nous n'ayons aucune garantie que Henry soit à Buthner.

— Ou encore vivant, intervint Pyrgus, toujours optimiste.

45

Il ne pouvait pas s'appuyer sur sa jambe qui ne l'avait pas élancé autant quand le vaettir l'avait mordue. Cependant, cette douleur était franche, le gonflement diminuait à vue d'œil et lorsque Lorquin pressait la plaie, il en sortait du beau sang rouge et non la glu ni jaune ni verte qui suintait plus tôt.

Lorquin lui avait fabriqué un abri de fortune à l'aide de branches mortes – où avait-il trouvé le bois ? – et de la membrane de chauve-souris qui l'avait recouvert quand le froid le transperçait la première nuit. Lorquin lui apporta également de l'eau, davantage de jus âpre et une substance blanche et gonflée que Henry dévora sans prendre le temps de l'examiner de près. Il lui trouva le goût d'ail rôti et elle le rassasia.

– Lorquin… ?

– Oui, En Ri ?

– Ta… couleur… Elle est naturelle ?

Lorquin le dévisagea sans répondre.

– Ce bleu, expliqua Henry qui regretta de ne pas avoir tourné sept fois sa langue dans sa bouche avant de parler. C'est la couleur de ta peau ou tu utilises, tu sais… une teinture, des pigments… ?

– Je suis un Luchti, répondit Lorquin dans un haussement d'épaules, comme si cela expliquait tout.

– Tu fais partie de la tribu des Luchti, exact ?

– C'est mon peuple.

– Et où sont-ils ?

Lorquin désigna l'horizon d'un geste vague. Apparemment, cette conversation ne l'enchantait guère. À moins qu'elle ne l'embarrassât.

Henry s'humecta les lèvres.

– Comment se fait-il que tu sois seul dans le désert ? Tu es seul, hein ?

– Oui.

– Pourquoi ? Oui, pourquoi n'es-tu pas avec les tiens ?

– Je cherche le draugr.

À la grande surprise de Henry, il sourit de toutes ses dents.

– Et je t'ai trouvé !

Henry se demanda ce qu'était un draugr, mais se dit qu'il y reviendrait dans une minute. Il avait de gros soupçons sur ce qui se tramait ici.

– Tu t'apprêtes à devenir un homme, pas vrai ?

Lorquin frappa son torse maigrelet avec fierté.

– Oui !

Bingo ! Henry avait lu une histoire semblable quelque part ou vu un documentaire à la télévision. De nombreuses tribus primitives instauraient des rites de puberté pour les jeunes gens. Ils marquaient la transition entre l'enfance et la vie adulte. On vous lâchait dans la nature, la jungle, le désert… et si vous surviviez à l'épreuve, vous deveniez un homme. Parfois, l'épreuve était franchement rude. Les jeunes Massaïs, Zoulous ou autres devaient tuer un lion avant d'avoir la permission de retourner dans leur tribu. Il espérait que le draugr de Lorquin n'était pas un animal de ce genre... Alors qu'il s'apprêtait à le lui demander, Lorquin lui coupa l'herbe sous le pied.

– Te trouver était un bon présage, En Ri.

– Ah oui ! Pourquoi ?

– Quand le Compagnon se présente, nous savons que le vaettir vit, déclara Lorquin

Cette phrase incompréhensible pétrifia Henry.

– Lorquin... Ce draugr ? Tu dois le trouver afin de devenir un homme, c'est ça ? Il s'agit d'un trésor. Une plante rare ? Un objet auquel ta tribu accorde beaucoup de valeur ?

Alors qu'il posait ces questions, Henry savait quelle serait la réponse, mais il ne voulait absolument pas que le scénario ressemble de près ou de loin à celui qu'il avait en tête.

Lorquin grimaça.

– Le draugr est quelque chose que nous devons tuer, En Ri.

Ce petit mot, nous, alluma tous les voyants dans le cerveau de Henry.

– Nous ? répéta Henry. Tu veux dire toi et moi ?

– Tu es le Compagnon dont parlent les Saintes Sagas, avoua Lorquin.

– Tu te trompes, je ne suis pas...

– Et en tant que Compagnon, tu vas m'aider à trouver le draugr, comme le disent les chants.

– Lorquin, j'ignore tout de tes chants et des draugrs. J'ignore à quoi ils ressemblent. Je ne sais pas où je suis. Je ne sais pas comment je suis arrivé ici. Je ne sais pas comment sortir de ce désert. Je ne sais pas dans quel pays je suis. Je ne peux pas…

Lorquin ne l'écoutait plus. Il arborait cet air lointain qu'ont les évangélistes quand ils essaient de vous convertir.

– En tant que Compagnon, ton destin est de m'aider à tuer le draugr !

Même s'il les avait vus venir, ces mots glacèrent le sang de Henry. Il lui disait la vérité quand il affirmait ne pas savoir où il se trouvait et voilà que sans recours il était entraîné dans une aventure dangereuse, horriblement dangereuse en comparaison de ses précédentes péripéties dans le Royaume des Fées. Le problème ? Il devait la vie à Lorquin. Il ne pouvait pas laisser ce gamin le remettre sur pied et l'abandonner là, se moquant de l'atroce épreuve que sa tribu avait concoctée pour lui afin qu'il devienne un homme.

Henry prit une profonde inspiration.

– Ce draugr… Ce ne serait pas une sorte de vaettir, par hasard ?

– Oh non ! Le vaettir se contente de nous mettre sur sa piste. Le draugr est le père du vaettir.

46

Blafardos se plaignait encore. De la poussière, de la chaleur, de l'inconfort, de tout ! Sulfurique commençait à se demander pourquoi il s'était embêté à l'emmener. Puis il jeta un œil aux indigènes qui portaient patiemment la caisse et se souvint. Blafardos détenait l'or. Blafardos avait toujours détenu l'or.

Cet état de fait changerait bientôt. Très bientôt.

– J'ai mal aux pieds, geignit Blafardos. Je croyais qu'on était arrivés !

– Nous ne sommes plus très loin.

– J'espère que cela en vaut la peine.

– Oh oui, ça en vaut la peine, crois-moi. Tu n'as pas idée à quel point...

Malgré les jérémiades de Blafardos, le terrain n'était pas si accidenté. Quand ils avaient traversé la frontière, il y avait eu un peu de verdure, quelques buissons et plusieurs routes – en terre battue, mais des routes quand même. Et puis ils avaient croisé des porteurs qui se tournaient les pouces à côté du Bureau de Poste. Seulement, il n'y avait ni chariots, ni chevaux, ni bêtes de somme et l'utilisation de sortilège était strictement interdite par un Gouvernement on ne peut plus arriéré et superstitieux. Sulfurique essaya de persuader leur cocher de continuer, mais l'homme refusa de traverser la frontière, même payé le double.

Depuis, la large route s'était transformée en piste, les températures avaient grimpé en flèche et le paysage s'était appauvri, ce qui ne justifiait aucunement les incessantes jérémiades de Blafardos. La caisse et leurs provisions étaient portées. La seule chose dont Blafardos ne se séparait pas était un revolver, un engin primitif au regard des armes chargées aux sortilèges du Royaume, mais comment l'en empêcher ? La punition pour contrebande de magie était un lent démembrement et il avait préféré ne pas prendre de risques.

– Comment s'appelle cet endroit ? lui demanda Blafardos, agressif.

– Quel endroit ?

– L'endroit où nous allons, il s'appelle comment ?

– Koub ban Eretz Evets. Ce qui signifie à peu près « les Montagnes de la Folie ».

– Folie ? répéta Blafardos, les sourcils froncés. Montagnes ?

– Oui.

Si seulement il pouvait se taire, pensa Sulfurique. Il faisait chaud, il était fatigué lui aussi (fatigué, mais pas geignard) et par-dessus tout, il ne tenait pas à ce que les porteurs aient vent de ses affaires. Ils prétendaient ne pas connaître la langue classique des Fées, mais Sulfurique n'était pas tombé de la dernière pluie.

– Alors nous sommes encore loin, le railla Blafardos. Si nous étions près, nous les verrions. La plaine s'étend à perte de vue !

Sulfurique réprima un soupir.

– Ces montagnes-là sont masquées.

Pendant un instant, il se dit que sa réponse avait satisfait la curiosité de Blafardos, mais non.

– Par un écran magique ? Hum... Je croyais qu'ils bannissaient la magie ici...

– Cela n'a rien à voir.

Sulfurique répugnait à parler magie devant les porteurs. Les natifs étaient réputés pour tuer tous ceux qu'ils soupçonnaient de sorcellerie. Il avait prévenu Blafardos (il lui avait même demandé d'éteindre ses stupides dents étincelantes) mais ce type n'en faisait qu'à sa tête.

– C'est une illusion d'optique, poursuivit-il. Comme un mirage à l'envers.

Voilà pourquoi il avait choisi Koub ban Eretz Evets. Les montagnes étaient presque impossibles à trouver sans une carte très récente. En effet, le mirage changeait selon les saisons, au gré du vent... pour des raisons que personne ne comprenait vraiment. Si les montagnes étaient répertoriées tout de suite après un changement, on avait six semaines avant que la carte ne devienne obsolète. Celle que Sulfurique utilisait serait périmée dans quelques jours, mais d'ici là ils les auraient atteintes. Il avait l'intention de laisser un traceur personnel pour le chemin du retour, et au diable ce que les autochtones pensaient de la magie.

Hélas pour lui, cette illusion intriguait Blafardos.

– Comment renverse-t-on un mirage ?

– Ce n'est pas tout à fait un mirage, s'énerva Sulfurique. Un mirage n'est que le reflet d'un objet très éloigné : il n'est pas vrai. Les Montagnes de la Folie sont vraies, elles. Mais il y a quelque chose dans l'atmosphère qui reflète sur elles un territoire différent.

– Tu penses regarder un champ ou un lac alors qu'en fait tu regardes les montagnes ? l'interrogea Blafardos.

– C'est à peu près ça. Sauf que nous sommes dans le désert. Buthner est un pays inculte.

– Pourquoi folie ? Pourquoi les appelle-t-on Montagnes de la Folie ?

– Comment le saurais-je ? aboya Sulfurique. Peut-être que cette illusion rend fous les gens du coin. Tu aimerais vivre dans une région où les montagnes n'arrêtent pas d'apparaître et de disparaître, toi ?

– C'est perpétuel ?

– Qu'est-ce qui est perpétuel ?

– L'illusion. On sait qu'on a atteint les montagnes quand on leur fonce dedans ?

Il était fort probable, réfléchit Sulfurique, qu'il assassine Blafardos en fin de compte. Ce type lui faisait penser à une hémorroïde. Il ne cessait jamais de parler, de se plaindre… Un vrai poids mort lors d'un tel périple. O.K., son argent avait été bien utile, mais une fois qu'ils auraient gagné les montagnes, Sulfurique avait prévu de payer les porteurs puis de continuer sans eux. Pas question qu'ils sachent où il allait cacher son trésor. Blafardos et lui le transporteraient et une fois que les protections seraient installées, il n'aurait plus besoin de Blafardos. Ou de son argent, gniark gniark gniark. Il serait tellement riche qu'une vie seule ne suffirait pas à l'épuiser. Il aurait aussi davantage de pouvoir. Quel plaisir de profiter de tout cela sans avoir Blafardos dans les pattes !

— Quoi ? demanda Blafardos.

— Quoi quoi ? tonitrua Sulfurique.

— Tu réfléchis et en général ce n'est pas bon signe.

— Moi, réfléchir ? s'exclama Sulfurique avec le sourire. Pas du tout. Plutôt mourir ! Je me disais juste à quel point tes questions étaient intelligentes. Sur les montagnes cachées. Intelligentes. Très. Ne t'inquiète pas, tu ne te cogneras pas le nez contre les rochers. Dieu merci ! Tu les verras bientôt. Une minute, elles ne sont pas là, la suivante, elles apparaissent. Comme un mi… (Sulfurique s'interrompit juste à temps.) Comme une illusion d'optique absolument naturelle, absolument compréhensible, provoquée par une disposition unique des couches d'air de ce merveilleux pays. Garde un œil sur le paysage, Jasper, parce que…

Il se tut. La bouche de Blafardos était grande ouverte, ses yeux roulaient dans leurs orbites. Sulfurique tourna la tête.

Derrière lui, les Montagnes de la Folie s'élevaient soudain dans toute leur splendeur.

47

Sulfurique allait tenter de l'assassiner, pensa Blafardos. Ce gars était le roi du bluff. Noctifer voulait que Sulfurique tue Blafardos. Sulfurique joue la sainte-nitouche et se montre ainsi à Blafardos pour lui prouver qu'il n'a pas l'intention de le tuer. Puis Sulfurique tue Blafardos. Une fois que cette fichue cage serait cachée, certainement.

Eh bien, ils pouvaient être deux à jouer à ce petit jeu. Une fois que cette fichue cage serait cachée, Blafardos avancerait son pion le premier. Dès que Sulfurique serait éliminé de la partie et l'emplacement de la cage gravé dans son crâne, Blafardos rentrerait chez lui et négocierait à sa convenance. Chacun de ses vœux serait exaucé ; il aurait davantage de richesses, de renommée, de pouvoir, de… Et par-dessus tout : il n'aurait plus Sulfurique dans les pattes.

Ce serait tellement facile de tuer Sulfurique ! Ce vieux singe ne s'y attendait pas et Blafardos était le seul à posséder une arme. L'heure n'était pas venue. Maintenant que les porteurs avaient été remerciés, il restait à mettre la cage en place et ce travail nécessitait d'être deux.

– On doit pousser ce truc jusqu'où ? s'enquit-il, hors d'haleine.

Il avait mal aux jambes, aux bras, aux épaules. Il dégoulinait de sueur et honnêtement, l'odeur qu'il dégageait était répugnante.

– Jusqu'où il faudra, rétorqua Sulfurique.

Il faisait partie de ces vieillards efflanqués qui ne semblaient jamais transpirer. Cela ne changeait rien à son odeur. Aujourd'hui encore, alors que le bon vieux temps des domestiques démoniaques était révolu, il dégageait une sale odeur de soufre.

– Et c'est encore loin, Silas ?

Avant d'être congédiés, les porteurs avaient hissé la caisse dans les contreforts. Après leur départ, Sulfurique s'était débarrassé de l'emballage et avait libéré les nantses pour alléger leur fardeau. De fait, la cage était beaucoup moins lourde, mais ils avaient bataillé pour la hisser jusqu'à l'entrée de la grotte et à présent, ils la transportaient dans un labyrinthe de tunnels qui s'enfonçaient au cœur de la montagne. De toute évidence, Sulfurique était déjà venu, car il avançait sans hésitation aucune.

– On y est presque, affirma Sulfurique sur le même ton qu'il avait utilisé en parlant de la proximité des montagnes. (Puis de façon assez surprenante, il fit un signe de tête en direction de la cage et ajouta :) Il se nourrit de lumière.

Blafardos regarda entre les barreaux.

– Sérieux ?

Sulfurique s'arrêta, s'appuya contre la cage et hocha la tête.

– Photosynthèse. Une vraie feuille ! Qui l'aurait cru ? En même temps, on l'imagine mal en train de couler un bronze, hein ? Nous devons donc le cacher dans les profondeurs de la montagne pour que personne ne le découvre. Mais attention, il a besoin d'une source de lumière, sinon il mourra de faim. Et une fois mort, il ne nous sera pas très utile, hein ? Seulement moi, j'ai découvert un endroit parfait. Allez ! Assez discuté, encore un petit effort, nous ne sommes plus très loin.

C'est plus qu'un petit effort qu'il fallut, mais ils finirent tout de même par arriver. Blafardos dut admettre que Sulfurique avait choisi un emplacement incroyable – une immense caverne au cœur de la montagne, gardée par un dédale infernal de tunnels. Des stalactites en cristal ornaient tous les murs et jouaient les chandeliers. Mais l'exploit de la nature se trouvait au niveau du plafond voûté.

Une fissure dans la roche laissait passer un rai de lumière qui éclairait la grotte tel un projecteur et se réfléchissait sur les dizaines de milliers de facettes en cristal.

– Il ne devrait pas avoir faim, remarqua Blafardos.

– Installons-le sous le rayon, suggéra Sulfurique. Comme ça, on sera sûrs.

Ensemble, ils transportèrent la cage au centre de la grotte, sous le rayon lumineux. Elle ressemblait à une pièce d'exposition ou à un accessoire de théâtre des plus élaborés. Blafardos fit un pas en arrière et effleura discrètement son arme. Il hésita. S'il tuait Sulfurique maintenant, il aurait des difficultés à trouver le chemin de la sortie. Il croyait savoir quels embranchements de tunnels prendre, mais à vrai dire il n'en était pas sûr. Il avait eu assez de peine à pousser la lourde cage, il ne fallait pas lui demander en plus de s'orienter. Mieux valait donc attendre qu'ils ressortent de la montagne. À moins que Sulfurique n'attente à sa vie, bien entendu, auquel cas il utiliserait son revolver et advienne que pourra.

– Voilà, se félicita Sulfurique. Quel beau spectacle, non ?

Il fit un pas en arrière et frotta ses mains couvertes de poussière.

– À présent, nous ferions bien d'installer le Gardien.

– Un Gardien ? répéta Blafardos, interloqué.

Jamais Sulfurique n'avait parlé d'un Gardien.

– Tu ne penses pas que nous allons laisser un pareil phénomène sans surveillance ? lança Sulfurique. Nous posterons un Gardien dans la caverne extérieure… Tu crois qu'il vaudrait mieux que les intrus errent sans fin dans les tunnels ? Nous voulons quelque chose qui maintienne les gens à l'extérieur et ceci… (Sulfurique pencha la tête du côté de la cage.) À l'intérieur.

– Une minute, Silas, l'interrompit Blafardos, les yeux exorbités. Tu as dit « Gardien » ?

– Oui, oui. Tu avais compris quoi ?

– Un Gardien magique ?

– Bien sûr, un Gardien magique ! s'écria Sulfurique, un grand sourire aux lèvres. Tu te doutais bien que je n'accomplirais pas un tel travail sans mes sortilèges, dis ?

– Mais on te démembre, dans ce pays, si tu importes des sortilèges ! gémit Blafardos.

Jamais il n'aurait imaginé que Sulfurique prendrait un tel risque. Ce vieux sac d'os était passé outre. Cela signifiait que lui, Jasper Blafardos, avait en sa possession un simple revolver pendant que son partenaire croulait sous les armes magiques.

— Seulement s'ils t'attrapent, répliqua Sulfurique. Bon, je vais encore avoir besoin de ton aide.

Sulfurique se dirigea vers la sortie tandis que, bouche bée, Blafardos ne bougeait pas d'un pouce. Enfin il se précipita à sa suite.

— Quelle sorte de Gardien comptes-tu installer ? bafouilla-t-il. Tu ne peux pas utiliser de démons depuis que Bleu est Reine de Hael. Un esprit captif finira par trouver le moyen de s'enfuir. Je ne crois pas qu'un tulpa retiendra ce que nous avons ici. Je n'imagine pas...

Sulfurique s'arrêta pour le regarder droit dans les yeux.

— Je pensais à un Jormungand.

— Mes aïeux ! couina Blafardos. Non, pas le Jormungand !

48

Comparée à la grotte cristalline au puits de soleil, la caverne extérieure était lugubre, bien qu'un peu éclairée. De l'eau s'infiltrait également – rare privilège dans ce pays desséché –, présentant des parois froides et suintantes. En résumé, le repaire idéal pour le Jormungand.

Blafardos geignait de plus belle. *Es-tu sûr de vouloir continuer, Silas ? Réalises-tu à quel point cette entreprise est dangereuse, Silas ? Ne peut-on pas trouver une solution moins aventureuse, Silas ?* Aventureuse ? Ce type ne reconnaîtrait pas une aventure même si elle lui tapait dans le dos. Cela ne pouvait plus durer, depuis bien longtemps Blafardos n'était plus utile. Franchement, sa mère aurait dû s'en débarrasser à la naissance. Enfin si... il pouvait se rendre utile. L'évocation du Jormungand nécessitait un petit sacrifice.

Sulfurique lui décocha son sourire le plus rassurant.

– Il n'y a pas plus simple comme opération, Jasper, susurra-t-il. Mais si cela te fait plaisir, tu peux disparaître avant que le Jormungand n'investisse les lieux.

Disparaître ! La bonne blague. Ça, pour disparaître, il allait disparaître !

– J'ai simplement besoin de ton aide pour commencer les préparatifs.

Il força le sourire avant d'abandonner. Trop d'exagération, et Blafardos aurait des soupçons. À juste titre, bien entendu.

– Mon aide ? demanda Blafardos sur un ton soupçonneux.

– Oh ! Juste pour installer deux, trois bricoles. Je me charge du principal.

Blafardos s'humecta les lèvres.

– Je croyais que le Jormungand arrivait de Hael… Cela ne reviendrait pas au même d'utiliser des démons ? La nouvelle position de la Reine Bleu ne…

Il reprit son souffle mais ne poursuivit pas sa phrase. Il jeta un regard implorant à Sulfurique.

Cela valait la peine de se montrer patient. Un peu de sang-froid rassurerait cet imbécile, le rendrait plus accommodant le moment voulu.

– Il ne vient pas exactement de Hael, Jasper. Mais sache que de nombreuses personnes fort intelligentes ont fait la même erreur. En vérité, le Jormungand traverse Hael. Il vient de Midgard qui est un autre niveau de réalité.

Les enfers de Midgard, pour être précis, mais Silas ne vit aucune raison d'inquiéter ce pauvre idiot avec cette information.

– Donc, tu vois, la Reine Bleu n'a aucune compétence en la matière !

– Ses démons n'interféreront pas ?

– Pour quelle raison ? Ce ne sont pas leurs oignons et la créature traversera le monde à toute vitesse.

C'était à moitié vrai. Comme le Jormungand symbolisait l'eau et Hael le feu, les démons affranchis de Bleu ressentiraient des perturbations considérables quand le serpent passerait. Mais ils n'avaient aucun recours, à moins d'adresser par voie diplomatique des protestations qui finiraient par retourner à Midgard. En attendant, Blafardos serait rassuré. Sulfurique hasarda un nouveau sourire innocent.

Blafardos, en fait, n'était pas du tout rassuré.

– Son arrivée ne va-t-elle pas perturber le Royaume ?

– Celui de Hael ou celui des Fées ? s'enquit Sulfurique.

– Le Royaume des Fées. Qui se préoccupe de Hael ? (Blafardos tira sur la manche de Sulfurique.) Écoute, Silas ! Cette histoire devient bien trop dangereuse, même pour protéger quelque chose comme...

Blafardos fit un signe de tête en direction de la caverne en cristal.

– J'ai lu quelque part que plus personne n'évoquait le Jormungand à cause des troubles qu'il engendrait.

Comme ce serait agréable de le tuer maintenant et de mettre un terme à ces bavardages stériles ! Mais ce ne serait pas alors un sacrifice utile. Sulfurique fit un effort monumental.

– Seulement à un niveau local. En général, il s'ensuit un tremblement de terre ou deux, un assè-

chement de rivière, un ouragan par-ci, par-là…
Dans un pays paumé comme celui-là, personne ne
le remarquera ! Personne ne s'en préoccupera !

– Nous pourrons partir ? Avant les séismes et les
ouragans ?

– Bien sûr, puisque les effets ne sont pas immé-
diats ! s'exclama Sulfurique. Le contrecoup a lieu
plusieurs jours plus tard – une histoire de distorsion
du tissu de la réalité, je crois. Avant que quelque
chose de désagréable ne survienne, tu ne seras plus
qu'un souvenir lointain, Jasper.

À son grand soulagement, Blafardos sembla rassuré.

– Très bien, Silas. Que souhaites-tu que je fasse ?

Les préparatifs prirent trois quarts d'heure. Au
final, la lugubre caverne comportait un autel temporaire pourvu de cônes de sortilège éteints aux
quatre coins, un cercle de bougies sur pied émettant
une lumière noire et une série de glyphes tortueux
peints à main levée sur le sol par Sulfurique.

– C'est tout ? demanda Blafardos. Tu n'as besoin
de rien d'autre pour évoquer le Jormungand ?

– En fait, je convoque Bartzabel, le gardien du
Jormungand. Si on ne le met pas en colère, il fera
venir le Jormungand. Attention, ce n'est pas aussi
facile qu'il y paraît. Cette opération requiert beaucoup de concentration.

Et de sang, se dit Sulfurique, *mais inutile de contrarier le sacrifié.*

– Bon, Jasper, je veux que tu te tiennes là, au
nord, et surtout ne bouge pas avant mon signal.
C'est très important. Si tu te balades de-ci, de-là, tu

pourrais perturber les énergies et les conséquences risquent d'être très fâcheuses.

— O.K., lui lança Blafardos avant de s'approcher du mur nord de la caverne. Là, ça va ?

— Parfait. Maintenant, plus un geste et tais-toi pendant que je prononce l'oraison.

Sulfurique parla une langue que Blafardos ne comprenait pas, mais au plus fort de la prière, les paroles devinrent intelligibles.

— Toi, Antre de la Paresse où j'installerai le Trône de la Justice, psalmodia Sulfurique. Toi, corps froid que je transformerai en flamme vivante. Toi, bœuf mollasson que je changerai en Taureau de la Terre ! Bartzabel ! Bartzabel ! Bartzabel !

Comme d'habitude, le nom fit tout. L'air miroita devant l'autel tandis qu'une forme petite et compacte commençait à se manifester. Blafardos se pencha en avant pour mieux voir. Il avait déjà assisté à plusieurs invocations de démons par Sulfurique, dans le bon vieux temps, mais là c'était une tout autre affaire.

— Je te libère de tes chaînes, tonitrua Sulfurique. Avance et manifeste-toi ! Viens maintenant, sous une forme raisonnable et plaisante ! Quitte ton palais d'étoiles séraphiques ! Viens ! Deviens mon esclave, ô toi, esprit de Bartzabel.

Blafardos ignorait à quoi s'attendre – un être effrayant doté de cornes, sans aucun doute – quand apparut un poulet. Sous ses yeux écarquillés, le volatile se matérialisa à quelques mètres du sol, tomba par terre et, la tête haute, se rendit auprès de Sulfurique.

— Côt ! gloussa le poulet agressif.

49

Autrefois, Sulfurique lui aurait tordu le cou.

– Sous une forme raisonnable et plaisante ! aboya-t-il en se servant de la formule qu'il avait apprise à l'école de démonologie. De préférence sous ta véritable apparence.

Aussitôt, le poulet se transforma en clown bariolé qui finit de s'approcher en quelques roues. Grimaçant, il chuchota à l'oreille de Sulfurique.

– Tu es certain de vouloir continuer, Silas ?

Sulfurique fit un bond en arrière.

– Tu n'es pas Bartzabel !

– C'est Bartzabel ? demanda Blafardos depuis son poste au nord.

– Je ne suis pas Bartzabel ! rugit le clown satisfait.

Il accomplit une série ébouriffante de roues qui s'achevèrent sur l'autel de fortune où il s'accroupit. Il écarta les bras à la manière d'un artiste réclamant des applaudissements.

– Ta-tan !

– Ne bouge surtout pas ! cria Sulfurique à Blafardos.

Il avait l'affreux pressentiment de connaître ce bouffon. S'il n'y avait pas méprise sur le personnage, les ennuis ne faisaient que commencer.

— Oui, ne bouge pas ! répéta le clown qui remua la main gauche, si bien que Blafardos demeura paralysé.

— Je suis coincé, gémit Blafardos qui avait de la peine à respirer.

Le clown sauta en bas de l'autel, courut tel un danseur de ballet jusqu'à Sulfurique et lui caressa tendrement le visage avec les deux mains.

— Oooh ! Merci mille fois de m'avoir libéré !

L'air renfrogné, Sulfurique constatait que ses soupçons étaient fondés.

— Et par quel…

— J'ai trafiqué le rituel de Bartzabel ! La bonne blague ! s'exclama le clown qui colla son nez à un centimètre de celui de Sulfurique. Quel bon tour je t'ai joué !

— Qui… est… cet… imbécile ? s'enquit Blafardos qui avait du mal à articuler.

Quelle bravoure, pensa Sulfurique vu les circonstances.

— Voici Loki, le Tricheur, le présenta Sulfurique, les yeux rivés dans ceux du clown, comme s'il menaçait de le contredire.

La créature recula en souriant.

— Tu me connais ! Je suis flatté, moi qui ai toujours voulu être célèbre.

— Que… fait… il… ici ?

Blafardos, à nouveau. Ce type semblait déterminé à se mêler de tout ce qui ne le regardait pas.

— Loki est le père du Jormungand.

La nouvelle dut sérieusement choquer Blafardos au point qu'il passa outre à sa paralysie du torse et parvint à s'exprimer avec clarté :

– Le quoi ?

– Sa mère était très grosse, lança Loki par-dessus son épaule. Et bizarre.

À l'évidence, son attention était accaparée ailleurs, car il se mit à marcher lentement autour de Sulfurique. Son sourire éclatant s'estompa soudain quand il se pencha à son oreille :

– Je te pose une nouvelle fois la question, Silas. Es-tu certain de vouloir continuer ? Veux-tu vraiment appeler mon fils ?

– Oui, marmonna Sulfurique.

– Une minute, l'interrompit Blafardos. Il a raison. Es-tu vraiment, vraiment, vraiment sûr de…

– La ferme, Jasper. J'ai été menacé par des trucs plus effroyables que ça.

– Oui, ce n'est pas la première fois, s'exclama Loki, ravi. Et ce ne sera pas la dernière ! Mais dis-moi, qu'est-ce qui te fait croire que je te menace ? Je souhaite simplement savoir si ta décision est prise… et si tu en connais le prix ?

– Je connais le prix, grogna Sulfurique.

Il batailla pour cesser de jeter des coups d'œil à Blafardos.

– Quel est le prix ? demanda ce dernier, inquiet.

Heureusement, Loki l'ignora. Et comble de chance, il baissa la voix lorsqu'il murmura avec malice à l'oreille de Sulfurique :

– Le prix du sang, Silas – maintenant ou plus tard.

– Je connais le prix, répéta Silas, impassible.

Le visage bienveillant, Loki fit un pas en arrière.

– Je vais donc le chercher ! Mon cher, mon adorable Jormungand. Je pense qu'il est avec Angerboda. Elle le gâte trop, comme toutes les mères, non ? Tu es absolument, absolument sûr de toi, Silas ?

Tout sourires, Loki esquissa un pas en arrière.

– Oui !

– Je vérifiais, voilà, déclara Loki avant de disparaître.

Soudain, la caverne parut vide et très silencieuse.

– Que s'est-il passé ? s'enquit Blafardos au bout d'un moment.

– Rien.

– Silas… ?

– Quoi encore ?

– Je ne peux toujours pas bouger.

Tant mieux, pensa Sulfurique. Le sacrifice n'en sera que plus facile. Bon vieux Loki.

– Dans une minute, il n'y paraîtra plus rien.

Sulfurique se demanda que faire à présent. Appeler directement le Jormungand ? Préparer les promesses folles dont on abreuve pareilles créatures en général ? Ou…

L'atmosphère humide de la caverne se distordait.

– Qu'est-ce que c'est ? s'écria aussitôt Blafardos.

Dès qu'il perçut un étrange miroitement au-dessus de l'autel, Sulfurique esquissa un pas en arrière. Le Jormungand était énorme. Il manquait de discernement. Inutile d'être trop près quand il se matérialiserait.

Le miroitement prit forme. Tout à coup, l'odeur de la mer emplit l'air, un mélange âcre de poisson, de sel et d'algues en décomposition. Depuis la cage, dans la grotte intérieure, une complainte surnaturelle s'éleva. Plus près, un craquettement étrange retentit au-dessus de leurs têtes.

– Je n'aime pas ça, bafouilla Blafardos.

Le Jormungand prenait forme, anneau après anneau. Le serpent était plus immense que toutes les créatures qu'il avait fait venir de Hael. Ce serait le gardien parfait de son trésor. Mieux valait lui montrer qui était le patron à la première occasion.

– Bon, tu te dépêches ! ordonna Sulfurique.

Le serpent prit vie dans un grand « pop ». Il heurta l'autel qu'il détruisit. L'énorme tête aux dents de dragon pivota. Les yeux luisants, il cherchait son offrande.

– Par là, s'écria Sulfurique tout excité en désignant Blafardos.

Mais ce dernier n'était plus à son poste. La peur avait eu raison de sa paralysie et il se précipitait vers les tunnels aussi vite que ses jambes potelées le lui permettaient. Le serpent se rua sur lui mais le rata. Ses dents se refermèrent dans le vide. « Snap ». Blafardos plongea dans le tunnel, sachant que la bête était bien trop grosse pour le suivre. Le Jormungand fit volte-face, soudain intéressé par Sulfurique.

– Pas question ! C'est moi qui t'ai appelé. Tiens, que dirais-tu de la prochaine personne qui entre dans cette grotte ? Mort lente, mort rapide, à toi de choisir. Qu'est-ce que tu en penses ?

– Aaaaaarrrrrrr ! rugit le Serpent de Midgard.

50

L'Archonte de Hass-Verbim, un vieil ami de son père, avait insisté pour organiser un banquet. Il rayonnait tandis qu'une horde de domestiques courtauds en livrée apportaient une farandole de plats exotiques. Bleu luttait pour masquer son impatience. Elle mourait d'envie de passer son chemin, de traverser Buthner, de trouver Henry et de le ramener sain et sauf au Royaume. Mais il fallait respecter le protocole et surtout découvrir une réponse à la question cruciale : où commencer les recherches ?

Pyrgus s'impatientait également. Il semblait perdu dans ses pensées, comme souvent, ne prenait guère part à la conversation et n'avait presque pas touché à son assiette. Mme Cardui s'en sortait mieux. Assise à la gauche de l'Archonte, elle accaparait son attention, au grand soulagement de Bleu.

– Quel endroit effroyable ! répondait l'Archonte à sa question sur Buthner. Je n'imagine pas que vous puissiez vous rendre là-bas. Il n'y a absolument rien. C'est le désert. Les températures sont infernales. On voit bien quelques bidonvilles aux frontières, sans qu'il existe de gouvernement central, juste des chefs militaires qui contrôlent leur propre région et se battent entre eux. Et les gens... ma pauvre, les gens...

— Eux aussi sont effroyables ? compléta Mme Cardui qui souriait à moitié.

L'Archonte s'adossa à sa chaise.

— Non, je n'irai pas jusque-là. Ils tentent simplement de survivre. Vous trouverez des porteurs à tous les postes-frontières. Ils chaparderont ce qu'ils pourront dans vos malles, mais la plupart n'attenteront pas à votre vie. Je vous conseille d'éviter les bidonvilles, à moins d'être accompagnés d'un garde armé. Et de poids. Seriez-vous...

Diplomate, il ne finit pas sa phrase.

— Sans escorte, confirma Mme Cardui. Ni gardes ni domestiques. Nous voyageons, si je puis dire, incognito.

— Étonnant... s'exclama l'Archonte qui jeta un œil à Bleu avant de poursuivre. Vous devez avoir vos raisons. Mais si vous avez l'intention de visiter les différents cantons, j'insiste pour vous fournir une escorte.

— Permettez-nous de refuser, intervint Mme Cardui. Sinon, que pouvez-vous m'apprendre sur le désert ?

Aussitôt, Bleu tendit l'oreille. Jusqu'à présent, Mme Cynthia prétendait ignorer où se trouvait Henry. Elle faisait confiance à Pyrgus pour lui taire la vérité – son frère était le pire menteur au monde – mais la vie de Mme Cardui était consacrée aux secrets. Elle cachait les choses presque par instinct. Il y avait probablement une raison pour qu'elle s'intéressât au désert de Buthner.

— Pas grand-chose, répondit l'Archonte. Il occupe les sept huitièmes du pays. Plusieurs millions de kilomètres carrés de… de rien du tout. Du sable à perte de vue. Quelques points d'eau – pas de quoi les appeler des oasis. Un vieux monastère. Des scorpions. Une poignée de… non-morts – des êtres castrés. Les nomades les appellent des vaettirs.

– Il y a donc des nomades ? s'enquit Mme Cardui.

– Apparemment. Dieu seul sait comment ils parviennent à survivre. Ils sont des plus primitifs, à ce que j'ai entendu dire. Toutes sortes d'histoires courent sur eux. Cannibales. Coupeurs de têtes. Buveurs de sang. On ne sait trop que croire. Leur régime alimentaire leur donne la peau et les cheveux bleus. Toutes les informations que j'ai recueillies indiquent que les tribus nomades sont bien plus dangereuses que les habitants des bidonvilles. Comme ils évitent les gens normaux autant que possible, il y a très peu de chances que vous les croisiez, même dans le désert. Vous n'avez pas l'intention de vous rendre dans le désert ? Rassurez-moi.

– Fort peu probable, en effet, répliqua Mme Cardui.

– Laissez-moi vous raconter une histoire réellement passionnante au sujet de Buthner. À une époque, il y a très longtemps, pendant la préhistoire, dirons-nous… à une époque, donc, Buthner hébergeait la civilisation sans doute la plus avancée de la planète. Nous possédons un organisme archéologique ici, l'Institut Verbim… (Il sourit.) J'en suis président honoraire et je contribue à son financement. L'Institut est à l'origine de plusieurs fouilles dans les zones les moins dangereuses de Buthner et les découvertes sont extraordinaires. Il semblerait que Buthner et une partie de Hass-Verbim bien entendu – il ne s'agissait pas de deux pays séparés en ce temps-là – se trouvaient au cœur d'un immense empire. (Il tourna la tête.) Un peu comme votre Empire contemporain, Bleu.

– Vraiment ? répondit poliment Bleu.

À l'évidence, le sujet passionnait l'Archonte car il se pencha vers elle.

– Oui, oui ! s'enthousiasma-t-il. Leur technologie était très avancée, d'après nos fouilles. Une technologie magique. Je sais que certains érudits refusent cette idée, mais je crois sincèrement qu'ils étaient plus avancés que nous ne le sommes aujourd'hui.

– Je croyais que l'usage de la magie était banni à Buthner ? intervint Mme Cardui. Ou est-ce la décision d'un seul chef militaire ?

– Non, non, vous avez raison, Cynthia. On se méfie beaucoup de la magie à Buthner – bien plus là-bas que dans mon pays. Dans certaines régions, vous risquez une exécution immédiate si on vous trouve en possession ne serait-ce que d'un cône de sortilège. Attendez… Vous n'avez pas l'intention de passer la frontière avec des substances magiques ?

– Non, rétorqua Mme Cardui sans hésiter une seule seconde.

L'Archonte parut soulagé.

– Ah bon, souffla-t-il. Nous n'aimerions pas un incident diplomatique.

– Ou une exécution, murmura Bleu.

Apparemment, l'Archonte ne l'entendit pas car il reprit aussitôt son monologue.

– J'ai une théorie, une théorie personnelle, bien qu'elle soit étayée par des preuves archéologiques. Ma théorie est la suivante : la magie a provoqué la chute du vieil Empire Buthneri et le dégoût actuel pour la magie vient d'un souvenir enfoui, datant de cette époque.

– Vraiment ? s'exclama Mme Cardui qui injecta bien plus d'intérêt dans son interjection que Bleu ne l'avait fait.

– Ça va, Pyrgus ? s'enquit Bleu d'une voix douce.

– Vraiment, insista l'Archonte. Vous voyez, vous n'avez aucune raison de vous rendre dans le désert. Aucune raison géologique. Le désert correspond aux ruines actuelles, aux villes principales d'autrefois, et alors ce n'était pas un désert. Il n'y a pas eu de changement important du climat, sinon Hass-Verbim serait un désert lui-même. Dites-moi comment une communauté aussi florissante, prospère et urbanisée s'est soudain transformée en désert ? Le changement a été brusque, vous savez. Nos fouilles le prouvent. Voilà ce que je...

– Pyrgus ? s'écria tout à coup Bleu, affolée.

– ... pense : une opération magique puissante qui dépassait l'entendement, peut-être plus puissante que les nôtres aujourd'hui, a mal tourné. Sans doute s'agissait-il d'une opération militaire ou quelque chose de nature à...

– Un problème, Bleu très chèèère ?

Horrifiée, Bleu regardait son frère qui était assis en face d'elle à table. Sa tête était bizarrement penchée si bien que les muscles de son cou saillaient. Ses yeux avaient roulé dans leurs orbites, ne laissant voir que du blanc, et il tremblait comme une feuille prise dans la tempête.

Mme Cardui se leva si vite que sa chaise tomba à la renverse.

– Un autre accès de fièvre ! s'exclama-t-elle.

51

– **E**n quarantaine ! fulmina Bleu. Il n'a pas le droit !

– Et comment ? répliqua Mme Cardui. Tu aurais pris la même décision à sa place. Nous avons de la chance qu'il ne nous inclue pas dans le lot !

– Qu'il ose un peu !

– Je l'aurais fait à sa place. La fièvre temporelle n'est pas une maladie à prendre à la légère.

– Mais elle ne semble pas contagieuse. Une quarantaine n'a aucun sens.

Mme Cardui haussa les épaules.

– Il ne le sait pas. Nous non plus, si tu réfléchis bien.

Assises dans une antichambre de l'hôpital qu'abritait une aile du Palais de l'Archonte, les deux femmes regardaient par la fenêtre le lit de Pyrgus, enfermé au fond d'un caisson d'exclusion, verrouillé dans son coma fiévreux.

– Et maintenant ? s'enquit Bleu. Nous ne pouvons plus suivre notre plan.

Bleu était moins concentrée qu'il n'y paraissait. Une partie d'elle désespérait de continuer, de partir à la rescousse de Henry quand l'autre moitié, tout aussi forte, voulait prendre soin de Pyrgus. Alors qu'elle l'observait derrière sa bulle transparente, elle ressentait une peur irrationnelle – son frère allait mourir comme M. Fogarty. Il vieillissait à vue d'œil, à moins que ce ne fût un effet de son imagination troublée.

– J'ai peur que notre plan ne soit déjà tombé à l'eau, trèèès chère... Dès que Pyrgus a rechuté. Avec ou sans quarantaine, il n'est pas capable de voyager. Nos plans sont obsolètes, Bleu. L'avenir que nous vivons actuellement a trop dévié de ceux qu'Alan a vus.

Bleu la fixa avec de gros yeux ronds.

– Êtes-vous en train de me dire que nous ne pouvons plus sauver Henry ? Interrompre la fièvre ? ajouta-t-elle rapidement.

– Quelle idée ! En fait, la situation s'est envenimée et nous avons besoin de revoir notre approche.

– De quelle manière ?

– Si seulement je le savais, trèèès chère, soupira Mme Cardui. Voilà, Alan a vu un avenir dans lequel Pyrgus et moi nous rendions à Buthner et sauvions Henry. Le plan a été modifié quand tu nous as rejoints, trèèès chère, mais il continuait à être viable. À l'évidence, Pyrgus ne peut plus se rendre à Buthner, et si tu veux mon avis, il faudrait le transférer dans le Monde analogue aussi vite que possible, sinon nous aurons une réelle urgence à traiter. Ici, à Hass-Verbim, ils n'ont pas la technologie adéquate – tu sais à quel point ils se méfient des sortilèges. D'ailleurs, nous avons de la chance qu'ils aient une magie médicale telle que des caissons d'exclusion. Il faut donc que nous le ramenions au Royaume sans plus tarder.

— L'Archonte nous autorisera-t-il à partir ? s'inquiéta Bleu.

— L'Archonte sera bien trop content que nous déguerpissions. La fièvre n'a pas encore atteint Hass-Verbim ; le plus vite il se débarrassera de nous, le mieux ce sera. Nous transporterons Pyrgus dans son caisson. Tu verras, l'Archonte se mettra en quatre pour nous aider.

— Cela signifie que nous devons abandonner Henry, murmura Bleu, les yeux rivés sur son frère dans sa bulle.

— Peut-être pas.

Bleu leva les yeux vers sa vieille amie.

— D'accord, nous ne pouvons plus suivre notre plan originel, mais qui nous dit que Henry n'est plus à Buthner ? Je propose que l'une de nous deux retourne au Royaume avec Pyrgus et que l'autre poursuive seule.

— Je vais à Buthner, décida Bleu.

À sa grande surprise, Mme Cardui n'émit aucune objection.

— Cette décision s'impose. Je suis bien trop âgée pour déambuler dans le désert quand je peux transférer Pyrgus dans le Monde analogue sans aucun problème. Continue, mais continue seule, même si je redoute de t'exposer à de tels risques. Je t'explique : si des gardes t'accompagnent, ils t'empêcheront d'entrer en contact avec les autochtones et je ne peux pas croire que tu retrouveras Henry sans une coopération locale. Et beaucoup, beaucoup de chance, ajouta-t-elle avec un sourire désolé. Bien entendu, tu voyageras déguisée – une jolie jeune fille ne peut que s'attirer des ennuis. Je pense que cette précaution ne te déplaira pas...

Malgré ses inquiétudes, Bleu sourit. Avant qu'elle ne devienne Reine, Bleu était réputée pour se travestir en garçon et visiter des endroits où elle n'aurait pas dû pénétrer.

– En effet ! Madame Cynthia, ajouta Bleu dont le sourire s'évanouit, savez-vous où commencent mes recherches ?

– Dans le désert, ma chééérie. C'est le dernier élément de la vision d'Alan qui doit être encore valide. Comme notre ami l'Archonte nous l'a indiqué, le désert couvre quatre-vingt pour cent de Buthner, mais j'ai peur que ce ne soit là notre seule chance. Tu restes notre dernier espoir, notre seul espoir. À toi maintenant d'entrer en contact avec les nomades du désert et de les persuader de nous aider.

– Vous voulez parler des nomades cannibales, coupeurs de têtes et buveurs de sang ? demanda Bleu sur un ton badin.

– Ces allégations sont peut-être exagérées, tu ne crois pas, trèèès chère ?

52

– **C**'est la tombe ? demanda Lorquin.

Comme le soleil effleurait l'horizon, l'ombre portée de la ruine sur le sable paraissait longue et tordue. Il s'agissait bel et bien de la tombe. Comment Lorquin l'avait retrouvée en se fiant à la vague description de Henry demeurait un mystère proche du miracle.

– Oui, répondit Henry, les dents serrées.

Il avait franchement peur. À présent, il pouvait marcher, même si sa jambe lui faisait encore très mal. Son bras, lui, semblait guéri. La seule pensée d'affronter le vaettir l'emplissait de terreur. Cependant, au fond de lui, il savait que sa peur avait une autre origine. Sans Lorquin, il ne pouvait pas survivre dans le désert. Non seulement ce garçon l'avait secouru et avait sauvé sa jambe, mais il leur trouvait de la nourriture au milieu de nulle part. C'était lui qui rapportait de l'eau, lui qui savait s'orienter alors que Henry ne voyait aucun point de repère d'aucune sorte. Si Lorquin disparaissait maintenant, Henry survivrait un jour, deux avec un peu de chance, et ensuite l'attendrait une mort on ne peut plus douloureuse. Tandis que Lorquin n'avait en apparence aucune intention de l'abandonner, Henry s'angoissait de dépendre autant de cet enfant.

— Et maintenant ? bafouilla Henry.

— Nous attendons.

— Nous attendons quoi ? s'enquit Henry au bout d'un moment.

— Que le soleil se couche. Le vaettir sort quand il fait nuit.

Henry s'en était douté quand il s'était échappé de la ruine, après leur première rencontre. Le vaettir était une créature nocturne.

— Et à ce moment-là ?

— Nous le suivons, déclara Lorquin. Avec un peu de chance, il nous conduira au draugr.

Le cauchemar continuait ! Terrifié par le souvenir du vaettir, Henry refusait d'imaginer à quoi ressemblait le draugr.

— Écoute, Lorquin… bredouilla Henry. Au sujet du draugr…

— Nous devons nous allonger, En Ri, décréta soudain Lorquin, et nous enfouir dans le sable.

— Hein ? Pourquoi ?

— Le vaettir ne sentira pas notre présence quand il quittera la tombe. Il émergera dans la pénombre, tous les sens en alerte. S'il nous repère dans les parages, il attaquera, nous devrons le tuer et il ne nous conduira pas au draugr, tu comprends ?

— Lorquin, que se passe-t-il s'il nous tue ?

— Eh bien, il ne nous conduira pas au draugr non plus.

Il s'agissait d'une autre planète ! Lorquin ne pensait pas ce qu'il disait. Parfois, Henry avait de la peine à s'ajuster au Royaume des Fées, mais s'ajuster à un garçon bleu qui survivait il ne savait comment dans le désert, c'était tout simplement impossible. Déjà couché sur le ventre, Lorquin battait des bras et se recouvrait peu à peu de sable. Au bout de quelques instants, seule sa tête avec ses deux yeux ronds était visible. Henry fut obligé de l'imiter. Allongés là, l'un à côté de l'autre, ils se concentrèrent sur la silhouette croissante de la tombe.

— Écoute, Lorquin, insista Henry, toujours préoccupé. Je ne vois pas en quoi je te serai utile si... quand... quand nous trouverons ton draugr. C'est vrai, d'où je viens, on n'a pas l'habitude de se battre contre des... créatures ou d'effectuer de pareils rites de passage...

— Comment es-tu devenu un homme, En Ri ? Quand des poils ont poussé sur ton corps et que les jeux de l'enfance ont cessé de t'intéresser ?

— J'ai écouté de la musique pop.

N'oublie pas les filles, ajouta son esprit taquin.

Sa réponse semblait stupide au regard de la mise à mort d'un lion ou d'un draugr. Il réfléchit, les yeux rivés sur le soleil couchant.

— Tout ça pour te dire, ajouta Henry en vitesse, que je n'ai aucune expérience en draugrs et en trucs de ce genre. Lorquin, je ne suis pas le Compagnon qu'il te faut. Je t'en prie : oublie... oublie toute cette histoire et retourne auprès des tiens. Tu sais quoi ? J'apprécierais beaucoup, mais vraiment beaucoup que quelqu'un me montre comment sortir de ce désert.

Comme ça, je pourrais rentrer chez moi. Toutefois, Henry n'était plus sûr de savoir ce qu'il entendait par « chez moi » ni par quelle route s'y rendre une fois quitté le désert.

— Comment deviendrai-je un homme, En Ri ? demanda Lorquin dont les yeux écarquillés dépassant du sable lui faisaient penser à un crocodile abasourdi.

— N'existe-t-il pas un autre moyen ? marmonna Henry sur un ton désespéré.

Il cherchait dans sa mémoire ce qu'il avait pu lire sur les communautés primitives, quelque épreuve tranquille qui n'impliquât pas un bain de sang. Une quête de la vision ? Un... Un...

— Lorquin ? C'est quoi un draugr, exactement ?

Mais les yeux écarquillés de Lorquin ne regardaient plus dans sa direction.

— Silence, En Ri... chuchota-t-il.

Henry suivit son regard et découvrit que la créature pâle baptisée vaettir par Lorquin était sortie de sa tombe.

53

Lorquin ne se déplaçait pas particulièrement vite, c'était juste qu'il ne ralentissait jamais. Avec sa jambe abîmée et sa réticence à l'accompagner, Henry avait des difficultés à aller à son rythme. Il ne tenait en aucune façon à suivre le vaettir, à découvrir quelle allure avait un draugr, mais s'il perdait de vue le petit garçon bleu, ne serait-ce qu'une seconde, ses chances de survie étaient ramenées à zéro. Quel aveu mortifiant !

Le vaettir était un peu plus petit que dans son souvenir, mais tout aussi effrayant. Il circulait avec une grâce délicate et, à l'instar de Lorquin, il ne modérait jamais son allure. À première vue, il s'enfonçait dans le désert. Comme l'avait prévu Lorquin, il avait usé de prudence en sortant de la tombe, mais à présent il avançait sans se retourner. Bien qu'ils soient sous le vent, Lorquin conservait une distance respectable entre eux et lui, ce qui convenait très bien à Henry.

Le soleil se coucha et dans le ciel rosé, les premières étoiles apparurent. Bientôt, ils voyagèrent dans l'obscurité la plus totale sans que Lorquin ne ralentisse. Il semblait doué d'une meilleure vision nocturne que Henry et celui-ci bataillait pour suivre. Devant eux, le vaettir blanc ressemblait à une tache ambulante qui ne disparaissait jamais complètement.

D'après les estimations de Henry, ils couraient ainsi depuis une heure quand il remarqua une lueur à l'horizon. Quinze minutes plus tard, elle se transforma en flamme au cœur d'un campement. Lorquin freina et prit Henry par le bras.

– Le vaettir a accompli sa mission, chuchota-t-il. Maintenant, nous devons nous montrer très prudents.

– Parce que nous ne l'étions pas ?

Henry avait l'affreux pressentiment que le pire restait à venir.

– À présent, on se sépare, En Ri.

– Non, je ne pense pas que ce soit une bonne idée.

Lorquin ignora sa remarque.

– Tu pars par là. Tu les contournes pour t'approcher de leur lieu de rencontre par le nord.

– Leur lieu de rencontre ?

– Tu te caches bien ou ils essaieront de manger ta chair...

– Ils ?

Soudain, Henry se dit que Lorquin ne parlait pas simplement du vaettir qu'ils suivaient et du mystérieux draugr.

– Tu dois attendre que je sois prêt, En Ri, mon Compagnon. Écoute la lunibelle. Ce sera mon signal.

Il émit un roucoulement qui venait du fond de sa gorge et flotta un long moment dans la nuit étoilée.

– Quel signal ? demanda Henry de plus en plus inquiet.

Il vivait un cauchemar éveillé.

– À mon signal, poursuivit Lorquin avec calme, tu te montreras…

Henry partit dans ses pensées. Se montrer à Dieu sait quelles bestioles réunies autour du feu de camp ? L'horreur dépassait son entendement. Pourquoi se montrerait-il ? Pourquoi s'approcherait-il du campement, d'abord ?

– … Tu agites les bras, tu cries s'il le faut pour attirer leur attention, même s'ils vont certainement avoir repéré ta présence, puisque tu seras du côté du vent en plein nord.

Henry ferma les yeux.

– Pourquoi, articula-t-il, pourquoi voudrais-je attirer leur attention ?

Il avait la bouche tellement sèche qu'il parlait avec difficulté, ce que la chaleur du désert n'expliquait en rien.

– Pour qu'ils se lancent tous à ta poursuite, s'enthousiasma Lorquin.

– Qui ça, tous ?

– Les vaettirs, En Ri, répondit Lorquin avec patience.

Les vaettirs au pluriel, remarqua Henry. Pourquoi n'était-ce pas une surprise ?

– Pourquoi voudrais-je que les vaettirs me chassent ?

– Pour que je puisse tuer le draugr, expliqua Lorquin guilleret. Ils gardent le draugr, mais s'ils s'élancent après toi…

– Et s'ils m'attrapent ? protesta Henry dont le cœur bondissait dans la poitrine.

Lorquin secoua la tête.

241

— Ils n'attrapent jamais le Compagnon dans nos chants.

Il attendit la réaction de Henry.

Voilà, pensa Henry. Son avenir s'étendait devant lui. Par tous les saints de la création, qu'est-ce qui l'avait entraîné dans cette aventure ? Il devrait être chez lui à cette heure-ci, en train de réviser ses examens, et non dans le désert avec un petit cinglé à la peau bleue qui lui demandait d'appâter un paquet de créatures vraiment effrayantes, afin qu'il puisse tuer une autre créature effrayante dont Henry n'avait jamais entendu parler.

C'était de la folie, mais au plus profond de lui, Henry savait qu'il allait agir selon le bon vouloir de Lorquin. Aucun jour de sa vie il n'avait eu aussi peur, mais oui, il servirait de leurre. Non par héroïsme, non par bravoure, simplement parce qu'il ne voyait rien qui l'en empêchait.

— En Ri ?

— Oui, Lorquin ?

— Ce sera très dangereux quand ils te sentiront. Contourne-les par vent arrière autant que possible. Quand tu entendras mon signal, dirige-toi vers le nord, contre le vent. Assure-toi qu'ils t'aient vu et cours très vite. Mais ça, tu le sais déjà.

— Oui, répondit Henry.

Courir vite, il avait bien enregistré le message.

— En Ri ?

— Oui, Lorquin ?

— Merci, mon Compagnon. Merci de m'aider à devenir un homme.

54

Pour une raison inconnue, il commença à se sentir mieux quand il quitta Lorquin et s'approcha à pas de loup du rassemblement de vaettirs. Toute appréhension avait disparu, ainsi que sa peur la plus aiguë. Il s'était engagé – pas question de se dégonfler maintenant. Il passait à l'action, ce qui était toujours mieux que de parler et de ne rien faire. Il ne lui restait plus qu'à se concentrer.

Sa tâche était loin d'être facile. La lumière des étoiles ne lui permettait pas de distinguer grand-chose. Il était entouré de sable et de rochers proéminents. Au loin, il devinait une vague ombre, un affleurement rocheux peut-être. Il avait encore mal à la jambe et le sable qui s'accrochait à ses pieds rendait sa marche difficile. Comme ces rochers à fleur de sol qui lui écorchaient les tibias de temps en temps et le faisaient trébucher. Pire, le vent du nord se montrait capricieux : parfois il faiblissait, parfois il menaçait de changer de direction. Plus Henry avançait, plus il avait peur que son odeur ne le précède.

L'affleurement rocheux était en réalité les vestiges d'un ancien cratère sur lequel il grimpa avec joie, content de quitter le sable tenace. Quelques instants plus tard, il atteignit le sommet et son estomac descendit dans ses baskets.

En contrebas avait lieu une scène cauchemardesque. Le cratère formait un amphithéâtre naturel. Il n'y avait pas un feu de camp mais plusieurs dont la lumière rouge éclairait un peu trop vivement la zone. Le sol était recouvert d'une masse grouillante de vaettirs qui rampaient dans un silence absolu autour d'une créature tout droit sortie du cerveau de Stephen King. Aussi pâle que les vaettirs, aussi gros que dix d'entre eux réunis, un monstrueux asticot pourvu de mandibules, d'antennes et de griffes était allongé telle une baleine échouée au centre de l'amphithéâtre. Il se reposait.

Les yeux écarquillés, Henry en conclut qu'il n'avait jamais vu quelque chose d'aussi répugnant de sa vie. Il priait pour que cette créature ne soit pas le draugr de Lorquin – c'était impossible et pourtant… Au début, les vaettirs semblaient grouiller autour de lui sans but, puis il remarqua que certains transportaient de grandes quantités de pâte moelleuse et cireuse qu'ils enfournaient dans la bouche du draugr – car ce devait être lui ! Loin de vouloir les attaquer, la créature géante mâchonnait comme une vache rassasiée.

Les autres vaettirs nettoyaient les grands yeux nocturnes du draugr. Ils apportaient des vessies remplies de liquide, probablement de l'eau, et les versaient sur des sortes d'éponges de mer avant d'essuyer les grandes orbites à intervalles irréguliers.

Henry contempla ce spectacle pendant un moment avant de remarquer qu'un groupe de vaettirs à la peau rosâtre était assemblé à l'arrière du draugr et lui massait le ventre. Soudain, le corps fut pris de convulsions et un sac luisant apparut sous la queue effilée de la créature. Aussitôt, les vaettirs fondirent sur le sac et le portèrent en triomphe. Le draugr avait pondu un œuf.

Cette scène était à la fois répugnante et fascinante, tel un documentaire animalier sur les insectes à la télé. Maintenant qu'il y pensait, Henry se rappela avoir vu un reportage similaire sur les fourmilières. Le draugr était en fait la reine des vaettirs !

Il fut tiré de ses rêveries par le roucoulement d'une lunibelle.

Henry se pétrifia. Quand il avait accepté cette mission-suicide, il imaginait être poursuivi par une poignée de vaettirs, ce qui était effrayant en soi. En contrebas, il y en avait plus qu'une poignée… Une cinquantaine au moins, une centaine… Et Lorquin comptait qu'il attire leur attention ? Personne ne miserait un kopeck sur lui s'ils se lançaient tous à sa suite !

Nouveau roucoulement.

Ils ne le chasseraient pas tous. C'était une vraie colonie en bas. Même s'il bondissait et agitait les bras, seuls certains le traqueraient, telles des fourmis soldats, les autres continueraient à servir leur reine. Ce qui n'arrangerait pas les affaires de Lorquin. De toute manière, jamais le garçon bleu ne pourrait tuer une bête de la taille du draugr, et s'il essayait, ses chances de s'en sortir vivant avoisineraient le zéro absolu, puisque des dizaines de vaettirs l'assaille-raient. Il était donc plus logique que Henry ne se mette pas contre le vent et que les vaettirs ne le chassent pas. Non, il devait avoir une discussion sérieuse avec Lorquin, comme un grand frère, et lui prouver par A + B la stupidité de son entreprise. Et si vraiment sa tribu avait pour coutume d'envoyer ses enfants tuer des monstres entourés de monstres, alors il ferait mieux de raccompagner Lorquin chez lui et de leur montrer le non-sens d'une telle...

Troisième roucoulement. La lunibelle avait l'air de s'impatienter.

Malheureusement, il ignorait où se cachait Lorquin à présent. Le chant flotta quelque peu dans les airs, comme tous les chants d'oiseaux, sans la moindre indication de sa provenance. Et s'il ne tenait pas aussitôt au gamin son discours de grand frère, qui sait si ce jeune fou n'attaquerait pas l'entière colonie sur un coup de tête ? Henry faillit lâcher un grognement. S'il détournait l'attention de quelques vaettirs, cela faciliterait un peu la tâche de Lorquin, même s'il s'agissait bel et bien d'une mission-suicide. Et s'il ne bougeait pas, Lorquin n'attaquerait peut-être pas le draugr, auquel cas ils finiraient tous les deux sains et saufs, ils pourraient s'éloigner en toute discrétion, Henry ferait la morale à Lorquin et...

Cette fois-ci, le roucoulement venait bien de quelque part... d'en bas ! Lorquin s'approchait des vaettirs ! Henry poussa un grognement bien sonore qui ne produisit aucune différence. Lorquin ne lui avait pas laissé le choix. Comme d'habitude.

Henry se redressa et partit en courant contre le vent. En contrebas, il perçut du mouvement tandis que les vaettirs humaient son odeur et levaient la tête. Certains le chasseraient, d'autres non. Ils le captureraient sûrement. Peu importait désormais. Une nouvelle fois, il s'était mis dans de beaux draps.

– Hep ! Là-bas ! hurla Henry à la masse grouillante de vaettirs. Attrapez-moi si vous pouvez.

55

Bleu se disait qu'elle avait peut-être fait une grosse erreur. Bien que son attelage désignât continuellement le sud, elle avait l'impression d'être perdue. Le petit monoplace autopropulsé était doté d'une capote ajustable qui lui fournissait de l'ombre. Par respect pour les habitants de Buthner et leur répugnance envers la magie, son chariot possédait un simple mouvement d'horlogerie : quinze longues minutes de manivelle tous les matins, et il roulait gaiement le restant de la journée. Sans aller vite, il avalait les kilomètres à une vitesse constante. Le plus impressionnant était sa « figure de proue » qui, par paradoxe, se trouvait à l'arrière. Équipée de mécanismes ingénieux que Bleu ne chercha même pas à décortiquer, elle tendait le bras en direction du sud, tel un guide sachant rentrer chez lui, quoi qu'il arrive.

Grâce à des blocs de nourriture compacts et des tablettes d'eau déshydratées en abondance, elle pouvait survivre des mois dans le désert, mais celui-ci demeurait néanmoins un problème. Ce territoire sauvage était tout bonnement immense, bien plus grand qu'elle ne l'aurait imaginé quand l'Archonte affirmait qu'il occupait les quatre cinquièmes du pays. Pire, il était d'une parfaite monotonie. Elle voyageait depuis bientôt trois jours et chaque moment de la journée ressemblait aux autres. Autour d'elle s'étendait la plaine de sable, un océan sans eau qui atteignait l'horizon dans toutes les directions, une étendue assommante de dunes éternelles. Si les ruines dont parlait l'Archonte existaient vraiment, eh bien, elle n'en avait pas croisé une seule. Pire, elle n'avait pas aperçu un seul nomade.

Et si elle ne les rencontrait jamais ? Que deviendrait Henry ?

Jusqu'à présent, elle se dirigeait droit vers le nord et s'enfonçait au cœur du désert. Décision arbitraire s'il en était. Mme Cardui ne pouvait pas lui en apprendre plus qu'elle ne savait. M. Fogarty étant mort, aucune nouvelle vision ne viendrait les aider, aucun détail à moitié oublié ne les éclairerait. Elle était seule, sans guide, et rien ne fonctionnait !

Cette pensée teintée du sentiment de culpabilité croissait en elle depuis quelques jours. Peut-être que Pyrgus et Mme Cardui avaient raison depuis le départ ? Si elle ne s'en était pas mêlée, ils auraient déjà secouru Henry et sauvé le Royaume de la fièvre temporelle. Et si l'avenir dans lequel elle les avait propulsés n'offrait aucune fin heureuse ? Pour une fois, elle aurait peut-être dû s'occuper de ses affaires !

Obéissant à une impulsion, elle dévia son monoplace qui prit la direction du nord-ouest. Celle-là ou une autre… tant que la figure de proue indiquerait le sud, Bleu serait capable de faire demi-tour à tout moment.

Ce choix ne fit aucune différence. Pendant une demi-heure, elle voyagea sur l'étendue infinie de sable. Brusquement, Bleu dévia une nouvelle fois son attelage vers l'ouest, en direction du soleil couchant. La mer de sable s'étendait toujours à perte de vue.

Bien qu'elle n'ait pas faim, Bleu envisagea de s'arrêter pour se restaurer. Mme Cardui lui avait conseillé de manger et surtout de boire à intervalles réguliers pour ne pas perdre de forces. Alors qu'ils maintenaient son corps en parfait équilibre, les blocs de nourriture comprimés au goût de carton-pâte et les tablettes d'eau déshydratées ne prévenaient ni la sécheresse de sa bouche ni la soif perpétuelle. Elle décida de manger quand le soleil serait couché et de continuer un peu jusqu'à ce qu'il fasse complètement nuit. Elle appuya négligemment sur la poignée d'accélération et aperçut quelque chose à l'est au niveau de l'horizon.

Aussitôt, Bleu arrêta l'attelage. Elle avait déjà découvert que l'esprit et les yeux jouaient parfois des tours dans ce maudit désert, surtout à cette heure-ci de la journée, quand le soleil diminuait. Non, il y avait bel et bien quelque chose et ce n'était pas une dune. Bleu chercha sa longue-vue au fond de ses affaires. (Que n'aurait-elle pas donné pour un œil voyageur magique digne de ce nom ?) La brume de chaleur et la lumière rasante du soleil ne permettaient pas une bonne résolution, même avec une aide optique, mais ses yeux ne la trompaient pas – il s'agissait bien d'un bâtiment peu élevé, une structure temporaire peut-être. Était-ce l'une des ruines dont avait parlé l'Archonte ? Ou un pavillon érigé par les nomades ? Pour la première fois, elle s'aperçut qu'elle ignorait tout de ces mystérieux nomades : comment vivaient-ils, comment voyageaient-ils ?... Rien. Possédaient-ils des tentes, des bêtes de somme ? Avaient-ils...

Les questions ne servaient à rien. Elle savait juste qu'ils évitaient tout contact. Mais s'il s'agissait bien de l'une de leurs structures, peut-être parviendrait-elle à les atteindre avant qu'ils ne la repèrent et s'enfuient ? Doucement, une voix malicieuse murmura dans son esprit qu'elle ne tarderait pas à découvrir la vérité sur cette histoire de cannibalisme.

Bleu fit pivoter son attelage et se mit lentement en route. Elle devait s'entourer de précautions. S'il s'agissait pour de bon de nomades, elle ne pouvait pas arriver telle une furie. Il lui fallait gagner leur confiance, grâce à des présents, par exemple – Mme Cardui y avait veillé. Bleu savait que de simples cadeaux ne suffiraient pas, elle envisageait sérieusement d'abandonner son attelage avant qu'elle ne soit trop proche du campement et de continuer à pied. Avec un peu de chance et de prudence, elle pourrait observer les nomades quelque temps avant d'entrer en contact. Plus elle en apprendrait sur eux, mieux ce serait.

Elle ne roulait pas depuis dix minutes que la déception s'abattit sur elle. À l'horizon, la forme qui ressemblait à une structure artificielle à la longue-vue se transforma soudain en un banal pic, une partie d'une chaîne de basses montagnes, des collines élevées, en résumé une formation naturelle et rien de plus.

Un instant, elle envisagea de faire volte-face et de retourner dans les profondeurs du désert. Son attelage avançait très bien sur terrain plat ; elle ne se voyait pas affronter une montagne quand soudain quelque chose d'autre dans les contreforts l'interpella. Cette fois-ci, elle était assez près pour que la longue-vue lui montre plusieurs bâtiments trapus en pierre.

À nouveau, Bleu arrêta son monoplace. L'œil rivé à la lunette, elle examina la bâtisse avec soin – architecture ancienne, loin d'être en ruine. Quelqu'un vivait là ou avait vécu là récemment. Pas des nomades, car il s'agissait de structures permanentes, érigées pour durer par des sédentaires.

Que faire ? Selon Mme Cardui, les nomades représentaient leur dernier espoir et elle n'en avait croisé aucun. Elle ignorait comment provoquer une rencontre. Toutefois, si des personnes vivaient là, à l'ombre des montagnes, elles auraient peut-être une idée de l'endroit où séjournaient les nomades et lui donneraient des conseils sur la manière de les aborder.

Consciente des ombres croissantes, Bleu fit repartir son attelage. Occupé ou non, cet endroit lui procurerait un refuge pour la nuit. Durant sa traversée du désert, elle avait dormi dans le monoplace, bien abritée du vent sous la capote. Chaque soir, elle avait écouté les bruits des (nombreux) animaux qui préféraient la nuit au jour. Rien ne l'avait attaquée, rien n'était venu la déranger, mais ces bruits la rendaient nerveuse et vulnérable. Ce soir, elle apprécierait un solide mur de pierres autour d'elle.

Tandis qu'elle avançait, elle constata que la bâtisse était bel et bien habitée. Au loin, des silhouettes se déplaçaient tranquillement à l'extérieur. Bleu aperçut une petite bande de terre cultivée près des bâtiments – quelqu'un avait dû installer un système d'irrigation pour arracher ce lopin au désert.

Peu à peu, les silhouettes se transformèrent en individus tonsurés vêtus d'une chasuble verte, tous mâles sans exception. Elle s'approchait d'une communauté monastique et soudain, elle se dit qu'elle ne serait pas la bienvenue. Dans son pays, les monastères n'abritaient que des hommes ; la seule vue d'une femme faisait fuir les moines. Le temps que cette pensée lui traverse l'esprit, il était trop tard. Son attelage à manivelle roulait déjà sur un sol empierré qui laissa place à une route mal pavée. L'une des silhouettes en vert, un moine maigrelet presque décharné dont la peau avait l'aspect du cuir sous le soleil du désert, se détacha de ses compagnons pour l'accueillir.

– Bienvenue à toi, jeune homme, annonça-t-il gravement.

Bleu cligna des yeux et se souvint alors qu'elle voyageait incognito.

56

Henry prit ses jambes à son cou.

Sous ses pieds, le terrain était accidenté et il ne voyait pas à plus de quelques mètres devant lui. En temps normal, il n'aurait jamais couru ainsi. Le Henry ordinaire, s'il avait essayé, aurait trébuché au bout de trois pas, mais là il était motivé par les hurlements dans son dos et la vitesse à laquelle les silhouettes blanches le rattrapaient. Henry hâta le pas.

Plus vite il courait, plus claires devenaient ses idées. Il allait mourir. Il était impossible qu'il sème les vaettirs, impossible qu'il survive quand ils finiraient par le rejoindre. Bizarrement, il n'avait pas peur. En réalité, ses frayeurs passées avaient fait place au calme dans son cœur. Il pensa alors à sa mère, à Charlie, à l'école et aux examens. Il pensa à Bleu et à leur relation qu'il avait gâchée. Il se demanda comment il avait pu passer une partie de sa vie sans savoir ce qu'il voulait vraiment ; quant à savoir comment l'obtenir… Pendant des années, il avait été poussé par sa mère, ou par les circonstances quand sa mère n'intervenait pas. Il avait perdu tellement de temps à essayer d'agir pour le mieux, à accomplir ce que les autres attendaient de lui. Comme Henry n'aimait pas contrarier les gens, bien souvent il s'adaptait. Si seulement M. Fogarty était encore en vie ! M. Fogarty était parvenu à faire son bonhomme de chemin sans se préoccuper des sentiments des autres. M. Fogarty cambriolait des banques, nom d'un chien, croyant que c'était le mieux pour lui.

Maintenant qu'il allait mourir, Henry se dit qu'il avait gâché sa vie entière.

Peut-être ne mourrait-il pas aujourd'hui ? Il n'en était pas bien sûr, mais les vaettirs qui le pourchassaient semblaient ralentir un peu. Étaient-ils des cousins de Cheetah, très rapides au démarrage mais guère endurants ? S'il gardait cette allure, il avait des chances de les distancer...

Oui, il comptait bien les distancer. Lorquin était peut-être bizarre, mais ce gamin était correct. Il n'aurait pas demandé à Henry, son « Compagnon », de se lancer dans une opération-suicide juste pour devenir un homme. D'accord, il y avait un risque – les gens qui vivaient dans le désert en prenaient tous les jours – mais il ne devait pas être énorme. Dangereux, mais pas énorme. En fin de compte, ce n'était pas lui qui devait prouver sa virilité, mais Lorquin. Non, il ne courait aucun risque ; il ne lui restait plus qu'à garder cette allure, attendre que les vaettirs se fatiguent...

La terre trembla.

Henry perdit le rythme puis l'équilibre. Il bascula en avant et heurta lourdement le sol. Sa jambe blessée frappa le mélange de roche et de désert ; sa bouche se remplit de sable. Il remarqua seulement que le sol tremblait sous lui. Dans sa tête résonnait un grondement sourd et subsonique, bien plus terrifiant qu'une horde de vaettirs lancée à ses trousses.

Pendant un instant, il demeura stupéfait avant de comprendre qu'il s'agissait d'un séisme. Accroché au sol de peur de chuter, il sentit la terre remuer une nouvelle fois. Il n'avait jamais vécu de tremblement de terre auparavant, il ne connaissait personne ayant éprouvé une telle expérience, mais il se souvint d'avoir lu quelque part qu'ils ne duraient jamais longtemps, quinze, trente secondes tout au plus. Ils n'étaient pas dangereux tant qu'on se trouvait à l'extérieur. En général, c'était la chute des bâtiments qui était mortelle. Il ne lui restait plus qu'à rester allongé et à attendre. Et tout irait bien.

Le premier vaettir atterrit sur son dos en hurlant.

Henry se contorsionna pour le repousser quand les suivants l'assaillirent à leur tour. Paniqué, il se jeta sur le côté mais les vaettirs le tenaient. Il sentait leur sale odeur de moisi, leur haleine fétide dans son cou. Pour une raison inconnue, ils ne le mordaient ni ne le griffaient – ce n'était qu'une question de temps... Plus il en arrivait, plus Henry était submergé. Il ne voyait aucune issue de secours. Dans quelques secondes, ils se mettraient à le démembrer et c'en serait fini de lui. En attendant, il avait toutes les difficultés du monde à respirer.

Tout à coup, un cri aigu à glacer le sang retentit derrière lui. Aussitôt, le poids sur son corps diminua et il put enfin respirer. Ses agresseurs se relevèrent et se retournèrent avec inquiétude. À son grand étonnement, les vaettirs disparurent jusqu'au dernier. Lentement, il se mit debout. Le sol ne tremblait plus, le séisme était terminé. Seul dans le désert, Henry entendit les vaettirs s'éloigner. Puis plus rien. La situation était insensée, mais il était toujours vivant.

C'était trop beau pour être vrai. Il ignorait pourquoi les vaettirs avaient paniqué ainsi. Non, l'un d'eux rebroussait chemin. Henry entendait des pas pressés ; une silhouette surgit dans l'obscurité. Agacé, pris d'une colère soudaine, Henry ferma les poings. Il avait déjà survécu à deux attaques de vaettirs. Cette fois-ci, il affronterait la brute en pleine connaissance de cause. Cette fois-ci...

– En Ri ! s'exclama le vaettir.

Henry cligna des yeux.

– Lorquin, c'est toi ?

– On a réussi ! s'écria Lorquin au comble de l'excitation.

Parvenu à côté de Henry, il souriait de toutes ses dents.

– Le draugr est mort ?

Les sourcils froncés, Henry n'en croyait pas ses oreilles.

– Je l'ai tué, En Ri ! On n'entendra plus parler de lui !

D'elle, pensa Henry. Le draugr était la reine des vaettirs, mais il choisit de ne pas corriger Lorquin.

– Tu as été génial, En Ri ! Dans les chants, on se souviendra de toi comme d'un merveilleux Compagnon. Tu as attiré les vaettirs avec plus d'habileté qu'aucun autre Compagnon dans l'histoire du monde.

Il exagérait probablement, mais Henry ne trouva rien à dire sinon : « Les vaettirs sont partis », ce qui était vrai. Pourquoi ? Il n'en avait aucune idée.

– Ils ont dû faire demi-tour quand le draugr a hurlé. Ça se passe toujours ainsi. Il a crié très fort, pas vrai ?

Lorquin rayonnait de bonheur.

– Oui, en effet !

Pour la première fois, Henry remarqua que le gamin portait une dague en pierre. La lame était tachée. Lorquin avait dû s'en servir pour tuer le draugr et ce serait Henry dont on chanterait les louanges !

– Maintenant, je suis un homme, déclara-t-il fièrement. Les dieux ont célébré ma victoire – as-tu senti la terre bouger ?

Lorquin prit Henry par la main et la serra. Ce geste d'affection surprit Henry.

– Nous devons partir, En Ri, décréta Lorquin, apaisé. Les vaettirs créeront un nouveau draugr, mais parfois ils se lancent à la poursuite du tueur et se vengent.

– Où allons-nous ? s'enquit Henry.

– Rejoindre mon peuple ! lui apprit Lorquin, guilleret.

57

Le Père Supérieur était un homme grand et musclé, au crâne rasé et à la moustache tombante. Il ressemblait plus à un gros caïd qu'à un moine, mais Bleu l'apprécia dès qu'elle le vit. Par contre, elle eut du mal à détacher le regard de son compagnon, un individu minuscule, ridé, vêtu d'une robe d'un jaune crasseux.

— Voici le Purlisa, lui présenta le Père Supérieur.

Bleu se souvenait vaguement de ce terme archaïque qui signifiait « Trésor » ou « Précieux ».

Comme il devait s'agir d'un titre honorifique, Bleu s'inclina.

— Je me nomme Soluce Ragetus, se présenta-t-elle.

Elle avait choisi l'un des vieux pseudonymes qu'elle utilisait quand elle se déguisait en homme.

— Nous t'attendions, déclara le Purlisa dont les yeux pétillaient. N'est-ce pas, Jamides ? interpella-t-il le Père Supérieur.

Celui-ci renifla.

— Voilà qui est surprenant ! commenta Bleu qui souriait à peine. (Difficile de ne pas sourire au petit

259

Trésor.) Il y a peu, je ne savais pas moi-même que mes pas me conduiraient ici.

– Les voies du destin sont si étranges, remarqua le Purlisa sur un ton enjoué. N'est-ce pas, Jamides ?

Le Père Supérieur renifla à nouveau et s'adressa uniquement à Bleu.

– Le Précieux a annoncé la venue d'un héros qui nous délivrerait d'un problème particulier que nous connaissons. Je croyais que les augures s'y opposaient et maintenant, celui-là jubile.

– Nous commettons tous des erreurs, Jamides. Même si certains en font plus que d'autres…

Les yeux pétillants du Purlisa se fermèrent en un long clignement tandis que son sourire enchanté lui barrait à présent le visage.

De son côté, Bleu ne tenait absolument pas à être mêlée aux problèmes du monastère.

– Je suis loin d'être un héros.

Ils gagnèrent les appartements personnels du Père Supérieur, une cellule spartiate qui donnait sur un bout de jardin. On lui avait offert boisson et nourriture qui devaient arriver sans tarder.

– Parfois, les gens ne sont pas ce qu'ils semblent être, remarqua le Purlisa. Ou ce qu'ils pensent être. Peut-être n'es-tu pas ce que tu parais, Soluce Ragetus ?

Son sourire et le ton de sa voix déclenchèrent des alarmes dans l'esprit de Bleu. Elle esquissa un sourire forcé.

– Je vous assure, Purlisa…

Jamides l'interrompit.

– J'admets qu'il était très intelligent de ta part de te déguiser en homme, la félicita le Père Supérieur.

260

– Cela cause moins de problèmes dans un monastère, renchérit le Purlisa.

Le Père Supérieur regarda par la fenêtre avec une expression de dégoût.

– Les moines supportent mal la présence d'une femme auprès d'eux. Les jeunes moines en particulier, ajouta-t-il en secouant sagement la tête.

– Ils ont des pensées érotiques, expliqua le Purlisa.

Le Père Supérieur lui jeta un regard sévère.

– Sans cesse.

– Cela les distrait… compléta le Purlisa tout en l'examinant avec tendresse… De leurs devoirs religieux.

– Messeigneurs… commença Bleu en se demandant bien comment continuer sa phrase.

Jamides lui fit signe de se taire ; son expression se radoucit.

– Tu n'as rien à craindre de nous. En tant que Père Supérieur, je suis trop discipliné pour avoir des pensées érotiques et le Purlisa est trop vieux, lui.

– Presque, rectifia ce dernier.

Les sourcils froncés, le Père Supérieur le toisa. Le Purlisa cligna les yeux avec douceur.

– Elle est très jolie sous ses sortilèges, Jamides.

– Hum… À propos de sortilèges…

Alors qu'elle savait risquer gros, Bleu luttait pour ne pas éclater de rire.

Le Purlisa fronça le nez et agita un doigt accusateur.

– Les sortilèges sont interdits ici, à Buthner. Absolument, formellement interdits. Les sanctions sont horriblement strictes… certains diraient barbares. Et nulle part la magie n'est plus blasphématoire que dans un monastère. Je suppose que tu n'en savais rien, ajouta-t-il avec un grand sourire.

Le Père Supérieur la regarda avec des yeux tendres.

— Et puis tu nous as épargné bien des soucis avec les plus jeunes moines.

— J'imagine que nous pouvons passer outre, déclara le Purlisa.

— J'imagine que nous pouvons passer outre, répéta le Père Supérieur.

Tous deux rayonnaient de joie.

— Comment avez-vous su ? s'enquit Bleu.

Bleu ne se serait jamais entourée de sortilèges si Mme Cardui n'avait pas affirmé que ce matériel d'espionnage était absolument indétectable.

— Le Purlisa est un mystique, lui apprit le Père Supérieur.

Le Purlisa agita les mains de manière effrayante.

— Je vois sous les apparences, déclara-t-il d'une voix d'outre-tombe avant de reprendre sur un ton ordinaire : Par exemple, je perçois une inquiétude dans ton cœur.

Bleu le fixa. Sa folle envie de rire s'envola sur-le-champ.

— Je suppose que c'est un amour perdu, tenta le Père Supérieur. Avec les femmes, c'est toujours un amour perdu.

— C'est un amour perdu, confirma le Trésor, contrarié. On se moque parce que l'on est trop discipliné… ou trop laid, ajouta-t-il à voix basse, pour en avoir un à soi. Je ne me trompe pas ? s'adressa-t-il à Bleu. C'est bien un amour perdu ?

Ce petit vieillard était incroyable.

— Oui, répondit Bleu.

— Tout est lié, tout est enchevêtré. Cela fait partie de la tapisserie de la vie.

— Tout fait partie de la tapisserie de la vie, grommela le Père Supérieur. Cela ne résout pas notre problème.

— Notre problème fait partie d'une partie de la tapisserie de la vie, s'impatienta le Purlisa qui foudroya une seconde le Père Supérieur du regard avant de se tourner, tout sourires, vers Bleu. Quel est ton nom de famille ? Quelque chose de plus mélodieux que Soluce Ragetus, j'espère.

Un instant, Bleu envisagea d'en inventer un puis elle décida qu'elle ne pouvait simplement pas mentir au Précieux.

— Bleu. Holly Bleu.

Le Purlisa scruta le Père Supérieur.

— Pourquoi ce nom m'est-il familier ? demanda-t-il.

— C'est celui de la Reine Impératrice du Royaume, vieil idiot, lui apprit le Père Supérieur. Tu ne serais pas de sa famille, par hasard ? demanda-t-il ensuite à Bleu.

À sa grande surprise, Bleu rougit. Le Père Supérieur cligna des yeux.

— Tu... Vous êtes la Reine Impératrice ?

Bleu hocha la tête.

— Vous voyez, Jamides ! Une âme royale ! Exactement comme je l'avais prédit !

Le Père Supérieur l'ignora et fixa Bleu.

– Que faites-vous dans le désert de Buthner ?

De son côté, le Purlisa marchait de long en large et agitait les bras.

– Une âme royale ! s'exclama-t-il. Précisément ce que j'avais prédit ! Admettez-le, Jamides. Allez, admettez-le ! J'avais raison, Votre Altesse ? Il s'agit d'un amour perdu ?

– Je suppose que oui, confirma Bleu.

– Vous voyez, vous voyez ? tonitrua le Purlisa, les deux poings levés. Vous devez nous parler de votre amour perdu. Ensuite, le Père Supérieur vous racontera notre problème. Il est possible qu'après je vous dise comment les deux s'imbriquent.

Le Purlisa tira une chaise et s'assit soudain, l'air rasséréné. Le Père Supérieur s'empressa de s'installer à côté de lui.

– Il n'y a pas grand-chose à raconter, commença Bleu. Mon ami Henry…

– Votre amour, corrigea le Purlisa.

– Oui, exact, bredouilla Bleu. Mon amour, Henry, a disparu et je pense qu'il se trouve dans le désert de Buthner. Je suis venue le chercher. L'histoire est plus compliquée que cela, mais vous avez le principal.

Le Père Supérieur lui lança un regard acéré.

– Une minute ! Vous avez dit Henry ? C'est un prénom humain, ça ?

– Oui, Henry vient du Monde analogue.

– Vous voyez ! s'exclama le Purlisa. Un humain ! N'avais-je pas dit humain ? Maintenant, vous allez prendre mes visions au sérieux, oui ou non ?

– Je les prends toujours au sérieux, vociféra le Père Supérieur. Je les ai toujours prises au sérieux, mais elles ne sont pas souvent exactes. Et vous devez admettre que la dernière était tellement tirée par les cheveux que…

Bleu s'aperçut soudain qu'elle était la seule encore debout et s'assit.

– Excusez-moi, mais Henry court peut-être un grave danger. Pouvez-vous m'aider à le retrouver ?

– Nous vous aiderons ! Nous vous aiderons ! répéta le Purlisa hilare.

Un moinillon apparut avec un plateau qu'il posa devant Bleu avant de disparaître en silence.

Le Purlisa fit la moue et secoua la tête.

– Vous avez vu ? Un jeune moine ! Vous ne l'avez pas troublé le moins du monde, ajouta-t-il d'un air triomphant.

58

Ils la laissèrent manger en paix (un bol de soupe froide, du pain croustillant, une sélection de fromages maison, de la viande en tranches, des fruits et un pichet d'eau délicieusement fraîche), bien qu'ils la regardent avaler chaque bouchée comme s'ils mouraient de faim. Une fois qu'elle eut terminé, le Père Supérieur prit la parole.

– Il y a quelque chose que nous aimerions vous montrer.

Vu de l'extérieur, le monastère était trompeur. De loin, il ressemblait à un bâtiment unique construit sans plan. À présent, il lui faisait penser à une petite communauté, un village réunissant plusieurs bâtisses dont certaines semblaient creusées dans la roche même. Les murs dissimulaient un jardin, plus luxuriant et mieux entretenu que la bande cultivée que Bleu avait vue à son arrivée. Ils passèrent devant une vasque peu profonde et usée, placée sur un piédestal à hauteur d'épaule. À l'intérieur, les moines avaient planté une réplique miniature du jardin agrémentée d'une minuscule pagode en brique.

– La demeure de notre ancien Père Supérieur, expliqua le Purlisa.

– Sa maquette ? demanda Bleu poliment.

– Oh non ! Il vit là à présent. Il a beaucoup rapetissé depuis qu'il est devenu immortel.

Elle essayait encore de comprendre ce qu'il avait voulu dire quand ils quittèrent le jardin et passèrent sous une arche pour entrer dans une structure taillée à même la roche. Le couloir semblait en pente et, finalement, il les conduisit à des marches étroites en pierre illuminées par des torches tremblotantes – pas de globes lumineux dans ce pays hostile à la magie, bien sûr.

– Cette partie du monastère abritait autrefois une forteresse militaire, commenta le Père Supérieur dont le visage s'assombrit. J'ai peur qu'au sous-sol nous ne trouvions les oubliettes.

– Malgré cela, intervint le Purlisa, nous devons descendre. Êtes-vous médium, Reine Holly Bleu ?

– Je ne crois pas, hésita-t-elle.

– Tant mieux, en conclut le Purlisa. Les médiums sont souvent perturbés par l'atmosphère qui règne en bas. Trop de souffrance. Nous avons béni les cellules et les salles de torture, mais je ne suis pas sûr que cela fasse une différence. De toute façon, ajouta-t-il soudain avec un grand sourire, nous ne resterons pas longtemps et ensuite nous pourrons retourner dans un environnement plus réjouissant et discuter de nos plans.

Nos plans, remarqua Bleu. Il semblait bien qu'elle était incluse dans les problèmes du monastère, qu'elle le veuille ou non. Bleu n'avait pas le choix : sans leur aide, elle n'avait plus qu'à reprendre son errance dans le désert.

– Je vous en prie, soyez prudente, la mit en garde le Père Supérieur. Les marches sont assez raides.

Médium ou pas, Bleu trouva les tunnels épouvantables. Creusés dans la roche, lugubres, poussant à la claustrophobie et singulièrement humides – à un endroit, l'eau coulait le long de la paroi. Il ne fallait pas s'en étonner. Un monastère, et à plus forte raison la forteresse avant lui, avait besoin d'une source d'eau fiable. Celui-ci devait être construit au-dessus d'un tel flux.

Le tunnel déboucha soudain sur une petite place souterraine qui donnait sur des cellules de détention. Comme toutes les portes étaient ouvertes, Bleu s'aperçut que certaines avaient été transformées en chambres austères et déprimantes (seul un moine en pénitence choisirait de dormir là), mais les autres demeuraient en leur état originel ; chaînes et entraves pendaient toujours aux murs.

– Programme de rénovation, marmonna le Père Supérieur. Peu de fonds, donc cela prend du temps.

– Nous aimerions que vous regardiez un moment, poursuivit le Purlisa sans mentionner ce qu'elle devait regarder.

– À votre gauche, explicita le Père Supérieur.

Plus grande que les misérables cellules, la pièce semblait avoir été la scène de multiples tortures. Quelques instruments rouillés demeuraient en place – une chaise métallique au fond doublé d'un tiroir à charbons ardents, un chevalet cassé, un poteau contre lequel on fouettait les prisonniers. Au centre de la pièce, une cage était suspendue par une chaîne à un crochet rivé au plafond. À l'intérieur, Bleu aperçut la silhouette rabougrie d'un vieillard qui leur tournait le dos.

– Que lui faites-vous ? s'enquit Bleu, horrifiée.

– Regardez bien, lui demanda le Purlisa.

Bleu obtempéra. La porte de la cage, comme celle de la pièce elle-même, était ouverte.

– Pourquoi reste-t-il dedans ? chuchota Bleu.

– Il ne veut pas sortir, lui apprit le Père Supérieur. Nous avons essayé de mettre de la nourriture au centre de la pièce pour qu'il sorte de la cage. Il a préféré jeûner trois jours plutôt que sortir, alors on le nourrit à l'intérieur.

Bleu s'humecta les lèvres.

– Il doit bien sortir pour... pour... vous savez ?

Le Père Supérieur secoua la tête.

– Pas même pour ça. Vous comprenez l'odeur maintenant. Heureusement, il mange très peu.

Bleu avait un nœud à l'estomac. Elle avait pitié de cette créature dans sa cage au point qu'elle en aurait pleuré. Soudain, l'homme accroupi tourna la tête.

– Mon Dieu ! s'exclama Bleu qui ne put se retenir. Mais c'est Sulfurique !

Aussitôt, le Purlisa réagit.

– Vous connaissez cette personne ?

Évidemment ! Sulfurique était l'hérétique qui avait essayé de sacrifier son frère au nom du démon Beleth, qui avait aidé le Prince des Ténèbres à attaquer son Royaume en passant par le Monde analogue. Que faisait-il là, en bordure du désert de Buthner ? Quel intérêt le Père Supérieur et son petit Trésor lui trouvaient-ils ? Et, plus important...

– Quel est son problème ? chuchota Bleu.

– Nous pensons qu'un cumulodanseur a eu raison de lui, déclara le Père Supérieur.

59

– **V**ous l'avez localisé ? demanda Noctifer.
– Oui.
– Vous êtes entré en contact avec lui ?
– Oui.
– Où était-il ?
– Près des Montagnes de la Folie.
Noctifer fronça les sourcils. Il n'avait jamais entendu parler des Montagnes de la Folie.
– Où est-ce ?
– Au Royaume de Buthner.
Buthner ? Ce trou perdu ? Que fabriquait Sulfurique à Buthner ? Soudain, comme frappé par un éclair, il envisagea une réponse. Sulfurique devait cacher quelque chose. Oui, c'était cela... Sauf qu'il ne pouvait pas dissimuler la seule chose qui intéressait Noctifer ; jamais il ne parviendrait à la sortir en douce du pays. Impossible. Non, Sulfurique ne cachait rien. Si, Sulfurique s'était rendu à Buthner dans un but précis. Noctifer était pris dans un tourbillon d'indécision. Voilà pourquoi il avait engagé le cumulodanseur, merde !
– Que fichait-il là-bas ?

– Je l'ignore, répondit le cumulodanseur.

Noctifer le foudroya du regard.

– Vous l'ignorez ? Vous êtes-vous donné la peine de le lui demander ?

– Oui.

Quand il comprit que la créature ne poursuivrait pas, Noctifer insista :

– Et…

– Il a refusé de m'expliquer.

– Forcément ! explosa Noctifer. À quoi vous attendiez-vous ! Si ce vieux bouc se confiait au premier venu, je lui aurais moi-même posé la question. Voilà pourquoi je vous ai engagé, crétin sans substance ! Pour que vous lui fassiez cracher le morceau. Vous ne l'avez pas obligé à parler ?

– Si.

Pour la seconde fois, le cumulodanseur ne poursuivit pas.

– Et ? répéta Noctifer.

– Je crois que je suis allé trop loin.

Noctifer en avait assez de danser le menuet avec ce charlot. Il lutta pour contenir sa colère.

– Qu'est-ce qui vous fait penser cela ?

– Il est devenu fou.

– Vous l'avez rendu fou ? hurla Noctifer. Il ne peut plus répondre à aucune question ?

– Oui.

Noctifer donna un tel coup de poing sur la table que la surface se fendilla.

– Et que comptez-vous faire maintenant ?

Le cumulodanseur plongea le bras dans sa dimension et fit apparaître un grand pichet qu'il plaça sur la table devant Noctifer. Il enfonça deux doigts au fond de sa gorge, eut un violent haut-le-cœur et vomit une grande quantité de sang caillé dans le pichet. Puis il lança un regard triomphant à Noctifer.

— Vous rembourser !

60

– Où l'avez-vous trouvé ? s'enquit Bleu.

Dieu merci, ils avaient quitté les anciens cachots et s'étaient assis dans le jardin sous un arbre énorme dont Bleu ignorait l'espèce mais qui les protégeait des rayons assassins du soleil.

– Il errait dans le désert, expliqua le Père Supérieur. Si l'un de nos moines n'était pas tombé sur lui par hasard, il serait mort au bout de quelques heures. En fait, il l'était presque.

– Était-il dans cet état... quand vous l'avez trouvé ? Était-il déjà...

Bleu répugnait à utiliser le mot de « fou », même pour qualifier Sulfurique.

– Oui, répondit le Père Supérieur. Il est très âgé et nous pensions qu'il mourrait rapidement. Nous avons soigné son corps – nous disposons de guérisseurs au monastère – et il s'est rétabli. Mais nous n'avons rien pu faire pour son esprit.

– Pardonnez-moi, les interrompit le Purlisa. Mais vous disiez le connaître ?

Il était assis à côté d'elle sur le banc et pourtant ses sandales ne touchaient pas tout à fait le sol.

– C'est l'un de mes sujets. Il se nomme Silas Sulfurique. C'est une Fée de la Nuit qui dirigeait autrefois une usine dans la capitale. (Bleu hésita avant d'ajouter :) Ce n'est pas un homme bon.

– Cela concorde avec mes visions, commenta le Purlisa.

Bleu avait la vague impression qu'ils étaient amis depuis toujours.

– Et si vous me parliez de vos visions, l'encouragea Bleu.

– Depuis que je suis petit, commença le Purlisa (Bleu réprima alors un sourire), Dieu m'offre de temps à autre des révélations sur le passé, le présent parfois – peu souvent à vrai dire – et l'avenir. J'ai peur que vous n'ayez raison. Ce Silas Sulfurique n'est pas un homme bon. Il a évoqué le Serpent de Midgard.

– Pardon ? Mais qu'est-ce que le Serpent de Midgard ?

– Voilà le plus difficile à croire, marmonna le Père Supérieur.

Le Purlisa le regarda de travers avant de se tourner vers Bleu avec un grand sourire aux lèvres.

– Avez-vous déjà entendu parler des Anciens Dieux, Reine Bleu ?

– Oh oui ! répondit-elle d'un trait.

Il n'y avait pas si longtemps qu'elle en avait rencontré un[1] !

– Avant l'aube de notre histoire, l'un d'eux du nom de Loki a épousé une géante qui lui a donné trois enfants. Le deuxième était un serpent de mer...

---

1. Cf. *Le Seigneur du Royaume*, t. III de *La guerre des fées*. (*N.d.T.*)

Moqueur, le Père Supérieur renifla.

– C'est une tout autre réalité, s'emporta le Purlisa. Je vous l'ai déjà dit, Jamides.

– Exact, mais je ne vous crois pas.

– Je vous en prie, ne vous disputez pas, intervint Bleu. J'aimerais beaucoup entendre cette histoire.

– Oui, cessez cette querelle, Jamides.

– Je n'ai rien dit !

– Eh bien, arrêtez de renifler alors ! Reine Bleu, je n'imagine pas une seconde que cette naissance soit naturelle. Le père était très rusé ; il a certainement usé de magie pour transformer le pauvre petit. En tout cas, cette histoire est parvenue aux oreilles de l'Empereur des Anciens Dieux, lequel a décidé que cette naissance était une abomination...

– Vous en auriez fait autant, non ? l'interrompit le Père Supérieur.

Le Purlisa préféra l'ignorer.

– ... et a jeté le serpent dans l'immense océan qui entoure Midgard.

– Où, par chance, il a découvert qu'il était un serpent de mer, compléta le Père Supérieur qui leva les yeux au ciel.

– Où il a grandi et grossi au point d'encercler Midgard.

– Pardonnez-moi, le coupa Bleu. Mais vous avez vu tout cela dans une vision ?

Le Purlisa secoua la tête.

– Non, non, je n'ai pas eu de vision. Ces faits sont retranscrits dans les Annales des Anciens Dieux.

– Que certains d'entre nous ne prennent pas au pied de la lettre, ajouta le Père Supérieur.

Le Purlisa ferma les yeux.

– Que Jamides et sa modernité ne prennent pas au pied de la lettre. (Il rouvrit les yeux.) Mais ne nous préoccupons pas de ce qu'il peut penser, voulez-vous, Reine Bleu ?

Pendant que celle-ci cherchait une réponse diplomatique, il poursuivit :

– La créature a commencé à comprimer les frontières de Midgard et à créer des tremblements de terre, des tsunamis, des ouragans, etc. Si rien n'était entrepris, Midgard finirait par être détruit. Aucune vie ne serait épargnée. Quelle affreuse idée, j'en frissonne. En conséquence, l'Empereur a désigné plusieurs héros pour traiter ce problème. Le serpent les a quasiment tous dévorés, mais l'un d'eux a découvert la seule arme efficace contre lui : un marteau. Comme épées, projectiles et autres armes ne donnaient aucun résultat, il a utilisé son marteau de guerre et le serpent a rétréci jusqu'à atteindre une taille normale. Il a cessé d'importuner Midgard qui a vécu en paix pendant plusieurs milliers d'années.

– Où se trouve Midgard exactement, Purlisa ? demanda Bleu.

– C'est notre réalité actuelle, Reine Bleu. Le Royaume des Fées et le Monde analogue, Hael aussi, je pense... Ce sont toutes les dimensions de la réalité que nous expérimentons.

– Oh ! lâcha Bleu.

– Maintenant, le Purlisa pense que les ennuis vont recommencer, commenta le Père Supérieur avec le sourire.

– Je sais que cela va recommencer, affirma le Purlisa. Votre ami Sulfurique...

– Cet homme n'est pas mon ami, murmura Bleu.

– … a appelé le serpent. Dans notre réalité, à Midgard. Je l'ai vu clairement dans ma vision. Le cycle est reparti. La bête grossira et grandira. À moins que nous ne trouvions un héros pour l'arrêter, notre réalité sera détruite.

Un long silence s'installa.

– Mais, Purlisa… bafouilla Bleu au bout d'un moment, je croyais que cette histoire du Serpent de Midgard était un mythe.

– C'en est un ! s'exclama le Père Supérieur.

– Peut-être, enchaîna calmement le Purlisa. Mais ma vision montre que M. Sulfurique a évoqué un serpent avant de perdre la raison. Et les tremblements de terre ont déjà commencé.

Bleu se tourna vers le Père Supérieur qui hocha la tête à regret.

– D'accord, mais Buthner subit des séismes de temps en temps…

– Pour l'instant, l'interrompit le Purlisa, les tremblements se sont limités aux confins du désert. Mais ils empireront tant qu'un héros n'aura pas tué le serpent. Voilà où vous entrez en scène, Reine Bleu.

Il lui lança un sourire très chaleureux tandis que Bleu le dévisageait sans parler. Elle aimait beaucoup le Purlisa, mais cela ne signifiait pas qu'elle le croyait. Cette histoire de Midgard ressemblait à un mythe – même le Père Supérieur le pensait. Peut-être que Sulfurique avait bel et bien évoqué un serpent – il avait réveillé assez de démons avant qu'elle ne mette un terme à cette folie… Qui savait s'il n'avait pas découvert une autre source de créatures antipathiques ? Peut-être avait-il effectivement provoqué un tremblement de terre ? Peu importait. Cela ne la concernait pas. Bleu n'était pas le héros dont ils avaient besoin. Elle n'était même pas l'héroïne dont ils avaient besoin. Elle avait d'autres chats à fouetter. Le Purlisa ne pouvait compter qu'elle chasse le serpent pendant que Henry mourait quelque part. Elle ouvrait la bouche pour leur en parler quand le Purlisa la prit de court.

— Votre amour Henry périra si vous n'intervenez pas.

61

Elle aurait préféré mourir plutôt que de l'admettre, mais Mme Cardui se sentait vieille. Il y avait tellement à faire, et pour la première fois de son existence elle commençait à douter de sa capacité à tout gérer. De retour dans son bureau du Palais, secondée par l'ensemble des employés royaux – une lettre manuscrite de Bleu avait réglé les ridicules malentendus entourant son emprisonnement –, Cynthia Cardui avait l'impression désagréable que tout lui filait entre les doigts.

En partie à cause de la fièvre temporelle. Des rapports sur sa progression ne cessaient de tomber. Il ne s'agissait pas de crises de panique suivant l'annonce d'une contagion importante ; les cas étaient avérés. La maladie frappait jeunes et vieux, pauvres et riches sans discrimination aucune. Deux de ses employés indiquaient son évolution sur des cartes dans la Chambre de Situation située sous le Palais. Il y avait sérieusement de quoi s'inquiéter. Et trembler, pensa Cynthia. La FT traversait les limites du Royaume à présent, comme toutes les maladies contagieuses. Ce serait une question d'heures avant que les frontières ne ferment les unes après les autres, ce qui aurait des conséquences désastreuses sur les échanges commerciaux.

Pire, le nombre de morts croissait. Plus terrifiant encore, la plupart étaient dans la fleur de l'âge ; en théorie, ceux-là avaient une grande réserve d'avenir sur laquelle compter. La fièvre gagnait en virulence et, par conséquent, il ne restait plus beaucoup d'avenir aux vieux comme aux jeunes. Mme Cardui n'osait l'envisager, mais le Royaume tout entier était confronté à un désastre d'une ampleur inégalée.

— Chers Dieux, pria-t-elle, si seulement Alan était parmi nous. Il aurait su quoi faire. S'il restait une petite chance…

Elle avait l'impression aussi que son réseau d'espionnage la lâchait. Elle exagérait peut-être, mais il semblait fonctionner moins efficacement qu'autrefois. À première vue, ils avaient perdu Blafardos. Un homme épouvantable et à coup sûr un agent double, ce qui ne l'empêchait pas d'être utile. Il se passait quelque chose au sein de la Confrérie et son instinct lui disait que cela avait un rapport avec la fièvre. Ces imbéciles expérimentaient-ils une guerre bactériologique ? Elle avait du mal à accepter cette idée, mais Lord Noctifer se servait de la Confrérie comme base politique et ce type-là était capable du pire.

Quand on frappa à sa porte, elle prit son visiteur pour un secrétaire et murmura : « Entrez ! » Elle leva les yeux et découvrit Nymphe en face d'elle.

— Trèèès chère, quelle bonne surprise ! Je te croyais encore dans le Monde analogue avec Pyrgus.

Comment va ce pauvre... Que se passe-t-il ?
s'inquiéta-t-elle quand elle vit le visage déconfit de
Nymphe.

— Pyrgus a contracté une maladie du Monde analogue.

62

Henry trouvait que ses mains devenaient bleues.

Les sourcils froncés, il les regarda de plus près. Elles n'étaient pas vraiment bleues, ni cobalt, ni azur, ni marine, mais bleutées en quelque sorte. Au début, il pensait que son imagination ou la lumière lui jouait des tours. À présent, il était certain qu'une transformation physique se produisait. La faute au désert ? Au sable, au spectre solaire ? Chez lui, le soleil donnait bien un aspect bronzé à la peau.

Le plus intéressant ? Henry s'endurcissait et desséchait, un peu comme une vieille botte (une vieille botte bleue !). Ni son bras ni sa jambe ne lui faisaient mal. Sa soif était si subtile que, la plupart du temps, il parvenait à l'ignorer et il avait moins besoin du liquide que Lorquin lui offrait par intervalles. Il marchait plus longtemps avant de devoir s'arrêter et se reposer. Il développait même la drôle de démarche bondissante de Lorquin – son imitation était à moitié délibérée, mais cette nouvelle manière d'avancer avalait les kilomètres et nécessitait de moindres efforts.

Quant au sens de l'orientation, Henry s'en sortait moins bien, malgré la grande patience de Lorquin.

Apparemment, le secret résidait en l'étude de l'angle du soleil avec les dessins que le vent traçait dans le sable. Henry comprenait pour le soleil – il se déplaçait dans le ciel de la même manière que dans son monde –, mais il avait beau écarquiller les yeux, il ne voyait pas de dessins. Pour lui, le désert n'avait jamais autant manqué de points de repère.

Pour une raison inconnue, Henry s'était dit que le peuple de Lorquin ne vivait pas loin de l'endroit où il avait tué le draugr. Peut-être avaient-ils accompagné Lorquin au début de sa quête ? S'agissant de nomades, nul doute qu'ils s'étaient éloignés. Au bout de deux jours de marche, aucun Luchti en vue. Et lorsque Lorquin annonça qu'ils étaient arrivés, Henry ne voyait toujours rien.

Il s'était attendu à un rocher masquant des grottes, des ruines habitées, des tentes de fortune… Autour de lui s'étendait une plaine de sable nu. Même les dunes onduleuses avaient disparu.

– Bienvenue dans mon village, déclara Lorquin, un grand sourire aux lèvres.

Henry examina bien les alentours. Son village était-il invisible ? Cela n'avait aucun sens. Pourquoi jeter un sort sur une communauté entière ? Et dans ce cas, comment les gens se retrouvaient-ils ? Non, l'invisibilité n'était nulle part ici. Il n'y avait pas de village dans les parages. Au bout d'une minute, se sentant idiot, Henry posa la question qui lui brûlait les lèvres :

– Où ?

Il sursauta quand quelque chose jaillit du sol. Whoosh ! Puis autre chose et autre chose encore… En un clin d'œil, il fut entouré d'un cercle de personnes nues à la peau bleue. Certains hommes brandissaient une lance. Un autre arborait des tatouages effrayants et très colorés. L'air malveillant, ils foudroyèrent Henry du regard.

Le cœur battant à toute allure, celui-ci fit un pas en arrière. De son côté, Lorquin se précipita dans les bras d'un individu hostile et laid, aux sourcils broussailleux et aux dents bizarrement limées.

– J'ai réussi, papa ! hurla-t-il. J'ai tué le draugr !

Ses mots galvanisèrent l'assemblée. En quelques secondes, les gens sautaient, criaient leur joie, dansaient. Plusieurs hommes vinrent frapper Lorquin dans le dos et Henry remarqua qu'une des jeunes filles lui souriait. Une grosse femme au regard doux et à la mine réjouie traversa la foule pour le serrer fort dans ses bras – la mère de Lorquin, en déduisit Henry qui crut discerner un air de famille. Un homme de stature gigantesque (un chef de tribu) s'écria : « Ce soir, nous festoyons ! » Son annonce fut accueillie par de chaleureux bravos puis Lorquin fut félicité, secoué, embrassé, étreint par chacun.

Soudain, les retrouvailles s'interrompirent. Dans un silence absolu, ils se tournèrent lentement et fixèrent Henry.

Henry esquissa un autre pas en arrière, arbora un sourire nerveux, bafouilla un « Hum… » puis il s'humecta les lèvres et se demanda s'il avait la moindre chance de semer ces effrayants personnages à la course dans le désert. Il n'aurait pas pris les paris.

Enfin, Lorquin attrapa la main de son père et le tira jusqu'à Henry.

– Voici mon Compagnon, annonça-t-il.

L'atmosphère changea alors de façon spectaculaire. Henry fut soudain encerclé par des gens qui lui souriaient, le touchaient, palpaient ses vêtements, lui parlaient en même temps, si bien qu'il ne comprenait pas un mot. Il humait une odeur corporelle collective, épicée et forte, mais pas déplaisante. Le mot « Compagnon » bondissait dans l'assistance tel un ballon. Il était clair que la tribu prenait leurs rituels autant au sérieux que Lorquin.

Le géant se fraya un chemin dans la masse à coups d'épaule, confia quelques mots à Henry qui ne comprit rien, puis il se redressa de toute sa hauteur et tourna lentement la tête. Dans un mouvement bizarre, elle atteignit un point que Henry n'aurait jamais cru possible.

– Les vaettirs approchent.

Pourtant, il n'y avait rien en vue à des kilomètres. Après avoir ramené son incroyable tête vers l'avant, il regarda dans la direction de Lorquin et ajouta :

– Ils vous ont poursuivis longtemps.

Ensuite, Henry eut du mal à saisir l'enchaînement des événements. Chaque membre de la tribu de Lorquin prit la main de son voisin, dans une séquence très particulière qui lui fit penser à une ola. Dernier de la rangée, Lorquin se pencha pour attraper Henry par la main. Il eut tout à coup l'impression de tomber ou plus exactement de plonger, comme coincé dans des sables mouvants. Horrifié, il réalisa que c'était la vérité : toute la tribu plongeait dans le sable et l'entraînait avec eux ! Il voulut crier, mais il avait du sable jusqu'aux épaules, au cou, au menton, dans la bouche... Il se noyait dans le sable !

Henry se débattit de toutes ses forces mais Lorquin le tenait d'une main de fer. Quelques secondes plus tard, les sables mouvants l'avaient englouti.

63

Il avait conscience d'une vague lumière orangée et poussiéreuse, assez claire pour qu'il voie les autres, et tandis que ses yeux s'adaptaient, son environnement devint plus net. Ils se déplaçaient tel un banc de poissons. Ils ne nageaient pas dans l'eau, il en était sûr, puisqu'il respirait sans aucun problème. Pourtant, il aurait juré qu'il nageait : il montait et descendait rien qu'en battant des pieds ou en remuant les bras. Non loin, Lorquin le tenait par la main et lui faisait signe de suivre.

La tribu formait un V allongé, comme un immense vol d'oies guidé par le géant. Ils s'enfonçaient, tête la première, avec une aisance fascinante, à la manière d'une bande de dauphins. Où se rendaient-ils ? Henry était obnubilé par ce sable qui l'avait englouti ; il n'y avait pas d'eau dans ce désert pour créer des sables mouvants, et pourtant il nageait, respirait, réfléchissait...

Quelle agréable sensation ! Décision remarquable, Henry décida de savourer cet instant. Tout en nageant, il roula sur le dos et pencha la tête de façon à ne pas perdre de vue Lorquin et sa tribu. La

lumière orange était plus éclatante au-dessus de lui,
un soleil diffus sans aucun doute. O.K., ils nageaient
dans le sable. C'était possible, quoique impossible.
On nageait bien dans l'eau. Là, il faisait la brasse,
respirait, flottait, et c'était vraiment très plaisant.

Un étrange pépiement le surprit – on aurait dit
un dauphin. Quand il tourna la tête, il comprit que
Lorquin lui demandait de ne pas traîner. Henry
donna de grandes impulsions avec les jambes et fut
récompensé par une grisante poussée de vitesse.
Quel délice ! Le jour où il avait été transféré dans
le Royaume des Fées, avec une paire d'ailes et la
capacité de voler, n'était pas même comparable à
cette fois-ci. Nager dans le sable était merveilleuse-
ment chaud et confortable.

Il ne cessait de se demander par quel miracle.
Lorquin et son peuple ressemblaient à des fées – des
fées primitives et différentes, d'accord, mais loin de
donner la chair de poule. Et même s'ils étaient un
peuple effroyable qui avait trouvé le truc pour nager
dans le sable, cela n'expliquait pas pourquoi Henry
en était lui aussi capable. Il avait suffi que Lorquin
le prenne par la main et l'attire au fond pour qu'il
y arrive !

Une ville se dressait devant eux.

Henry cligna des yeux. (Comment pouvait-on cli-
gner des yeux dans le sable ?) Il vit des tours et des
flèches, des murs et des tourelles qui s'élevaient sur
le lit marin – non, pas marin, il ne se trouvait pas
sous l'eau, mais comment l'appeler autrement ? Il
apercevait des morceaux de routes pavées… À
moins que ce ne fût une sorte de mirage, une gigantesque illusion, il y avait bel et bien une ville en

contrebas, dans l'ombre, et ils se dirigeaient droit sur elle.

Il donna un grand coup de pied pour rattraper les autres et nager à côté de Lorquin.

– C'est quoi, là-bas ? essaya-t-il de demander.

Pour une raison inconnue, ce ne furent pas des mots qui sortirent de sa bouche mais des cris de dauphin.

Lorquin tourna la tête pour lui sourire et émit une autre série de cris en réponse. Henry ne comprit absolument rien. Il roula et nagea vers le haut afin d'obtenir une meilleure vue. La ville était en grande partie en ruine, telle une Atlantide sous-marine engloutie par un raz de marée préhistorique. Excité comme une puce, Henry voulait crier sa joie mais il ferma la bouche et écouta les battements de son cœur.

Au-devant, les leaders de la tribu atteignirent une bande plate de pavés effrités et descendirent en piqué. Puis, soudain, ils se dirigèrent vers de grands bâtiments à pied. Ils ne nageaient plus ! Lorsque son tour vint, Henry paniqua un instant – que se passait-il donc ici ? – puis, sans prévenir, une sorte de membrane invisible qui l'entourait éclata et il flotta, aussi léger qu'une aigrette de pissenlit, avant de se poser sur le sol dallé.

Il fit quelques pas maladroits et expérimenta une curieuse sensation de lourdeur. Mais voici le plus étrange : il avait déjà eu cette impression, enfant, dans son bain. Parfois il laissait l'eau s'écouler hors de la baignoire sans en sortir. Allongé là pendant que l'eau disparaissait, son corps ne flottait plus et devenait de plus en plus lourd jusqu'à atteindre son poids normal. Sauf que cette fois-ci il était debout !

Joyeux comme jamais, Lorquin surgit à ses côtés et s'adressa à lui sans lui parler en dauphin.

— Nous sommes chez moi ! s'exclama-t-il. Nous habitons ici ! Henry, tu peux rester si tu veux ! Parce que tu es mon Compagnon !

64

Mme Cardui ne s'était jamais rendue dans le Monde analogue auparavant et il lui fallut moins d'une demi-heure pour décider qu'elle ne s'y plaisait pas.

Elle avait en horreur les affreux vêtements qu'elle était obligée de porter. Aucun sens du style, de la coupe, de la couleur, de... et bien sûr aucun sortilège de tissage. Les tissus pendouillaient avec le panache d'une tomate écrasée par terre.

– Qu'est-ce donc ? demanda froidement Mme Cardui quand Nymphe lui montra un habit on ne peut plus repoussant.

– Un pantalon, répondit Nymphe.

La jeune femme s'inquiétait pour Pyrgus. Elles s'inquiétaient toutes les deux pour lui. Néanmoins...

– Un vêtement masculin ? Tu veux que je me travestisse à mon âge ?

– Non, non, madame Cardui. Ce ne sont pas des vêtements d'homme. Ils font partie d'un tailleur pour femme. Il y a un pantalon et une veste. Couleurs pastel, teintes plus sombres. Ce genre de tenue

est très populaire dans le Monde analogue. Particulièrement chez les femmes… plus âgées.

Mme Cardui la foudroya du regard.

– Il n'est pas question que je mette ça !

Elle finit par choisir un chemisier à froufrous très
décolleté, une jupe bohémienne lui arrivant à la cheville et des sandales ouvertes. Après réflexion, elle
ajouta une écharpe en soie colorée. C'était tout à fait
différent de ce qu'elle avait l'habitude de porter mais,
au moins, cette tenue montrait qu'elle avait un certain flair ! Nymphe lui lança un regard dubitatif.

– On ne discute pas ! intervint Mme Cardui. J'ai
une réputation à conserver, même dans le Monde
analogue.

Au fond, la translation était une expérience assez
drôle. Elle aurait aimé emprunter un des télétrans-
porteurs d'Alan – en sa mémoire – mais il en avait
fabriqué très peu avant de mourir et tous avaient le
malheureux défaut de tournebouler leurs utilisa-
teurs. Par conséquent, elle avait franchi avec Nymphe les flammes bleues et froides du portail officiel
du Palais. Elle avait eu l'impression de tomber du
haut d'une falaise, ce qu'elle avait bizarrement
trouvé agréable.

« Agréable » n'était pas un adjectif qu'elle aurait
utilisé pour décrire le Monde analogue, découvrit-
elle. Durant leur séjour dans cette dimension ridicule, Pyrgus et Nymphe avaient loué un petit
manoir à peine digne d'un Prince des Fées et de
son épouse. Comble de malchance, l'endroit avait
été construit sur du granit contenant tellement de
quartz que la technologie des portails ne fonctionnait pas dans les environs. Bien entendu, le jeune

couple avait accepté ce contretemps sans problème et Nymphe s'était arrangée pour que les traversées se fassent dans l'actuelle issue (qui, Dieu merci, était bien cachée).

Consternée, Mme Cardui fixa l'attelage.

— Qu'est-ce que c'est ? demanda-t-elle.

— Une automobile, lui apprit Nymphe.

— Pourquoi a-t-elle cette forme particulière ?

— Ils les fabriquent ainsi.

Nymphe lui ouvrit la portière. Mme Cardui jeta un œil inquiet à l'intérieur.

— Je croyais qu'ils utilisaient des chevaux pour tirer leurs attelages.

— Plus maintenant.

Les sourcils froncés, Mme Cardui se redressa.

— Utiliseraient-ils la technologie des sortilèges ?

Nymphe secoua la tête et eut un petit sourire.

— La plupart des humains ne croient plus à la magie – vous vous souvenez des problèmes qu'a rencontrés Henry.

— Bon, comment cet engin fonctionne-t-il, alors ? Car je présume que cela fonctionne ?

— L'automobile est équipée d'un moteur mécanique. Dissimulé dans ce renflement à l'avant.

— Par tous les Anciens Dieux, est-ce sans risque ?

— Pas vraiment, admit Nymphe. Mais nous n'allons pas loin.

Elle grimpa dans l'extraordinaire machine et fit signe à Mme Cardui de la rejoindre.

— Où est notre chauffeur ? s'enquit celle-ci.

— C'est moi qui conduis.

— Toi, trèèès chère ?

– Pyrgus m'a appris, déclara Nymphe avec fierté. Il est assez doué.

Elle se pencha en avant et déverrouilla quelque chose dans une paroi de l'attelage. La structure entière trembla et gronda tel un chat hystérique.

– Elle fait toujours ce bruit ? demanda Mme Cardui.

Qu'ils aillent loin ou non, le voyage fut franchement exécrable. L'attelage ne volait pas, ne planait même pas, si bien qu'il cahotait, crépitait, ronflait, grognait sur des roues primitives (des roues !) le long de routes envahies de véhicules similaires. Tout n'était que puanteur, confusion et bruit, et la pauvre Nymphe qui devait manœuvrer seule cet engin ! Il manquait jusqu'à un Fondamental pour alléger cette corvée.

Cela s'arrangea un peu quand elles approchèrent de la maison analogue de Pyrgus et de Nymphe. En vérité, ils se trouvaient à une certaine distance des principaux centres de population et, par conséquent, il y avait moins de… comment Nymphe les nommait-elle déjà ?… d'automobiles. Ce qui ne rendait pas le Monde analogue plus attrayant. Le ciel affichait la mauvaise teinte de bleu, quand il n'était pas plombé. Fort agaçant : les nuages arboraient une forme différente de ceux du Royaume. Même la lumière du soleil différait. Il dégageait une curieuse blancheur bien moins plaisante que les riches rayons dorés du soleil féerique.

Pour finir, Nymphe engagea leur attelage sur une voie privée et dut passer plusieurs portails imposants. Mme Cardui frissonna.

– Ils ne sont pas en fer, j'espère ?

– Si.

– Mais, trèèès chère, vous ne réalisez pas à quel point le fer est dangereux ?

Soudain, elle se dit que la mystérieuse maladie analogue de Pyrgus était peut-être due à un contact avec du fer, métal mortel pour les Fées.

– Ils en utilisent beaucoup dans ce monde, répliqua Nymphe avec désinvolture. Il ne semble pas laisser des séquelles aussi importantes que chez nous.

Elle surprit l'expression affligée de Mme Cardui et se dépêcha d'ajouter :

– Nous faisons très attention, bien entendu. Il y a très peu de fer à l'intérieur de la maison.

Très peu ? Cette enfant avait dit *Très peu ?* Dans aucun foyer féerique sensé on n'en trouvait la moindre trace !

Pour l'essentiel, la maison ne la déçut pas. Bien que petite pour un prince, elle semblait ancienne et d'une architecture assez intéressante. Elle avait lu quelque part qu'il existait une légère différence gravitationnelle entre le Monde analogue et celui des Fées. Rien de remarquable, mais assez pour affecter les matériaux de construction sous pression, et donc les styles architecturaux. Ce ne fut pas la seule différence qu'elle nota.

– Où sont vos domestiques ? demanda-t-elle soudain à Nymphe tandis que l'horrible véhicule se garait devant la maison.

Ils auraient dû être alignés sur le seuil, prêts à saluer leur maîtresse. Elle espérait que Nymphe n'oubliait pas leur rang.

– Nous n'en avons pas, répondit Nymphe qui verrouilla l'automobile et enleva la clef.

Mme Cardui cligna des yeux.

– Ne sois pas ridicule. Bien sûr que vous avez des serviteurs !

– Nous avons engagé une cuisinière, parce que je ne suis pas très douée et que Pyrgus ne parvient pas à retrouver le chemin des cuisines. Et il y a une infirmière qui s'occupe de lui pendant mon absence. Mais non, nous n'avons pas de domestiques. Même en offrant de l'or, il est très difficile d'en dénicher.

Mme Cardui descendit de l'attelage en secouant la tête. Elle voyait ce qu'il lui restait à faire si Nymphe et Pyrgus étaient obligés de demeurer plus longtemps dans le Monde analogue. Puisque Pyrgus était un homme, on ne pouvait pas compter sur lui. Nymphe, par contre... Mais elle était une Fée de la Forêt et possédait une culture tout à fait différente. Elle chargea sur son épaule son petit sac contenant ses sortilèges de guérison. Dès qu'elle l'aurait débarrassé de cette maladie, elle trouverait le temps d'organiser leur maison dans les règles de l'art. La crise au Royaume attendrait, parfois certaines choses passaient en priorité. En outre, cela ne prendrait pas longtemps.

L'infirmière se montrait bien familière quand elle s'adressait à ses supérieurs, mais au moins elle semblait sincèrement préoccupée par l'état de santé de Pyrgus, au point d'insister pour qu'il soit examiné en urgence par un médecin du Monde analogue.

– Je suis médecin, clama Mme Cardui.

Ce qui était vrai puisque son sac rempli de sortilèges se montrerait bien plus efficace que toute charlatanerie du Monde analogue.

La femme eut l'impudence d'examiner les sandales de Mme Cardui, mais un regard glacial la fit vite reculer, les laissant libres de se rendre dans la chambre de ce pauvre Pyrgus.

Dès qu'elles franchirent le seuil, Mme Cardui se figea. Un simple coup d'œil à la silhouette dans le lit lui apprit tout ce qu'elle avait besoin de savoir. Elle fit tomber son sac de sortilèges inutile.

– Ce n'est pas une maladie analogue, chuchota-t-elle. C'est la fièvre temporelle.

Incrédule, Nymphe la dévisagea.

– Mais la fièvre temporelle est inactive dans le Monde analogue !

– C'est ce que nous pensions, déclara sobrement Mme Cardui. À l'évidence, nous nous trompions.

65

– Je ne vois aucune montagne, s'étonna Bleu.

– Elles vont apparaître dans un moment, lui apprit le Père Supérieur.

– C'est une illusion d'optique, intervint le Purlisa qui souriait avec bienveillance. Regardez ! Elles sont là.

Bleu suivit son regard. Devant eux, les montagnes s'élevaient, mornes et bleues.

– Le serpent se trouve en ces lieux ? s'enquit-elle. Dans une grotte au cœur de ces montagnes ?

– Tel le prétend ma vision, indiqua le Purlisa.

– Et Henry aussi ? Prisonnier du serpent ?

Elle n'en croyait pas un traître mot, mais le Purlisa avait été capable de décrire Henry avec une très grande précision à partir de sa vision. Par ailleurs, elle ne possédait aucune autre piste de recherche...

Du coin de l'œil, elle vit le Père Supérieur lancer un regard d'avertissement au Purlisa. Celui-ci hocha simplement la tête et lui répondit : « Oui. »

Une poignée de moines les avaient accompagnés jusque-là, ainsi qu'une bête de somme nerveuse, d'une espèce inconnue de Bleu, et qui transportait un minimum de ravitaillement (dont la fameuse arme).

— Et maintenant ? les interrogea Bleu.

Le Purlisa la regarda sans rien dire.

— Vous allez m'aider ?

Le Purlisa demeura silencieux. Embarrassé, le Père Supérieur détourna le regard.

Bleu scruta les montagnes en surplomb.

— Je monte seule ?

— Oui. Vous pouvez prendre le charno, ajouta le Purlisa qui tapota l'encolure de l'animal. Il portera votre arme.

— Vous n'aurez pas besoin de lui ? s'enquit Bleu. Et vos provisions ?

— Les réserves restent avec vous, expliqua le Purlisa. En tant que moines, nous sommes habitués aux privations.

— Le voyage du retour ne sera pas long, compléta le Père Supérieur, l'air à nouveau embarrassé.

— Comment saurai-je que j'ai trouvé la bonne grotte ?

— C'est votre destin, déclara simplement le Purlisa qui lui tendit les rênes du charno.

Au bout d'un long moment, Bleu se tourna et s'éloigna avec l'animal. En silence, les moines l'observèrent jusqu'à ce qu'elle disparaisse dans les contreforts.

66

D'allure étrange, le charno disposait de pieds énormes et de longues oreilles retombantes. Il s'accroupit sur ses larges et puissantes pattes postérieures semblables à celles d'un lièvre géant. Ils étaient très avancés dans les contreforts quand Bleu s'aperçut qu'il parlait.

— Vous savez qu'ils se sont joués de vous ? déclara-t-il soudain.

Bleu cligna des yeux.

— Le Père Supérieur et ce moucheron, continua le charno, ils se sont joués de vous.

Il avait une voix rauque et raclante, comme au fil du temps les hommes qui boivent trop de jus fermenté.

— J'ignorais que tu parlais !

— En général, je n'ai pas grand-chose à raconter.

— Qu'entends-tu par « ils se sont joués de vous » ?

— Ils ont un plan. Votre petit ami n'est pas encore arrivé.

Bleu fixa la créature. Étrangement, elle la croyait — du moins cette allusion à un plan. Il y avait eu trop de regards en douce entre le Père Supérieur et le Purlisa. Pourtant, elle était persuadée qu'ils ne lui avaient pas menti. Surtout le Purlisa qui était probablement l'homme le plus gentil qu'elle ait jamais rencontré.

— Au fait, comment t'appelles-tu ?

— Charno, répondit le charno.

— Non, je veux ton vrai nom.

— Vous pouvez m'appeler Primo. C'est ainsi que nous fonctionnons, ajouta-t-il sans indiquer qui il entendait par « nous ».

— Comment sais-tu que Henry n'est pas là-haut, Primo ?

Le charno se tapota l'arête du nez avec une de ses pattes avant.

— J'ai mes sources.

Il tourna ses grandes dents de cheval vers la montagne. Bleu suivit la direction de son regard et aperçut l'entrée d'une grotte.

— Et puis, ajouta-t-il, j'ai les oreilles qui traînent.

— Pourquoi le Père Supérieur et le Purlisa veulent-ils que j'aille là-haut ?

— Le Père Supérieur était contre. C'est ce débile de moucheron qui a tout organisé.

Il souleva une de ses grosses pattes arrière pour se gratter derrière l'oreille.

— Donc, tu penses qu'il n'y a pas de serpent dans cette montagne.

— Si, il existe bien quelque chose. Un serpent, un dragon, un oompatherium, qu'est-ce que j'en sais ? Simplement, il n'a pas gloutonné votre amoureux, parce qu'il n'est pas encore arrivé.

— Pas encore ? répéta Bleu.

— Il n'est pas là.

— Tu as dit qu'il n'était pas encore arrivé.

— C'est faux.

— Si, tu l'as dit, deux fois !

— Pas ma faute. Il n'est pas là. Henry. Pas là…

Le charno baissa la tête

— Tu ne me dis pas toute la vérité ! s'écria Bleu.

— Si.

— Alors pourquoi détournes-tu le regard ?

— Je suis une espèce inférieure.

Bleu renifla – ce son lui fit penser au Père Supérieur.

— Écoute, Primo. On ne peut pas continuer comme ça. Le Père Supérieur et le Purlisa ne sont pas les seuls à avoir un plan, n'est-ce pas ?

Primo fixa les griffes de ses grandes pattes.

— Non, admit-il, penaud.

— Tu ne veux pas monter jusqu'à la grotte ?

— Qui aimerait se rendre dans une caverne où rôde un serpent mangeur d'homme ? Vous, oui, mais pas moi. Je n'ai pas de petit ami là-haut.

C'était le plus long discours que le charno ait tenu jusqu'à présent, à la mesure de sa contrariété, sûrement.

Bleu rebondit sur sa dernière phrase.

— Henry est là-haut, oui ou non ?

— Non. Pour ça, j'ai dit la vérité.

— Mais il le sera bientôt ?

— Possible.

L'air innocent, le charno contempla le ciel bleu baigné de soleil. Bleu le prit par les rênes.

— Viens ! décréta-t-elle. On monte.

Pendant un instant, elle crut qu'il résisterait, tel un âne borné, mais il se releva et, obéissant, il clopina derrière elle.

— J'espère que vous ne le regretterez pas.

67

I l y avait une plate-forme rocheuse à l'entrée de la grotte. Bleu en profita pour s'arrêter là.

– Tu n'es pas obligé de venir.

– Humph ! lança le charno avec cynisme.

– Quoi, *Humph* ? s'énerva Bleu.

– Vous aurez besoin du marteau.

– Pardon ? Ah oui ! Le marteau de guerre !

Le Purlisa avait insisté sur le fait que le marteau était la seule arme efficace contre le Serpent de Midgard, et le Père Supérieur en avait produit un ancestral. D'abord, Bleu avait trouvé bizarre qu'ils en possèdent un au monastère – une raison de plus pour se méfier d'eux.

– Vous ne pourrez pas le porter toute seule.

– Et pourquoi ?

– Vous l'avez soupesé ?

À la vérité, non. Le Père Supérieur ou ses moines avaient chargé le charno et Bleu avait juste entra-perçu le marteau. Il lui avait paru gros, mais si elle devait l'utiliser contre un monstre, quel qu'il fût, ils ne lui auraient pas donné une arme trop lourde à brandir.

Soudain, elle réalisa à quel point cette histoire était insensée. Si un serpent se tapissait bel et bien dans les montagnes, elle s'apprêtait à l'affronter tel un guerrier mythique équipé d'une arme antique que lui avaient fournie des hommes rencontrés la veille. Elle n'avait rien d'un guerrier mythique, ni d'une guerrière, d'ailleurs. Elle n'était qu'une princesse – elle se considérait toujours comme une princesse bien qu'elle ait été couronnée Reine – et dans la mythologie, le guerrier venait au secours de la princesse et non le contraire.

Et là, deux faits lui devinrent clairs. Un : elle n'avait pas totalement cru à l'histoire de serpent du Purlisa, bien qu'elle l'appréciât beaucoup. Deux : elle tenterait n'importe quoi pour Henry. N'importe quoi ! Elle affronterait un serpent pour lui. Elle traverserait le désert pour lui. Elle suivrait toutes les pistes, bonnes ou fausses, dans l'espoir de le trouver. Si ce n'était pas de l'amour…

– Non, répondit-elle au charno.

Celui-ci se contorsionna et ouvrit son sac à dos. Il en sortit un paquet volumineux, dénoua le linge qui le protégeait et révéla le marteau de guerre du Père Supérieur. L'arme imposante au long manche en chêne finement sculpté portait les traces d'anciennes batailles. Le charno le lui tendit.

Dès qu'elle prit l'arme, Bleu la lâcha sur le sol. Ce truc pesait une tonne ! Alors que le charno l'avait manipulé telle une plume, il était bel et bien trop lourd pour elle.

– Vous voyez ?

La colère qui frémissait en Bleu n'avait rien à

voir avec le charno, mais cela ne l'empêcha pas de la déverser sur lui.

– À quoi bon ? À quoi bon me donner une arme dont je ne peux pas me servir ? Essaient-ils de me tuer ?

À question rhétorique, réponse rhétorique.

– Je vous avais dit qu'ils se jouaient de vous.

Interloquée, Bleu s'aperçut alors que Primo avait peut-être raison. Pas d'un point de vue léger et amusant, mais littéral et sérieux. Elle risquait d'être blessée. Elle appréciait le Père Supérieur, elle appréciait le Purlisa, son instinct lui dictait donc de leur faire confiance. Mais n'était-ce pas là l'essence du problème ? Pour duper les gens, il fallait se montrer aimable. Personne ne faisait jamais confiance aux crapules au regard fuyant. Le Purlisa et le Père Supérieur avaient-ils fomenté un complot pour la tuer ?

Mais pourquoi ?

– Mais pourquoi ? s'enquit Bleu.

– Aucune idée, répondit le charno dans un haussement d'épaules.

– Ils savaient que je ne pourrais pas utiliser cette arme !

– Vous deviez vous en apercevoir à l'intérieur de la grotte, pas avant.

– Quand il aurait été trop tard ?

– Oui.

– Tu aurais porté le marteau et tu me l'aurais tendu quand j'aurais été face au serpent ?

– Oui.

– Pourquoi m'avoir prévenue avant ?

– Je ne suis pas quelqu'un de loyal... Les serpents mangent les charnos.

Logique. Ou pas. Pourquoi le Purlisa et le Père Supérieur auraient-ils souhaité sa mort ? Ils s'étaient rencontrés la veille. Elle s'était rendue au monastère par accident.

– Tu crois qu'il y a vraiment un serpent ?
– Probablement.

Ils s'observèrent un long moment sur la plate-forme en pierre, Bleu déguisée en jeune homme, le charno et ses yeux marron et attendrissants qui plongeaient dans les siens. Dans leur dos les attendait l'entrée de la grotte, sombre et menaçante.

Le plus grave, c'était qu'elle ne faisait pas confiance au charno non plus.

Le plus grave, c'était qu'au milieu de tous ces mensonges, Henry se trouvait peut-être à l'intérieur.

68

Honnêtement, certaines subtilités échappaient à Henry.

La cité en ruine, tout d'abord. Il était clair que le peuple de Lorquin ne l'avait pas construite. On n'en parlait pas dans les plus anciennes légendes de la tribu, à l'exception de celle relatant sa découverte. Henry l'avait apprise de la bouche de Brenthis, le conteur de la tribu.

Il y avait très longtemps, raconta Brenthis, à une époque où la nature était luxuriante, les Luchti servaient de repas à la race sauvage des Buth. Ils les retenaient dans des enclos et leur permettaient de vagabonder dans de grands champs clôturés, mais chaque année au printemps, deux tiers de leurs jeunes étaient égorgés et stockés pour nourrir les Buth.

Un jour, une Luchti nommé Euphrosyne découvrit une arche merveilleuse qui lui permit de communiquer avec Charax en personne. Comme l'Arche d'Alliance de l'Ancien Testament, pensa Henry quand Brenthis atteignit cette partie de l'histoire. Et Charax semblait aussi assoiffé de sang que Jéhovah, puisqu'il décida qu'un Grand Désastre s'abattrait sur les Buth qui furent détruits jusqu'au dernier. Son geste libéra les Luchti mais assécha les terres qui se désertifièrent, condamnant ces derniers à errer dans le désert jusqu'à la fin des temps pour trouver de l'eau et de la nourriture. Cela ressemblait étrangement à l'exode des enfants d'Israël hors d'Égypte, pensa Henry, les sourcils froncés. Surprenant, parfois, comme les histoires du Royaume des Fées reflétaient celles de son monde. Mais Brenthis continuait son monologue et Henry se concentra pour ne pas en perdre une miette.

Grâce à cette merveilleuse arche, Charax voyageait avec les Luchti. Quand ils atteignirent une plaine désertique où rien ne survivait, ils apprirent une technique spirituelle secrète qui leur permettait d'altérer certains aspects de la réalité. Cette discipline difficile exigea des mois de perfectionnement et, finalement, toute la tribu s'enfonça dans les sables du désert et découvrit les ruines d'une vaste cité qu'aucun être au monde n'avait vue auparavant. Depuis ce fameux jour, même s'ils parcourent l'immensité du désert pendant plusieurs mois, les Luchti reviennent là chaque année sans exception pour fêter la fin de leur esclavage.

Henry voyait là une mauvaise interprétation d'événements réels. Peut-être le peuple de Lorquin avait-il été retenu prisonnier par le passé ? Peut-être leurs ravisseurs, les Buth, avaient-ils été battus à la guerre ou avaient-ils péri à la suite d'une catastrophe naturelle ? Mais qui avait construit cette cité ? Et comment était-elle maintenue dans cette bulle impossible sous le sable ? Comment se procurait-elle – même aujourd'hui, en ruine – lumière, air et eau en abondance ? Et le plus mystérieux, comment les Luchti avaient-ils trouvé le moyen de l'atteindre ? La discipline mentale qu'ils utilisaient dépassait son entendement. S'il voulait remonter à la surface, il devait être accompagné par Lorquin ou un autre membre serviable de la tribu.

Cette cité n'était que le début d'une longue histoire. Il ne comprenait toujours pas comment les Luchti survivaient loin d'elle, lors de leurs pérégrinations dans le désert. D'après ce qu'il en avait vu, il n'y avait pas assez d'eau, de nourriture, d'abris pour eux tous... et la tribu était étendue, découvrit Henry. Il y en avait juste assez pour Lorquin et lui (grâce aux talents cachés de Lorquin) ! Comment le désert les ravitaillait-il tous ? Quand il posa la question à Brenthis, le conteur haussa simplement les épaules.

– Ne sommes-nous pas aussi doués que les vaettirs ?

Ce qui n'était pas faux, puisque les vaettirs et leur draugr survivaient également. Il n'obtint pas de meilleure explication.

Henry n'en apprit pas davantage sur eux. Les Luchti ignoraient pourquoi ils avaient la peau bleue – « la volonté de Charax », selon eux. (Depuis qu'il avait remarqué un léger bleuissement de sa peau, Henry n'avait plus constaté de changement.) Ils ignoraient tout du Monde analogue, de la Reine Holly Bleu et de son Empire dans le Royaume des Fées. Ils ignoraient aussi le nom de leur propre pays qu'ils appelaient « les terres incultes ». Ils ignoraient comment Henry était venu dans le désert et, plus important, comment en partir.

Par contre, ils savaient très bien qu'une fête se préparait.

Lorquin ne parlait que de cela.

– Une fête en mon honneur, En Ri ! Parce qu'ils ne pouvaient pas se réjouir avant que je n'aie tué le draugr. Il n'y a pas que moi. Cette fête énonce les vers des chansons pour l'année à venir, remercie Charax... Tout le monde mange, danse... Je pourrai trouver une épouse...

– Une épouse ? s'exclama Henry. Lorquin, tu n'as que dix ans !

– Je sais ! s'enthousiasma Lorquin. Ino consultera les ossements et Euphrosyne parlera avec Charax, et il y aura des roulements de tambour, et tout le monde boira beaucoup de melor.

Henry fronça les sourcils. *Euphrosyne ?* Ino, l'homme trapu aux tatouages, ressemblait à un sorcier. Euphrosyne, elle, avait trouvé la mystérieuse arche à la naissance de leur tribu.

– Quel âge a Euphrosyne ? demanda Henry par curiosité.

– Vingt ans et sept mois. Pourquoi ?

– Rassure-moi, ce n'est pas celle qui a découvert l'arche ?

Lorquin lui décocha un étrange regard.

– Si tu n'étais pas mon Compagnon, En Ri, je te croirais un peu simplet. Euphrosyne est la fille de la fille de la fille de la fille de...

– O.K. J'ai compris !

Depuis la première Euphrosyne, une lignée de prêtresses, de mère en fille, se relayait au service de Charax. Il se demanda s'ils avaient préservé l'arche originelle. Henry se dit qu'il serait intéressant de l'examiner.

– ... de la fille de la fille de la fille de la fille de la fille de la fille de la fille de la fille de la fille de la fille de la fille de la fille...

Henry le laissa seul avec son inventaire.

69

Les festivités commencèrent par l'arrivée d'un tambour.

Henry observa l'homme qui s'avançait sur l'immense place centrale de la cité. Son tambour était un tube fuselé en bois, ouvert d'un côté, couvert d'une sorte de peau de chèvre de l'autre et décoré de minuscules crânes peints – ceux de petits rongeurs, certainement.

L'homme marchait à pas lents sur les pavés craquelés, examinait les bâtiments en ruine, tel un touriste face à une nouvelle attraction. Arrivé sur un bord de la place, il s'accroupit, installa son tambour entre les genoux, caressa la peau de chèvre et commença à taper… *tap… tap… tap…* sans rythme particulier. Le son ne résonnait pas beaucoup – à cause du tambour ou de l'environnement souterrain qui en absorbait une partie ?

– On descend maintenant ? chuchota Henry.

Ils se tenaient au deuxième étage d'un immeuble imposant, du moins ce qu'il en restait. Des visages bleus apparaissaient aux fenêtres des nombreux bâtiments avoisinants.

– Non, répondit Lorquin sans s'expliquer.

Ses yeux pétillaient.

Un deuxième tambour apparut dans l'ombre d'une ruelle. Plus déterminé que le premier, il se rendit directement au centre de la place, ignorant son environnement. Il s'accroupit à son tour et se mit à jouer. Cette fois-ci, rythme et résonance étaient de la partie, tel un lourd battement de cœur. Henry crut entendre un soupir collectif émaner de l'assistance.

Ta-poum, ta-poum, ta-poum… pendant un long moment sans interruption. Excité à la perspective d'une grande fête, Henry fut envahi par un sentiment agréable de relaxation, comme sous hypnose. Les yeux de Lorquin pétillaient toujours.

Soudain, au-delà de la place, retentit un autre tambour, puis un autre jouant en léger décalage. Le menton levé, ils entrèrent sur la place au rythme des pulsations. Leur démarche était étrange – deux pas en avant, un en arrière. Ils s'accroupirent à côté des deux autres tambours sans cesser de jouer.

Henry, qui avait déjà été hypnotisé par M. Fogarty, plongeait dans la torpeur quand soudain il fut réveillé en sursaut par un cri déchirant. Huit tambours se précipitèrent sur la place en sautant et en dansant. Leur corps arborait des stries blanches et des dessins compliqués qui leur donnaient l'allure de zèbres humains déchaînés. Au bout d'un seul tour de place, ils rejoignirent leurs quatre comparses et, ensemble, ils entamèrent un rythme nouveau, plus vigoureux et plus rapide. Tel un coup de tonnerre sans fin, le son roula à travers la cité en ruine.

Excité au-delà de toute mesure, Lorquin se balançait d'un pied sur l'autre.

– Maintenant ? demanda Henry.

Après ces préliminaires, il savait que les festivités auraient lieu sur cette place.

– Pas encore, lui souffla Lorquin. Bientôt.

Les femmes de la tribu se mirent à danser. Comme de superbes paons, leurs corps comportaient des volutes complexes, vertes et rouges, jaunes et orange vif, qui contrastaient avec leur peau bleu foncé. Henry n'avait jamais rien vu de pareil et sans savoir pourquoi, son cœur bondissait de plaisir dans sa poitrine.

Pendant quelques minutes, les femmes paradèrent sur la place au rythme des tambours, caracolèrent, tournoyèrent. Submergées de joie, elles souriaient toutes.

– Maintenant, décida Lorquin, ce qui prit Henry par surprise.

– Pardon ?

Lorquin le regarda avec la tendresse d'un père qui s'adresserait à son enfant idiot.

– Il est temps pour nous, les hommes, de descendre.

Nous. Ce simple mot agit tel un petit crochet dans le cœur de Henry. *Nous, les hommes.* Lorquin, cet enfant qui l'avait sauvé du désert, était devenu un homme après avoir tué le draugr. Henry était un homme lui aussi : il avait été accepté comme Compagnon de Lorquin par la tribu ; sa bravoure et sa maturité n'avaient jamais été remises en question. Henry avait grandi dans une maison dominée par les femmes. Dès le début, son père s'était trouvé à l'opposé des certitudes de sa mère et des jérémiades manipulatrices de sa sœur. Après le départ de son

313

père et l'emménagement d'Anaïs, Henry avait trois femmes contre lui. La plupart du temps, il se sentait assiégé. Aujourd'hui, il était un homme, presque un membre de la tribu. Aujourd'hui, il éprouvait la camaraderie et la reconnaissance. *Nous, les hommes*. Même si ces mots avaient été prononcés par un enfant, Henry les aimait bien.

– Maintenant ? demanda-t-il avec le sourire.

Lorquin lui rendit aussitôt son sourire.

– Oui, maintenant, En Ri.

Ils se mêlèrent donc au flot des hommes qui se rendaient sur la place. Sans perdre une minute, Henry suivit le rythme, une marche traînante et hachée ponctuée par des grognements tonitruants en mesure avec les battements de tambour. Henry ne fut pas étouffé par la chaleur des corps mais étrangement ragaillardi. Comme Lorquin, les hommes étaient nus – même s'ils semblaient habillés par les peintures blanches. Henry avait ôté sa chemise (il faisait si chaud qu'il se serait cru sur une plage des tropiques, mais il ne craignait pas les coups de soleil, puisqu'il était sous le sable). Cependant, il ne parvenait pas à dire au revoir à son pantalon. Il avait décliné l'offre de Lorquin qui avait proposé de lui peindre la peau – *Laisse-moi t'illustrer, En Ri !* avait chantonné Lorquin – et pourtant, il faisait partie intégrante de la célébration, grâce aux hommes de la tribu, peut-être, qui l'avaient accepté de bon cœur.

Quand ils entrèrent sur la place, Henry se retrouva au cœur d'une danse rituelle. Évoluant avec majesté, un long serpent composé d'hommes s'entrelaçait gracieusement avec les mouvements des femmes. Parfois, ils s'approchaient au point de se frôler. Chose étrange, Henry n'était pas du tout choqué, même quand plusieurs jolies jeunes filles lui sourirent. Pour la première fois de sa vie, il prenait part à quelque chose de plus grand que lui.

Les tambours battaient vite, très vite. La danse devint endiablée, la tribu chanta à l'unisson avec le rythme de base. Même s'ils chantaient dans une langue que Henry ne comprenait pas, il capta les mots en quelques minutes. Bientôt, il psalmodiait avec les meilleurs d'entre eux. Les tambours, le mouvement rythmé et le chant combinés lui donnaient le vertige, mais hors de toute angoisse. Quand quelqu'un lui passa une gourde remplie d'un liquide jaune, il but sans arrière-pensée.

Quelques secondes plus tard, le sommet de son crâne explosa. Quelle sensation merveilleuse ! Il était revigoré, puissant, ivre. Il était aussi fort que n'importe quel autre homme de la tribu. Il était vieux, jeune, sage. Il était amoureux de Bleu.

Lorquin se matérialisa brièvement à ses côtés.

— Melor ! s'exclama-t-il par-dessus les chants en montrant la gourde vide.

Henry secoua la tête, un sourire béat aux lèvres.

Il vécut la suite dans une espèce de brouillard. Il se souvint d'avoir dansé de plus en plus vite, chanté de plus en plus fort. Une des femmes tourbillonna autour de lui, une autre l'embrassa sur la joue. Il dansa entre deux hommes, plongea et cria tel un Peau-Rouge sur le sentier de la guerre. À un moment, il perdit son pantalon, mais peu lui importait. Son esprit et ses sens étaient remplis de battements de tambour et de chants.

Sans savoir comment, il se retrouva assis en

tailleur par terre, pendant qu'Ino, le chaman tatoué, marmonnait, tremblait, se balançait d'avant en arrière et criait au centre de la place. Henry ne se souvenait pas si Ino avait bu quelque chose avant le début de sa prestation, mais il avait l'air bien enivré. Les hommes de la tribu qui l'entouraient (dont Henry) tanguaient en même temps que lui. Ils l'acclamèrent quand il jeta une poignée d'os blanchis sur le sol. Un garçon plus jeune que Lorquin se précipita pour examiner l'endroit de leur chute puis, sans crainte aucune, il trottina jusqu'à Ino pour lui murmurer quelque chose à l'oreille. Le chaman trembla de tout son corps, fut pris de convulsions et poussa un grand cri.

– Les paroles des chants sont prêtes, déclara un homme souriant à côté de Henry.

Il semblait content, tandis que Henry n'avait pas la moindre idée de ce qu'il se passait.

Ino tomba à la renverse peu après et dut être évacué. Son malaise n'inquiéta personne.

Les tambours se turent quand un nouveau chant plus doux, lent et mélodieux, s'éleva. La mélopée devint un plain-chant[1] apaisant et bienfaisant. Au bout d'un moment, Henry s'aperçut que seuls les hommes chantaient. Aussitôt, il se joignit à eux en se laissant guider par son voisin, un tantinet après les autres, mais pas au point de perturber le cérémonial. Les vibrations en basse du plain-chant triomphèrent de lui si bien qu'il ferma les yeux et nagea dans l'obscurité, parmi un flot de sons.

Le flux et le reflux du chant durèrent une éter-

---

1. Chant musical sacré apparenté au chant grégorien. (*N.d.T.*)

nité, transportant Henry dans un océan de bonheur qu'il n'avait jamais connu auparavant. Quand cela s'arrêta soudain, le silence le plus total s'installa. Henry ouvrit les yeux et examina les alentours. Les visages semblaient attendre quelque chose. Les hommes entonnèrent un autre chant, plus doux, moins typique, tel le bourdonnement ténu des insectes un jour d'été. S'insérèrent les voix féminines, pures et claires dans l'air sec. Henry eut les larmes aux yeux quand elles plongèrent et descendirent en piqué comme des oiseaux, transportant avec elles une mélodie si plaintive qu'elle lui empoigna le cœur et s'enfuit avec lui.

Le chant des femmes dura très longtemps et comme Henry comprenait quelques mots par-ci, par-là, il lui sembla qu'ils racontaient une ancienne histoire de la tribu, les tristes heures de leur captivité, la liberté accordée par Charax, les peines et les joies… Ce fardeau d'émotions était presque trop lourd à porter.

Puis, une à une, les voix s'éteignirent jusqu'à ce qu'une seule femme s'exprime. Henry tendit le cou pour voir de qui il s'agissait et finit par apercevoir une fille rondelette, à peine plus âgée que lui, aux yeux clos et à la tête penchée en arrière pendant qu'elle terminait le chant.

La fille chantait encore quand quatre hommes s'avancèrent sur la place. Ils transportaient deux longues perches sur lesquelles une minuscule boîte en bois était attachée à l'aide de lanières en cuir. Le cœur de Henry bondit dans sa poitrine. Était-ce l'arche d'Euphrosyne ? Il se pencha en avant pour mieux voir, mais ses voisins l'avaient devancé et lui masquaient la vue. Pendant que les hommes la posaient délicatement sur le sol, il constata qu'elle était ancienne, peut-être assez ancienne pour être la vraie arche. Cela excepté, il ne put voir aucun détail.

La lumière baissait et l'objet était assez loin de lui. En plus, les porteurs s'affairaient autour de la boîte, détachaient les lanières… Puis ils la placèrent dans sa position rituelle. D'après ce qu'il entraperçut, la surface en bois semblait comporter des incrustations de métal – s'agissait-il d'argent et d'or ou bien d'acier et de bronze ?

Le chant cessa. Henry eut l'impression que toute la tribu retenait son souffle. Les quatre hommes s'éclipsèrent avec leurs perches. À sa grande surprise, ils étaient parvenus à ériger une structure hissant l'arche à hauteur de poitrine.

Nouvelle pause. Un mouvement à sa droite lui apprit que la foule se divisait en deux pour laisser passer une femme. Contrairement aux autres, elle n'arborait aucune peinture. Elle portait une robe chatoyante en or, peut-être en soie, qui lui arrivait à la cheville. L'effet était saisissant : elle était la première Luchti vêtue que Henry ait vue pour l'instant et, surtout, elle portait un masque en argent qui lui cachait le visage. La tête haute, elle se dirigea vers l'arche.

À côté de Henry, un homme murmura : « Euphrosyne… »

Aussitôt, son voisin reprit le nom, puis un autre et un autre encore : « Euphrosyne… Euphrosyne… Euphrosyne… »

Alors que la femme s'approchait de l'arche, les quatre hommes l'escortèrent, tels de fiers gardes du corps ou des prêtres. Elle atteignit la structure en bois et s'agenouilla, les bras tendus, suppliante.

– Charax ! appela-t-elle d'une voix légère et limpide. Charax !

Lorquin ne lui avait-il pas dit qu'elle avait seulement vingt ans ?

La foule reprit en chœur.

– Charax ! Charax ! Charax !

L'arche se mit à luire.

Henry cligna des yeux. Il ne s'y attendait certes pas. C'était apparemment un moment religieux important pour les Luchti, mais Henry qui était anglican n'avait jamais rencontré d'arches lumineuses auparavant. Une pensée cynique lui traversa l'esprit – Euphrosyne ou ses prêtres se cachaient derrière cet attrape-nigaud. Puis il se souvint qu'il avait affaire aux Luchti, un peuple qui sillonnait le désert en tenue d'Adam. Ils ne devaient pas avoir la technologie nécessaire pour faire briller des arches.

Sans se soucier de la lueur, Euphrosyne appuya la tête contre le flanc de l'arche, comme si elle écoutait.

– Charax lui parle, murmura le voisin de Henry.

Son ton détaché laissait penser à une activité habituelle chez eux. Enfin, la femme masquée se leva et tourna lentement la tête comme si elle scrutait les visages dans la foule. Aussitôt retentit un murmure de surprise.

Le mouvement s'arrêta. Difficile à dire avec le masque, mais Euphrosyne semblait regarder les voisins de Henry. Elle traversait la place quand, assailli par la nervosité, Henry se dit qu'elle se dirigeait peut-être vers lui !

Il retint son souffle. Elle se tenait pile devant lui.

– Charax souhaite te parler, annonça-t-elle.

La traversée de la place fut la plus longue marche que Henry ait jamais effectuée. Tous les regards étaient braqués sur sa silhouette. Il ressentait une certaine tension autour de lui. Chaque fibre de son être lui disait que cette convocation ne présageait rien de bon. Qu'était-il censé faire ? Comment s'adressait-on à un dieu ?

Selon la Bible, Dieu parlait assez souvent aux gens, mais de nos jours, on prenait plutôt ses interlocuteurs pour des fous. Ce qui ne le concernait pas à cet instant. Charax n'était pas le Dieu que l'on priait tous les dimanches et qu'on ignorait le restant de la semaine comme tout bon anglican. Charax était le Dieu des Luchti et ils croyaient en lui les yeux fermés. Charax les avait libérés de l'esclavage, les avait guidés jusqu'à cette ville enfouie. Sans compter les autres miracles qui n'avaient pas été encore narrés à Henry. Comment les Luchti allaient-ils le prendre quand ils découvriraient que Henry ne pouvait pas communiquer avec lui ?

À moins que...

Un soupçon s'éleva à nouveau en lui. Et si Euphrosyne et ses aides faisaient semblant ? Il se souvint d'avoir lu quelque part que les prêtres de la Grèce antique – ou de l'Égypte antique ? – disposaient de tuyaux secrets percés dans les statues de leurs dieux. Quand les fidèles venaient prier, le Grand Prêtre parlait par le tube et la congrégation pensait avoir affaire au dieu. Peut-être ce système était-il un peu trop compliqué pour les Luchti… À moins qu'Euphrosyne ne fût ventriloque ?

Henry décida de jouer le jeu. Quelle importance si Euphrosyne bernait son peuple ? Cela apportait un peu de réconfort dans leur pénible vie. Et si l'arche ne parlait pas, il pourrait toujours faire semblant, prétendre avoir reçu un message secret. Une nouvelle agréable qui réjouirait la tribu. Vous êtes les préférés de Dieu, ceux sur qui il veille le plus, par exemple. Ils l'avaient accepté comme l'un des leurs, Lorquin lui avait sauvé la vie. Il leur devait bien cela.

Euphrosyne atteignit l'arche et s'arrêta de façon si brusque que Henry faillit lui percuter les fesses. (Était-on sévèrement puni pour avoir percuté les fesses d'une prêtresse de Charax chez les Luchti ?) De plus près, il remarqua que les incrustations étaient bel et bien précieuses – or et argent, sans aucun doute. À première vue, les Luchti ne travaillaient pas le métal, mais l'arche paraissait si vieille qu'elle pouvait avoir été fabriquée par une civilisation ancienne, probablement celle qui avait érigé la cité.

Euphrosyne défit un loquet, ouvrit le couvercle et recula d'un pas. Une courte tige métallique dépassait de l'arche. La prêtresse se tourna vers lui et, à sa grande surprise, elle ôta son masque en argent.

En dessous, son visage était agréable à voir, pas des plus beaux, mais frais et enjoué. Elle lui adressa un grand sourire.

– Charax va parler.

Sans masque, elle semblait moins intimidante, si bien que Henry oublia ses résolutions.

– Qu'est-ce que je fais ? questionna-t-il.

Soudain, il se demanda si elle n'était pas un médium qui entrait en transe et parlait au nom du dieu. Ce qui rendrait les choses plus faciles.

– Avance vers l'arche et dit : « Je suis là. » Charax ne voit pas mais il entend.

Henry n'envisagea pas une seule seconde de désobéir ou de contester. Il fit trois pas en avant et s'humecta les lèvres avant de parler.

– Je suis là.

– Merde, Henry, tu peux me dire à quoi tu joues ? demanda Charax à travers l'arche.

Le sang figé, le cœur battant à toute allure, Henry recula. Ce n'était pas la voix d'un dieu.

C'était celle de M. Fogarty.

Une équipe médicale les attendait quand elles émergèrent du portail du Palais. Aussitôt, deux des urgentistes s'avancèrent dans les flammes et réapparurent quelques secondes plus tard avec Pyrgus, prostré dans une civière.

– Un instant, les interrompit avec solennité Danaus, le Chirurgien Sorcier Guérisseur en Chef.

Comme d'habitude, il portait des robes superposées, la tenue officielle de sa profession. Les brancardiers s'arrêtèrent.

– Que se passe-t-il ? l'interrogea Mme Cardui.

Elle n'aimait pas Danaus. Très expérimenté et doué dans son métier, il faisait partie de la vieille garde du Palais. Il se mêlait de tout, avec arrogance, et ne se prenait pas pour le premier venu.

– Le placement en stase d'un Prince du Royaume vivant nécessite un décret-loi du souverain régnant.

Mme Cardui le foudroya du regard.

– Le souverain régnant n'est pas là pour l'heure.

– Précisément.

Le corps allongé sur le brancard n'était plus celui d'un jeune homme, ni même du quinquagénaire ayant trouvé refuge dans le Monde analogue. Pyrgus avait l'air ratatiné, ridé et vieux, comme si les effets de sa maladie s'accéléraient.

– Il y a urgence, insista Mme Cardui.

Le Chirurgien Sorcier Guérisseur en Chef Danaus lui offrit un sourire condescendant et ajusta ses robes.

– J'ai peur qu'il n'y ait aucune clause dans la législation qui s'applique aux urgences. Peut-être…

Il s'arrêta net, les yeux écarquillés.

Nymphe avait surgi à ses côtés et enfonçait la pointe de sa dague dans sa gorge.

– Je suis l'épouse du Prince Pyrgus. Est-ce suffisant pour que je signe ce décret-loi ?

La pomme d'Adam de Danaus remua.

– Oui, glapit-il. Assurément.

Comme le placement en stase magique servait à conserver les défunts, Pyrgus fut à l'instant emmené à la morgue. Mme Cardui frissonna et le froid n'était pas le seul responsable. Pour sa part, elle n'avait pas peur de la mort – étrange comme ce sentiment s'estompait à mesure qu'elle vieillissait –, elle l'acceptait telle une plaie inévitable venant avec l'âge. Pyrgus, lui, malgré ses rides profondes, n'était pas vieux. Cela ne lui aurait pas plu de l'entendre, mais il n'était qu'un gamin quand la fièvre temporelle l'avait frappé. Le voir dans cet état, les traits parcheminés, rabougri, si près de la mort, était une abomination.

Même si elle avait fait disparaître sa dague, Nymphe ne quittait pas le Sorcier Guérisseur en Chef d'une semelle. Un second avertissement fut inutile ; son équipe œuvrait avec efficacité dans le silence le plus total. Ce qui n'empêchait pas Nymphe d'observer chaque mouvement avec attention. Pyrgus était plongé dans le coma depuis trop longtemps. Elle refusait qu'on le fasse patienter davantage.

Il existait un caisson de stase, semblable en tout point à un cercueil translucide, qui devait être préparé et activé avant que Pyrgus ne puisse être placé à l'intérieur. À l'aide d'une grande brosse, une infirmière commença à apposer les couches de sortilèges. Tandis qu'elle s'appliquait, Nymphe trépignait d'impatience. Elle en voulait plus à Danaus qu'elle ne le laissait voir. Cet homme connaissait l'état de santé de Pyrgus. Il aurait dû s'organiser pour que tout soit prêt au lieu de chicaner sur des questions légales.

Les enduits n'étaient pas faciles à poser car les différentes surfaces requéraient différents sortilèges, mais l'infirmière termina enfin.

– Qu'est-ce qu'ils attendent ? demanda Nymphe, tandis que la femme était remplacée par un autre membre de l'équipe.

– Nous avons besoin du catalyste, expliqua Danaus qui la regardait prudemment avant d'oser ajouter : C'est un travail difficile.

Sans doute. Nymphe remarqua qu'il était effectué par une Fée de la Nuit. Depuis l'accession de Bleu au trône, un plus grand nombre étaient employés au Palais. Bien que ce fût la politique officielle désormais, elle mettait Nymphe mal à l'aise. L'homme déposa une bande adhésive au fond de l'arche, attacha un petit bijou à une extrémité et une sorte de fusible métallique à l'autre. Rien de bien compliqué aux yeux de Nymphe... La Fée de la

Nuit travaillait avec soin et rapidité. Il jeta un œil à Danaus et secoua la tête quand il eut terminé.

Danaus lui répondit par un hochement de tête.

— Amorçage !

La Fée de la Nuit claqua des doigts ; une petite étincelle jaillit de son pouce et tomba sur le fusible. Après un crachotement et une soudaine odeur de brûlé, le fusible s'enflamma. La bande adhésive disparut dans un flash silencieux et le petit bijou se mit à palpiter et à luire. Quelques secondes plus tard, il explosa sans un bruit dans un éclat de lumière verte.

Danaus alla inspecter l'arche, renifla plusieurs surfaces et se pencha pour examiner soigneusement l'intérieur. Enfin, il se redressa.

— Vous pouvez allonger Son Altesse.

— Sorcier Guérisseur en Chef, cette procédure est-elle risquée ?

Danaus la dévisagea sans émotion.

— Oui. En général, la stase préserve le corps des défunts ou d'objets inanimés. Il existe un risque minime quand on l'applique à des systèmes vivants.

— Minime ?

— Mesurable statistiquement, mais faible. (Il hésita avant d'ajouter :) Votre mari courrait un plus grand risque si nous ne le placions pas en stase maintenant. Si j'étais frappé de fièvre, je voudrais qu'on m'y installe sur-le-champ. L'évolution de la maladie doit être stoppée jusqu'à ce que nous trouvions un remède.

— Bien. Procédez.

Nymphe se jura de tuer le Chirurgien Sorcier Guérisseur en Chef s'il arrivait quoi que ce fût à Pyrgus.

Perçut-il ses pensées ? Danaus n'en laissa rien paraître. Il fit signe à son équipe et quelques secondes plus tard, Pyrgus était scellé dans le caisson de stase. Il ressemblait de manière troublante à un cadavre bien que sa poitrine se soulevât insensiblement. Une fois le caisson activé, cela cesserait. Tout cesserait. Dévorée par le Temps, la vie de Pyrgus serait arrêtée par le Temps.

Danaus sortit une baguette de quinze centimètres de sa poche et la brisa net au-dessus de l'arche, au niveau de la gorge de Pyrgus. Le caisson bourdonna une petite seconde. Silence. La respiration de Pyrgus s'interrompit.

– Voilà, s'exclama Danaus.

L'immobilité de Pyrgus troubla Nymphe au plus haut point. Son visage devint flou comme si des larmes embuaient les yeux de Nymphe, et pourtant elle ne pleurait pas : Nymphe ne pleurait jamais. Son nœud à l'estomac et son envie de vomir provenaient certainement de son inquiétude. Vacillante, elle se détourna.

– Nymphe, trèèès chère… commença Mme Cardui.

Il y avait trop de gens dans cette pièce. Ils apparaissaient, disparaissaient, s'affairaient par dizaines autour du caisson, affluaient et refluaient telle une étrange marée. Pourquoi jouaient-ils ainsi avec la lumière qui ne cessait de clignoter ?

– Nymphe ? répéta Mme Cardui.

Elle avait besoin de prendre l'air, d'échapper à ces odeurs de putréfaction. Ils éloigneraient Pyrgus de là, maintenant qu'on l'avait mis en stase. Ils transporteraient le caisson dans ses appartements du Palais et posteraient des gardes pour qu'on ne le dérange pas. Ils continueraient à chercher un remède. Ils n'avaient plus besoin d'elle en ces lieux.

– Nymphe, ça ne va pas ? s'alarma soudain Mme Cardui.

Nymphe fit un pas en avant quand le monde virevolta autour d'elle.

– Nymphe ! hurla-t-on.

Puis retentit la voix aristocratique du Chirurgien Sorcier Guérisseur en Chef Danaus, sûr de lui et ferme.

– Reculez, madame Cardui. Elle a contracté la fièvre temporelle.

72

Bleu prit une décision.

– J'entre.

Elle se trouvait en plein mythe. Elle s'était attribué le rôle (que peut-être le Purlisa lui avait subtilement attribué) de figure héroïque partie tuer un monstre. Rectificatif : une figure tragique sur le point d'être capturée par un monstre. Jusqu'à présent, elle n'avait pas pensé à regarder au-delà de ces deux rôles mythiques – le héros conquérant et la princesse prisonnière. En fait, elle n'avait pas à accepter un de ces rôles. Il y avait une troisième voie : elle se faufilait dans la grotte, évitait le serpent s'il existait réellement et s'assurait de la présence de Henry. Si Henry ne se trouvait pas à l'intérieur, elle ressortait. Sinon, elle cherchait un moyen de le sauver, sans passer par la case : je tue le gros monstre.

– Je vous accompagne, déclara le charno.

– Pas besoin.

Et si le charno obéissait aux ordres du Père Supérieur ? Peu importait. Elle avait cessé de penser à leur manière, elle avait repris le contrôle de la situation.

– Et qui transportera le marteau ?

Cette arme était une vaste blague. La seule qui pouvait tuer le Serpent de Midgard selon le Purlisa, tellement lourde qu'elle ne pouvait la soulever. Pourquoi avoir pris la peine de la lui confier ? Ils se doutaient bien que ce marteau ne lui serait d'aucune utilité.

– Le marteau n'a pas d'importance.

Elle s'attendait à une réplique bien sentie. Rien. Le charno se contenta de la regarder avec ses grands yeux bruns. Malgré ses doutes, elle avait de la peine pour lui. Il avait beau appartenir au Père Supérieur et au Purlisa, il ne faisait qu'accomplir son travail.

– Tu peux rentrer chez toi, maintenant. Je me débrouillerai toute seule.

– J'attends ici. Je vous redescendrai après. Henry et vous.

Elle s'imagina accrochée sur le dos de cet immense lièvre qui cheminait péniblement dans le désert. Ridicule ! Elle le visualisa en train de porter Henry aussi. Le charno était une bête de somme pure et dure. Il n'était pas prévu qu'il transporte des passagers. À moins que... elle dut réprimer un sourire... à moins qu'il ne les charge dans son sac à dos.

Bleu haussa les épaules.

– Comme tu voudras, Primo.

D'un pas délibéré, elle s'approcha de l'entrée de la grotte.

– Attendez !

Dans un soupir, elle se retourna.

– Quoi encore ?

– Ce n'était pas moi, rétorqua le charno.

Bleu sursauta – une silhouette bougea derrière le

330

charno. Amaigri, les vêtements en lambeaux, l'homme était couvert de poussière et d'ecchymoses. Un instant, elle faillit ne pas le reconnaître. Il avait du sang séché sur le visage.

– Blafardos ?

Que fabriquait-il là ? Bleu plissa les yeux. Était-ce vraiment Blafardos ?

Celui-ci fit un pas en avant et s'écroula.

– Désolé, marmonna-t-il. Pardonnez-moi, Votre Majesté.

Perplexe, Bleu le fixa. Blafardos était un vieil ennemi ; autrefois, il avait essayé de la tuer et son implication dans divers complots contre le Royaume n'était un secret pour personne. Depuis un an, elle n'avait plus entendu parler de lui. Et le voilà dans le désert de Buthner, dans les Montagnes de la Folie, près de l'entrée de la grotte censée abriter le Serpent de Midgard. Drôle de coïncidence ! Elle refusait d'imaginer ce que cela impliquait.

Le charno entra alors en scène et tendit à Blafardos une gourde.

– Un peu d'eau ?

Après avoir bu goulûment, Blafardos parut revivre. Il se releva avec difficulté.

– Excusez mon apparence, bredouilla-t-il, comme si cela faisait une différence. Mais vous ne devez pas entrer.

Il ne restait plus qu'un filet de voix à Bleu.

– Vraiment ? répliqua-t-elle avec froideur, à demi tournée vers l'entrée.

– Vous ignorez ce qui se cache là-dedans ! s'écria Blafardos, au bord de la crise de nerfs.

La dernière fois qu'ils avaient été confrontés, un

commando accompagnait Bleu. Elle n'en avait pas besoin à cet instant : à moitié mort, Blafardos semblait aussi faible qu'un chaton. Elle ouvrit la bouche pour lui répondre et la referma aussitôt. Sulfurique en cage dans un monastère... Blafardos et Sulfurique, deux vieux partenaires... Ils s'étaient à nouveau associés ! Forcément. Et maintenant Sulfurique était fou.

— Le Serpent de Midgard ? demanda Bleu sur un ton innocent, les yeux rivés dans les siens.

Blafardos demeura bouche bée.

— Comment savez-vous ?

Cette histoire tournait en rond. Ou peut-être pas. Bleu ignorait à présent où elle en était. Quelle importance si Blafardos et Sulfurique rejouaient un de leurs vieux tours ? Quelle importance qu'elle fasse confiance ou non au Purlisa ? Quelle importance s'ils racontaient tous la vérité, si un monstre se tapissait vraiment dans la montagne ? Seul Henry importait. Elle fit un pas de plus vers l'entrée.

— Je vous en prie... la supplia Blafardos.

Un bémol dans sa voix l'arrêta net. Elle le dévisagea à nouveau.

— Pourquoi me demandez-vous de ne pas entrer ?

— Il vous tuera, chuchota Blafardos.

— Depuis quand vous en souciez-vous ?

— Je travaille pour Mme Cardui.

Sa réponse était tellement saugrenue qu'elle pouvait être vraie. Bleu se serait pincée. Face à un homme aussi rusé, mieux valait ne pas se montrer surprise. Elle avait besoin de temps pour réfléchir. Mme Cardui n'avait jamais mentionné le nom de Blafardos mais cela lui ressemblait. En tant que chef du Service d'espionnage impérial, elle dirigeait toutes sortes d'activités dont elle ne parlait à personne. Pas même à sa Reine. Surtout pas à sa Reine, avait remarqué Bleu depuis longtemps. Blafardos n'était pas le dernier venu en matière d'espionnage. Il avait servi Lord Noctifer. Oui, dans le bon vieux temps, il était chef des Services secrets de Noctifer, quand son oncle représentait une réelle menace pour le Royaume ! Il était donc fort probable que Blafardos travaillât pour le compte de Mme Cardui. Ce ne serait pas le premier agent de Noctifer à retourner sa veste. Une question demeurait : jusqu'à quel point ?

— Elle vous a demandé de veiller sur moi ? tenta Bleu, les sourcils froncés.

Il s'agissait d'une question piège. S'il mentait – Bleu le soupçonnait de mentir comme un arracheur de dents –, il sauterait sur l'occasion, ignorant que quelques jours plus tôt Mme Cardui en personne avait accompagné Bleu et l'avait laissée à la suite d'un rebondissement inattendu. En de telles circonstances, jamais Mme Cardui n'aurait recruté un agent pour suivre Bleu.

Blafardos secoua la tête.

— Elle m'a demandé d'espionner Silas Sulfurique.

Logique. Enfin ! Il était compréhensible que Blafardos, en tant que son plus vieil associé, espionne Sulfurique. Racontait-il la vérité pour autant ? Il était temps de le pousser dans ses retranchements.

— Sulfurique aurait-il fait venir le serpent dans cette grotte ?

— Oui.

Comme le prétendait le Purlisa.

– Comme le prétend le Purlisa, marmonna Bleu.

– Qui ? s'enquit Blafardos.

Sa question semblait sincère – il ne connaissait donc pas le Purlisa. Ni même le Père Supérieur.

– Pourquoi ? demanda Bleu.

– Pourquoi quoi ?

– Pourquoi Sulfurique a-t-il évoqué le serpent ?

– Je l'ignore. Mais si vous entrez, vous êtes morte. Je me suis échappé à temps.

Il mentait, Bleu le sentait. À quel moment ?

– Vous étiez dans la grotte ? l'interrogea-t-elle.

– Quand il l'a évoqué ? Oui. Je n'avais jamais rien vu d'aussi épouvantable. Je n'y retournerais pas sans des dizaines de soldats armés jusqu'aux dents, et même là, j'y réfléchirais à deux fois.

Il lui lança un regard implorant.

– Henry est là ?

Blafardos cligna des yeux.

– Henry ? Non...

Elle l'entendait presque penser : *Henry ? Quel Henry ?* comme s'il avait beaucoup d'autres priorités.

Là, il était sincère, ce qui n'éclaircit pas les idées de Bleu. Bon, si Henry n'était pas à l'intérieur, il était inutile qu'elle affronte le serpent. (Si serpent il y avait.) Nul besoin donc d'entrer dans la grotte.

Comme le désirait Blafardos.

Comment faire confiance à cet homme ? Ce crapaud ? Pourquoi souhaitait-il tant qu'elle n'entre pas dans la grotte ? Il s'en fichait comme de sa première chemise, du sort de Bleu, même s'il travaillait pour Mme Cardui.

Bleu décida d'arrêter les spéculations et de se concentrer sur les faits.

Petit un : elle ignorait si Henry était dans la grotte ou non.

Petit deux : le Purlisa et le Père Supérieur voulaient qu'elle entre.

Petit trois : Blafardos ne voulait pas qu'elle entre.

Petit quatre : le charno... le charno... avait de grands pieds.

Bleu tourna les talons.

– J'entre, décréta-t-elle.

73

C'était comme si Euphrosyne, les Luchti, la cité entière avaient cessé d'exister.

— Mais vous êtes mort ! coassa Henry.

— Oui, je sais, s'impatienta M. Fogarty.

— Que s'est-il passé ? murmura Henry.

— Je suis devenu vieux. Il faut croire que mon temps était écoulé. Je n'en suis pas sûr. La mort n'est pas aussi nette qu'on le pense.

— Non... Ce n'est pas ce que je voulais dire.

Henry n'en croyait pas ses oreilles. Cette voix était bien celle de M. Fogarty. Il lui parlait normalement. Il ne s'agissait pas d'un vieil enregistrement trafiqué par un Luchti ou Euphrosyne, qui d'ailleurs n'en auraient pas été capables. Frissonnant, il prit une profonde inspiration.

— Monsieur Fogarty, où êtes-vous ?

— Bonne question. Une chose est sûre : je ne suis pas assis sur un nuage en train de jouer de la harpe.

Au bout d'un moment, Henry comprit qu'il n'obtiendrait pas d'autre réponse.

— Non, je voulais dire...

Plutôt que de se lancer dans un de ces ridicules

336

monologues dont il avait le secret, il s'interrompit. S'il s'adressait vraiment à M. Fogarty, à un homme mort et enterré qui lui répondait néanmoins, il avait là une occasion unique d'obtenir des informations importantes que lui seul au monde posséderait. Henry prit donc une voix plus ferme.

– Vous souvenez-vous exactement de ce qu'il s'est passé quand... quand ça s'est passé ? Quand vous... (Il toussota.)... vous êtes éteint.

– Bien entendu ! Je suis mort, pas sénile.

– Vous voulez bien me raconter ?

– Écoute, Henry. Il y a d'autres choses dont j'aimerais te parler...

Pour la première fois de sa vie, Henry trouva le courage de l'interrompre.

– S'il vous plaît. C'est vraiment important. Cela nous aidera à... mieux communiquer. Vous comprenez...

Son argument peu convaincant dut toucher une corde sensible.

– O.K. Nous avons le temps. Voilà : je me suis réveillé dans mon lit...

– Pourtant vous aviez la fièvre temporelle, vous étiez plongé dans le coma.

– Non, j'étais éveillé...

– Et la fièvre ?

– Bon, Henry... Si tu m'interromps tout le temps, je...

– Désolé, désolé. Je vous en prie, continuez.

M. Fogarty poussa un grand soupir.

– Je me suis réveillé dans mon lit et pendant deux ou trois minutes, je me suis senti bien, même si j'avais l'impression d'être sous l'eau. Je...

– Était-ce une rechute ?

– Non, cela n'avait rien à voir avec la fièvre. Je te jure. Pourquoi me poses-tu sans arrêt des questions sur cette fichue fièvre ? Je...

– Vous en êtes certain ?

– Pour l'amour de Dieu, oui, Henry !

– Désolé, désolé... Poursuivez. Je ne... Je ne dirai plus...

– Je coulais. J'étais affaibli, mais ça ne constituait pas une nouvelle. Quand on a de la fièvre, on se sent toujours faible. Là, c'était différent. Mon corps se ratatinait. Je n'ai jamais eu cette sensation auparavant. Puis ma vision est devenue floue, comme si je me trouvais sous l'eau.

À la grande surprise de Henry, il hésita avant de poursuivre :

– Désolé de t'avoir envoyé promener. Ta curiosité est tout à fait naturelle. Tu peux me poser les questions que tu veux.

Henry marqua sa surprise. Apparemment, la mort avait adouci M. Fogarty ; mieux valait ne pas lui en faire la remarque... Il ouvrit la bouche pour lui poser une question et découvrit qu'il ne lui en venait aucune !

– Merci, oui, merci, je n'y manquerai pas.

– Mes membres se sont engourdis, ce que je n'ai pas trop apprécié mais, pour être honnête avec toi, je n'ai pas eu l'impression de mourir. Puis j'ai eu froid et la chambre s'est peu à peu effacée. Je n'entendais plus un seul bruit extérieur. Et là, j'ai su que j'étais cuit, mais tu sais quoi ? Je m'en moquais. Plus rien n'avait d'importance. Ensuite, je n'ai plus pris la peine de respirer et mon cœur s'est arrêté.

– Waouh ! s'exclama Henry.

– Et alors ? répliqua M. Fogarty dans un haussement d'épaules que Henry entendit presque. Comme c'est étrange ! Toute sa vie, on a peur qu'il flanche et quand cela arrive, on s'en fiche !

Il s'interrompit quelques instants pour réfléchir avant de poursuivre :

– Le plus bizarre, c'est que j'étais encore là. Je ne voyais pas la chambre, je savais que je divaguais, mais j'étais encore moi. Entouré d'une sorte de… comment dire… d'obscurité lumineuse. Comme parti à la dérive dans un rêve. Puis j'ai perdu connaissance.

M. Fogarty ne continuant pas, Henry ne prit pas de gants pour ajouter :

– Vous étiez mort.

– Crois-moi ou pas, je ne suis pas resté mort.

– Vraiment ?

– Non. La mort a duré quelques secondes tout au plus. Je demeurais dans l'obscurité, à moitié endormi, les yeux fermés. Puis la lumière est revenue et j'étais de retour dans ma chambre d'hôpital du Palais.

– Donc vous n'étiez pas complètement mort ?

– Si, si ! Sauf que je ne le savais pas. Des années que je ne m'étais pas senti aussi bien. Plus d'arthrose, un œil de lynx, une énergie décuplée. Des guérisseurs entraient, sortaient – ces salopards détestent vous laisser seul… J'ai essayé de leur dire que j'allais mieux, ils ne faisaient pas attention à moi. Il m'a fallu un moment pour comprendre ce qu'il se passait. Ça a fait tilt quand j'ai traversé un mur : j'étais un fantôme. Le plus drôle ? Je n'avais pas remarqué le vieux corps dans le lit avant. Pourtant, il était là, les yeux fermés, une expression pieuse sur le visage, un regard disant : « Je suis parti à la rencontre de mon Créateur », bien trop pâle pour être en bonne santé. Oui, j'étais mort.

– Et maintenant vous êtes quoi ? s'enquit Henry. Un fantôme ?

Il se demanda comment le fantôme de M. Fogarty s'était retrouvé ici, dans une arche luchti, pourquoi il parlait alors qu'il ne s'était pas adressé aux guérisseurs dans sa chambre.

– Pas exactement.

– Pas exactement ?

– Tu n'as pas changé.

Si Henry n'avait pas connu le personnage, il aurait pensé avoir entendu une note de tendresse dans sa voix.

– Tu répètes toujours ce que les gens disent.

– Désolé, s'excusa Henry.

– Tu t'excuses tout le temps aussi. Faudra penser à te débarrasser de ce tic. On pourrait te prendre pour un faible, ajouta M. Fogarty dans un profond soupir. Non, je ne me suis pas transformé en fantôme, pas exactement. C'est difficile à expliquer. Tu comprendras quand ton tour viendra. Tu... Tous les soirs, tu t'endors et tu rêves ?

– Oui...

– Une fois que tu es mort, tu rêves tout en étant éveillé.

M. Fogarty avait raison. Henry ne comprenait rien.

– Vous vous êtes endormi ?

Il ne pouvait s'empêcher de penser que M. Fogarty s'était endormi après avoir rendu l'âme. Quel gâchis !

– Tu m'as écouté ? demanda M. Fogarty avec un

soupçon d'agacement dans la voix, comme autrefois. Tu ne t'endors pas. Tu rêves tout éveillé. C'est une histoire de cycles, semblables à ceux du sommeil. Puisque tu ne dors pas, il n'y a rien pour te prévenir que tu rêves. Je t'ai dit que ce ne serait pas facile à suivre.

– Non, je commence à comprendre. Ce doit être curieux de rêver les yeux ouverts.

M. Fogarty parut calmé.

– Oui. Très curieux. Une minute, tu es dans le Palais pourpre – ou l'endroit où tu meurs – et la minute suivante, tu es ailleurs. Du moins, tu rêves que tu es ailleurs, mais tu ignores que c'est un rêve tellement ton environnement est réaliste. Parfois, tu rêves que tu te trouves encore dans le Palais pourpre, ce qui est encore plus déroutant, parce que tu devrais y être. Tu croises des gens. J'ai même eu la visite de Beleth – je me suis dit : *Normal, tu n'aurais jamais dû cambrioler de banques.*

Il éclata d'un petit rire sec.

– Beleth ? s'étonna Henry. Le Roi des Démons. Vous êtes en train de me dire que l'Enfer existe ?

– Comme si tu ne le savais pas ! s'impatienta M. Fogarty. Tu oublies que tu as aidé Pyrgus à en sortir après qu'il a été kidnappé par des démons ? On ne va pas là-bas quand on meurt. Une pure invention destinée à faire peur aux gens.

– Mais vous disiez que Beleth…

Nouveau soupir de M. Fogarty.

– J'ai dit que Beleth m'avait rendu visite. Logique. Après tout, il est mort quand Bleu lui a tranché la gorge. Mais ce n'était pas Beleth. Je rêvais. J'ai rêvé que Beleth rappliquait. Tu vois, le gros problème est de savoir si on rêve ou pas. Les rêves paraissent réels et la réalité paraît étrange. Il m'a fallu un bon moment pour comprendre. Et puis Jésus est arrivé pour m'emmener au ciel et là, je me suis dit : *Attends, ça ne colle pas, pas après tout ce que tu as fait.* Je devais rêver. Ensuite, j'ai bien observé chaque détail et je suis parvenu à distinguer les moments où je rêvais et les autres. O.K., pas tout le temps. Comme maintenant, je ne suis pas sûr de moi.

– Vous ne rêvez pas ! s'empressa d'intervenir Henry.

– Comment sais-tu que je ne rêve pas en cet instant où tu me dis que je ne rêve pas ?

– Ne soyez pas idiot ! Bien sûr que vous ne rêvez pas !

Dès qu'il réalisa sa bourde, Henry se dépêcha de revenir en arrière.

– Désolé. Ce n'est pas ce que je voulais dire. Vous n'êtes pas idiot. Mais vous ne rêvez pas non plus.

– Non, je ne pense pas.

Soudain, une main se posa sur l'épaule de Henry. Il leva les yeux sur le visage paisible d'Euphrosyne.

– Il ne reste plus beaucoup de temps, En Ri.

– Elle a raison, renchérit M. Fogarty. Ce mécanisme qu'ils utilisent est très intéressant, une psychotronique drôlement avancée. Dieu sait comment ces gens se sont procuré pareille technologie, mais elle s'alimente sur une sorte d'accumulateur à impulsion qui m'échappe encore. Ce doit être lié à la position du soleil. En résumé, notre conversation se termine et j'ai plein de choses à te dire.

– D'accord.

À cet instant, Henry se demanda pourquoi les Luchti considéraient M. Fogarty comme le dieu

Charax et à qui ils parlaient avant la mort de M. Fogarty... À bien y réfléchir, cela n'avait aucun sens. La première Euphrosyne communiquait avec Charax bien avant la naissance de M. Fogarty.

– O.K., Henry, tends bien l'oreille. Et si on est coupés, demande-leur de remettre ce truc en marche dès que... O.K. ?

– Oui, d'accord.

Henry ressentait un peu de nervosité. Et il y avait de quoi. Quand M. Fogarty utilisait ce ton, les ennuis ne tardaient pas à survenir – pour Henry, en particulier.

– Quand tu es mort, tu vois l'avenir.

– Comme lors de vos accès de fièvre temporelle ?

Pour une raison inconnue, cette question agaça M. Fogarty.

– Non, non ! La fièvre te laisse entrevoir des possibilités d'avenir. Ce n'est qu'une fièvre. Tu n'obtiens pas beaucoup d'informations, elles sont embrouillées, illogiques. Et tu dois choisir entre plusieurs futurs. Ce n'est pas évident. Certains que tu entraperçois ont l'air géniaux, mais sélectionne-les et ils deviennent merdiques. (M. Fogarty s'anima soudain.) Aujourd'hui, c'est différent. J'ai pu voir ce que tu devais faire – ce que tu allais faire – pour arranger les choses. Mon garçon, si tu savais ce que j'aurais donné pour avoir ce don quand j'étais gamin. J'aurais donné ma vie, façon de parler, bien sûr.

– Pourquoi façon de parler ?

– Quand tu es mort, tu ne peux plus transformer ton avenir. Maintenant, je sais quels choix j'aurais dû effectuer et il est trop tard pour changer quoi que ce soit. Alors à quoi bon ? On aurait pu penser qu'ils organiseraient mieux les choses ici…

Henry se demanda ce qu'il entendait par « ils » et « ici ». Il avait tellement de questions à lui poser et cette histoire de batterie sur le point de lâcher l'inquiétait. C'était probablement le fruit de son imagination, mais il avait l'impression que la voix de M. Fogarty était de plus en plus lointaine et il ne fallait pas que M. Fogarty parte avant de lui avoir dit l'essentiel.

– Oui, murmura Henry, comme s'il était d'accord qu'ils devraient mieux organiser les choses là-bas.

– Je sais ce que tu dois faire pour que la situation s'arrange, Henry. Je sais ce qu'il te reste à faire. Je sais exactement ce qu'il te reste à faire…

Ce n'était pas son imagination. La voix s'éloignait. Henry se tourna vite vers Euphrosyne.

– Vous ne pouvez pas augmenter le son ?

La prêtresse secoua la tête.

– Charax s'en va bientôt.

Non, mais c'était vraiment, vraiment pas de chance ! Il se concentra sur l'arche.

– Que dois-je faire ? hurla Henry. Pour que les choses s'arrangent ?

La voix se volatilisait à toute allure, même si Henry entendait chaque mot avec clarté.

– Tu dois secourir Bleu.

74

– **E**st-elle en isolation ? demanda Mme Cardui.

– Procédure standard dans ces cas-là maintenant, répondit le Chirurgien Sorcier Guérisseur en
Chef Danaus sur un ton las. Mais pour être franc
avec vous, je doute qu'elle en ait vraiment besoin.
Nous n'avons aucune preuve jusqu'à présent que
cette maladie soit contagieuse.

– Pyrgus ne la lui a pas transmise ?

– Le Prince Pyrgus n'aurait jamais dû l'avoir en
tout premier lieu. Quand l'épidémie a démarré,
nous avons mis en place des procédures strictes pour
tous les membres de la famille royale. Aucun d'eux
n'aurait dû être contaminé.

En supposant que Pyrgus se soit plié aux règles, pensa
Mme Cardui. *Ce qui n'était pas son fort.*

– Par ailleurs, il se trouvait dans le Monde analogue. Selon nos connaissances actuelles, il est absolument impossible que la fièvre se manifeste là-bas.

– Et pourtant…

– Et pourtant… répéta Danaus.

– Quel traitement donnez-vous à Nymphe ? lui
demanda Mme Cardui au bout d'un moment.

– Nymphalis ? Pour l'instant aucun. Euh… C'est faux. Elle suit un traitement palliatif. Elle est installée confortablement, des infirmières la veillent nuit et jour, des sortilèges maintiennent sa température à une limite tolérable. Ce qui fera une vraie différence… (Il haussa les épaules.) Nous n'avons rien qui puisse faire une vraie différence.

– Vous continuez de chercher un remède ?

– Bien sûr. Vous aimeriez voir ?

Cette offre la prit par surprise, mais elle était néanmoins la bienvenue.

– Oui, répondit-elle. Oui, Sorcier Guérisseur en Chef. J'aimerais beaucoup.

Ils se trouvaient déjà dans l'aile médicalisée du Palais. À présent, ils marchaient le long de grands couloirs blancs qui menaient à l'unité de recherches. Danaus s'arrêta devant une grande baie vitrée.

– Je préfère que vous n'alliez pas plus loin, madame Cardui. Au cas où je me serais trompé au sujet de la contagion, ajouta-t-il avec un petit sourire désabusé.

Le sortilège appliqué sur la fenêtre leur donnait une vue d'ensemble sur une salle entière équipée de laboratoires alchimiques et rituels de bout en bout. Pour examiner une chambre ou les activités des laboratoires, il suffisait de se concentrer. On se serait cru dans une fourmilière.

– Nous soignons deux types de patients, expliqua Danaus comme s'il s'adressait à des étudiants. Les nobles, les employés du Palais et maintenant notre première Altesse Royale, le Prince Pyrgus, en stase…

– Nos premières Altesses Royales, rectifia gentiment Mme Cardui. Au pluriel. Vous oubliez Nymphalis.

— Ah oui, une Altesse de la Forêt, si je ne m'abuse.

Son ton traduisait sans équivoque ce qu'il pensait des Fées de la Forêt. Il regarda par la fenêtre et poursuivit :

— Comme je le disais, le premier type de patients est suivi ici. Puis nous avons la populace qui nous sert de cobaye.

Mme Cardui esquissa un léger sourire.

— Un peu cynique peut-être, Sorcier Guérisseur en Chef ?

— Pas le moins du monde. Ils sont bien mieux dans mon unité qu'en train de mourir par les rues. Et comme nous leur administrons des traitements susceptibles de réussir, il y a une possibilité qu'ils guérissent avant les plus grands du pays.

— Ces traitements sont-ils dangereux ?

— La situation est grave, madame. Certains sortilèges sont extrêmes. Préféreriez-vous que nous les testions sur la famille royale en premier ?

— Non, répondit honnêtement Mme Cardui.

En fait, Danaus agissait comme elle aurait agi à sa place. Il fallait se montrer réaliste. Soudain, elle remarqua Nymphe dans l'un des lits et se concentra pour mieux la voir. La jeune fille semblait endormie, même si certains signes subtils prouvaient que sa fièvre n'était pas retombée. Son visage éclatant de jeunesse n'était pas devenu gris par l'âge comme celui de Pyrgus, mais il commençait à arborer une maturité inquiétante.

Mme Cardui se tourna vers le Sorcier Guérisseur en Chef, un homme aussi grand que large, très lourd, aux traits doux et empâtés. Pour la première fois, elle lut la fatigue sur son visage tendu. Il avait le teint pâle et ses yeux affichaient un manque de sommeil flagrant. Elle continuait de détester cet homme, mais elle décida qu'elle s'était montrée trop sévère avec lui. Ne portait-il pas le poids d'une crise sur ses épaules ? Il était le dernier responsable de tous ces gens en soins intensifs, on le pressait sans cesse de trouver rapidement un remède à cette terrifiante maladie surgie de nulle part. Qui plus est, il avait refusé l'accès de la salle d'observation à Mme Cardui, alors qu'il y passait ses journées et une bonne partie de ses nuits. Cet homme était un âne pompeux qui ne manquait pas de courage et ne comptait pas ses heures de travail.

– Pourquoi ne placez-vous pas Nymphalis en stase ? demanda Mme Cardui.

Il s'agissait d'une question et non d'un défi, ce que Danaus comprit.

– Elle est jeune. C'est son premier accès de fièvre. Pour l'instant, elle est simplement menacée de perdre quelques jours de son avenir, rien de significatif, j'espère. Comme je vous l'ai dit plus tôt, il y a un certain risque à utiliser la stase. Avec le Prince Pyrgus, nous n'avions pas le choix. Pour Nymphalis, c'est différent. De plus...

– Oui ?

– J'allais dire que nous avions bon espoir de trouver un remède et d'inverser le processus de vieillissement prématuré. Mais franchement, ce serait mentir. La plupart du temps, nous nous contentons de faire bonne figure.

Obligée d'agir ainsi lors de crises passées, Mme Cardui compatit.

– Vous progressez ?

Il lui répondit par un soupir.

– Très peu, si vous voulez le savoir. Notre principal problème, c'est que la fièvre ne montre aucune caractéristique conventionnelle. Par de nombreux aspects, elle ne se comporte pas comme une maladie habituelle. Les approches qui ont donné de bons résultats par le passé ne fonctionnent absolument pas. (Il redressa un peu les épaules.) On continue de chercher.

Il jeta un œil par la fenêtre d'observation avant d'ajouter :

– Si la fièvre de Nymphalis progresse comme celle de Pyrgus, nous la placerons en stase avant que la situation ne devienne critique.

– Merci, murmura Mme Cardui. Sorcier Guérisseur en Chef, vous avez mentionné tout à l'heure que la maladie n'était pas contagieuse...

Danaus parut plus éprouvé que jamais.

– Entre nous, madame Cardui, nous avons essayé de transmettre l'infection d'un patient à un autre au sein d'un groupe expérimental sous surveillance. Nous n'y sommes pas parvenus. Même en mélangeant le sang d'un patient atteint à celui d'un patient sain. Franchement, nous n'avons aucune idée de la manière dont la maladie se propage.

– Elle se propage ?

Mme Cardui s'aperçut qu'au milieu de tous ses soucis, elle n'avait pas accordé toute l'attention qu'il fallait à cette épidémie.

– Oh oui ! Tous les jours, on nous rapporte plus d'un millier de nouveaux cas.

Le sang de Mme Cardui se glaça.

– Plus d'un millier ?

– Pire. Les dernières analyses suggèrent que nous suivons une progression géométrique. Le nombre de cas avérés a doublé en une quinzaine de jours. Il faut revérifier ce chiffre, bien entendu, mais si la tendance persiste, le Royaume tout entier sera infecté en une poignée de semaines.

– De semaines ? explosa Mme Cardui. Pourquoi avoir gardé cette information pour vous ?

Danaus eut un petit haussement d'épaules fataliste.

– Mettez-vous à ma place ! Honnêtement, que pouvons-nous faire ?

Les yeux rivés sur lui, elle fit un effort pour se détendre. Danaus avait raison. Tout le monde faisait son possible. Lui parler de la progression de la maladie étape par étape aurait été un poids supplémentaire pour elle sans rien apporter. Soudain, elle se sentit très fatiguée. En des temps moins agités, elle se serait rendue dans ses appartements, aurait fermé la porte derrière elle et se serait endormie. En l'état actuel des choses...

– Merci, Danaus. Je vous laisse à votre travail et je retourne au mien.

Tandis qu'elle s'éloignait dans le couloir, l'épuisement la rattrapa.

75

Bleu attendit d'être à l'intérieur avant d'avaler le premier cristal de lynx, une substance toxique. Un ou deux cristaux ne vous tuaient pas mais quand on en prenait trop, la mort survenait rapidement sans signe annonciateur. Avait-elle le choix ? Si elle voulait explorer ces grottes sans éveiller l'attention de ce serpent, elle se voyait mal en train d'arpenter les galeries avec une torche enflammée ou un globe lumineux en lévitation. Enfin, si elle avait pu passer en douce un globe dans ce pays perdu. Ou un sortilège de lévitation…

Les cristaux de lynx ne possédaient aucune charge magique. Grâce à sa structure de base alchimique, le cristal lui picota la gorge et l'estomac. De manière trompeuse, cette sensation était assez agréable. Pendant un instant, il ne se passa rien, puis les éléments chimiques s'emparèrent de son système nerveux et son environnement lui apparut soudain en relief. Mis à part les couleurs bizarres teintées de vert, elle voyait dans le noir.

En pente descendante, l'entrée de la grotte donnait très vite sur une galerie qui s'incurvait. Bleu fut surprise par la quantité d'os sur le sol, comme si un animal avait récemment festoyé là... Elle tendit l'oreille, regrettant que les alchimistes n'aient pas découvert un sortilège pour améliorer l'audition. Ne détectant aucun son, elle amorça la descente à pas de loup.

La galerie continuait à s'incliner après la courbe. Le mur à sa droite disparut soudain, si bien qu'elle surplombait une grande galerie souterraine servant de terminus à d'autres tunnels. La pente sur laquelle elle se trouvait s'accrochait au mur ouvert telle une route de montagne avant de se perdre dans la galerie. À sa gauche s'offrait à elle une autre ouverture – grotte ou tunnel, elle n'aurait su dire. En outre, il aurait fallu de grands talents d'alpiniste pour l'atteindre. Elle choisit donc la galerie et suivit la pente à pas lents.

Le temps qu'elle en atteigne l'extrémité, elle s'aperçut que des tunnels partaient de tous les côtés. Si certains se terminaient en culs-de-sac, les autres conduisaient certainement à un labyrinthe. Auquel cas le danger n'était pas le serpent mythique – elle n'était toujours pas persuadée de son existence – mais le risque de se perdre.

Bleu ôta son sac à dos et le posa par terre. Comme elle n'avait jamais appris à bien ranger ses affaires, elle dut fouiller un long moment avant de trouver ce qu'elle cherchait. Elle sortit un petit cylindre, en braqua l'extrémité contre un mur puis pressa la base pour l'activer. L'espèce de gros crayon bourdonna un peu quand Bleu décida de l'essayer. Elle fit trois pas en avant et jeta un œil derrière elle. Rien. Elle cligna très vite des yeux par deux fois. Un filament lumineux surgit entre l'appareil et le point du mur qu'elle avait désigné. Un autre clignement et le filament disparut. Parfait. Elle mit le cylindre activé dans sa poche. Désormais, où qu'elle aille, elle laissait une trace derrière elle. Dès qu'elle voudrait faire demi-tour, il lui suffirait de le suivre. Cerise sur le gâteau, nul autre qu'elle ne pouvait le voir.

Elle fouilla à nouveau dans son sac à dos. Tant qu'elle s'organisait, pourquoi ne pas régler une autre affaire ? Cette histoire de marteau la contrariait. Il était ô combien ridicule de lui donner un instrument dont elle ne pouvait se servir ! Franchement, elle ne croyait pas qu'il existât sur cette planète une créature capable de résister à une arme bien particulière. Sa main se referma sur son couteau Halek qu'elle sortit avec amour de son sac. Pyrgus la tuerait s'il découvrait qu'elle le lui avait emprunté. Depuis des années, cette lame faisait sa fierté et sa joie. Bleu l'approcha de son visage au point de sentir l'aura des énergies captives lui picoter la peau. Rien ne survivait à un couteau Halek, quoi que le Purlisa eût pu dire sur ce serpent.

Bleu coinça la lame dans sa ceinture – plus pratique – et enfila son sac à dos. Bon, et maintenant ? Au total, elle compta dix-huit passages s'éloignant de la galerie. Après quelques instants d'indécision, elle se dit qu'aucun ne valait mieux qu'un autre puisqu'elle ignorait où ils menaient. Elle choisit donc le premier qui s'offrait à elle.

Il était plus étroit que prévu et les éboulements sur le sol ne lui facilitaient pas la tâche, mais le passage finit par s'agrandir et elle avança avec moins de peine. Au bout d'un moment, elle aperçut une lumière devant elle et le cristal de lynx n'y était pour rien. Elle continua lentement, de peur qu'elle ne soit pas la seule exploratrice des lieux. Enfin, elle s'aperçut que la lueur provenait d'une sorte de moisissure accrochée au mur. Un peu plus loin, le passage aboutissait sur un mur nu.

Bleu fit marche arrière sans l'aide du filament lumineux et choisit un autre passage de la galerie. Bien qu'en pente forte, il était plus large, plus clair et aussi plus praticable. Seul inconvénient, il bifurqua plusieurs fois, obligeant Bleu à prendre des décisions arbitraires. Sans son filament, elle aurait été perdue corps et biens. Elle avait parcouru plusieurs centaines de mètres quand elle réalisa qu'on la suivait.

Bleu se figea.

Le son était faible mais précis, un traînement de pieds intermittent ponctué par de petits cliquetis. Tel un gros animal qui essaierait de marcher en silence sans y parvenir vraiment. Le Serpent de Midgard ? Non, un serpent aurait produit un bruit d'ondulation. Bleu ne réussit pas à déterminer l'origine de ce son.

Elle repoussa une petite crise de panique et s'obligea à réfléchir. Elle se trouvait dans les sous-sols d'un pays bizarre. Les dieux seuls savaient qui vivait dans ces couloirs. Des ours, des lions… parfois des haniels sans ailes trouvaient refuge dans les montagnes. Bleu ne croyait pas à la présence de ce genre d'animal. Son imagination mit de côté les animaux normaux pour lui présenter diverses horreurs – rapalains, girosouflets, caroberges. Et pourquoi pas... elle y pensa malgré elle. Oui, pourquoi pas un non-mort ?

Soudain, cette pensée l'obnubila. Les non-morts étaient rares. Comme ils ne pouvaient pas se reproduire, l'espèce était en voie d'extinction. Pourtant, ils parvenaient à repeupler leurs rangs à l'aide du corps de leurs victimes. Quelqu'un la traquait-il ? Était-elle la proie d'un vampire ou d'un rupert ?

Le son résonna plus près d'elle cette fois-ci. Son poursuivant essayait de se montrer discret, mais, semblait-il, la discrétion n'était pas son fort. En conclusion, il n'avait pas peur d'attaquer. Son ennemi devait donc être extrêmement dangereux.

Bleu sortit sa lame Halek et se glissa dans une fente étroite du mur. Elle avait un plan : elle se cacherait là jusqu'à ce que la créature passe puis elle bondirait et la poignarderait avec sa lame mortelle. Bleu prenait un énorme risque. Si cette chose la voyait, elle serait piégée et disposerait de peu de place pour brandir sa lame. S'il s'agissait bien d'un non-mort, elle ignorait si les énergies du couteau Halek le détruiraient. Qui plus est, elle avait conscience, comme tout détenteur d'un tel couteau, que si la lame se brisait, son pouvoir létal se retournait contre son propriétaire et le tuait sur-le-champ.

Le dilemme du cristal de lynx se présentait à nouveau à elle : avait-elle vraiment le choix ? Si elle partait en courant, le bruit de ses pas alerterait son poursuivant, et qui lui garantissait que le passage ne se terminait pas en impasse ?

Elle retint son souffle et attendit.

Son poursuivant, homme, fée, animal ou autre, s'arrêta et renifla l'air ambiant. Bleu ferma les yeux un quart de seconde. S'il sentait son odeur, elle était cuite. Il reprit sa marche, aussi lentement qu'avant. Soudain, Bleu réalisa que le drôle de cliquetis correspondait à un bruit de griffes sur le sol en pierre et à une allure décidée. Il n'avait donc pas l'intention de tuer, pas pour l'instant. Peut-être ne l'avait-il pas repérée ? Peut-être...

Il était si près qu'elle entendait son souffle. Soudain, une masse énorme passa devant sa cachette. Agissant par instinct, Bleu sortit de l'anfractuosité, leva la lame et...

– Non ! lança le charno.

Son soulagement fut tel que Bleu fut saisie de tremblements. Elle avait de la peine à reprendre sa respiration.

– Par Hael, s'emporta-t-elle, à quoi tu joues, Primo ?

– Je vous suis.

– Pourquoi ? Pourquoi ? Je t'ai dit que je n'avais pas besoin de toi. Je ne peux pas utiliser ce stupide marteau. Les Serpents de Midgard mangent les charnos, tu l'as dit toi-même. Alors... pourquoi... m'as-tu... donné la peur de ma vie... ?

– Je pensais que vous aimeriez un peu de compagnie.

– Le Purlisa est derrière tout ça, pas vrai ? réalisa soudain Bleu. Le Purlisa et le Père Supérieur.

– Oui.

– Ils voulaient s'assurer que j'entrais bien dans la caverne.

– Oui.

– Pourquoi avoir essayé de m'en empêcher ?

– Psychologie inversée.

Pendant un instant, elle crut avoir mal compris.

– Pardon ?

Le charno haussa les épaules.

– Le Purlisa a dit que vous aviez l'esprit de contradiction.

Cette fois-ci, elle était sûre d'avoir mal compris.

– Pardon ? répéta-t-elle.

Patient, le charno poussa un soupir.

– Du genre à faire le contraire de ce qu'on lui demande. Il avait peur que vous ne décidiez de ne pas entrer parce que Henry ne s'y trouvait pas.

– Et il t'a demandé de t'assurer que j'entrais bel et bien.

– Oui.

– En me disant de ne pas entrer.

– Oui.

À moitié surprise, à moitié folle de rage, Bleu avait les yeux comme des soucoupes, car elle se rendait compte que le Purlisa avait totalement raison – oui, elle avait l'esprit de contradiction.

– Henry est dedans, oui ou non ?

Le charno secoua la tête.

– Non.

– Et ce fichu serpent ?

– Oui.

– Et je suis supposée le combattre ?

Le charno secoua un peu plus la tête.

– Non, il est supposé vous capturer.

– Eh bien, ton précieux Purlisa et toi pouvez vous asseoir dessus ! aboya Bleu. Il n'y a qu'une raison à ma venue : je pensais avoir une chance de sauver Henry. Si vous m'avez menti au sujet de

Henry, rien ne me retient une minute de plus en ces lieux.

Elle cligna les yeux deux fois pour révéler le filament lumineux.

– Je regagne la surface.

À sa surprise totale, le charno se transforma en un clown grimaçant.

– Je crains qu'il ne soit trop tard pour cela, conclut Loki.

76

– **R**amenez-le ! hurla Henry, pris de panique.

D'accord, il devait sauver Bleu. Mais de quoi ? Quand ? Avait-elle des ennuis au moment où ils parlaient ou dans un avenir que M. Fogarty aurait vu ? Était-elle malade ? Avait-elle contracté la fièvre temporelle ? Et le plus important, où était-elle ? Il avait besoin d'en apprendre davantage ! Et cette stupide arche qui demeurait silencieuse et inerte…

Le sourire aux lèvres, Euphrosyne secoua la tête.

– Bientôt, En Ri.

Henry se retint de la secouer très fort.

– Non, maintenant ! exigea-t-il.

– Ce n'est pas possible maintenant, insista calmement Euphrosyne.

L'assurance dans sa voix le stoppa net.

Henry sentit son attaque de panique se dégonfler tel un ballon crevé. Euphrosyne l'aiderait si elle le pouvait. Chaque Luchti l'aiderait s'ils le pouvaient – ils étaient peut-être primitifs, ils faisaient partie des gens les plus sympathiques que Henry ait jamais fréquentés. Et il n'obtiendrait rien en leur criant après. Il avait besoin de leur poser des questions intelligentes, de leur montrer comment ils pouvaient l'aider. Il devait se reprendre s'il voulait collecter des informations. Oui, il fallait qu'ils le renseignent sur M. Fogarty et lui indiquent comment il était capable de s'adresser à eux en tant que Charax, alors qu'il était mort.

– Euphrosyne ? Je viens de parler à Charax, n'est-ce pas ?

– Oui ! s'exclama Euphrosyne avec un grand enthousiasme.

– Et votre peuple parle à Charax depuis des siècles, si je ne m'abuse ?

– Oui.

Du coin de l'œil, il remarqua que les autres membres de la tribu et Lorquin approchaient, l'air heureux. Malgré sa confusion, il comprit qu'il avait un peu mis la pagaille dans leur cérémonie.

– Comment Charax était-il capable de vous parler à l'époque ?

M. Fogarty n'était pas mort il y a plusieurs siècles puisqu'il n'était même pas né. Comment M. Fogarty pouvait-il être le dieu des Luchti ?

– Grâce à l'arche !

– Oui, je sais bien, mais Charax n'était pas là, il y a plusieurs siècles.

– Charax est toujours là, répondit-elle, un peu étonnée. Sinon, comment pourrions-nous être ici ? Comment pourrais-tu être ici, En Ri ?

– Charax aurait créé le monde ?

Henry avait beaucoup de difficultés à imaginer M. Fogarty en créateur du ciel et de la terre. Quelque chose ne tournait vraiment pas rond. Il ne comprenait pas ce qui se passait.

– Oh non ! s'écria Euphrosyne, presque choquée. Le monde a été créé il y a plusieurs milliards d'années dans la Grande Explosion à l'origine de l'univers. Les Charax n'ont rien à voir dans cette histoire. Ils n'étaient pas encore nés.

Les Charax ? Il y en avait plus d'un ?

– Euphrosyne ? Qui sont les Charax ?

– Nos ancêtres. Ne viens-tu pas de parler à ton illustre ancêtre, En Ri ?

Pas vraiment, mais cela expliquait beaucoup de choses. L'arche n'était pas un objet religieux comme l'Arche d'Alliance conçu dans le but que les Luchti s'adressent à Dieu. Ce dispositif vous permettait d'entrer en contact avec vos aïeux décédés. M. Fogarty et lui n'avaient aucun lien de parenté, mais il était mort et bien plus proche que les grands-pères inconnus de Henry. Il poussa un soupir de soulagement. Maintenant qu'il comprenait, il pouvait faire avancer les choses.

– Existe-t-il un moyen, demanda Henry, de reprendre contact avec mon Charax ? Disons, maintenant.

– Je peux t'aider, En Ri, proposa une voix étranglée derrière lui.

77

Quand il se retourna, Henry découvrit que la voix appartenait à Ino. Le chaman tatoué avait très mauvaise mine, les yeux vitreux, les jambes en coton, si bien que deux colosses le soutenaient de chaque côté. Son torse était couvert de grandes griffures, comme si un chat l'avait attaqué – Dieu seul savait comment il se les était faites. Sa peau bleue virait au verdâtre. Cette combinaison de couleurs bilieuses lui donnait l'air d'un cadavre ambulant. Néanmoins, il souriait à Henry.

– Je peux évoquer ton Charax.

Henry dévisagea Euphrosyne, Ino, Euphrosyne à nouveau.

– Vous allez bien ? lui demanda Henry.

– J'ai composé les chants, marmonna Ino.

Alors que ses jambes cédaient sous lui, il fut rattrapé par ses compagnons.

Lorquin émergea du groupe qui entourait Henry.

– Composer les chants est une tâche très difficile, expliqua-t-il. Seul un homme aussi intelligent qu'Ino en est capable. Maintenant, il souhaite t'aider, En

362

Ri. Il sait à quel point tu veux communiquer avec ton Charax.

— Oui, mais est-ce qu'il va bien ? murmura Henry qui prit Lorquin à part. Je ne peux pas lui demander de m'aider, il est livide.

— C'est sa tête de tous les jours. La faute aux tatouages.

— Ce ne sont pas les tatouages, insista Henry. Il ne va pas tarder à s'effondrer.

— Comme chaque fois qu'il compose les chants. Si tu ne l'autorises pas à t'aider, tu ne pourras pas parler à ton Charax d'ici à l'année prochaine.

— L'année prochaine ? explosa Henry qui se dépêcha de baisser d'un ton. Euphrosyne disait que je pourrais me servir de l'arche bientôt.

— L'année prochaine arrivera bien plus vite que tu ne le penses, lui assura Lorquin, philosophe. Si tu souhaites parler à ton Charax avant, tu dois utiliser Ino. Il n'est pas aussi net que l'arche, mais ce sera toujours mieux que rien.

— Voyons, Ino est malade, Lorquin ! Il tient à peine debout. C'est très gentil de sa part, mais... mais je ne peux pas lui demander de...

— Tu ne lui demandes rien, En Ri. Il t'offre ce cadeau. Ino est un homme comme toi et moi, En Ri. Tu dois le laisser agir en toute amitié. Lui seul évalue ses forces.

Henry dévisagea l'enfant. Comment quelqu'un d'aussi jeune avait-il acquis une telle sagesse ? Puis il dévisagea Ino qui vacillait un peu, trouvant néanmoins le moyen de tenir debout tout seul.

— Très bien, d'accord, déclara Henry qui se dépêcha d'ajouter : Merci, Ino. Merci beaucoup.

Malgré les paroles rassurantes de Lorquin, ce ne fut pas facile et Ino ne fut pas le seul impliqué. Toute la tribu forma un immense cercle, trois tambours s'avancèrent et entamèrent un rythme complexe mais constant. Ce son eut un effet immédiat sur Ino dont les yeux roulèrent dans leurs orbites, ne laissant apparaître que le blanc. Puis il se mit à esquisser de petits mouvements incontrôlés d'avant en arrière. Au bout d'un moment, il commença à baver et fut pris de convulsions sous le regard nerveux de Henry. Le chaman, à ses yeux, ressemblait trop à un zombi d'un film de série B !

La nervosité de Henry s'accrut quand il parcourut du regard la tribu assemblée. Un grand nombre... non, la plupart, rectifia Henry, avaient les yeux révulsés et se balançaient en rythme, comme en transe. Même Lorquin semblait mou et hébété.

Plusieurs femmes reprirent leur danse, mais de manière sauvage et désordonnée, si bien qu'elles s'entrechoquaient parfois. Quelques hommes poussèrent des hurlements de douleur. Peu à peu, l'impression d'un dérèglement des esprits se dégagea du tableau et Henry n'aimait pas ça. Qui plus est, le rythme bizarre commençait à avoir une certaine emprise sur lui – il avait les paupières lourdes, le cerveau embrouillé... Il devait rassembler toutes ses forces pour ne pas s'endormir.

Soudain, les tambours stoppèrent. Les femmes émirent un ululement aigu au moment où Ino se jetait violemment par terre pour tournoyer comme un *break dancer*. Il avait les yeux vitreux et morts, chacun de ses membres était secoué de spasmes. Il se mit à se cogner la tête contre les dalles. Horrifié, Henry entendit un craquement peu catholique.

– Je… tenta Henry, nerveux.

Ino réagit à la voix de Henry comme s'il avait été piqué. Allongé sur le sol, il effectua un impossible bond dans les airs pour finir accroupi. Il poussa alors un hurlement à tordre les boyaux.

– Charax ! psalmodia aussitôt la tribu. Charax ! Charax ! Charax !

Depuis sa position accroupie, Ino foudroya Henry du regard, tel un chien enragé. La ressemblance était si frappante que Henry eut peur d'être attaqué, puis Ino ferma les yeux, son visage se figea et ses lèvres s'entrouvrirent. La tribu se tut sur-le-champ.

Henry mit sa peur de côté et s'accroupit à droite d'Ino. Les marmonnements du chaman ressemblaient à une conversation à deux entendue derrière une porte épaisse. Henry ne comprenait pas un seul mot.

– Pardon ? Que dites-vous ?

Lorquin rejoignit Henry.

– Ne parle pas, En Ri. Ino discute avec ton Charax.

Henry attendait quand Ino se tourna soudain vers lui.

– Je le vois, déclara-t-il.

– Vous voyez qui ? l'interrogea innocemment Henry.

– Je vois ton Charax. Il voudrait savoir pourquoi tu n'as pas agi comme il te l'avait demandé.

Perplexe, Henry fixa le chaman. Celui-ci plongea son regard dans le sien, cligna deux fois des yeux et dit : « Il a pris mon filament. » Il utilisa une voix féminine que Henry reconnut aussitôt. Son sang se glaça.

– Bleu ? chuchota-t-il, l'estomac noué.

Bleu était-elle déjà morte ?

– Je ne trouve pas mon chemin pour rentrer, continua Ino.

– Bleu, Bleu ! Où es-tu ?

– Dans le noir...

La voix ressemblait de plus en plus à celle de Bleu.

– Quel filament ? demanda Henry. Qui te l'a pris ?

– Le clown. Il me l'a pris.

Cela n'avait aucun sens, même s'il s'agissait bel et bien de la voix de Bleu. Il pouvait parler à Bleu à travers la bouche du chaman.

– Quel clown ? Où es-tu, Bleu ? s'affola-t-il.

– Le serpent veut m'attraper.

Elle semblait rêveuse, comme à moitié endormie.

C'était pire que dans ses cauchemars. Henry avait une terrible envie de prendre Ino par les épaules et de le secouer, sauf qu'un seul regard au chaman lui apprit qu'il n'était plus avec eux. Ses yeux aveugles paraissaient à présent insondables et vides. En position assise, il avait l'air d'une poupée de chiffon. Henry fit de gros efforts pour se calmer.

– Tu es attaquée par un serpent ?

Si tel était le cas, il n'y avait rien qu'il pût faire, absolument rien. Et si, par miracle, elle se trouvait dans les environs, jamais il n'arriverait à temps pour la sauver.

— Bientôt, continua la voix rêveuse de Bleu. Le Tricheur a pris mon filament.

Comme cette histoire de clowns, de serpents et de filaments tenait du délire, Henry se concentra sur le seul fait palpable.

— Où es-tu, Bleu ? Il faut que tu me dises où tu es !

— Dans le noir, répéta Bleu dont la voix faiblissait.

— Où, dans le noir ? insista Henry, à la fois horrifié et désespéré. Es-tu au Palais ? Dans la cité ? Bleu, où es-tu ?

Il ne comprit pas sa réponse qui se perdit dans le néant.

La panique croissant en lui, il s'empara du bras de Ino.

— Où es-tu, Bleu ? hurla-t-il. Je t'en prie, mon amour, dis-moi où tu es.

— Elle se trouve dans les Montagnes de la Folie, grommela Ino empruntant la voix de M. Fogarty. Et ne t'avise plus de m'appeler « mon amour ».

78

– **Q**uel est votre diagnostic ? s'enquit Mme Cardui qui boutonna son chemisier.

– J'ai peur que votre test ne soit positif, lui répondit le Chirurgien Sorcier Guérisseur en Chef Danaus qui l'avait auscultée le dos tourné.

– J'ai la fièvre temporelle ?

– Les premiers signes, je le crains.

Ils se trouvaient dans le cabinet privé du Sorcier Guérisseur en Chef qui était protégé par un garde posté à l'extérieur et des sortilèges privés de niveau militaire. Puisque la Reine Bleu s'était absentée du Palais, que le Gardien était mort et Pyrgus placé en stase, Mme Cardui avait grandement conscience que sa santé comportait des implications politiques.

– Que suggérez-vous ?

– Mise en stase immédiate, décréta le Sorcier Guérisseur en Chef.

– Impossible, répliqua Mme Cardui tout en ajustant ses vêtements. Vous pouvez vous retourner à présent.

Lentement, Danaus fit pivoter sa lourde carcasse.

Son visage présentait une expression posée et tendue à la fois.

– Impossible… ? répéta-t-il sur un ton las.

– Jusqu'au retour de Sa Majesté, on a besoin de moi au Palais.

Danaus secoua la tête.

– Personne n'est indispensable.

– J'ai peur de l'être, Sorcier Guérisseur en Chef, soupira Mme Cardui. Du moins jusqu'au retour de la Reine Bleu et même après, dans le meilleur des cas. Il est simplement impossible que je sois placée en stase immédiate.

– Impossible ou pas, c'est nécessaire.

Ils se regardèrent un long moment sans parler quand soudain Mme Cardui fut étonnée, mais pas choquée, qu'il lui prenne la main.

– Cynthia, le Prince Pyrgus est un jeune homme, à peine sorti de l'enfance. Vous avez vu comment la fièvre s'est attaquée à lui ? Le Gardien Fogarty était un homme d'âge mûr quand il a contracté la fièvre. Il a été très vite emporté. Veuillez m'excuser, Cynthia, mais vous êtes plus âgée que le Gardien Fogarty. Vous n'en éprouvez pas le sentiment ni n'offrez cette apparence, mais c'est la vérité – j'ai là votre dossier médical.

Mme Cardui ôta doucement la main de la sienne et détourna le regard.

– Oui, c'est vrai. Alan n'a jamais su combien d'années nous séparaient – la différence entre la physiologie humaine et féerique, bien entendu – et je n'ai pas ressenti le besoin de le lui dire.

Sur le point de s'emporter, elle regarda Danaus droit dans les yeux.

– Ce n'est pas l'âge qui compte, nous sommes d'accord ? poursuivit-elle. Si j'ai bien compris, la quantité d'avenir qui nous reste importe le plus. Détrompez-moi, Sorcier Guérisseur en Chef Danaus ? Une Fée de quatre-vingts ans à qui il resterait une centaine d'années à vivre a plus de chances qu'un homme dont l'espérance de vie est de quatre-vingt-dix ans ?

– Vous n'êtes pas une Fée de quatre-vingts ans, remarqua gentiment Danaus. Il ne vous reste pas cent ans à vivre.

– Non, mais vous avez compris où je voulais en venir.

– Oui, pourtant vous avez d'autres critères à prendre en ligne de compte. Nos recherches montrent que la maladie progresse plus rapidement quand elle est contractée à un âge avancé.

Voilà un élément qu'il n'avait jamais mentionné. Elle cligna des yeux mais parvint à ne pas montrer son énervement.

– Cette maladie consume l'avenir d'un adulte plus vite que celui d'un enfant ?

– C'est cela. La fièvre est à son maximum quand elle frappe en premier. Si vous aviez contracté la fièvre cinquante ans plus tôt, il lui aurait fallu des mois, voire des années pour brûler votre avenir. Comme vous venez de tomber malade, le temps qu'il vous reste est compté… Votre seul espoir, je dis bien votre seul espoir, est la stase immédiate. Cela vous gardera en vie indéfiniment, même si vous n'êtes alors plus capable d'agir.

– Vous n'avez pas recommandé la stase dans le cas de la Princesse Nymphalis.

– Son cas est différent – je viens de vous l'expliquer en détail.

Elle passait pour une vieille dame irritable, elle le savait. Il voulait la préserver autant que possible. Le problème, avec le Sorcier Guérisseur en Chef Danaus ? Il s'abritait derrière sa fonction : il était guérisseur, voilà tout, jour après jour et rien de plus. Sa vision de la politique se résumait à faire pression afin d'obtenir une augmentation de budget pour son département. Cette fièvre temporelle n'était qu'une nouvelle maladie à combattre, à stopper. Il ne se rendait pas compte de ses implications à court terme. Il ne voyait pas qu'elle affaiblissait le Royaume, lui faisait courir le risque d'une révolution ou d'une attaque. Il ne percevait pas l'importance d'une conduite rigoureuse en pareille période. Comma remplissait son rôle de remplaçant à la perfection, mais il ignorait comment gérer les urgences. Danaus ne mesurait pas la précarité de leur position en l'absence de la Reine Bleu. (Et Mme Cardui s'en voulait un peu pour cela. Jamais elle n'aurait dû laisser Bleu quitter le Palais, mais les visions d'Alan l'avaient tellement préoccupée que son jugement en avait été obscurci, ce qu'elle admettait sans problème – devant son miroir.)

Mme Cardui prit une profonde inspiration.

– Votre diagnostic est fondé sur des signes précurseurs, non ?

– Sans l'ombre d'un doute. Vous avez contracté la fièvre. Essayer de vous convaincre du contraire serait une grande erreur.

Mme Cardui hocha la tête.

– J'ai compris que j'étais malade, bien que la fièvre ne se soit pas encore manifestée.

– C'est une question de minutes.

– En attendant, mon avenir n'est pas en danger.

– Techniquement non. Mais…

– Sorcier Guérisseur en Chef, conclut Mme Cardui, il est hors de question que l'on me place en stase maintenant. J'ai bien trop à faire. Je vous suggère de mettre un caisson à ma disposition. Quand la fièvre se manifestera, vous avez la permission de me placer à l'intérieur sur-le-champ.

– Je présume que moi ou un guérisseur de votre choix serons auprès de vous à ce moment-là.

Mme Cardui ne répondit pas.

– Madame Cardui, malgré toutes mes mises en garde, êtes-vous consciente des risques que vous encourez ? À votre âge, la fièvre peut consumer votre avenir en une heure tout au plus. Si la fièvre vous frappe pendant votre sommeil cette nuit, vous serez morte demain matin. Si vous êtes seule, les secours n'auront certainement pas le temps d'arriver. Si vous n'êtes pas seule et si par miracle je me trouve à vos côtés, vous pouvez mourir avant que l'on ne vous transporte jusqu'au caisson de stase.

– C'est un risque que je dois prendre.

79

Merde, merde, merde, merde, merde... le cristal de lynx faisait de moins en moins effet ! Bleu n'en revenait pas. Elle avait vraiment la poisse. Cette créature, ce clown, ce cinglé déguisé en charno avait disparu avec son filament, la laissant errer dans ce fichu labyrinthe sans guide. Elle aurait pu s'en sortir grâce à son sens aigu de l'orientation et sa bonne mémoire visuelle, mais sans cristal de lynx dans son système, elle était aveugle. Sa vue baissait. Alors qu'elle voyait plusieurs mètres de couloir rocailleux, seuls quelques pas devant elle étaient visibles désormais. Un épais brouillard l'enveloppait.

Et si elle prenait encore un cristal ?

Par chance, la créature lui avait laissé son sac à dos. Elle plongea la main dedans, attrapa les cristaux et là son cœur flancha. Ils s'étaient agglutinés ! Les cristaux fusionnaient parfois si on oubliait de séparer les structures à l'avance et Bleu avait omis de le faire. Elle pouvait en briser un morceau, seulement les cristaux amalgamés étaient plus gros que les originaux. Elle allait devoir prendre une deuxième dose importante ou pas de dose du tout.

Bleu s'efforça de garder son calme. Il y avait un côté positif et un côté négatif. Le plus : une dose massive durerait longtemps, peut-être davantage que nécessaire pour explorer ces tunnels, sauver Henry et s'enfuir ensemble. Le moins : il y avait quatre-vingt-dix-neuf pour cent de chances qu'une dose massive de cristal de lynx la tue.

Au bout d'une longue réflexion, elle décida de voir combien de temps elle tiendrait avec le cristal restant dans son système. Inutile de prendre des risques vains. Après tout, elle voyait, mal, mais assez pour continuer ses recherches.

Une heure plus tard, Bleu réalisa que cela ne suffisait pas. Elle avançait à quatre pattes dans un passage étroit, quasiment à l'aveuglette et tout à fait consciente de s'être perdue. Pendant quelques instants, elle fut en proie à l'accablement le plus total. Cela changerait-il quelque chose qu'elle avale un cristal ? Elle recouvrerait la vision et demeurerait perdue dans ces méandres. Quand il lui avait dérobé son filament, le clown lui avait ôté tout espoir de s'orienter. Comment sauver Henry ? Comment le secourir ? Et si par miracle elle y parvenait, comment trouver le chemin de la sortie ?

Les minutes s'écoulèrent et un vestige de sa confiance passée ressurgit. Quitte à rester coincée là, autant tenter le tout pour le tout.

Elle s'emparait des cristaux quand elle aperçut un point lumineux devant elle.

C'était trop beau pour être vrai. À moins qu'il ne s'agît encore de cette moisissure phosphorescente entraperçue plus tôt. Non, la lumière n'était pas teintée de vert mais plutôt propre et claire, comme celle du soleil. Elle s'approcha avec précaution et en effet, quelques minutes plus tard, elle constata qu'il ne s'agissait pas de moisissure. Quand elle fut capable de se redresser et de marcher sans recourir au cristal de lynx presque épuisé, elle se mit à courir. Elle aurait dû se montrer plus prudente, mais cette lumière lui servait de phare tandis que son cœur battait la chamade. Elle espérait que ce fût une percée dans la montagne, une sortie, un moyen de repartir de zéro...

Bleu aboutit à une immense grotte souterraine, bien éclairée mais pas par le soleil. La lumière qui provenait d'une ouverture dans une seconde grotte plus petite était par trop éclatante. Une forte odeur de magie flottait dans l'air. Elle aurait juré qu'il s'agissait des relents puissants d'une évocation.

Les idées embrouillées, elle s'arrêta. Le sol de la grotte ressemblait un peu à un océan démonté, une turbulence grise parsemée de taches vertes, bleues et blanches. Elle ne comprenait rien à ce qu'il se tramait en ces lieux quand soudain quelque chose bougea et la scène s'explicita toute seule. Les anneaux massifs bleu-vert d'un gigantesque serpent remplissaient la grotte. La créature était si grande qu'elle ne pouvait pas provenir du monde naturel. Lentement, la tête aussi large qu'une chaumière se tourna vers elle. Assis entre ses cornes de la taille d'un tronc d'arbre l'observait le clown qui l'avait filée un peu plus tôt. Il agitait un petit filament entre ses doigts.

Il lui lança un sourire éclatant.

— Vous avez mis le temps ! s'exclama-t-il.

80

– Qui êtes-vous ? hurla Bleu.

La colère grondait en elle. Contre le Père Supérieur et le Purlisa qui l'avaient envoyée là. Contre leur charno qui s'était transformé en clown (ou ce clown qui s'était déguisé en charno). Contre Mme Cardui qui avait télétransporté Henry. Contre M. Fogarty qui était mort quand elle avait le plus besoin de ses conseils. Contre Pyrgus qui était tombé malade. Et surtout contre elle qui s'était embourbée dans cette situation incroyable, déroutante, insensée, stupide, stupide, stupide, stupide.

– Où est Henry ? hurla-t-elle, puisque rien d'autre ne lui importait.

– Ah ! Henry ! soupira le clown. Le héros de l'histoire.

Il regarda autour de lui ostensiblement.

– Henry ? appela-t-il. Henry ? Où es-tu ? Ouh ouh ? Henry, insista-t-il comme s'il appelait un chat (puis il se tourna vers Bleu :) Personne de ce nom ici.

Bleu ouvrit la bouche avant de la refermer. Le clown n'avait pas dit *Qui est Henry ?* ou *Vous cherchez qui ?* Non, il lui avait joué un numéro de cirque et s'était moqué d'elle, comme s'il savait exactement qui était Henry. Ce devait être un coup monté. Ce clown avait été envoyé par le Purlisa, déguisé en charno pour... pour... pour quoi au fait ? L'attirer dans cette grotte ? Elle était d'accord pour entrer. S'assurer qu'elle entre bien ? Grâce à son histoire de psychologie inversée ? Mais pourquoi utiliser un charno déguisé ? Un clown déguisé ? Et pourquoi l'envoyer dans cette grotte si Henry ne s'y trouvait pas ? Plus elle réfléchissait, plus elle avait les idées embrouillées. Que se passait-il donc ici ?

Soudain, dans cet imbroglio, elle réalisa qu'elle avait négligé la pièce la plus importante, la plus évidente de ce puzzle. Le clown était assis sur la tête du reptile le plus énorme qu'elle ait jamais vu de sa vie. Était-ce le Serpent de Midgard dont le Purlisa avait parlé ? Lui aurait-il dit la vérité ? Serpent de Midgard ou pas, pourquoi ne s'en prenait-il pas au clown ?

Les serpents mangent les charnos. Cette remarque faite par Primo résonna dans sa mémoire. Il l'avait pourtant suivie dans la grotte, s'était transformé en clown, avait volé son seul moyen de ressortir...

Elle interrompit le fil de ses pensées. Et si elle se trompait ? Elle avait entrevu un charno dans le tunnel avant qu'il ne se transforme en clown et peut-être n'était-ce pas l'animal qui l'avait accompagnée depuis le monastère ? Elle n'était pas sûre de pouvoir distinguer un charno d'un autre en plein jour, alors dans les profondeurs d'une grotte sombre... Et si Primo faisait encore le gué à l'extérieur ? Et si cette espèce de clown avait pris la forme d'un charno – un simple sortilège d'illusion suffisait – pour l'embrouiller ?

Alors pourquoi se changer en clown dès qu'elle était apparue ? Et si ce clown n'avait pas été envoyé par le Père Supérieur ou le Purlisa, qui était-il et, surtout, comment parvenait-il à s'asseoir sur la tête du serpent le plus immense que la Terre ait porté sans être dévoré tel un charno ?

C'en était trop pour Bleu. Trop de questions et pas assez de réponses. Si, il y avait une réponse à une question importante : Henry n'était pas là.

– Je m'en vais, décréta Bleu qui tourna les talons.

Le serpent s'agita et un morceau de son énorme queue lui bloqua la sortie.

Bleu pivota. Le serpent la fixait avec ses grands yeux brillants. Le clown, lui, n'avait pas bougé. Ses jambes pendaient de chaque côté du nez du reptile.

– Vous contrôlez cette chose ? demanda Bleu. Demandez-lui de me laisser sortir.

Tu retournerais dans le tunnel, Bleu, sans cristal de lynx et sans filament pour te guider ? lui murmura sa petite voix intérieure. Elle repoussa ces pensées. Chaque chose en son temps.

– Le contrôler, demanda le clown qui simula l'étonnement. C'est un adolescent, voyons ! Personne ne contrôle un adolescent.

L'air triste, il secoua la tête.

– Il sort à n'importe quelle heure du jour et de la nuit, a de mauvaises fréquentations, met de jolies demoiselles serpents enceintes. Il ne m'obéit pas une seule seconde, ajouta-t-il, les lèvres pincées, les yeux écarquillés.

Bleu sortit sa lame Halek de sa ceinture, se tourna et, d'un geste vif, l'enfonça dans la queue du serpent.

La décharge d'énergie fut impressionnante. Elle jaillit du couteau tel un éclair zébré et crépitant. Une odeur prégnante d'ozone emplit l'air. Dans un sursaut, le clown baissa les yeux, comme si quelque chose lui avait mordu les fesses, puis il glissa de son perchoir et bondit avec agilité sur le sol.

– Ça chatouille ! s'exclama-t-il.

Bleu retira son couteau. La lame en cristal était intacte mais mate et sans vie, comme si elle avait été débarrassée de toute son énergie, jusqu'à la dernière parcelle. Le serpent l'examina avec curiosité. Il n'avait pas remué le moindre anneau.

Bleu abandonna sa lame inutile et prit ses jambes à son cou. Elle ne pouvait pas quitter la grotte par le même chemin, mais il existait sûrement d'autres sorties. Peut-être s'agissait-il de la lumière du soleil qui se déversait par le plafond de la grotte voisine ? Elle courut dans sa direction.

Sans se presser, le serpent s'enroula autour d'elle pour ne plus la lâcher.

81

– **C**e n'est pas normal, grommela Henry.

– Qu'est-ce qui n'est pas normal, En Ri ? l'interrogea Lorquin.

Ils trottinaient côte à côte depuis des heures dans le sable du désert, grillés par un soleil implacable qui bizarrement n'affectait pas Henry comme il en avait l'habitude. Ses aventures avec Lorquin et son séjour chez les Luchti semblaient l'avoir endurci.

– Que tu viennes avec moi. Ça pourrait être très dangereux.

– En Ri, tu étais mon Compagnon quand je suis devenu un homme. Il est logique que je sois ton Compagnon à mon tour. Et puis, comment trouverais-tu ton chemin sans moi ? ajouta-t-il avec un de ses immenses sourires.

Il n'avait pas tort. Même si Henry avait appris quelques astuces auprès des Luchti, se repérer dans le désert était au-delà de sa portée. Il avait beau essayer, il ne voyait toujours pas les dessins auxquels se fiait Lorquin.

– Peu importe. Je ne veux pas que tu interviennes

si les choses tournent mal. Tu me montres où sont les montagnes et…

Henry s'interrompit. Il allait dire *Et tu retournes auprès des tiens*, mais plusieurs éléments l'en empêchèrent. Primo, il ne souhaitait pas que Lorquin reparte. Il avait appris à apprécier ce garçon (cet homme, aurait vite rectifié Lorquin) et il ne voulait pas qu'il disparaisse à jamais. Lorquin était un peu le petit frère que Henry n'avait jamais eu. Il faisait partie de son histoire, à présent. Secundo, s'il comptait sauver Bleu (de quoi ? de qui ?), il aurait besoin de toute l'aide disponible, même celle d'un gamin. Henry n'était pas un héros, il évitait les bagarres autant que possible. Il ferait n'importe quoi pour Bleu, mais il connaissait ses limites. Et en supposant qu'ils parviennent à extirper Bleu du guêpier dans lequel elle s'était fourrée, il fallait la ramener au Palais et ils auraient certainement besoin de l'aide de Lorquin à ce moment-là.

– … et tu te fais tout petit, termina Henry avec maladresse.

– Je me comporterai comme un Compagnon est censé se comporter ! lui promit Lorquin.

Ils trottèrent en silence une heure de plus. Lorquin s'exclama soudain :

– Nous avons atteint notre destination, En Ri.

Henry scruta les alentours. Le désert sablonneux avait laissé place à des terres rocailleuses sans aucun contraste.

– Je croyais atteindre des montagnes…

– En effet.

Tout à coup, les montagnes apparurent, solides, menaçantes et lugubres. Henry fut stupéfait.

Comment avaient-ils pu approcher une chaîne de montagnes sans qu'il le remarque ? Cela montrait à quel point il était devenu distrait. Il s'arrêta pour examiner les plus hauts pics et se rendit compte qu'il était vraiment mal préparé pour ce genre d'aventure. M. Fogarty pouvait bien lui dire de partir à la rescousse de Bleu dans les Montagnes de la Folie. Mais qu'est-ce qui la menaçait ? Et où ? Ils pouvaient passer un mois entier à la chercher dans cette immensité sans la trouver.

Henry s'aperçut qu'il avait parlé à voix haute quand Lorquin prit la parole.

– Je parviendrai peut-être à la repérer, En Ri.

Henry ne voyait pas trop comment, mais il avait depuis longtemps appris à ne pas sous-estimer les capacités de Lorquin.

– Tu ne sais même pas à quoi elle ressemble, tenta Henry.

– Bien entendu ! Sache que les montagnes sont hantées. Très peu de gens viennent ici. Je peux répertorier les traces les plus récentes. L'une d'elles nous conduira certainement à ta Bleu... Ce sera plus rapide que d'explorer les montagnes.

– Oui, marmonna Henry, peu convaincu.

N'importe quelle approche serait plus rapide que des recherches dans cette immense chaîne de montagnes. De toute manière, il n'avait pas de meilleur plan.

– Oui, répéta-t-il avec plus d'assurance. Oui, bonne idée, Lorquin. Merci.

En fait, il lui fallut beaucoup moins de temps qu'il ne l'aurait cru. Ils se reposèrent pendant une demi-heure, puis Lorquin le conduisit à un endroit dans les contreforts qui dominait deux gros rochers.

– Nous commençons ici, décréta Lorquin.

– Pourquoi ?

– Nous sommes venus des profondeurs du désert. Je pense que ton amie est partie de la grande ville ou des habitations des hommes saints. Dans un cas comme dans l'autre, elle a utilisé ce passage. C'est la route la plus praticable pour gravir la montagne.

Henry le dévisagea. Le garçon était tout simplement incroyable. Donnez-lui un costume et un bureau à New York, et il dirigeait Wall Street en un mois à peine.

– Et maintenant ? demanda Henry.

– Repose-toi, En Ri, et rassemble tes forces en prévision de ta grande épreuve. Je te dirai quand j'aurai repéré sa trace.

Cette confiance en lui rassura Henry. Il s'adossa contre un rocher, s'accroupit de manière confortable et regarda. Lorquin fit le tour du site deux fois, ses yeux balayaient le sol puis il traversa le passage en courant. Alors qu'il disparaissait de sa vue, il cria à Henry :

– Je reviens, En Ri, quand j'aurai trouvé ce que nous cherchons.

Quelques minutes seulement s'écoulèrent avant son retour.

– Tu as déjà trouvé quelque chose ? s'exclama Henry tout en se relevant.

– Plusieurs personnes sont passées ici récemment. Hélas, je ne peux pas t'assurer que l'une d'elles est ton amie.

— Nous ne savons donc pas dans quelle direction aller.

— Si ! Toutes se sont rendues au même endroit !

Soudain, Henry fronça les sourcils. Bleu n'était pas venue seule ? Un affreux scénario se formait dans son esprit.

— Je suppose que tu ignores leur nombre.

— Une caravane est venue en premier mais la plupart ne voulaient pas se hasarder sur le chemin de montagne, si bien que deux sont montés tout seuls avec une grosse carriole. Je ne pense pas qu'il s'agissait de ton amie, mais de deux hommes qui ont très bien pu la transporter dans leur carriole. Ensuite, une autre caravane est venue avec un charno...

— Qu'est-ce qu'un charno ? demanda Henry.

Pourquoi deux hommes ? aurait-il aimé lui demander. Et pas deux femmes ou deux garçons ? Peut-être avaient-ils laissé des empreintes de pas que Lorquin avait mesurées.

— C'est un animal qui transporte les biens des gens qui ignorent qu'il vaut mieux voyager à vide. La personne que le charno accompagnait était une femme, ton amie peut-être.

— Tu le devines à partir des traces ?

— Si tu veux, je peux t'apprendre, En Ri.

— Euh, pas maintenant, bafouilla Henry, gagné par l'excitation. Si Bleu est vraiment là-haut, nous n'avons pas une minute à perdre.

— Voilà qui est sage, déclara Lorquin sur un ton solennel avant de regarder derrière lui. Il y a quelque chose de très dangereux à l'intérieur de ces montagnes.

82

Complètement abasourdie, Mme Cardui fixait la créature pathétique qui se tenait devant elle.

– Vous avez laissé votre Reine entrer dans des cavernes gardées par le Serpent de Midgard ?

Blafardos examina ses chaussures en marmonnant.

– Parlez, espèce de vieux crétin vacillant !

Blafardos sursauta.

– Oui, bafouilla-t-il.

– Et quand elle est entrée dans ces montagnes, vous vous êtes enfui, c'est tout ?

– Pour vous l'annoncer au plus tôt, madame le Chef du Contre-Espionnage, protesta Blafardos. Je suis venu aussi vite que je le pouvais. J'ai même loué un aéro à mes frais, un aéro extrêmement dangereux en mauvais état de fonctionnement. J'ai risqué ma vie et...

– Oh ! Fermez-la, Blafardos... Quand on a un cochon en face de soi, il ne faut pas s'attendre à autre chose qu'un grognement.

Elle remua sur son nuage à suspension afin de mieux le foudroyer du regard.

– Comment le Serpent de Midgard s'est-il retrouvé dans cette grotte, monsieur Blafardos ? Comment le Serpent de Midgard est-il parvenu à entrer dans notre réalité ?

– Il a été invoqué, marmonna Blafardos.

Il se demandait pourquoi il se sentait aussi coupable alors que ce n'était absolument pas sa faute !

– Invoqué, monsieur Blafardos ? Qui a pu être assez stupide pour invoquer le Serpent de Midgard ?

– Sulfurique, répondit Blafardos sans croiser son regard.

Mme Cardui eut un léger sourire.

– Votre ancien partenaire…

– Oui, d'accord, mais vous ne pouvez pas retenir cela contre moi.

– Ah bon ? S'il manque ne serait-ce qu'un cheveu à la Reine Bleu, vous allez voir ce que je peux retenir contre vous, monsieur Blafardos. Vous feriez mieux de tout me raconter. Maintenant.

Blafardos s'humecta les lèvres, se demandant jusqu'où il pouvait aller avec cette vieille sorcière. La situation était grave, très grave, et pouvait facilement empirer. Cependant, dans chaque crise, il y avait toujours des hommes qui la jouaient futé et récupéraient leur statut, ceux qui gardaient leur sang-froid et finissaient du côté des vainqueurs. Le seul problème était bien de savoir quel était le côté des vainqueurs. Cette imbécile de Reine était probablement morte à l'heure qu'il était, ce qui faisait pencher la balance en faveur de Lord Noctifer, malgré son revers de fortune. Mais Noctifer dépendait beaucoup de Sulfurique dans cette entreprise – il dépendait uniquement de lui, en fait – et Sulfurique avait sombré dans la folie. Il était fou d'invoquer le Serpent de Midgard en tout premier lieu, mais – Blafardos sentit sa gorge se serrer – cette rencontre brutale avec le cumulodanseur l'avait achevé. Où en était donc Lord Noctifer à présent ?

Blafardos prit une décision. Où que la balance des pouvoirs penchât, certaines choses ne changeaient pas : chaque information était précieuse et rien ne valait un bon timing. Maintenant, il fallait en dire assez à cette sorcière en guenilles pour la satisfaire tout en gardant certains renseignements qu'il pourrait monnayer plus tard.

Il lui présenta un visage empreint d'innocence immaculée et lui délivra un rapport concis.

83

– Lorquin…, l'interpella Henry. Tu disais que quelque chose de très dangereux vivait dans ces montagnes…

Lorquin fixait un point au loin, comme s'il se concentrait sur un détail en particulier.

– Oui…

– Comment le sais-tu ? L'aurais-tu vu ?

Lorquin fit un gros effort pour détacher son regard du point au loin et se tourner vers Henry.

– Je l'ai ressenti, En Ri, répondit Lorquin comme si le danger était la chose la plus naturelle au monde. Pourquoi me demandes-tu cela ?

– Je me demandais si c'était lui…

Tandis qu'ils suivaient des pistes invisibles, Lorquin en tête, ils avaient choisi de délaisser le sentier principal. Lorquin avait peur que Bleu ne soit retenue prisonnière et avait conseillé à Henry de faire un détour pour éviter de croiser ses ravisseurs par mégarde. Résultat, ils se trouvaient sur un plateau étroit qui surplombait une plate-forme rocheuse située en face de l'entrée sombre d'une grotte. Sur la plate-forme attendait la bête la plus effrayante que Henry ait jamais vue.

Bien que plus large, l'animal ressemblait vaguement à un kangourou, avec ses bras et ses épaules musclés, ses énormes pieds plats et griffus, sa longue tête dotée de dents chevalines proéminentes et ses oreilles géantes de lièvre qui lui retombaient dans le cou. Quant au plus étrange, il portait un sac à dos en toile d'une taille imposante. Tel un gardien, il patientait devant l'entrée de la grotte.

— Non, ce n'est pas lui, annonça Lorquin après avoir regardé en contrebas.

Comme ils étaient sous le vent et parlaient à voix basse, il n'y avait aucune chance qu'il les entende.

— Tu es sûr ? demanda Henry au bout d'un moment.

— C'est un charno, En Ri. Il rend service aux voyageurs en transportant leurs affaires.

Henry chercha à comprendre ce qu'il voulait dire quand soudain il sourit.

— Tu veux dire une bête de somme ?

Le charno n'avait rien d'une bête de somme, même s'il avait un sac. À le voir là, devant la grotte, chargé comme une mule...

— Tu crois qu'il portait les provisions de...

Des ravisseurs de Bleu si elle était retenue prisonnière. De Bleu si elle était libre de ses mouvements. En tout cas, des personnes qui se trouvaient à l'intérieur en cet instant.

— Allons voir, décida Lorquin.

Avant que Henry ne puisse l'en empêcher, il dévalait la pente.

— Hé ! Attends une minute ! cria Henry sans réfléchir.

En contrebas, le charno leva la tête et écarquilla ses grands yeux bruns.

84

Elle était encore en vie et n'était pas blessée. En fait, elle se sentait presque bien, car le serpent l'enserrait doucement et les anneaux de son corps géant laissaient une sensation de chaleur musclée, et non de froid visqueux comme elle s'y attendait. Cependant, elle ne pouvait pas bouger. Ses bras étaient plaqués contre elle tandis que l'étreinte du serpent était ferme et inflexible. Elle n'avait aucune chance de s'échapper.

À moins qu'elle ne le convainque de la lâcher.

De son perchoir entre les anneaux du serpent, Bleu toisa le clown.

– Vous n'êtes pas mon charno.

– Bien sûr que non, répondit le clown qui fit une élégante révérence. Je suis un simple artiste, comme vous le voyez.

Il n'y a rien de simple en vous, pensa Bleu, amère.

Plus que tout, elle avait besoin de lui soutirer des informations, de trouver une faille, sinon elle resterait coincée là, perdue pour Henry et le Royaume à cause de… À cause de quoi ? Des soupçons naissaient dans son esprit, mais tant qu'elle n'avait pas découvert ce qui se tramait ici, jamais elle ne pourrait prendre le contrôle. *Une chose après l'autre*, se répéta-t-elle.

– Vous n'êtes pas le charno avec lequel je suis venue du monastère. Vous avez juste pris l'apparence d'un charno quand vous me suiviez dans la grotte.

Le clown applaudit bruyamment pour se moquer d'elle.

– Bravo ! Et je vous félicite de vouloir en apprendre davantage sur votre condition. La plupart des gens n'atteignent jamais ce niveau ; alors je suis obligé de les tuer.

Bleu nota la menace et préféra l'ignorer. Ses doutes se dissipaient. Elle s'était déjà frottée une fois aux Anciens Dieux. Cette créature clownesque ne ressemblait pas au monstrueux Yidam (qui l'avait appréciée, donc tout n'était pas perdu). Elle avait un peu la même impression. Elle l'examina de la tête aux pieds.

– Ce n'est pas votre vraie forme non plus ?

Il applaudit à nouveau.

– Exact ! Cette apparence symbolise juste ma nature.

Il fallait qu'elle sache ce qui se cachait derrière cette façade.

– Voulez-vous me montrer à quoi vous ressemblez, en fait ? demanda-t-elle sans grand espoir.

– D'accord.

À son grand étonnement, il se métamorphosa en un jeune homme d'une beauté renversante. Il tourna lentement sur lui-même, tel un paon faisant la roue. En plus de son physique, il dégageait une aura presque tangible et attrayante à un point… Une

391

fois son tour fini, il la regarda droit dans les yeux et sourit.

– Je vous plais ? s'enquit-il.

Bleu retint un soupir ; sa poitrine se serra. Elle préférait mourir plutôt que l'admettre, mais oui, il lui plaisait… beaucoup. Elle n'avait jamais vu un homme aussi beau avec ses cheveux bruns, ses yeux foncés, son sourire si malicieux, si… dangereux. Cet homme avait besoin d'être dompté, mais en attendant, quelle chevauchée ce serait !

À contrecœur, elle détourna le regard, et aussitôt une image différente apparut dans son esprit. Henry. Il n'était pas beau – pas aussi beau. Il n'exhalait pas ce soupçon de danger irrésistible. Pourtant, même s'il l'agaçait parfois, Henry était brave, sensible, attentionné, et elle l'aimait depuis des années. Maintenant qu'elle ne regardait plus ce dieu de second ordre venu du passé, l'impact émotionnel qu'il avait sur elle s'était évanoui. Ignorant sa question, Bleu chercha dans sa mémoire une phrase du Purlisa et lui posa une question en retour.

– Vous ne seriez pas Loki ?

Pendant un instant, il parut sincèrement étonné, voire pris au dépourvu. Puis il se ressaisit et effectua une de ses révérences extravagantes.

– À votre service, madame. Comment connaissez-vous mon nom ?

– Vous êtes célèbre, affirma-t-elle sans la moindre hésitation.

L'intuition lui disait qu'il aimait la flatterie et, à voir le visage de Loki, elle ne l'avait pas trompée. Quand il lui sourit, toute malice avait disparu. Son large sourire exprimait un plaisir extrême.

– Eh bien, c'est agréable de voir que l'on se souvient encore de certains d'entre nous.

Elle prit son inspiration pour lui asséner davantage de flatterie bien placée, un mensonge sur l'adoration qu'on lui portait au Royaume, mais elle se ravisa. *N'en fais pas trop*, la prévint une petite voix intérieure. Il avait peut-être l'air jeune et séduisant, il ne fallait pas se fier aux apparences. Les Anciens Dieux étaient tous dangereux, sans exception. Pour l'instant, elle avait eu de la chance avec les deux qu'elle avait rencontrés, ce serait une folie de forcer sa chance. De plus, elle ne traitait pas seulement avec Loki : elle était prisonnière du Serpent de Midgard.

Le serpent pouvait attendre. Elle devait se concentrer sur Loki. *Et arrête de le regarder comme ça !* se gronda-t-elle. Penser à Henry l'aidait. Elle continua sur le ton de la conversation.

– Comment parvenez-vous à vous transformer en charno, en clown, en magnif... en ce que vous êtes maintenant ? Est-ce de l'illusionnisme ?

Loki secoua la tête.

– Disons que je change d'apparence à volonté. J'ai ce talent depuis ma naissance.

– Tous les Dieux l'ont-ils ?

– Il n'y a que moi.

Il pencha la tête et se tourna à moitié, comme s'il tendait l'oreille, mais il ne fit aucun commentaire.

C'est le moment, lui indiqua son instinct.

– Pourquoi votre créature ne me poserait-elle pas par terre afin que nous discutions de vos projets à mon égard ? demanda-t-elle, aussi détendue que possible.

– Ce n'est pas ma créature au sens banal, répliqua Loki sans se vexer. C'est mon fils.

Bleu se serait giflée. Elle savait que ce monstre était son fils. Le Purlisa l'avait mentionné dans son exposition du mythe, ce mythe si incroyable et quasiment impossible à transposer dans la réalité quand vous le viviez en direct.

– Comment s'appelle-t-il ? l'interrogea-t-elle aussitôt, dans l'espoir de se rattraper.

À première vue, Loki n'était pas vexé car il lui répondit avec le plus grand calme.

– Il s'appelle Jormungand.

Lentement, son regard se posa sur l'énorme et incroyable corps du Serpent de Midgard. Il ajouta avec une touche d'effroi :

– Et vous avez essayé de le tuer.

Oh, oh ! Cela ne présageait rien de bon. Bleu toussota.

– Oui, et vous m'en voyez désolée. Vraiment désolée.

Soudain, une pensée traversa l'esprit de Bleu.

– Quelqu'un m'a dit que seuls les marteaux pouvaient le blesser.

– Oui, c'est ce qu'on raconte.

Le visage de Loki demeura impassible. Quand il devint clair qu'elle n'en apprendrait pas davantage, Bleu esquissa un sourire forcé et prit un ton enjoué.

– *A priori*, mon petit couteau ne lui a pas fait de mal.

– Heureusement peut-être, rétorqua Loki de manière énigmatique.

Bleu se revoyait dans le labyrinthe dont certains passages se terminaient en impasse. Loki n'avait pas demandé à son étonnant fils de la lâcher et le serpent ne l'avait pas fait de son propre chef. Contrairement à ses espoirs, il n'y avait aucune chance qu'elle s'échappe telle une petite souris, qu'elle se cache ou se faufile dans un coin, qu'elle...

Elle n'était pas sûre de vouloir s'échapper. Pas pour l'instant.

– Henry est-il là ?

Pas une seconde elle n'envisagea que Loki ignore qui était Henry.

– Pas encore, répondit Loki.

Pas encore !

Pour la première fois, Bleu se dit qu'elle rêvait. En effet, cette rencontre semblait tout droit sortie d'un rêve. Des figures mythiques... de très graves dangers auxquels elle réchappait... l'idée que Henry n'était pas là mais le serait peut-être bientôt... Serait-elle en train de dormir dans sa chambre du Palais pourpre ?

Si tel était le cas, cette prise de conscience ne la réveilla pas. Malgré toute l'étrangeté de la situation, elle n'avait pas l'impression d'être dans un rêve.

Alors qu'elle mourait d'envie de lui poser des dizaines de questions sur Henry, son instinct lui souffla qu'elle cherchait dans la mauvaise direction. Si elle comptait sortir de ce pétrin, elle devait apprendre à connaître son adversaire. Elle prit une profonde inspiration et posa la question critique.

– Pourquoi êtes-vous venus dans cette réalité ?

Oui, elle avait flairé la bonne piste. L'atmosphère de la grotte changea aussitôt. Loki tourna la tête pour la regarder droit dans les yeux. Même l'immense serpent remua un peu, desserra ses anneaux – pas suffisamment pour qu'elle s'échappe, toutefois.

Loki détourna à nouveau le regard.

– Mon petit garçon est venu parce qu'on l'a appelé.

– Sulfurique ?

– Silas… Oui. Un geste bien dangereux, ne trouvez-vous pas ? Mais Silas en a payé le prix.

– Le cumulodanseur n'y est pour rien ?

Loki sourit.

– Si, c'est bien lui. Toute la poésie de la justice, j'imagine.

De nouveau, elle aurait aimé approfondir le sujet mais il lui semblait qu'il essayait de la distraire de son but principal.

– Et vous, pourquoi êtes-vous là ?

– Moi aussi, on m'a appelé, répondit-il sans tension dans la voix.

– Sulfurique vous a invoqués tous les deux ?

– Non, juste Jormungand.

– Alors, qui vous a appelé ? l'interrogea Bleu, soupçonneuse.

Il sourit avec suffisance.

– Cette drôle de petite créature nommée le Purlisa.

Le Purlisa ? Pourquoi évoquerait-il un des Anciens Dieux – celui-ci en particulier – quand son souci majeur était le Serpent de Midgard ? Une entité de cette dimension ne suffisait-elle pas ? À présent, elle ne cernait plus du tout la personnalité du Purlisa.

– Afin de s'assurer que tout se passe bien pour vous et Henry, ajouta Loki, comme s'il avait lu dans ses pensées.

85

Lord Noctifer était furieux. Et impuissant, ce qui s'avérait plus grave. Il bouillonnait d'une colère sourde tandis que les gardes l'accompagnaient entre le ferry et le Palais pourpre. Il avait déjà subi l'affront d'une fouille corporelle. Et voilà qu'il était escorté tel un vulgaire criminel. Sur les ordres de qui ? se demanda-t-il. Ces Soldats du Palais étaient restés muets comme des tombes. En théorie, ils obéissaient à sa nièce, la Reine Bleu. Mais celle-ci s'était absentée du Palais – il le savait de source sûre. À moins qu'elle ne fût revenue, bien entendu. Intéressante éventualité, mais pourquoi le mettre aux arrêts ? Il était impossible qu'elle ait eu vent de ses plans.

Officiellement, il n'était pas en état d'arrestation. Il avait peut-être perdu son influence politique et sa fortune, il demeurait un Lord, de sang royal (enfant illégitime, et alors ?). Par conséquent, les gardes l'avaient « invité » à les suivre. Quand il avait refusé, ils avaient insisté, d'un ton poli mais ferme. Plus tard, lorsqu'ils l'avaient fouillé, toute amabilité avait disparu.

Le plus ironique ? Le Capitaine des Gardes était

un de ses hommes, une Fée de la Nuit autrefois à son service. Peu après son couronnement, Bleu avait instauré une politique œcuménique : démons, Fées de la Nuit… tous étaient les bienvenus pour servir au Palais, de manière à réunir chaque clan dans un esprit d'harmonie et de coopération. La naïveté des adolescents ! Hélas pour lui, sa manœuvre avait l'air de fonctionner. À une époque, n'importe quelle Fée de la Nuit effectuait ses quatre volontés aveuglément. Aujourd'hui, il ne pouvait pas soutirer la moindre information à celui-là.

Il fit une nouvelle tentative.

– Capitaine, que se passe-t-il en fait ?

– Je ne saurais vous dire, messire.

Ils approchaient de la masse imposante et menaçante du Palais noirci par le temps mais ne se dirigèrent pas vers l'entrée principale. Ils passèrent par une petite porte – l'invitation de sa nièce n'était donc pas officielle. Il ne s'agissait pas des entrées habituelles réservées aux diplomates, aux marchands, aux colporteurs. Si ses souvenirs de la géographie du Palais ne le trahissaient pas, ils le conduisaient à la cave. Qui pouvait avoir ses appartements dans les sous-sols ? Personne, autant qu'il le sût.

Cette insulte à son honneur lui coupa le souffle. Non seulement quelqu'un avait ordonné son arrestation, mais aussi son emprisonnement. Et pas dans les Quartiers Officiels, mais dans une oubliette secrète où il pourrirait jusqu'à la fin de sa vie pendant que le monde et ses artifices graviteraient autour de lui. C'était tellement inadmissible qu'il n'y croyait pas. Il n'y avait pas si longtemps, ce genre de scandale ne se serait jamais produit, à moins de vouloir provoquer une rébellion dans tout le Royaume. Cette époque était révolue, ses vieux ennemis agissaient en toute impunité, du moins le croyaient-ils. Une question se posait : quel vieil ennemi, aujourd'hui ?

Le Capitaine des Gardes ouvrit la porte et le poussa sans ménagement dans une pièce bien éclairée. Aussitôt, il eut sa réponse.

– Ah ! madame Cardui, marmonna Noctifer. Comme c'est gentil de m'inviter…

La vieille sorcière se reposait sur un nuage à suspension. Quelqu'un avait mentionné à Noctifer qu'elle utilisait beaucoup les nuages ces derniers temps, possible indication que ses os devenaient cassants. Fragile ou non, il ne fallait pas sous-estimer cette femme. Elle portait une robe longue et fluide, agrémentée d'hypnosortilèges suggérant la grâce et la beauté. Elle paraissait très à l'aise, ce qui était mauvais signe. Mis à part la rangée de globes lumineux et un lourd rideau en velours bordeaux qui masquait en partie le fond de la pièce, il n'y avait aucun meuble.

– Comme c'est gentil d'être venu, répliqua Mme Cardui.

Elle fit signe aux gardes qui se retirèrent aussitôt.

– Je vous demanderais bien de vous asseoir, Lord Noctifer, mais on dirait que j'ai négligé d'apporter une chaise.

– Peu importe. J'imagine que notre conversation ne durera pas longtemps.

– C'est une question d'opinion, rétorqua Mme Cardui qui le fusilla du regard. Ou de coopération.

– Justement, je me disais en chemin que tout était une question de coopération de nos jours.

En ce moment précis, il se disait qu'il n'aurait aucune difficulté à la tuer en cas d'urgence. Lors de cette humiliante fouille corporelle, ils avaient raté le poignard implanté dans le haut de sa cuisse. Il pouvait l'atteindre par une poche transversale, appliquer sa pointe derrière l'oreille de la Femme peinte et laisser le poison finir le sale boulot. Avec un peu de chance, les gardes penseraient qu'elle dormait ; il aurait le temps de s'en aller et, bien entendu, le poison était indétectable. Comme ce serait bien de ne plus avoir Mme Cardui en travers de son chemin ! Pour l'heure, il voulait savoir pourquoi elle l'avait convoqué ici même.

– Je suis ravie de l'entendre, déclara Mme Cardui. Dans ce cas, notre entrevue sera brève.

Il patienta. Son horrible chat translucide était pelotonné contre elle de manière bien peu hygiénique – la créature pleine de dartres devait être aussi vieille que sa maîtresse et refusait de mourir. Le chat lui lança un regard malveillant, mais au moins il était trop lent pour servir de garde du corps à la mégère. Mme Cardui devait le conserver par habitude ou par sentiment de gratitude mal placé. Belle erreur. Quand quelque chose avait perdu son utilité, il fallait s'en débarrasser.

– Lord Noctifer... pourquoi avez-vous décidé de répandre la fièvre temporelle ?

Voilà ! Il s'était demandé quand elle commencerait à avoir des soupçons. Histoire de vérifier ce qu'elle savait, il adopta son expression la plus interloquée et fronça les sourcils.

– La fièvre, madame Cardui ? Je ne comprends pas…

– Ne jouez pas à ça avec moi ! Ce n'est pas une maladie naturelle – nous le savons tous les deux. Mon Sorcier Guérisseur en Chef me l'a confirmé aujourd'hui. Elle ne se propage pas de manière normale, ne réagit à aucun traitement conventionnel et elle attaque ses victimes avec une férocité sans précédent. Ce n'est pas une maladie, Lord Noctifer. C'est une arme. Et je crois que vous la disséminez.

Pas mal, pensa Noctifer. Encore loin de la vérité, mais logique et pointé dans la bonne direction. L'âge n'avait pas altéré son jugement. Cependant, elle choisissait moins bien ses mots qu'avant. *Je crois que vous la disséminez*. Croire ne faisait pas partie de son vocabulaire. Si elle avait eu des preuves, elle aurait dit : *Je sais que vous…*

Il était donc convié à une partie de pêche.

Il ouvrit les mains.

– Madame Cardui, je vous apprécie, même si vous et moi ne sommes pas les meilleurs amis du monde. Mais où se trouve la logique de votre position ? La fièvre temporelle est une maladie non conventionnelle, je vous le garantis. Suggérez-vous que j'aie pu la… fabriquer ? Dans quel but ? Vous utilisez le mot « arme ». La fièvre s'attaque aux Fées de la Nuit et aux Fées de la Lumière sans distinction. Quelle sorte d'arme est-ce donc ?

– Une arme subtile. L'attaque ne vise pas directement les Fées de la Lumière, l'objectif est de miner les fondations de l'Empire, de susciter une crise qui ouvrira la voie à une révolution, une révolution sanglante menée par vous, Lord Noctifer, dans l'espoir de regagner le pouvoir que vous avez perdu !

Idée assez agréable, pensa Noctifer. Mais beaucoup moins efficace que le plan qui se déroulait actuellement. À l'évidence, elle n'en avait pas encore eu vent. Il lui restait donc à s'éclipser de cette petite réunion et à reprendre des activités plus importantes.

– Intéressante théorie, madame, mais sans le moindre fondement. Maintenant, si vous voulez m'excuser, je dois…

Il s'interrompit. Alors qu'il s'apprêtait à tourner les talons – elle ne pouvait le retenir sans preuves tangibles et il savait qu'elle n'en avait aucune –, rien ne se passa. Sans qu'il s'en soit aperçu, tout son corps était paralysé.

– Lord Noctifer, soupira Mme Cardui, je n'ai pas le temps de m'amuser. Aucun de nous n'en a le temps. La fièvre croît de manière exponentielle. Laissez-moi être franche avec vous : j'ignore les détails de votre plan et j'ignore comment vous avez déclenché cette maladie. Voilà pourquoi vous êtes ici. En temps normal, j'aurais attendu que mes agents fassent leur travail, mais je n'ai plus ce luxe. Il faut que je sache immédiatement et vous allez tout avouer.

Aucune odeur de cône, aucune indication d'un champ magique – ce devait être une de ces nouvelles techniques d'esprit magique. Qui aurait cru que Mme Cardui pouvait maîtriser ces disciplines à son âge ? S'il se concentrait un maximum, il réussirait à se libérer, mais ce serait peut-être plus facile d'utiliser l'effet de surprise. Mieux valait attendre le moment propice, prétendre qu'il n'avait pas remar-

qué sa paralysie, la distraire, lui donner un sentiment de sécurité puis reprendre sa liberté. Dès qu'il
aurait brisé le sortilège, il faudrait plusieurs minutes
à Mme Cardui pour le maîtriser à nouveau. Seulement il se serait déjà servi de son poignard.

Il sourit et secoua la tête.

– Je ne peux pas vous avouer ce que j'ignore. Je
vous assure, madame Cardui…

Elle fit un petit geste de la main. Au fond de la
pièce, le rideau s'écarta et Noctifer eut des sueurs
froides. Un stimulateur Aladin ! Le fauteuil était en
place, les entraves aussi. Le casque clignotait déjà
en vert. L'écran était noir mais ne le demeurerait
pas longtemps. Pire, la carte métallique pendait au
bout de son fil.

– Nous n'avons plus le temps, répéta Mme Cardui.

S'il n'était plus paralysé, son pouvoir sur lui
demeurait. Il sentit sa jambe droite se soulever puis
se poser plus loin de manière malhabile. Il chancela,
reprit son équilibre avant que sa jambe gauche
n'imite la droite. À pas saccadés, il se dirigea vers le
stimulateur Aladin, manipulé telle une marionnette.

– Vous n'avez pas le droit ! hurla Noctifer.

En général, cet appareil était utilisé sur les Trinians pour récupérer leurs souvenirs de manière
plus ou moins indolore, grâce à la carte métallique
que l'on insérait dans la fente de leur crâne. Mais
quand une Fée de la Nuit (ou une Fée de la
Lumière, d'ailleurs) passait au stimulateur Aladin,
cela aspirait tout son esprit, si bien que la victime
finissait en légume. L'insertion de la carte n'était
pas une mince affaire : le métal était déphasé pour

faciliter l'insertion et, comme le cerveau ne possède aucun récepteur de douleur, le moindre écart finissait en désastre. Il fallait qu'il se libère de son emprise – et vite !

– J'ai peur que si, répliqua d'une voix calme Mme Cardui. L'avenir de l'Empire est en jeu.

Ses jambes se contractèrent et il fit un nouveau pas chancelant en avant. Dès qu'elle l'aurait installé dans le fauteuil, c'en serait terminé de lui. Les entraves se disposeraient automatiquement, et à partir de là, elle serait libre de mettre la machine en marche. Son plan, son vrai plan, se trouvait à la surface de sa mémoire ; en quelques minutes, une demi-heure tout au plus, elle l'aurait à l'écran et pourrait l'enregistrer. Cela n'aurait plus d'importance, puisqu'il serait devenu un légume ou un fou, fort éloigné de se soucier du Royaume.

Noctifer se débattit contre les contrôles magico-mentaux qui le retenaient. Le système possédait une faiblesse : il dépendait de la discipline mentale de son utilisateur. Cette vieille sorcière de Cardui n'était assurément pas de taille contre lui !

Pourtant, la Femme peinte l'obligea à avancer d'un pas, puis d'un autre. Son contrôle sur lui semblait se renforcer. Il n'était plus qu'à quelques centimètres du fauteuil à présent.

Il arrêta de se battre contre la magie et se focalisa sur son corps qu'il voulait maîtriser et obliger à reculer. La manœuvre dut la prendre par surprise, parce qu'il pivota, si bien qu'il ne faisait plus face au stimulateur Aladin et esquissa même un pas dans l'autre direction. Très vite, elle reprit les choses en main et il se rapprocha dangereusement du fauteuil.

Devait-il tout lui avouer ? À ce niveau, l'abandon de son plan était à peu près impensable, mais c'était toujours mieux que finir en coquille de noix vide.

Noctifer s'arrêta. Le croirait-elle s'il lui confessait son plan de A à Z ? Même lui n'en revenait pas d'avoir agi ainsi. Le pire ? Il ne pouvait pas revenir en arrière, pas encore, alors que Sulfurique avait disparu de la circulation et que Blafardos demeurait un bon à rien. Soudain, il entendit un bruit sourd derrière lui. Jamais elle ne croirait en son innocence au point de stopper le processus, pas sans la confirmation de sa machine maudite. Ce qui le ramenait au point de départ. Et donc…

Tout à coup, il s'aperçut qu'il avait cessé de bouger. Il ne titubait plus dans la direction du stimulateur Aladin. Pour voir, il remua un bras et découvrit qu'il avait repris le contrôle de son corps.

Noctifer fit volte-face. Mme Cardui gisait sur le sol.

Il réfléchit à toute allure. Avec un peu de chance, elle s'était brisé le cou. Non, elle ouvrait les yeux et respirait encore. Que s'était-il passé ? Le nuage à suspension n'avait pas bougé, même s'il ne flottait plus. Il avait dû amortir sa chute. Mais quelle en était la cause ? Elle avait les yeux vitreux, des perles de sueur luisaient sur son front. Elle ne contrôlait plus son nuage et, plus important, elle ne le contrôlait plus, lui.

Peu importait. Elle était sans défense. Noctifer posa la main sur son poignard.

86

– **V**ous avez mis le temps ! s'exclama le charno.
– Tu sais parler ? demanda Henry, hors d'haleine.

Malgré sa surprise, il trouva cette nouvelle réconfortante. Une créature capable de parler lui paraissait moins susceptible de l'attaquer.

– Je crois bien, répondit le charno. Pourquoi avez-vous mis aussi longtemps ?
– Tu nous attendais ?

Henry aurait aimé se pincer. Il se trouvait au pays des Fées, il avait escaladé une montagne avec un garçon bleu et il discutait avec un lièvre géant.

– Pas lui, déclara le charno en faisant un signe de tête en direction de Lorquin. Vous seul.
– Pourquoi ? s'étonna Henry. Pourquoi m'attendais-tu ?

Et comment ? Comment cette créature pouvait-elle l'attendre ?

– Le Purlisa m'a demandé d'ouvrir l'œil.
– Qui est le Purlisa ? s'enquit Henry, les yeux écarquillés.
– Un saint homme. Il vit parmi les moines au monastère.

Quel monastère ? Cette question pouvait attendre. Il ouvrait la bouche pour lui poser une question plus pertinente, sans savoir laquelle, quand le charno prit la parole.

– Bleu est à l'intérieur.

– Ah ! s'écria Lorquin.

Cette annonce frappa Henry tel un coup de tonnerre. Alors qu'ils suivaient les traces de Bleu (selon les spéculations de Lorquin), cette confirmation le ramena à la triste et sombre réalité. À l'intérieur, Bleu attendait qu'il vienne à son secours. Une peur soudaine mêlée à une excitation presque écrasante le submergea. Les surpassait une sensation qu'il n'avait jamais éprouvée auparavant, comme s'il était devenu le centre de l'univers. Toute sa vie se résumait à un seul but.

Sans un mot, il se tourna et avança vers l'entrée de la grotte.

– Il y a un serpent aussi, lui lança le charno.

Henry s'arrêta net.

– Pardon ?

– Elle est à l'intérieur avec le Serpent de Midgard.

Henry marqua sa stupeur avant de lui demander :

– C'est quoi, le Serpent de Midgard ?

– Un gros reptile, répondit le charno qui examina le ciel avant d'ajouter : Un très gros reptile.

Lorquin secoua la tête.

– Si le charno dit la vérité, nous avons affaire à un Ancien Dieu.

Voilà qui ne plut pas à Henry.

– Et comment le sais-tu ? demanda-t-il, retenant sa colère.

L'air penaud, Lorquin haussa les épaules.

– D'après les histoires de ma tribu. Si j'ai bien écouté, il ne s'agit pas d'un simple reptile, mais d'un serpent de mer.

« Il ne s'agit pas d'un simple reptile, mais d'un serpent de mer », clama le garçon qui n'avait jamais vu la mer. Bleu était à l'intérieur de la montagne en compagnie d'un Ancien Dieu qui avait pris la forme d'un… gros… monstre… une sorte de serpent de mer… divin. On ne lui avait jamais rien raconté d'aussi dément, sauf que cela n'avait plus d'importance. Oui, peu importaient le monstre et la terreur qu'il lui inspirait, il fallait qu'il sorte Bleu de là. Il l'aimait, voilà qui importait le plus. Il leva le menton.

– Vous comptez l'affronter sans arme ? renifla le charno.

Henry se figea sur place. Pour la première fois depuis qu'ils s'étaient élancés dans le désert, il s'aperçut qu'il n'avait pas d'arme. Incroyable, cela ne l'avait pas dérangé jusqu'alors ! Il avait été désorienté par sa communication avec M. Fogarty, puis il s'était concentré sur Bleu et le besoin qu'elle avait de lui. Pour un idiot… À quoi pensait-il ? Croyait-il entrer en trombe dans la grotte et se battre avec le serpent à mains nues ?

– J'ai nos armes, En Ri, intervint Lorquin.

Un regard à Lorquin, et Henry fut empli d'une vague d'amour pur et absolu. Lorquin avait leurs armes. Bien entendu ! Lorquin, l'homme-enfant qui survivait dans le désert, avait tué le draugr, suivi la piste, sauvé la vie de Henry et tout le reste. Lorquin, son Compagnon dans cette étrange épreuve, comme

Henry avait été son Compagnon le jour où il était devenu un homme.

– Lorquin a mon arme, affirma-t-il fièrement au charno.

Lorquin sortit deux petits silex de sa bourse et, d'un geste solennel, en tendit un à Henry qui examina l'objet de quelques centimètres de long.

– C'est mon arme ? murmura-t-il sur un ton quelque peu interrogatif.

– La lame que j'ai utilisée pour acquérir ma virilité, répondit Lorquin en souriant.

– Servira à rien, commenta le charno.

Lorquin fronça les sourcils et fit volte-face. Henry le prit vite par le bras.

– Laisse tomber, Lorquin, siffla-t-il avant de s'adresser au charno. Sache qu'il a tué un draugr avec ce couteau !

Henry regarda la lame et ressentit de la compassion pour le charno. Il ne cessait de se dire que Lorquin avait eu beaucoup de chance. Avec ce couteau, Henry ne pourrait même pas tuer un pauvre lapin. Il avait assez de soucis sans être en plus mêlé à une bagarre entre Lorquin et le charno.

– Le marteau est la seule arme qui blesse le Serpent de Midgard, les informa le charno.

Le ton posé du charno mit la puce à l'oreille de Henry.

– Tu parles d'un marteau de guerre ?

– Quelque chose dans ce genre.

Henry se tourna vers Lorquin.

– Nous n'avons pas de marteau de guerre, Lorquin ?

– Non, En Ri.

— Moi, si, déclara le charno.

Un silence gêné se fit. Attendait-il une offre de leur part ?

— Peut-être pourrions-nous te l'emprunter ? tenta Henry au bout d'un moment.

En guise de réponse, le charno plongea la patte dans son sac à dos et en sortit un antique marteau. Il le tendit à Lorquin qui se trouvait à côté de lui. Un grand bruit retentit quand Lorquin le lâcha sur les rochers.

— Il est trop lourd pour moi, En Ri.

Henry fit un pas en avant et essaya de soulever le marteau. Il se servit de ses deux mains, retint son souffle et parvint à le bouger de trois centimètres.

— La vache ! Qu'est-ce que c'est lourd !

Il lança un regard accusateur au charno qui haussa les épaules.

— Métal spécial, expliqua-t-il.

Henry examina l'arme. Il pourrait peut-être la transporter si le charno la lui posait sur l'épaule, mais il était absolument impossible qu'il s'en serve pour se battre. Ce truc était bien trop lourd.

— Je ne pourrais pas m'en servir, admit Henry à contrecœur. Je me contenterai du couteau de Lorquin.

— Le serpent vous tuera, déclara le charno sur un ton neutre.

Henry se tourna vers l'entrée de la grotte.

— C'est un risque que je dois prendre.

87

Le Sorcier Guérisseur en Chef Danaus n'en croyait pas ses yeux. Il devait se pincer. Cela allait contre toutes les lois de la magie, de la nature. C'était un désastre absolu. Absolu.

Il devait en informer Mme Cardui.

Il répéta son annonce pendant qu'il courait le long des couloirs du Palais.

– *Une déficience des sortilèges, Sorcier Guérisseur en Chef ?* demanderait-elle.

– *De telles déficiences sont rares, madame Cardui.*

– *Mais pas impossibles.*

– *Pas impossibles, comme vous le faites si bien remarquer. Toutefois, dans ce cas précis, nous avons écarté cette éventualité.*

Il ne s'agissait pas d'une déficience des sortilèges. Voilà qui était le plus incroyable. Danaus avait tout de suite pensé à cette éventualité, il s'était dépêché de demander une vérification, avait vérifié lui-même, revérifié, et revérifié encore. Ce n'était pas une déficience des sortilèges.

– *Qu'est-ce alors, Danaus ?* demandait Mme Cardui dans son esprit.

Danaus n'en avait absolument aucune idée. Des années d'expérience sans qu'il ait le moindre indice. La stase était une magie fiable, testée et approuvée. Le premier caisson de stase avait été conçu et fabriqué sept cents ans auparavant, si sa mémoire était bonne. Depuis, on avait pratiqué quelques améliorations esthétiques, mais le principe de base demeurait le même. Un principe fondamental, une loi de base. La stase ne pouvait cesser de fonctionner. Et voilà qu'aujourd'hui…

Hors d'haleine, Danaus s'obligea à ralentir un peu. Il fallait vraiment qu'il perde du poids. Mais cependant, quelle mouche avait piqué Mme Cardui ? Pourquoi avait-elle installé un bureau dans les vieilles oubliettes ? Si loin de tout, si loin de l'infirmerie surtout, dans son état. Vu qu'elle ne prenait pas soin de sa santé, il aurait cru qu'elle aimerait être au cœur de l'action lors de cette crise nationale, mais non…

Une domestique qui sortait d'une pièce se mit en travers de son chemin. Trépignant d'impatience, Danaus la repoussa sans s'arrêter pour autant. Il réfléchissait encore à la manière d'annoncer la nouvelle à Mme Cardui. Elle exigerait des détails, pour ne pas changer. Comment avait-il découvert cette faille ? Comment le problème s'était-il manifesté ? Quand ? Où ? Qui l'avait remarqué le premier ? Qu'est-ce qui avait éveillé leur attention ?

Les réponses étaient assez simples et, par bonheur, il avait été personnellement témoin de tout. Il avait contrôlé la séquence des événements : l'infirmière avait remarqué une détérioration de la condition de Nymphalis et l'avait appelé aussitôt. Il avait examiné Nymphalis, confirmé les observations de l'infirmière (pourquoi une accélération de la maladie alors qu'elle était en stase ? Pourquoi ?) et ordonné son évacuation immédiate du caisson.

Il avait supervisé en personne l'installation du caisson, l'avait disposé à côté de celui du Prince Pyrgus – une attention humaine, pensait-il. Dieu seul savait ce qui l'avait poussé à demeurer sur place et à attendre que Nymphalis soit placée à l'intérieur. L'instinct du guérisseur, peut-être, puisque sa présence n'était plus nécessaire et qu'il avait des cas plus urgents à traiter. Il était resté et alors, sous ses yeux, Nymphalis avait continué à vieillir alors qu'elle était placée en stase ! Impossible... Nul n'avait besoin de lui dire que c'était impossible et pourtant le résultat était là, il en était témoin.

Immédiatement après, il avait vérifié l'état de santé de Pyrgus. Le changement n'était pas aussi flagrant puisque le Prince avait déjà beaucoup vieilli et les altérations apparaissaient moins vite. Cependant, une étude approfondie de son dossier médical montrait que la dégénérescence se poursuivait. Ce qui signifiait une chose : la stase, le seul traitement fiable contre la fièvre temporelle, n'avait plus aucun effet.

Il abordait les escaliers – certains étaient si étroits qu'ils lui posèrent de vrais problèmes en raison de sa corpulence. Nul doute que le donjon originel avait été construit pour des nains, maigres qui plus était. Dès qu'il aurait annoncé la nouvelle à Mme Cardui, il avait l'intention de lui reprocher sévèrement le choix de son bureau. Ou pas. À vrai dire, Mme Cardui avait toujours été un peu paranoïaque, ce qui ne s'arrangeait pas avec l'âge.

Il entra sans frapper. En pareille situation, il était toujours préférable d'accentuer l'urgence de la mission d'entrée de jeu, sinon les gens perdaient du temps en broutilles. Arrivée fracassante, annonce du gros pépin, amortissement du choc…

Mme Cardui était étendue sur le sol, une silhouette vêtue de noire agenouillée à côté d'elle. L'homme se retourna en entendant Danaus entrer et pendant un instant, le guérisseur ne put mettre un nom sur son visage.

– Lord Noctifer ! s'exclama-t-il enfin. Qu'est-il arrivé ?

Noctifer glissa un objet dans les pans de sa veste.

– Vous tombez à pic, Sorcier Guérisseur en Chef. Mme Cardui a eu un malaise.

Danaus s'agenouilla vite auprès d'elle.

– Que s'est-il passé exactement, Votre Seigneurie ?

– Nous discutions affaires d'État. La Femme peinte était allongée sur un nuage à suspension quand elle a… perdu connaissance. Le nuage s'est affaissé mais a amorti sa chute. Il s'est dissipé maintenant.

– Quand est-ce arrivé ? demanda Danaus, la main sur le front de Mme Cardui.

– À l'instant. Il y a moins d'une minute, je pense. J'allais déclencher l'alarme quand vous avez surgi. Est-elle morte ?

Danaus fit non de la tête. Elle respirait à peine, elle avait mauvaise mine, mais elle était en vie. Pour le moment.

– Je ne savais pas trop quoi faire, déclara Noctifer.

– Vous ne pouviez rien faire, Votre Seigneurie. Mme Cardui est en proie à la fièvre temporelle.

Et un caisson de stase ne pouvait plus stopper ses ravages.

88

– **B**ien ! s'exclama Loki. On papote, on papote, mais je n'ai pas toute la journée, moi. Il me reste quelques préparatifs.

Il avait modifié son apparence avec esprit – plus le jeune homme diablement attrayant, pas tout à fait le clown, un mélange des deux encore davantage perturbant. Toujours enserrée entre les anneaux du serpent, Bleu tourna la tête et essaya de réfléchir. *Afin de s'assurer que tout se passe bien pour vous et Henry*. Qu'entendait-il par là ? Que savait-il de Henry ? Que faisait-il en fait ici ? Bleu se sentit étouffer.

– Cette chose me fait mal.

Loki leva les yeux vers elle et sourit.

– C'est faux. Mon fils est doux comme un agneau. Vous voulez juste qu'il vous pose à terre pour que vous puissiez vous échapper.

– Je vous promets que non, jura Bleu.

Elle mentait, mais il fallait qu'elle retrouve Henry.

– Allons ! C'est ce que je ferais, dans votre cas... Mais n'ayez crainte, mon Jorm vous posera d'ici peu de temps, lui assura-t-il, tout en lançant un sourire rempli de tendresse à l'énorme serpent. Je l'appelle comme ça, mon Jorm. C'est bien plus joli que Jormungand, ne trouvez-vous pas ? Sa mère a choisi ce prénom en rapport avec sa taille. Elle aime les noms très longs, étant elle-même une géante.

Bleu devenait folle. Les vrais méchants ? Elle s'en chargeait, elle en avait croisé toute sa vie. Mais cet être absurde la frustrait au point qu'elle l'aurait étranglé de ses propres mains, si elle avait pu en faire usage. Qui prétendait être le père d'un serpent ? Affirmation ridicule et aucunement drôle. Pourtant, le serpent le tolérait et Loki semblait le contrôler. La question à présent était de le contrôler à son tour. Comment tricher avec le Tricheur ?

— Auparavant, laissez-moi m'assurer que vous tiendrez parole...

L'immense caverne possédait plusieurs sorties. Loki leva la main et, les uns après les autres, les passages se refermèrent tels des sphincters avant de devenir aussi lisses que les parois vierges. Bleu n'en revenait pas. Elle ne sentit aucune odeur de magie, n'entendit aucun pétillement de cône magique. Le résultat était là. Chaque sortie de secours était murée, deux exceptées : le tunnel contenant la lumière éclatante et un passage étroit un peu à sa droite. Soudain, une grille métallique vint sceller l'entrée du tunnel. Bleu frissonna. Le fer tuait les Fées.

Loki jeta un œil au dernier passage ouvert.

— Pour ce pauvre, ce cher Henry.

— Que savez-vous de lui ? aboya Bleu. Que faites-vous ici ? Dites à cette brute de me poser par terre !

— Pose-la par terre, Jorm.

À la grande surprise de Bleu, le serpent desserra immédiatement son étreinte. Elle glissa le long de son corps pendant que la créature se déroulait et se détendait. Elle crut même l'entendre grogner.

– Merci, lança Bleu entre ses dents.

Elle brossa ses vêtements pour se donner une contenance et du temps afin de réfléchir. Du coin de l'œil, elle aperçut son couteau Halek. À nouveau translucide, la lame commençait à scintiller. L'arme s'était rechargée.

– Bon, souffla Loki, il est temps de mettre cet endroit en ordre. Épousseter, nettoyer, ranger les bibelots… le travail d'un Tricheur n'est jamais terminé.

Il tendit les bras vers le plafond et poussa un curieux soupir semblable à un mugissement. Les contours de la grotte se mirent à changer.

– Que faites-vous ? s'écria Bleu, soudain inquiète.

Bien qu'elle eût les membres encore un peu engourdis, elle calcula qu'en trois ou quatre pas, elle pouvait atteindre son couteau. Cette fois-ci, elle ne s'en servirait pas contre le serpent.

– Je crée un décor digne de ce nom. Je n'aimerais pas que Henry soit déçu quand il entrera ici.

Il ne cessait de parler de Henry. Le couteau pouvait attendre. Fini de tourner autour du pot.

– Henry arrive ?

– Oui.

– Pourquoi ?

Il esquissa un sourire des plus charmeurs.

– Voyons ! Pour vous sauver, trésor ! s'écria-t-il avant de lui tourner le dos. Maintenant, arrêtez de me déranger toutes les deux minutes. Les miracles exigent de la concentration.

Il forma un V à l'envers avec les bras, rentra les épaules et baissa la tête.

Un drôle de grondement retentit quand le sol en pierre de la grotte se modifia. Soudain, une plate-forme en granit surgit, ainsi qu'un pilier naturel de trois mètres de haut.

L'énorme serpent avait ramassé ses anneaux. Loki se tenait immobile, son attention se portait ailleurs. Bleu était à trois pas à peine de son couteau. Elle pouvait attraper la lame et l'enfoncer dans le dos de Loki sans qu'il s'en rende compte.

Elle hésita. Son arme n'avait pas fonctionné sur le serpent. Et si elle échouait sur Loki ? Cette agression inutile attiserait juste sa colère. Peut-être était-il préférable de patienter, d'attendre une meilleure occasion ? Ce dialogue intérieur lui permettait d'analyser la situation. Quelque chose de plus fort que la peur de l'échec retenait sa main : la curiosité.

De lourdes chaînes et des menottes apparurent sur le pilier. Un coup de tonnerre plus tard, le sol de la grotte se fendit en deux ; de la lave suinta pour former un torrent lent et luisant tout autour de la plate-forme.

Loki jeta un œil par-dessus son épaule.

– Impressionnant, non ?

Bleu ne répondit pas. À quoi jouait-il ? Cette entité possédait des pouvoirs divins et Bleu ignorait dans quel but il les utilisait.

– Il faudrait arranger l'éclairage, murmura Loki. Pas assez dramatique à mon goût.

Il pencha la tête en arrière et fixa le plafond. Un

lourd rideau tomba devant le tunnel barré par la grille métallique, ce qui coupa l'arrivée de lumière et plongea la grotte dans une obscurité rougie par le flot de lave.

– Très joliiiiiii, s'écria Loki avant d'agiter à nouveau les mains.

Bleu sentit le résultat avant de l'entendre. Une profonde vibration subsonique lui secoua les os puis se transforma en une musique d'orgue, monotone et lointaine, pleine de suspense et de menace. Son environnement prenait l'apparence d'une mise en scène atroce où le bon goût était sacrifié au nom du mélodrame.

– Jormungand, mon cœur ! C'est ton tour.

Cette fois-ci, Loki n'esquissa aucun geste. Bleu entendit juste un curieux bruit de glissement derrière elle et pivota à temps pour voir l'énorme serpent rétrécir et changer de forme à toute vitesse. Pendant un instant, elle eut l'impression que l'espace se distordait, et soudain apparut devant elle un splendide dragon à écailles argentées. Plus petit que le serpent, il demeurait immense. Il tourna la tête et souffla un plumet de flammes. Une vague de chaleur roula jusqu'à Bleu.

– Magnifique ! tonitrua Loki.

Il regarda avec tendresse le dragon qui traversa la caverne d'un pas lourd et prit place devant la plate-forme. Il enroula sa grande queue hérissée de pointes et souffla un autre bouquet enflammé. Loki se tourna.

– À vous, très chère.

Bleu vécut un instant de panique. Elle lisait le mal dans ses yeux.

419

– Une minu…

Il tendit la main droite d'où émergea une griffe aussi aiguisée qu'un rasoir. Avant qu'elle n'ait le temps de bouger, la griffe lui frôlait la gorge.

– Vous avez un rôle à jouer ! susurra-t-il avant de donner un coup de griffe vers le bas.

Bleu fit un bond en arrière et ne vit ni sang ni blessure. La griffe n'avait pas touché son corps mais sa chemise était en lambeaux. Elle agrippa au plus vite les morceaux de tissu pour se couvrir. Aussitôt, elle fut transportée sur la plate-forme et menottée au pilier en granit. À ses pieds était accroupi le dragon qui leva ses yeux de lézard vers elle. Plus loin, les mains sur les hanches, la tête penchée, Loki étudiait son chef-d'œuvre.

– Parfait ! s'exclama-t-il. L'idéale damoiselle en détresse. Il ne nous reste plus qu'à attendre Henry !

89

Quelle pagaille ! se dit Henry. Il s'en voulait de ne rien avoir planifié ; il était parti à la recherche de Bleu sans réfléchir au genre de problème qu'elle pouvait avoir (il l'ignorait encore) et, plus important, sans réfléchir à la manière de l'aider à s'en sortir. Une fois la question des armes soulevée, Henry avait ouvert les yeux. Comme il n'y avait pas pensé avant, il se retrouvait avec un pauvre silex et un marteau qu'il avait laissé à l'extérieur de la grotte parce qu'il ne pouvait même pas le soulever.

Les armes n'étaient pas le seul problème : il n'avait ni corde ni pic pour escalader la montagne ; mis à part la nourriture que Lorquin transportait peut-être (dans ses poches ?), il n'avait rien à manger et il n'avait absolument pas pensé à prendre un moyen de s'éclairer.

Il avait vraiment eu du pot de rencontrer le charno.

Dans la caverne obscure, Henry déballa la torche que lui avait remise le charno. Il n'avait jamais vu pareil instrument mais, par chance, un dépliant comportant des instructions était enroulé autour du manche, et son nom *Flamme perpétuelle* était rassurant. À moins qu'il ne s'agît d'un argument publicitaire – la torche ne pouvait pas fonctionnner jusqu'à la fin des temps. Il détestait l'idée d'être coincé dans les tunnels sans lumière.

En dehors du nom, les instructions étaient rédigées en petites lettres, si bien qu'il dut retourner à l'entrée de la grotte pour lire le dépliant. Fidèle au poste, le charno le regarda avec curiosité. Dieu merci, il n'aperçut pas Lorquin. Henry fit un signe de tête et un petit sourire au charno avant de retourner à son morceau de papier. Il comportait un dessin de torche utilisée par une grande femme drapée qui lui fit penser à la statue de la Liberté. Chose agaçante, l'ensemble du texte vantait les mérites de la torche sans indiquer comment s'en servir. En définitive, *Flamme perpétuelle* était une marque déposée – ses fabricants estimaient que la durée de vie de la torche était de « plusieurs années » dans des conditions normales d'utilisation. On était loin d'une lumière perpétuelle.

Henry se demandait ce qu'ils entendaient par conditions normales lorsqu'il tourna la feuille. Il finit par trouver un paragraphe intitulé *Mode d'emploi*. Le paragraphe disait :

S'allume automatiquement dans le noir.

Incrédule, Henry fixa ces quelques mots. Cet objet de malheur se trouvait dans le noir le plus total au fond du sac à dos du charno depuis des lustres ! Était-il allumé à l'intérieur ? Bien sûr que non. La flamme aurait mis le feu au sac. À moins que le dessin ne représentât qu'un symbole et que la torche ne générât de la lumière à la manière d'une lampe électrique à la maison. Bizarre... Cela voulait dire que la torche fonctionnait tranquillement chaque fois qu'on la rangeait dans une boîte ou toutes les nuits, où que son propriétaire fût... Comment pouvait-elle durer des années, hein ?

Il survola le reste du dépliant, sans trouver d'autres instructions. Il adressa un nouveau sourire au charno et retourna dans la grotte où il brandit la torche à la manière de la statue de la Liberté. Elle ne s'alluma pas. Et s'il demandait au charno de l'aider ? Non, il aurait l'air idiot. *S'allume automatiquement dans le noir*. O.K. Il ne faisait pas tout à fait noir dans la grotte. Sombre, mais pas noir puisqu'il était à quelques mètres de l'entrée.

Un tunnel s'enfonçait dans la montagne.

Henry n'avait pas trop envie de continuer sans lumière – il pouvait croiser des araignées, des scorpions ou des ours –, mais si la torche ne s'allumait que dans l'obscurité la plus totale...

Il fit un pas en avant et s'arrêta. Il brandit la torche puis attendit. Rien. Il attendit un peu plus. Toujours rien. Avec sa chance, il possédait la seule torche automatique du Royaume qui ne marchait pas. Tandis que ses yeux s'accommodaient, il se rendit compte que le tunnel n'était pas tout à fait noir – une lumière filtrait depuis l'entrée de la grotte. Il y voyait même assez clair pour continuer le long de la pente douce qui tournait au bout d'un moment. Il découvrit aussi des os éparpillés sur le sol.

Henry s'humecta les lèvres. S'il continuait, il ferait peut-être assez sombre pour que sa torche s'allume.

En prenant soin de ne pas écraser les ossements, il avança. Après quelques pas hésitants, il tourna au coin et continua un peu. Là, il faisait beaucoup plus sombre. Il aurait dit absolument, complètement, totalement sombre. Il leva la torche et la secoua tel un sauvage. Toujours rien.

Il attendit que ses yeux s'accommodent à nouveau. En vain. L'obscurité l'enserrait tel un linceul en velours. Allait-il poursuivre ? Avec son imagination galopante, Henry appréhendait la suite. Il se tenait au bord d'un gouffre – un pas de plus et c'était la mort assurée. Une mort dans l'obscurité la plus complète avec une torche inutile ! Henry pensa fort à Bleu et risqua un pas en avant. Il ne fit pas une chute de plusieurs mètres mais il se dit qu'il ne pouvait pas continuer de la sorte. Comment trouver Bleu dans de pareilles conditions ?

Il tâtonna autour de lui et s'aperçut qu'un des murs avait disparu. Celui de droite n'était plus à portée de main, ce qui signifiait que le tunnel s'élargissait ou donnait sur une autre grotte (ou finissait en précipice, ajouta son imagination), ou mettait Henry dans une situation inextricable.

Henry se figea et s'efforça de penser de manière logique, d'oublier les précipices et les ours. Tant qu'il se trouvait dans le tunnel, le savait, le sentait, il pouvait encore faire demi-tour. S'il pénétrait dans une grotte à l'aveuglette, il ne serait peut-être plus capable de retrouver son chemin. D'autres tunnels s'ouvriraient à lui, il serait désorienté – il se connaissait – et serait perdu à tout jamais dans cette maudite montagne.

Quant à Bleu...

Le plus raisonnable était de faire marche arrière tant qu'il le pouvait. Il n'abandonnait pas Bleu une seule seconde. C'était juste une question de bon sens. Il revenait sur ses pas, trouvait la sortie et demandait une nouvelle torche au charno ! L'animal devait en posséder une autre, puisque son sac à dos était plein de trucs inutiles. Il lui avait simplement donné une lampe usagée. Et s'il n'avait pas de torche de rechange, le charno possédait peut-être des allumettes ! Première chose à faire : revenir en arrière.

Dans un instant de pure folie, Henry fit un pas en avant.

La torche émit une lumière intense dégageant une vague de chaleur qui lui roussit les cheveux. Deux visages faisaient face au sien, le premier en hauteur, le second un peu plus bas.

– Ouhoooooo ! hurla Henry qui bondit en arrière.

Il tomba à la renverse. La torche lui échappa des mains, alla rouler un peu plus loin sur le sol rocailleux puis s'arrêta mais ne s'éteignit pas. La lumière vacillante lui montra qu'il s'était éloigné du tunnel et se trouvait sur une large corniche surplombant une autre grotte. Les deux monstres le toisaient. Gagné par la panique, Henry essaya de reculer, repoussa les cailloux avec ses talons. Soudain, il reconnut les deux monstres.

– Qu'est-ce que vous fichez ici ? tempêta Henry.

– Je suis ton Compagnon, En Ri, déclara Lorquin.

– Exact, renchérit l'imposant charno.

Henry se releva avec difficulté, il s'était éraflé le coude et il avait mal aux fesses.

– Je t'avais dit de rentrer chez toi ! asséna-t-il à Lorquin. Je croyais que tu étais parti. C'est très dangereux ici !

– Voilà pourquoi il fallait que je t'accompagne, En Ri.

Il aurait aimé l'étrangler et le prendre dans ses bras à la fois. Que faire de quelqu'un comme Lorquin qui se contrefichait des règles ? Frustré, Henry se rabattit sur le charno.

– Et toi ? Je croyais que tu attendais dehors ?

Le charno haussa les épaules.

– Quelqu'un doit porter vos affaires.

Henry s'avoua vaincu. Il ramassa la torche.

– O.K. Et maintenant ?

Lorquin et le charno le fixèrent.

– C'est toi le chef, décréta Lorquin.

90

Placé au centre, Henry portait la torche. Le charno cheminait derrière lui – étonnamment silencieux pour un animal de sa taille, même si le cliquetis de ses griffes sur le sol distrayait un peu. Lorquin marchait en tête ; il reniflait l'air de manière agaçante.

– Pourquoi tu fais ça ? finit par demander Henry.

– Je sens la piste, En Ri, expliqua Lorquin.

Henry fronça les sourcils.

– C'est la première fois !

Ils avaient traversé le désert ensemble et, auparavant, Lorquin se fiait à sa vue pour suivre des indices subtils.

– Ce n'est pas possible à l'extérieur. Le vent transporte les odeurs, le soleil les brûle. Dedans, c'est différent. Les émanations persistent.

Intéressant développement qui avait peut-être son importance.

– T'ont-elles appris quelque chose ?

Lorquin lui répondit par un haussement d'épaules éloquent.

– Plusieurs personnes sont passées par là. Deux hommes ensemble, il y a assez longtemps. Les accompagnait un être étrange que je n'avais jamais senti auparavant. Et...

– Un être étrange ? l'interrompit Henry. Un animal ?

– Peut-être. Je ne suis pas sûr.

– Continue. Qui d'autre ?

– Oui, qui d'autre ? s'enquit le charno par-dessus l'épaule de Henry.

– Une femme récemment, une jeune femme. Elle...

Bleu ! Ce devait être Bleu. Combien d'autres jeunes femmes erraient dans les parages ?

– Pourquoi ne pas me l'avoir dit plus tôt ? s'énerva Henry.

– Tu ne me l'avais pas demandé, En Ri, avoua Lorquin.

– Je veux que tu suives la trace de cette femme ! ordonna Henry, qui semblait à l'aise dans son rôle de chef. Tu peux oublier les autres.

– C'était celle que je suivais. Je pensais que c'était Rouge, la femme que tu cherches.

– Bleu, elle s'appelle Bleu.

– A-t-elle rencontré les autres ? demanda le charno.

Bonne question que Henry regretta de ne pas avoir posée le premier.

– Non, les pistes se superposent. S'ils se sont croisés, je n'ai pas encore trouvé l'endroit.

– On continue, décida Henry.

Plusieurs minutes après, Henry s'exclama :

– On est déjà passés par là !

– Comme elle, expliqua Lorquin. Je suis la piste où elle me mène.

– Oui, bien sûr, marmonna Henry.

– Il suit la piste où elle le mène, répéta le charno.

– La ferme ! le rabroua Henry.

En vérité, Henry ne se sentait pas du tout à son aise. Il n'était pas taillé pour pareille aventure. Malgré sa jeunesse, Lorquin faisait un meilleur héros que lui. Il savait suivre des traces, survivre dans le désert, trouver de la nourriture au pied levé, tuer des draugrs... Même le charno serait un meilleur héros que Henry. Lui au moins pouvait soulever le marteau. Et Henry était censé sauver Bleu ? De quoi ? Il n'avait absolument aucune idée de ce qui l'attendait et ne croyait pas une seule seconde à cette histoire de Serpent de Midgard. Ce devait être une espèce de superstition tribale. Qu'est-ce que Bleu avait à voir avec un reptile géant ? Malheureusement, les autres semblaient y croire, eux. Une idée lui traversa l'esprit.

– Lorquin ? Je suppose que tu ne sens pas le machin de Midgard ?

– L'endroit empeste le serpent ! affirma Lorquin avec un drôle de sourire. Mais nous n'avons pas encore trouvé le moyen de l'atteindre.

Ils reprirent leur chemin et le charno se mit à fredonner un petit air, ce qui eut le don d'énerver Henry.

La piste les conduisit à plusieurs impasses, les obligeant à rebrousser chemin.

– Elle n'a pas pu aller plus loin, expliquait Lorquin chaque fois.

Cependant, un tunnel bouché se révéla différent des autres.

– Elle est passée par là, déclara Lorquin, les sourcils froncés.

– Impossible, c'est un cul-de-sac, répliqua Henry inutilement.

– Néanmoins, elle est passée par là, insista Lorquin qui examina la roche de plus près.

Henry le rejoignit.

– Il y aurait eu un éboulement ? hasarda Henry sans trop y croire.

– Non, confirma Lorquin. Pourtant, elle se trouve dans une grotte au-delà de ce passage qu'elle a emprunté.

– Comment sais-tu… ?

Henry s'interrompit. Cela n'avait pas d'importance. Henry avait appris à croire Lorquin sur parole. Il effleura la surface froide de la paroi rocheuse.

– Comment allons-nous la rejoindre ? préféra-t-il demander.

– Nous devons trouver un autre chemin.

Ce qui leur prit une bonne heure pendant laquelle ils fouillèrent tunnels, passages, galeries, grottes, cavernes… Quand enfin Lorquin avança le long d'un couloir haut de plafond et annonça :

– Ce passage nous conduira à la grotte où ils retiennent la fille.

Puis il resta dans l'expectative.

Lorquin s'attendait à ce que Henry leur donne des ordres, ce dont il s'abstint. Son cœur battait trop vite. Alors qu'il faisait froid dans ces souterrains, des perles de sueur brillaient sur son front. Il voulut s'humecter les lèvres mais sa bouche était sèche.

— Que déciderons-nous si le passage est fermé comme les autres ? demanda-t-il d'une voix rauque.

— Il n'est pas bouché. Les odeurs sont trop fortes.

— Les odeurs ? Il y a en plus d'une ?

Pour la première fois depuis leur rencontre, Lorquin montra des signes d'impatience.

— Il y a celles du serpent, de la fille que tu cherches et de… hésita-t-il.

— Et de… ? répéta Henry.

— Et d'autre chose. Je sens des odeurs étranges. L'une d'elles ne cesse de changer.

— De changer ? répéta encore Henry, au bord de l'hystérie.

— Pas d'énervement, intervint le charno avec sévérité. Ou le serpent l'aura déjà mangée.

Sévère ou pas, la créature avait raison. Henry chipotait, perdait du temps alors que Bleu était peut-être en danger de mort. Pyrgus se serait mieux débrouillé que lui. N'importe qui se serait mieux débrouillé que lui. Seulement, il n'y avait personne d'autre. Tout reposait entre ses mains. Une étrange pensée lui passa par la tête : il allait rencontrer son draugr.

Sans ajouter un mot, il avança vers son destin, torche levée.

91

Quelqu'un jouait de l'orgue. C'était idiot, mais il entendait une sorte de note de fond, sourde et sonore, qui roulait jusqu'à lui et lui glaçait les sangs. Une image du *Fantôme de l'Opéra* surgit dans son esprit, celle d'un fou vêtu d'un masque et d'une tenue de soirée en train de taper sur un clavier tout en éclatant d'un rire sarcastique. Ne retentissaient ni rires ni vraie musique, mais ce son éveillait en lui des images et des frayeurs passées. Il voulait s'arrêter, faire demi-tour, courir jusqu'à ce qu'il revoie la lumière du soleil.

Henry ravala sa peur et avança.

Devant lui filtrait une lumière à la fois verdâtre, rougeâtre, produisant le même effet que l'orgue. Elle faisait penser aux bestioles qui grouillaient dans les cryptes, aux créatures de l'espace qui jaillissaient de l'abdomen de John Hurt[1] quand on s'y attendait le moins. La lumière et l'orgue s'entremêlaient pour accentuer sa peur qu'il décida d'ignorer.

---

1. Kane, dans *Alien, le huitième passager*, film de Ridley Scott. (*N.d.T.*)

Au bout du passage, Henry parvint à une grotte éclairée par la terrifiante lumière vert et rouge. La musique alla crescendo.

Il y avait un dragon dans la grotte.

Le monstre de couleur argentée faisait la taille d'un bus anglais, bien que plus long, du museau à la queue. Avec ses écailles renforcées qui se chevauchaient, il ressemblait aux dragons des livres de son enfance, sans la candeur que les illustrateurs parvenaient toujours à introduire. Ce monstre n'avait absolument rien de candide. Oh non ! Le prouvaient ses muscles saillants, ses odeurs reptiliennes, ses dents éclatantes, sa large mâchoire et ses yeux froids et vitreux. La grosse tête se tourna vers lui. Une fumée et un bouquet de flammes jaillirent de ses narines. Henry n'avait jamais vu créature aussi terrifiante de sa vie. Son cerveau et chaque partie de son corps se pétrifièrent sur place.

Pendant un long moment, Henry demeura immobile, conscient qu'il devait prendre ses jambes à son cou mais sans pouvoir bouger un seul muscle. Puis ses yeux remuèrent malgré lui et se posèrent sur Bleu.

Elle était enchaînée à un pilier de pierre sur une plate-forme, juste derrière le dragon. Sa chemise était en lambeaux et la panique se lisait dans ses yeux.

– Henry, va-t'en ! hurla Bleu. Cours ! Je t'en prie, cours !

Henry demeura bouche bée. Une étroite rivière de lave courait autour de la plate-forme et dégageait des vagues de chaleur miroitantes. Des perles de sueur brillaient sur le front de Bleu et le haut de sa poitrine. Elle tirait sur ses chaînes et se contorsionnait.

– Henry ! Sors d'ici ! Il va te tuer !

Elle avait sans doute raison. Une des mains de Henry serrait malgré lui le silex que lui avait donné Lorquin, mais même armé d'un bazooka, il n'était pas de taille face à ce dragon, cette machine à tuer de chair, cette masse de nerfs, de muscles, d'os et de sang sous une carapace impénétrable. Dans un instant, la bête se précipiterait à travers la grotte et ne ferait qu'une bouchée de Henry.

Cette scène ressemblait à la couverture d'un magazine de fantasy. Un magazine criard, comme ces illuminations d'un vert lépreux teintées de rouge sang en provenance de la lave en fusion. Le dragon argenté était horrifiant : il avait craché du feu, bon sang de bonsoir ! Quant à Bleu... Ses vêtements en lambeaux laissaient entrapercevoir les courbes de son corps ; elle était enchaînée, maltraitée, apeurée, en sueur... belle à couper le souffle et incroyablement sexy. Tout dans cette grotte lui parut artificiel.

Henry sentit soudain une présence à ses côtés. Il baissa les yeux et vit Lorquin qui l'avait rejoint. Les yeux remplis de joie et de crainte, le garçon observait avec calme le dragon.

— Tue-le, En Ri, lui chuchota-t-il. Je te couvre.

Il était arrivé, l'instant décisif et ultime où sa vie fusionnait. Partir ou tuer. S'enfuir ou se battre. Sauver sa peau ou sauver son amour. Sauf que jamais il ne pourrait sauver son amour de cette bête monstrueuse. Autant demander à une souris de mordiller un dinosaure. Il était impossible qu'il le tue, impossible qu'il le blesse.

Lorquin croyait le contraire, lui.

— Reste ici, lui ordonna Henry qui courut à toutes jambes en direction du dragon.

92

Elle le vit dès qu'il entra dans la grotte. Il lui parut épuisé, aminci et très bronzé, plus svelte et endurci que dans ses souvenirs. Mais il était vivant : voilà qui s'avérait fantastique, merveilleux, fabuleux. Où qu'il ait été, quoi qu'il ait subi, il était en vie.

Le dragon tourna la tête pour le regarder.

Malgré la distance, Bleu lut la peur dans les yeux de Henry, ainsi que de la détermination. Peut-être sa peur n'était-elle en fait que de la prudence ? Elle pria pour qu'il soit effrayé au point de s'enfuir et de sauver sa peau. Elle le souhaitait de tout son cœur. S'il restait, le dragon lui arracherait membre après membre. Elle ne supporterait pas de perdre Henry avant de... avant d'avoir eu le temps de...

De le serrer dans ses bras.

Bleu tira violemment sur ses chaînes. Elle ignorait comment elle s'était retrouvée attachée là, au pilier. Loki ! C'était l'œuvre de Loki. Un instant, elle lui parlait, le suivant elle était menottée sur cette plate-forme, telle une offrande sacrificielle au monstre. Loki avait dû utiliser une magie inconnue d'elle.

435

Loki avait disparu.

Elle ne l'avait pas vu partir. À l'arrivée de Henry, il s'était volatilisé, voilà. Elle ignorait ses intentions, ses motivations. Il avait mis en scène ce spectacle et s'était éclipsé afin que l'intrigue se déroule d'elle-même. Rien n'avait de sens, mais le danger était réel.

– Henry, va-t'en ! hurla Bleu. Cours ! Je t'en prie, cours !

Elle se contorsionna, tira sur ses entraves, et sentit que l'une des attaches remuait un peu. En dépit de sa magie, Loki n'avait pas fait du bon travail. Si elle se débattait assez, elle pourrait se libérer. Ce qui n'était pas encore le cas. Et Henry qui la fixait bêtement...

– Henry ! Sors d'ici ! Il va te tuer !

Un petit garçon à la peau bleue émergea de l'ombre et se posta à côté de Henry. Bleu n'avait pas la moindre idée de qui il était ni d'où il venait. Elle n'avait jamais vu de peau bleue auparavant, mais se souvenait d'avoir lu quelque part que des hommes de cette couleur vivaient dans les profondeurs du désert de Buthner. Que faisait-il avec Henry ? Étrangement, il n'avait pas peur, bien qu'il regardât le dragon.

Quelque chose d'autre surgit derrière eux et un instant, Bleu se demanda quel nouveau monstre avait évoqué Loki. Puis elle reconnut le charno qu'elle avait laissé à l'extérieur de la grotte. Primo avait dû suivre Henry et l'étrange garçon bleu.

À moins que... murmura une voix dans sa tête... *ce soit Loki qui ait à nouveau changé d'apparence. Ce ne serait pas la première fois qu'il se métamorphoserait en charno.* Bleu tira sur ses chaînes. Peu importait si elle avait affaire à Loki ou au vrai charno. Il fallait absolument qu'elle éloigne Henry de là, qu'il soit en sécurité quelque part. Les lèvres du garçon remuèrent mais Bleu n'entendit pas ce qu'il dit à Henry. Elle ouvrit la bouche pour lui ordonner de partir. Henry s'écria : « Reste ici » et sous ses yeux horrifiés, il courut en direction du dragon.

Le dragon poussa un long grondement.

Le dragon poussa un grondement et lui asséna un coup. Henry eut le temps d'esquiver et de brandir sa lame en silex. Il n'espérait pas tuer le monstre avec une telle arme, mais il pensait le distraire et donner ainsi une chance à Bleu de se libérer. Peut-être l'effraierait-il un peu, à la manière des guêpes qui piquent les importuns rôdant trop près de leur nid. Le silex de Lorquin piquerait le dragon qui y réfléchirait à deux fois avant d'attaquer.

Il évita la tête du dragon et lui poignarda la patte avant. Le couteau de Lorquin frappa une écaille et échappa des mains de Henry.

Du coin de l'œil, Henry aperçut un éclair bleu tandis que Lorquin se précipitait dans la grotte. Le cœur de Henry flancha. Ce garçon n'obéissait-il donc jamais ? Il pensait ce qu'il voulait, mais il n'était qu'un enfant, prêt à affronter n'importe quoi. N'importe quoi ! Pour son Compagnon… La gorge de Henry se serra. Comment pourrait-il à nouveau se regarder dans un miroir s'il arrivait un malheur à Lorquin ? De toute manière, il n'en aurait pas l'occasion, puisque dans une poignée de minutes ils seraient tous morts – Lorquin, Bleu, Henry.

Il oublia son silex inutile et plongea quand le dragon l'attaqua d'un coup de patte méchamment griffue. La brute était gigantesque, plus forte et plus puissante que tous les animaux sauvages qu'il avait vus dans son monde, et comme de nombreuses bêtes de grande taille, il était lent. Non, pas lent. Le croire aurait été une erreur fatale. Certains de ses mouvements étaient maladroits. À l'évidence, il n'avait pas l'habitude d'affronter des ennemis aussi minuscules et vifs que Henry. Voilà un détail qu'il pouvait tourner à son avantage.

Les griffes le manquèrent de peu et l'énorme dragon argenté domina Henry, tel un 747 au décollage. Henry bondit sur le côté et vit le dragon charger un ennemi invisible. Soudain, il entendit une voix familière et comprit que Lorquin narguait le reptile, pour détourner son attention.

Incapable d'aider son Compagnon de quelque manière que ce fût, Henry fut assailli par un sentiment de culpabilité. Mieux valait accepter son courage et tirer profit de son geste. Tant que le dragon regardait ailleurs, Henry pourrait peut-être atteindre Bleu et la libérer. Il pivota, se précipita vers la plate-forme et faillit tomber dans le fleuve de lave.

Telle une douve, il encerclait la plate-forme aux flancs escarpés. Comme elle était en hauteur, Bleu pouvait sauter par-dessus la lave sans peine mais Henry ne parviendrait jamais à bondir aussi haut.

– Bleu ! cria-t-il, catastrophé.

Avec la folie du désespoir, elle tirait sur ses chaînes et là, il vit que les attaches se défaisaient du pilier. De petits nuages de poussière rose s'élevaient chaque fois qu'elle tirait. Tout à coup, un bruit retentit derrière lui et le sol sous ses pieds se mit à vibrer. Bleu cessa de se débattre et lui fit signe de se retourner. Henry obéit – le dragon fonçait sur lui tel un monstrueux train express.

Pendant un instant, il crut que Bleu lui montrait le monstre quand il vit le couteau Halek. La lame en cristal se trouvait à quelques mètres de lui, les énergies piégées miroitaient à sa surface.

Henry ne s'était jamais servi d'une lame Halek auparavant, mais Pyrgus lui en avait vanté les mérites à maintes reprises. Ces pièces uniques étaient fabriquées au compte-gouttes par des sorciers de Haleklind. Ces couteaux tuaient absolument tout. Il suffisait de poignarder sa cible et si la lame ne se brisait pas, les énergies affluaient dans la victime et la tuaient sur-le-champ. On n'éraflait pas avec une lame Halek, on ne blessait pas. On tuait. Absolument n'importe quoi.

On pouvait tuer un dragon !

Henry se jeta sur la lame Halek au moment où le monstre se ruait sur lui. Ces couteaux n'avaient qu'un défaut : si la lame se brisait, les énergies refluaient vers leur utilisateur et le tuaient. Pyrgus en parlait tout le temps. Là, Henry s'en fichait. Le couteau pouvait tuer le dragon et sauver Bleu.

Au lieu de courir ou d'esquiver les coups, Henry tint bon.

Le dragon fondait sur lui.

94

– **H**enry ! hurla Bleu.

Il restait comme un idiot avec ce stupide couteau Halek qui brillait dans sa main. Le dragon fondait sur lui et il ne bougeait pas. Il attendait. Quel idiot, non mais quel idiot, quel…

Bleu comprit brusquement ce qu'il se passait. Henry pensait que le couteau Halek tuerait le dragon. Pyrgus parlait sans arrêt de son arme fantastique, toute-puissante, fabuleuse… À un moment ou à un autre, il avait dû en discuter avec Henry. Comment aurait-il pu savoir que le couteau qu'il avait entre les mains ne tuait pas les dragons ? Il n'était pas encore arrivé quand Bleu avait tenté l'expérience.

Un horrible doute la rongea : les écailles du dragon étaient aussi dures que du silex. Elle avait eu de la chance quand elle s'en était servie sur lui, car la lame ne s'était pas brisée. Une telle chance ne se produirait pas deux fois – Henry allait mourir. Dans son esprit apparut une image du dragon dévorant Henry.

– Henry ! hurla Bleu encore plus fort.

Avec une violence inouïe, elle tira sur ses chaînes qui se détachèrent soudain du pilier.

Déséquilibrée, Bleu vacilla au bord de la plate-forme, prête à plonger dans la lave en contrebas. Les chaînes glissèrent des anneaux de ses menottes dans un fracas métallique et elle se retrouva libre, en position instable, mais libre. Elle battit frénétiquement des bras, même si elle savait qu'il était trop tard. La chute lui serait fatale.

Bleu plia les genoux et poussa de toutes ses forces. Son bond la transporta de l'autre côté de la plate-forme, par-dessus le fleuve de lave, si bien qu'elle atterrit à quatre pattes en face. Tout son corps tremblait. Un instant, elle crut qu'elle s'était tordu la cheville mais l'heure n'était pas à de telles broutilles. Un peu plus loin, le dragon surplombait Henry qui faisait face à son ennemi avec bravoure, tel un roi en guerre.

– Henry ! hurla Bleu une troisième fois avant de piquer un sprint.

95

Henry crut entendre quelqu'un crier son nom derrière lui, mais il n'avait pas le temps de se retourner, car le monstre fonçait sur lui. Il brandit sa lame Halek.

Le plus dur serait de s'écarter du chemin quand le dragon s'écroulerait. Le poids de l'animal l'écraserait tel un moucheron et, d'après les informations fournies par Pyrgus, la mort était instantanée. Avec l'élan, le dragon partirait en avant si bien que Henry ne pouvait le poignarder de face. Il devait se poster sur le côté, frapper et tuer. Pendant la chute du corps, il se dépêcherait de se mettre à l'abri au cas où le cadavre du reptile basculerait de son côté.

Un mouvement dans un coin de son œil le déconcentra un instant. Il risqua un regard et fut surpris de découvrir que le charno traversait la grotte d'un pas résigné. Quel étrange animal, tout de même ! À quoi pensait-il ? Henry n'avait pas de temps à lui consacrer : tête baissée, le dragon chargeait, et là, la grosse faille de son plan lui sauta aux yeux. Si le monstre crachait du feu maintenant, Henry serait transformé en frite carbonisée en moins de deux.

443

Aucune arme, couteau Halek ou autre, ne le sauve-rait.

Au lieu de cracher du feu, le dragon ouvrit ses gigantesques mâchoires pour l'engloutir. Henry scruta l'intérieur de sa bouche cerclée de dents immenses et acérées, une minuscule flamme vacillant inlassablement au fond de sa gorge. Il attendit jusqu'à ce qu'il sente son haleine chargée de méthane, jusqu'à ce que le sol ébranlé par le pas de charge du monstre tremble sous ses pieds, puis il se plaça avec grâce sur le côté, brandit le couteau et...

– Henry !

Bleu surgit auprès de lui, lui prit le poignet et lui secoua le bras. Henry perdit l'équilibre si bien qu'il rata le dragon et tomba à la renverse en entraînant Bleu dans sa chute, tandis que le reptile poursuivait sa course.

– Pourquoi ? s'écria Henry, coincé sous elle.

– Le couteau ne marche pas sur les dragons ! souffla Bleu pendant qu'ils se relevaient.

– Le marteau est la seule arme efficace, déclara le charno qui déposa le lourd marteau de guerre à leurs pieds.

– Je ne peux pas soulever ce fichu machin ! aboya Henry.

Un grondement suivi d'un horrible grattement de griffes sur le sol lui glaça les sangs. Dans son dos, le dragon avait fait demi-tour et revenait à la charge.

– Le couteau Halek ne lui fera aucun mal, lui cria Bleu à l'oreille.

Ils étaient enfin réunis. Au moins, ils mourraient ensemble. En compagnie du charno probablement.

À sa gauche, il perçut un flash bleu. Lorquin se joignait aux festivités. Lorquin mourrait, lui aussi. Tous ensemble, tous morts.

Le dragon frappa le sol tel un taureau dans une arène.

– Pourquoi n'utilises-tu pas le marteau ? cria Henry au charno.

Il avait transporté le marteau jusqu'ici et le manipulait telle une plume.

– Ne soyez pas idiot ! s'exclama le charno.

Quel terrible désastre ! Quel gâchis monstrueux à la Henry, à l'image de sa minable vie. Père et mère en cours de divorce... aucune idée de la route à emprunter ni de la carrière à embrasser... la fille qu'il aimait sur le point de mourir parce qu'il était incapable de la sauver...

– Je ne peux pas soulever le marteau, gémit Henry.

– Je sais, répondit Bleu. Moi non plus.

Le dragon chargea.

– Et si nous le soulevions ensemble ? suggéra Bleu.

Lorquin attaqua le dragon par le côté. Il brandissait exactement le même silex grossier que Henry avait cassé un peu plus tôt.

Bleu et Henry se penchèrent sur le marteau qui gisait par terre. Leurs mains se refermèrent ensemble sur le manche. Ils le soulevèrent avec aisance au-dessus de leur tête. Lorquin évita de justesse la queue du dragon et planta sa lame qui se brisa sur les écailles comme celle de Henry avant lui. Le dragon ne sembla même pas le remarquer. Il n'était plus qu'à quelques mètres d'eux. Il fonça, la tête haute, le cou tendu, la bouche ouverte telle une grotte rougeoyante. Bleu et Henry firent tournoyer le marteau.

L'arme frappa le nez du dragon. Une pluie d'étincelles jaillit. Henry n'avait jamais entendu un bruit de déchirement aussi curieux. La plate-forme et le fleuve de lave disparurent. Un torrent de lumière se déversa par le tunnel dans la grotte. Le dragon se transforma en un gigantesque serpent qui occupa tout l'espace avant de disparaître. À cheval sur sa queue, Lorquin tomba sur le sol et bondit aussitôt sur ses pieds, un sourire éclatant aux lèvres.

– Tu as réussi, En Ri ! cria-t-il, tout excité. Tu as terrassé le dragon !

– Je crois que nous l'avons renvoyé chez lui, déclara Bleu.

96

Henry ne pouvait s'empêcher de la toucher, de la serrer dans ses bras, de la couvrir de baisers sur la joue, le nez, de l'enlacer. Il ôta sa veste pour qu'elle cache sa chemise en lambeaux. Puis ses émotions reprirent le dessus et il la serra contre lui une troisième fois. Sa fougue ne semblait pas déranger Bleu.

– Moi aussi, j'ai du bonheur à te voir, murmura-t-elle avec un léger sourire.

Ensuite, Henry agit de manière bizarre. Un bras autour de sa taille, il la conduisit auprès du petit garçon bleu et fit les présentations :

– Lorquin, je te présente la Princ... la Reine Holly Bleu du Royaume des Fées. Bleu, voici Lorquin... mon Compagnon.

Apparemment ravi, le garçon s'inclina. Sentant l'importance de cet instant, Bleu s'inclina à son tour.

Henry jeta un œil en direction de la plate-forme et du pilier.

– Que s'est-il passé ? D'où venaient ce dragon et tout le reste ?

– C'est une longue histoire, commença Bleu. Je te cherchais.

– C'est moi qui te cherchais ! s'exclama Henry, joyeux.

Il se sentait bête, mais heureux. Il ne s'était pas senti aussi heureux depuis très longtemps. Il la serra à nouveau contre lui.

– Tu m'écrases, Henry, sourit-elle.

Ne voyant pas là une invitation à s'arrêter, Henry l'embrassa. Elle ferma les yeux et lui rendit son baiser.

– Nous avons affronté un dragon, murmura-t-il après leur baiser.

Bleu lui décocha un sourire éclatant.

– Nous l'avons réexpédié chez lui !

– À notre tour de rentrer, intervint le charno qui leur fit un long, long clin d'œil. Quand vous aurez fini de vous bécoter.

– Retrouveras-tu le chemin de la sortie ? demanda Henry à Lorquin.

– Il n'aura peut-être pas besoin de se donner cette peine, annonça Bleu. Regardez là-haut, on dirait la lumière du soleil.

– Oui !

Henry se demanda vaguement pourquoi il ne l'avait pas remarqué plus tôt. Il flottait sur un petit nuage, les pieds à quelques centimètres du sol. Henry lâcha la taille de Bleu et traversa la grotte en courant pour trouver la source lumineuse. Il entra dans le tunnel et stoppa net. Il fit un pas en arrière et s'arrêta, interdit.

– Nom de Dieu ! murmura Henry.

Bleu le rejoignit en quelques secondes, puis Lorquin. Tous trois se tenaient à l'entrée du passage et fixaient la lumière.

Au bout d'un moment, Bleu prit la parole.

– Qu'est-ce que c'est, Henry ? s'enquit-elle d'une voix éraillée.

– Un ange, répondit Henry.

97

Henry se prenait pour de la limaille de fer en présence d'un aimant. Malgré sa peur, il fit néanmoins un pas en avant. Les autres durent ressentir la même chose, car ils avançaient en silence à côté de lui. La créature dans la cage était exceptionnelle. Elle avait l'apparence d'un homme de deux mètres cinquante qui devait se courber pour tenir dans sa prison. Il avait le torse musclé d'un homme, mais la ressemblance s'arrêtait là.

L'ange brillait. Chaque centimètre carré de son corps était phosphorescent, comme un objet sous une lumière ultraviolette. Il luisait telle une lampe gigantesque et émettait une lumière blanche et intense qui faisait mal aux yeux si on le regardait trop longtemps. Là n'était pas le plus étrange. Il fallait voir ses ailes...

Henry avait déjà vu des ailes d'ange auparavant. Ses livres en étaient remplis quand il étudiait l'histoire de l'art et il avait croisé des dizaines de sculptures en marbre à l'époque où sa mère traînait toute la famille à la découverte des cathédrales anglaises. Ces ailes-là n'avaient pas leurs pareilles. Les artistes et les sculpteurs visualisaient de grandes ailes blanches, couvertes de plumes, à l'image de celles des oiseaux, comme si les épaules des anges étaient musclées au point de pouvoir voler telles les pennes des aigles. Celles que Henry observait ne possédaient pas de plumes et n'étaient même pas blanches. En fait, bizarrement, elles semblaient absentes bien que présentes.

Henry fut ébloui. Les ailes de l'ange s'écartaient derrière lui, tels des éventails chatoyants qui dégageaient une énergie thermique ainsi que des étincelles violettes et frémissaient comme des aurores boréales. Henry n'avait jamais rien vu d'aussi beau de sa vie entière. Il n'était pas du genre à fréquenter les églises tous les dimanches, mais ces ailes lui donnaient envie de tomber à genoux et de prier.

Flanquée de Lorquin, Bleu fit un pas en avant, ce qui coupa à Henry tout désir de vénérer cet ange.

– Attention ! lui souffla-t-il.

Il parlait à voix basse, chuchotait comme s'il se trouvait dans une église. Puisqu'ils refusaient d'écouter, Henry parla plus sèchement et plus fort.

– Ne vous approchez pas !

Son estomac se noua. Pour une raison inconnue, il était convaincu que l'ange était aussi dangereux que le dragon.

Bleu ne lui obéit pas, comme à son habitude. Elle arborait un drôle de sourire béat et écarquillait les yeux. Lorquin semblait encore plus bizarre. Son visage affichait une profonde extase alors que ses yeux étaient vitreux. Ensemble, ils avancèrent à quelques mètres de la cage.

L'ange changea de position et le flot d'énergie

contenu dans ses étranges ailes enveloppa Bleu et Lorquin.

– Bleu ! cria Henry, soudain inquiet.

Bleu se modifia sous le regard horrifié de Henry. En un clin d'œil, elle se transforma en femme d'âge mûr, ses cheveux grisonnèrent, sa peau se rida. Et tout à coup, elle était vieille – pas comme Pyrgus, quand il l'avait vu dans le jardin de M. Fogarty. Non, elle était aussi vieille que M. Fogarty ou Mme Cardui. Elle se tenait encore droite, sa tête penchée montrait la même arrogance familière, mais ces détails exceptés, elle était à peine reconnaissable.

– Bleu ! hurla Henry.

Le changement survenu chez Lorquin était encore plus spectaculaire. Il se tourna vers Henry et lui décocha son sourire éclatant. Le petit garçon bleu avait cédé la place à un homme, beau, grand, athlétique et fier. C'était le sourire d'un héros qui avait durement combattu et traversé des épreuves.

Puis les ailes se replièrent, et soudain Bleu redevint Bleu et Lorquin un garçon. Henry s'entendit crier :

– Éloignez-vous de la cage !

– Nous devons le libérer, chuchota Bleu. Il souffre.

Évidemment, l'ange souffrait. Prisonnier dans cette cage – dans cette réalité – depuis des semaines, il était incapable de se redresser. Pour ajouter à sa peine, Sulfurique avait ensorcelé les barreaux qui lui brûlaient le corps tels des charbons ardents. Henry le savait, bien qu'il ignorât d'où il détenait ces informations.

L'ange tourna la tête et plongea son regard dans le sien.

– Nous devons le libérer, répéta Bleu.

L'ange « parlait » à Henry, sans employer de mots.

Quelle sensation étrange, intime et chaude, semblable à la découverte de l'amour ! Pas étonnant que ces créatures fussent vénérées à travers les siècles. Les informations circulèrent entre l'esprit de l'ange et celui de Henry. Les anges méritaient bien leur surnom de Messagers.

Bleu voulut faire un pas en avant, mais Henry fut plus rapide. Il se rua sur elle pour la prendre par le bras.

– Si tu t'approches, il te tuera, lui apprit-il.

Perplexe, Bleu regarda Henry puis l'ange.

– Jamais il ne me fera de mal, déclara-t-elle, un peu rêveuse.

– Il n'en a pas l'intention. Mais il ne devrait pas être dans cette réalité. Il la déforme, change le cours du temps. C'est pire quand il bouge les ailes – elles envoient des ondes dans tout le Royaume. Qu'il bouge ou non, son voisinage te tuera.

L'air rêveur de Bleu se dissipa.

– Comment allons-nous le libérer ? demanda-t-elle.

– Nous n'allons pas le libérer. Je m'en charge.

Bleu comprit tout de suite.

– Il n'a aucun effet sur toi, parce que tu viens du Monde analogue ? Comme ce n'est pas ta réalité, tu peux t'approcher sans qu'il te tue ?

Henry prit une profonde inspiration.

– Je pense que oui.

Il pria Dieu que Bleu n'insiste pas, ne pose pas d'autres questions.

– Tu en en sûr ? s'enquit-elle.

Henry lui lâcha le bras.

– Il n'y a qu'un moyen de le savoir.

Et il marcha jusqu'à la cage.

98

Le Sorcier Guérisseur en Chef Danaus fronça les sourcils. Il examinait le corps figé de Nymphalis, Princesse des Fées de la Forêt, placé en stase à côté du corps de son époux, le Prince Pyrgus. Tous deux affichaient les ravages de la fièvre. Comme la stase ne figeait plus la FT, Pyrgus était devenu un très vieil homme. Quant à Nymphe, on lui aurait donné cinquante ans et Danaus envisageait vaguement d'augmenter l'intensité du champ de stase. Il doutait de l'efficacité d'un tel geste – on était en stase ou on ne l'était pas – mais il détestait cette impression d'impuissance qui l'étreignait face à ces deux têtes couronnées. Il fixait Nymphalis quand...

Elle parut un peu plus jeune.

Ce qui était impossible, bien entendu. La fièvre temporelle n'offrait qu'un aller sans retour. Lorsque la stase parvenait à la stabiliser, rien n'en inversait l'effet. Ce changement était le fruit de son imagination. Toutefois, il ne pouvait s'empêcher de la trouver rajeunie. À force de prendre ses désirs pour des réalités, ses capacités d'observation finissaient par être émoussées. Pourtant, sa peau paraissait plus fraîche. Il aurait juré qu'elle avait moins de rides.

Sur un coup de tête, Danaus se précipita vers le caisson de stase qui contenait Pyrgus. Son choc fut tel qu'il poussa un cri étouffé. Pyrgus paraissait beaucoup plus jeune. Il n'y avait pas d'erreur possible. Les effets de la fièvre s'inversaient.

Pour une fois, Danaus oublia toute retenue et courut jusqu'aux salles des soins intensifs. Dans les couloirs, le remue-ménage laissait présager le pire – les infirmières s'égaillaient en désordre, les guérisseurs se précipitaient de droite et de gauche, mais il y avait plus étonnant, et même hallucinant : les patients qui, lors de ses rondes matinales, étaient plongés dans un coma irréversible déambulaient eux aussi entre les lits.

Danaus attrapa un guérisseur en blouse bleue par le bras.

– Que se passe-t-il ?

– Rémissions spontanées, expliqua brièvement ce dernier.

À l'école, on leur avait appris à donner cette réponse stupide quand ils ignoraient les raisons d'une guérison.

– Je vois, gronda Danaus. Quelle en est l'origine ?

Le guérisseur secoua la tête.

– Aucune idée, monsieur. Mais c'est une bonne nouvelle, non ? ajouta-t-il avec un sourire agaçant.

Bonne mais déroutante. Le temps que Danaus procède à quelques examens sommaires pour se convaincre de la véracité des faits, les rapports pleuvaient – on parlait de « rémissions spontanées » aux quatre coins de la capitale. Il ne faisait aucun doute que des nouvelles similaires arriveraient bientôt du pays tout entier.

Dès lors que des dizaines de patients recouvraient la santé, le fardeau administratif pesait lourd et il était tard dans l'après-midi quand Danaus se rappela soudain que Nymphe et Pyrgus se trouvaient toujours en stase. Simultanément, il se souvint aussi du sort de Mme Cardui. Il l'avait elle aussi placée en stase par respect pour son âge, car il était fort probable que la fièvre l'emporte en quelques heures. Avait-il eu le choix ? Elle était peut-être déjà morte.

À moins qu'elle n'ait présenté une rémission spontanée, comme les autres.

Il se rendait auprès d'eux quand on lui apprit que la Reine Bleu était de retour au Palais pourpre.

Il pleuvait, bien entendu. Ayant hérité du vieux château de Burgonde, Lord Noctifer avait trouvé plus économique de laisser en place les sortilèges météorologiques que de les neutraliser. Si Hamearis était revenu d'entre les morts, il n'aurait pas été dépaysé – son cauchemar gothique demeurait accroché à la falaise, frappé par les déferlantes et fouetté par les violentes averses et les tornades.

Peu importait. Cela reflétait son humeur.

Enroulé dans sa cape, Noctifer grimpa sur les remparts. De là-haut, il voyait la route et la mer déchaînée. Il n'y avait ni ouklo, ni véhicule d'aucune sorte, ni bateau, ni aéro. Personne ne lui rendait plus visite. De toute façon, il n'avait pas de domestiques pour les accueillir.

Le froid s'insinuait sous son manteau, ce dont il ne se préoccupa pas. Pourquoi, se demanda-t-il, tout était-il allé de travers ? Voici peu, le monde entier s'offrait à lui avec des possibilités infinies. Sa sœur avait épousé l'Empereur pourpre, ses partisans le soutenaient sans faiblir. C'était une question de mois, de semaines avant que les Fées de la Nuit – et lui à leur tête – ne prennent le contrôle du Royaume.

Comme les choses avaient changé désormais ! Son beau-frère, Apatura Iris, le vieil Empereur pourpre, était mort, ressuscité et mort à nouveau. La fille d'Apatura était montée sur le trône. Beleth, son vieil allié démoniaque, était mort lui aussi et, le plus incroyable, Bleu était devenue Reine de Hael. Les anciennes alliances avaient volé en éclats. Les Fées de la Lumière détenaient le pouvoir avec une fermeté décuplée. Pourquoi tout était-il allé de travers ainsi ?

Il agrippa le rebord en pierre. Où avait disparu son argent ? Il était trop simple de dire qu'à la mort de Beleth, sa principale source de revenus s'était volatilisée avec lui. Où étaient ses propriétés, ses réserves, ses crédits illimités ?

En vérité, le maintien d'une présence politique coûtait une petite fortune. Les pots-de-vin revenaient à des sommes exorbitantes et celui qui ne conservait pas un certain standing n'était pas pris au sérieux. Par conséquent, en un laps de temps effroyablement court, ses réserves avaient diminué, ses propriétés avaient été vendues ou redistribuées, ses crédits interrompus. Quant à ses soi-disant amis, ils avaient disparu de la circulation, ce qui n'était pas une surprise. Il n'avait jamais nourri d'illusions à leur sujet. Pour finir, il ne comptait plus sur personne d'autre que sur lui-même.

Il pensait encore que son dernier plan était valable. Fées de la Lumière... Fées de la Nuit... Les riches avaient toujours eu des domestiques et continueraient à en vouloir. Au meilleur tarif, bien entendu. Voilà pourquoi les serviteurs démoniaques étaient si intéressants. Un règlement, et vous aviez un esclave à vie. Jamais il ne comprendrait pourquoi les Fées de la Lumière rechignaient à employer des démons – elles qui abandonnaient rapidement leurs préjugés en d'autres occasions – mais cela importait peu quand la pénétration du marché était presque totale parmi les siens. Dire que ce nouveau plan surpassait les autres ! Qui aurait refusé un ange ?

Pourquoi tout était-il allé de travers ?

Il s'approcha du bord et sentit le vent le cueillir avec ses doigts de géant. Comme si souvent par le passé, il ressentait un peu de colère, un peu de ressentiment, beaucoup de déconvenue, mais surtout une profonde confusion et une extrême lassitude.

Pourquoi, oui, pourquoi tout était-il allé de travers ?

Lord Noctifer mit un pied sur les remparts et se jeta sur les falaises en contrebas. Pendant sa chute, le vent s'engouffra dans son manteau, lui donnant des allures de chauve-souris géante.

100

Le conclave eut lieu dans la Salle du Trône. Choix intéressant : Bleu acceptait donc que la moindre décision prise s'ébruite à toute allure dans le Palais et encore plus vite à l'extérieur, vers le monde en pleine attente.

Mme Cardui examina chaque visage tour à tour. Parmi eux, Bleu semblait un peu plus vieille, davantage une jeune femme qu'une fillette, calme eût-on dit, même si ces aventures l'avaient un peu usée. À ses côtés était assis Henry qui avait changé lui aussi, de manière plus subtile mais aussi plus saisissante. Mis à part son bronzage et une légère perte de poids, il avait à peu près la même apparence. En tout cas, ses manières s'étaient modifiées. Il paraissait plus à l'aise avec lui-même, plus sûr de lui, plus... comment disaient-ils dans le Monde analogue ?... plus cool. Il ne s'exprimait toujours pas avec loquacité, mais ses yeux bougeaient beaucoup et ne rataient pas grand-chose.

Comma était attentif, lui aussi, bien qu'agréablement détendu. Il s'était acquitté de ses missions avec dignité et avait rendu le trône sans difficulté dès le retour de sa sœur. Nymphe ressemblait à Nymphe, sereine, sûre d'elle et belle. Toute trace de la fièvre temporelle avait disparu et l'on aurait dit qu'elle n'avait jamais été malade de sa vie. Pyrgus, lui, avait l'air plus jeune, comme si la fièvre avait remonté le temps et ne s'était pas arrêtée là où elle avait démarré. Mme Cardui lui décocha un sourire discret. Son imagination lui jouait peut-être des tours mais il était assis là, tel l'enfant qu'il avait toujours été, tel son père au même âge. Étrange comme les années passaient, sans l'aide de la fièvre temporelle.

Alors qu'en temps normal il n'aurait jamais fait partie d'une réunion de ce genre, Danaus était également présent. Il était aussi grand, gros, autoritaire, imbu de lui-même, loyal et compétent qu'avant cette terrible épreuve. L'énergie qu'il avait mise en œuvre durant l'épidémie lui avait valu une place auprès d'eux – il méritait de savoir parmi les premiers ce qu'il s'était passé.

Le seul absent notable, remarqua Mme Cardui submergée par une vague de tristesse indescriptible, était Alan. Ses conseils leur manqueraient. Elle se demanda brièvement qui Bleu nommerait nouveau Gardien. Aucun candidat ne lui vint à l'esprit.

Les grandes portes de la Salle du Trône se fermèrent et tous les regards se tournèrent aussitôt vers Bleu. Noctifer était le coupable, Mme Cardui n'en doutait pas un seul instant, mais comment s'y était-il pris, et pourquoi ?

– La faute revient à mon oncle, commença Bleu sans préambule, comme si elle lisait dans les pensées de Mme Cardui.

— Il a provoqué la fièvre temporelle ? s'enquit Danaus, les sourcils froncés.

— Oui, il l'a provoquée.

— Il s'agissait d'une sorte d'arme, je suppose, très chèèère ? l'interrogea Mme Cardui. Une guerre bactériologique ? Il voulait affaiblir ta position.

— Non, il n'avait pas prévu la fièvre. Il ne souhaitait ni entrer en guerre ni opérer un coup d'État. Il avait un autre plan. La propagation de la fièvre était juste un effet secondaire.

— Tu commences à m'agacer, Bleu, s'impatienta Pyrgus. Raconte-nous toute l'histoire d'un bloc.

Bleu réprima un sourire et s'adressa à lui sur un ton impérieux.

— Très bien. Vous savez les sommes et l'influence que notre oncle a perdues quand je suis devenue Reine de Hael… ?

— Tu parles du marché aux esclaves ? demanda Pyrgus. De l'argent qu'il gagnait sur le dos des serviteurs démoniaques ?

— Exactement. Il a essayé de récupérer sa fortune en faisant renaître ce commerce.

— Mais c'est impossible ! s'exclama Pyrgus, les sourcils froncés. Tu n'es pas Beleth. Jamais tu ne l'aurais laissé utiliser des démons comme esclaves.

— Pas des démons, Pyrgus. Des anges.

La Salle du Trône fut plongée dans un silence absolu pendant quinze longues secondes.

— Tu n'es pas sérieuse, très chèèère ? intervint enfin Mme Cardui.

— La plus sérieuse du monde. Noctifer a chargé notre vieil ami Sulfurique d'évoquer et de piéger un ange – Sulfurique est un démonologue de talent, si vous vous en souvenez bien. Je ne sais pas exactement comment il s'y est pris, mais il a réussi sa mission. Une fois qu'une méthode efficace d'invocation aurait été en place et que Sulfurique aurait démontré qu'il pouvait retenir un ange en captivité, Noctifer commencerait à capturer des anges à une échelle commerciale et les proposerait comme serviteurs ou esclaves, si vous préférez. Les anges sont des êtres très puissants, bien plus que les démons. Le potentiel d'une telle entreprise parmi les êtres les moins... scrupuleux est simplement gigantesque.

– Un instant, Votre Majesté, l'interrompit Danaus. Qu'est-ce que cela a à voir avec la fièvre temporelle ?

– Il s'agissait d'une conséquence directe, Sorcier Guérisseur en Chef. Comme vous le savez, le Paradis est beaucoup plus loin du Royaume des Fées que l'Enfer. La capture brutale d'un ange a exercé une tension énorme sur le tissu de notre réalité. Très vite, les gens ont subi les effets de ce dérapage du temps – ce que nous avons appelé la fièvre temporelle. C'est ainsi que notre réalité a été déformée.

Danaus semblait consterné.

– Pourquoi diable ce Sulfurique n'a-t-il pas libéré l'ange quand il a découvert ce grand malheur ? Pourquoi Lord Noctifer n'est-il pas intervenu ?

– Ils n'en savaient rien. Tous deux pensaient que la FT était une maladie, comme nous. Je doute qu'aucun d'entre nous ait jamais découvert la vérité s'il n'y avait pas eu... (Elle jeta un rapide coup d'œil à Henry.)... Une intervention.

– Quelle sorte d'intervention ? s'enquit Pyrgus par curiosité.

– Peu importe, trancha Bleu. L'essentiel, c'est que l'ange a été libéré, notre réalité a repris son cours normal et les effets de la... fièvre temporelle ont disparu.

Pendant quelques instants, il lui sembla que Pyrgus souhaitait davantage de détails, mais quand il prit la parole, il se contenta de demander :

– Que faisons-nous de Lord Noctifer et de Sulfurique ?

– Rien, répondit Bleu.

Mme Cardui haussa les sourcils.

– Rien ?

– Sulfurique est fou. Il ne nous causera plus aucun ennui. Quant à mon oncle... eh bien, il se mettra en travers de notre route dès qu'il en aura l'occasion, mais pour l'instant, l'amélioration de sa position est un échec abyssal. De plus, le moindre châtiment que nous lui infligerions risquerait d'attirer une certaine compassion pour lui parmi les Fées de la Nuit.

Mme Cardui la regarda avec admiration. La fillette démontrait enfin des talents politiques.

Bleu se leva brusquement.

– Il y aura peut-être une annonce importante plus tard. Mais pour l'instant, je n'ai rien d'autre à déclarer.

101

Les clapotis de l'eau se mêlaient aux bruits lointains de la ville – le grondement des carrioles, l'appel occasionnel des marchands. Moins animée le jour, la ville renaissait la nuit. Henry était assis à côté de Bleu sur un banc au bord de la rivière. À moitié cachés par un mimosa, ils se tenaient par la main.

– Quelle est cette annonce importante dont tu as parlé lors de la réunion ? lui demanda-t-il. Celle que tu comptes faire plus tard.

– Je ne sais pas, répondit Bleu. Si tu me le disais, toi ?

Comme Henry ne comprenait pas, elle tourna la tête. Au bout d'un moment, il reprit la parole.

– Tu n'as pas eu l'impression de participer à une pièce de théâtre ?

Il repensait à leur aventure avec le dragon et, d'instinct, Bleu sembla savoir de quoi il parlait.

– Un des Anciens Dieux a mis en scène toute l'histoire.

– Pourquoi ?

Henry observa la rivière, conscient de parler de

leurs péripéties parce qu'il n'était pas encore prêt à aborder le sujet qui lui tenait à cœur.

— Pour nous aider à guérir notre réalité, je pense. (Bleu hésita avant d'ajouter :) Et pour s'assurer que nos histoires suivent leur cours normal.

— Quelles histoires ?

— Les nôtres, Henry. La tienne et la mienne.

Un oiseau pataugeait non loin de la berge. D'abord, Henry ne le reconnut pas. Ce genre de volatile ne vivait certainement pas en Europe ; il n'en existait peut-être même pas dans le Monde analogue. Puis la courbe de son bec lui rappela une image qu'il avait vue dans un livre sur l'Égypte et il réalisa qu'il s'agissait d'un ibis.

— Je n'avais pas compris cela.

— Un jour, un prêtre m'a raconté une des croyances des Anciens Dieux : les vies mortelles sont destinées à porter certaines histoires. Parfois, ils interviennent pour s'assurer que les histoires se déroulent comme ils l'ont prévu.

— Nous ne courions donc aucun danger face au dragon ? Ce n'était qu'une histoire, une mise en scène ?

— Le dragon aurait pu te tuer, prétendit Bleu. J'ignore ce qu'il m'aurait fait subir. Les histoires sont vraies : elles forment la trame de nos vies. Certaines se terminent en tragédie – finir dans l'estomac d'un dragon, par exemple. Comme tu as été courageux, cela ne s'est pas produit.

Ils ne dirent mot pendant un long moment.

— Bleu...

— Oui, Henry.

– Tu te souviens de la dernière fois où nous étions assis au bord de cette rivière ?

– Oui.

Henry s'humecta les lèvres. Il espérait que Bleu ne remarquait pas à quel point son cœur battait fort dans sa poitrine. Il prit une profonde inspiration.

– Tu m'as demandé de t'épouser.

– J'étais très jeune à l'époque.

Quelque chose se dégonfla en lui. Il était allé trop loin pour reculer. De quoi avait-il peur ? N'avait-il pas affronté un dragon ? Il s'humecta à nouveau les lèvres.

– Tu en as encore envie ? s'enquit-il.

Le silence qui s'ensuivit fut brisé par le clapotis de l'eau. Au bout d'un moment, Bleu lui répondit :

– Quelle importance si j'en ai envie ou non ? Tu as ta vie dans le Monde analogue.

– Je ne l'aime pas beaucoup, cette vie. Je ne veux pas devenir professeur.

– Et tes parents ?

Les yeux perdus au loin, elle lui avait lâché la main.

– Maman a Anaïs. Papa est parti – je ne le vois plus trop. Il vit avec sa copine, il a commencé une toute nouvelle vie et semble heureux. Au moins, maman ne lui dicte plus sans arrêt ce qu'il doit faire.

Henry essaya de lui prendre la main, mais elle la retira doucement. Son geste ne l'empêcha pas de poursuivre.

– En tout cas, je vais bientôt quitter la maison. Si je retourne dans le Monde analogue, je vivrai loin de ma famille. J'irai à l'université, apprendrai le métier d'enseignant et comme il n'y a pas de fac dans ma ville, je logerai sur place et je verrai rarement mes parents. Ensuite, j'aurai un métier, etc. On grandit, on quitte la maison. Ça se passe ainsi. Si je restais ici, j'aurais la même vie que si j'épousais une fille du Monde analogue et achetais un pavillon en banlieue.

Elle ne le regardait toujours pas mais il crut apercevoir un sourire sur ses lèvres.

— Ce ne serait pas tout à fait pareil. Où leur diras-tu que tu es parti ?

Henry cligna des yeux.

— Je ne comprends pas.

— Au Pays des Fées ? demanda-t-elle, les sourcils froncés.

Apparemment, elle avait entendu cette expression quelque part et n'en n'ignorait pas les connotations.

— Je pensais agir comme M. Fogarty et prétendre avoir émigré en Nouvelle-Zélande, en Australie, un pays très lointain.

Il prit une profonde inspiration avant de poursuivre.

— Je me disais qu'il existait une sorte de cône magique qui pourrait les aider à accepter mon départ...

— Waouh ! On dirait que tu y as réfléchi ! (Elle lui lança un rapide regard en biais.) Et tes études ?

— Je pourrais les finir ici. Ce serait nettement plus intéressant, déclara-t-il, les yeux rivés sur elle. Alors ?

— Alors quoi ?

— Tu veux toujours m'épouser ?

Bleu le regarda droit dans les yeux.

– Me demandes-tu en mariage, Henry Atherton ?

– Oui, s'impatienta Henry. Oui, je te demande en mariage.

– Pourquoi ?

– Parce que je t'aime.

Bleu baissa la tête.

– Je ne peux pas épouser un roturier.

– Pardon ?

– Je ne peux pas épouser un roturier. Je suis Reine Impératrice du Royaume des Fées, je suis Reine de Hael. Je ne peux pas épouser un roturier.

Elle se tourna vers lui, un sourire resplendissant aux lèvres.

– Je dois te nommer Lord du Royaume des Fées !

Henry la fixa, incapable de croire ce qu'il venait d'entendre.

– Cela veut dire que tu veux m'épouser ?

– De tout mon cœur, Henry, chuchota-t-elle.

Aussitôt, il l'embrassa.

102

Du gravier neuf avait été étalé dans les rues, des bannières étaient accrochées sur les façades de toutes les maisons. Henry n'en revenait pas de voir la foule amassée le long des artères. Il fit signe aux gens par la fenêtre de l'ouklo, à la manière de la reine d'Angleterre lors d'occasions spéciales à Londres. Les applaudissements fusaient tandis que le carrosse le conduisait à la grande cathédrale. Son cœur battait si fort qu'il se demanda s'il survivrait à la cérémonie.

Le carrosse ralentit sur l'esplanade de la cathédrale ; un valet de pied lui ouvrit la porte avec emphase et Henry descendit. Il était déjà venu ici, lors du couronnement de Pyrgus, et la scène différait peu. Majestueuse, la cathédrale surplombait les soldats au garde-à-vous, les courtisans, les spectateurs par milliers. Le bâtiment gigantesque était bien plus grand que tous ceux qu'il connaissait dans le Monde analogue ; seule la magie pouvait supporter une telle architecture en filigrane et pierres dentelées. Ou une intervention divine, se dit Henry en passant. Maintenant qu'il avait vu un ange de ses propres yeux, il était prêt à croire à l'impossible.

Un immense sourire aux lèvres, Pyrgus s'avança vers lui. Il portait un uniforme de la marine très raffiné qui devait probablement accompagner un de ses titres. Il serra la main de Henry puis le prit dans ses bras et lui tapa dans le dos avec énergie.

– Veinard ! Sale veinard !

– Elle est là ? murmura Henry.

Quelque chose en lui résistait à croire en la vérité. C'était trop beau pour être vrai. Il aurait aimé que Lorquin soit présent, en tant que soutien moral, mais il était retourné dans sa tribu et il aurait été complètement dérouté par un tel spectacle. Henry devait donc affronter ce jour seul. Bleu ne viendrait pas, elle était déjà mariée, un événement allait tout contrarier... Il était impossible que Henry se marie, pas à une princesse féerique, pas à Bleu.

– Pas encore, répondit Pyrgus. Elle n'a pas le droit de venir tant que tu n'es pas en place. La Barge Impériale est arrimée à Bon-Marché. Ils vont envoyer un signal, maintenant que tu es là.

Sans Pyrgus, Henry ne serait jamais parvenu dans la cathédrale. Au milieu de la confusion se mêlaient saluts militaires, applaudissements enthousiastes et une chute de doux flocons rouge pâle, des pétales de roses en vérité.

C'était pire à l'intérieur. Henry fut assailli par les couleurs et les odeurs d'encens. Il y avait au moins cent Prêtres de la Lumière vêtus de surprenantes toges dorées ; la noblesse du Royaume occupait rangée après rangée, chacun rivalisant avec son voisin dans des tenues aux coupes plus sophistiquées les unes que les autres. Au centre de la cathédrale brûlait un immense feu qui crépitait et jetait des étincelles sans pour autant fournir beaucoup de chaleur.

L'attente fut terrible.

Toutes les deux secondes, Henry demandait à Pyrgus : « Elle n'est pas encore arrivée ? » Toutes les deux secondes, Pyrgus souriait, secouait la tête et lui répondait : « Non. » Henry se tordait le cou pour mieux voir les portes jusqu'à en attraper un torticolis. Elle ne venait pas. Elle avait changé d'avis. Elle s'était enfuie avec quelqu'un de plus beau.

– Combien de temps faut-il à la Barge Impériale… commença Henry.

Soudain, il entendit du bruit dans son dos et il sut qu'elle était arrivée. Il se tourna et la vit, seule, sans domestiques, sans cortège, si belle qu'il en aurait pleuré.

Les étapes suivantes se déroulèrent dans le brouillard le plus complet. On leur présenta une branche épineuse, symbole de Dieu savait quoi, et ils se recueillirent devant un arbre immense qui poussait dans la cathédrale. Et ils durent marcher longuement autour du feu. (Il aperçut d'ailleurs le visage de Nymphe parmi la foule pendant qu'il tournait. Elle arborait un sourire resplendissant, des larmes brillaient dans ses yeux.)

La cérémonie fut célébrée par l'Archimandrake Podalirius, un personnage barbu et autoritaire à la voix aussi fracassante que le tonnerre.

– Vous engagez-vous auprès de Henry ? demanda-t-il enfin. Promettez-vous aux Grands Seigneurs de la Lumière que vous le chérirez et l'aimerez, ici, maintenant et dans les mondes par-delà le nôtre ? Acceptez-vous devant le Royaume et toutes les personnes réunies en ces lieux d'épouser Henry ?

– Oui, répondit Bleu à haute voix.

Épilogue

La Chapelle du Portail était remplie d'invités qui se turent dès que le grand portail s'activa.

– Est-ce que tout est prêt... vous savez... de l'autre côté ? chuchota Henry.

Ce n'était pas le moment le plus excitant d'une journée excitante, mais cela y ressemblait. Henry ne pouvait quitter des yeux les flammes froides et bleues.

– Oui, messire, répondit dans une grimace l'Ingénieur en Chef du Portail Pavane.

– Il en a plus parlé que de notre mariage ! s'exclama Bleu.

– Je le confirme, attesta Pyrgus.

Il avait revêtu ses plus beaux atours pour l'occasion et sentait un after-shave particulièrement mauvais.

Henry s'humecta les lèvres.

– Et maintenant ? s'enquit Henry. Vous appuyez sur un bouton, ou bien... ?

– Je pensais que vous aimeriez le faire, déclara Pavane en lui montrant un interrupteur rouge.

Henry tendit le bras, hésita.

– Vous êtes sûr qu'il est là ? De l'autre côté ?

Comment savoir qu'il n'est pas parti en vadrouille ? Il se promène beaucoup, vous savez !

– Nous avons modifié le portail en accord avec les principes découverts par le Gardien Fogarty. Il y a un verrou. Il vous suffit d'actionner l'interrupteur.

Henry se tut. Si seulement M. Fogarty avait été présent, cette journée aurait été parfaite. Le plus drôle, cet événement-ci la rapprochait un peu plus de la perfection. Henry actionna l'interrupteur.

Les flammes bleues vacillèrent au moment où Hodge traversa, la queue dressée. Il s'arrêta, examina tour à tour les invités de la noce. Puis il s'assit, plaça une patte derrière l'oreille et entreprit de se lécher.

GLOSSAIRE

Aéro personnel : se pilote comme une voiture de sport.

Analogue, Monde : terme employé au Royaume des Fées pour désigner le monde ordinaire – celui du collège, des boutons d'acné et des parents qui finissent souvent par divorcer.

Canal de communication ou CC : moyen utilisé par les militaires pour communiquer.

Compte à Rebours : dangereuse précaution militaire contre le kidnapping.

Comptoir à Fizz : établissement à la mode spécialisé dans l'ouverture d'esprit.

Concierge : hologramme assurant la sécurité des Fées de la Lumière.

Creen : terme indigène pour Haleklind.

Démon : forme souvent adoptée par les créatures du Royaume de Hael lorsqu'elles entrent en contact avec les fées ou les humains.

Endolg : contrairement aux apparences, n'est pas une couverture en laine, mais une créature intelligente, douée de parole. Incapable de proférer des mensonges, bien qu'il sache les repérer infailliblement, ce qui en fait un compagnon très apprécié dans le Royaume des Fées.

Enfernet : Internet mental de Hael.

Épices, Maître des : Oracle du Royaume qui effectue ses prédictions grâce à des épices qui montent à la tête.

Fée de la Lumière : membre de l'une des deux grandes espèces de fées. Culturellement opposé à l'usage des démons quelles que soient les circonstances. Souvent membre de l'Église de la Lumière.

Fée de la Nuit : membre de l'une des deux grandes espèces de fées. Se distingue physiquement des Fées de la Lumière par ses yeux ultrasensibles, qui rappellent ceux d'un chat. Recourt volontiers à l'usage des démons.

Fée de la Forêt : membre d'un peuple sauvage et nomade, chassant et vivant dans les profondeurs d'une des vastes forêts qui s'étendent sur une grande partie du Royaume. Chose rare, les Fées de la Forêt n'ont fait allégeance ni aux Fées de la Lumière ni aux Fées de la Nuit. Certains les appellent les « Fées Sauvages », mais il vaut mieux éviter de le faire en leur présence.

Fluide Sombre : nom donné aux démons par les Trinians nomades.

Gardien : titre honorifique qui désigne le plus haut conseiller d'une Maison Noble.

Garrotter : sortilège qui oblige la victime à agir contre son gré.

Hael : appellation polie de l'Enfer.

Halek, couteau ou lame : arme en cristal de roche susceptible de libérer des énergies magiques le rendant capable de détruire tout objet ou tout être dans lequel il s'enfonce. Inconvénient : quand les couteaux haleks explosent, ils tuent ceux qui étaient en train de les utiliser.

Halek, sorcier : ni humain ni fée. Les sorciers haleks sont réputés pour être les praticiens magiques les plus doués du Royaume des Fées. Leur spécialité : la technologie de guerre, et notamment les armes blanches.

Haleklind : endroit où vivent les sorciers haleks.

Halud : épice exotique.

Haniel : lion ailé qui habite dans les contrées sylvestres du Royaume des Fées.

Iris, Maison d' : lignée des nobles à la tête de l'Empire des Fées.

Limbes : dimension de la réalité temporairement habitée par les démons sous contrat.

Niff (faune de Hael) : animal lourdement armé, aux crocs d'acier, plus petit qu'un renard.

Ornitherium : immense volière.

Ouklo : véhicule à lévitation, conduit par un système de pilotage automatique.

Perin : petit amphibien réputé pour cracher sur ses pattes quand on l'attaque.

Plack : forme de vie artificielle.

Portail : seuil énergétique transdimensionnel. Peut être naturel, modifié ou artificiel.

Refinia : maladie tropicale du Royaume qui provoque une importante dilatation du cerveau.

Ropo, Chez : café qui a la cote chez les humains.

Royaume des Fées : aspect parallèle de la réalité, habité par des espèces telles que les Fées de la Lumière et les Fées de la Nuit.

Simbala, musique : forme musicale présentant

des risques de dépendance. On en vend légalement des morceaux dans des établissements spécialisés. On peut néanmoins en consommer illégalement partout ailleurs.

Slith : redoutable reptile de couleur grise. On en trouve dans les zones forestières du Royaume des Fées. Les sliths sécrètent un poison hautement toxique, comparable à l'acide le plus corrosif. Ils sont capables de cracher leur venin à des distances considérables.

Bataille de la Somme : bataille particulièrement sanglante de la Première Guerre mondiale.

Sortilège de stase : sortilège qui maintient quelque chose ou quelqu'un immobile tout en le gardant intact le temps qu'il agisse.

Sortilège, cône de : tient dans une poche (mesure rarement plus de dix centimètres de haut). Imbibé d'énergies magiques. Bien le diriger pour obtenir le résultat souhaité. Les anciens modèles exigeaient d'être brûlés. Les modèles plus récents sont équipés d'un système d'auto-ignition, « à allumage intégré » : il suffit de les craquer avec un ongle. Les deux produisent des émanations qu'on peut comparer, toutes proportions gardées, à un feu d'artifice.

Stimlus : arme personnelle.

Télétransporteur : version portative de l'appareil utilisé dans *Star Trek*. Invention de M. Fogarty.

Traqueur : robot potentiellement létal faisant partie intégrante du nouveau système de sécurité de Noctifer.

Trinian : espèce ni humaine ni féerique, de taille naine, vivant dans le Royaume des Fées. On peut distinguer trois familles : sauf exception, les Trinians orange sont domestiques, les violets guerriers, et les verts spécialisés dans les nanotechnologies appliquées à la biologie (ils sont notamment capables de créer des êtres vivants).

Tulpa : forme de pensée intelligente.

Yammeth Cretch : repaire des Fées de la Nuit.

Cet ouvrage a été composé par
PCA - 44400 REZÉ

Impression réalisée par

C P I
Brodard & Taupin

La Flèche (Sarthe), le 21-12-2009
N° d'impression : 55243

Dépôt légal : janvier 2010

Imprimé en France

12, avenue d'Italie
75627 PARIS Cedex 13